Sophie ist inzwischen eine erfolgreiche Hochzeitsplanerin. Eines Tages übernimmt sie von ihrer Geschäftspartnerin einen Termin. Nur leider entpuppen sich die neuen Kunden als Kyle und seine Verlobte Kendra. Mit ihm hatte Sophie eine turbulente Beziehung und sie haben sich seit 11 Jahren nicht mehr gesehen.
Der Auftrag könnte so einfach werden, wenn es da nicht die Tatsachen gäbe, das Sophie ihn immer noch liebt und sie einen gemeinsamen Sohn haben, von dessen Existenz er keine Ahnung hatte. Das Chaos nimmt seinen Lauf, vor allem als Kyle sie vor die Wahl stellt - Heirat oder Sorgerechtsstreit.

Stefanie Schwellnus wurde 1985 geboren und lebt, zusammen mit ihrer Familie, in einem kleinen Dorf in Sachsen.
Ihre ersten Arbeiten hat sie auf fanfiktion.de unter dem Pseudonym Skyla of the Moors veröffentlicht. Dies ist der zweite Teil der "Seifenblasen"-Trilogie.

Bereits erschienene Titel:

Holidays	ISBN 978-3-7322-9414-5
Liebe ist eine Seifenblase	ISBN 978-3-7347-3860-9

Stefanie Schwellnus

Seifenblasen können platzen

Roman

*Bibliografische Information der Deutschen Nationalbibliothek:
Die Deutsche Nationalbibliothek verzeichnet diese Publikation in
der Deutschen Nationalbibliografie; detaillierte bibliografische Daten
sind im Internet über http://dnb.dnb.de abrufbar.*

© 2015 Stefanie Schwellnus

Cover: René Brunnlieb

Herstellung und Verlag: BoD – Books on Demand, Norderstedt

ISBN: 978-3-7386-3399-3

Für all die Menschen, die am Boden lagen und wieder aufgestanden sind.

Kapitel 1 – Die Anzeige

11 Jahre später

"Samuel Mitchell Borough, nimm sofort deine Finger aus der Ganache!", rufe ich tadelnd. Schuldbewusst zuckt der kleine Mann zusammen und grinst mich entschuldigend an.
"Aber Mom, das schmeckt so verdammt gut."
"Verdammt sagt man nicht. Du sollst nicht immer nachplappern, was dir deine Onkel so erzählen und ich glaube nicht, dass die Garrissons so erfreut wären, wenn sie wüssten, dass in der Tortenfüllung zu ihrer goldenen Hochzeit mal kleine Kinderhände steckten." Auch wenn ich ihn streng ansehen muss, so kann ich nicht umhin, ihm liebevoll durch die blonden Haare zu streichen. "Los Marsch, raus aus meiner Hexenküche." Freundlich, aber direkt, dirigiere ich ihn aus der Küche. Der kleine Mann ist unverbesserlich. Ich habe ihm schon so oft gesagt, dass er seine Finger von den Lebensmitteln lassen soll. Aber alles Süße zieht ihn magisch an.
"Und was soll ich da jetzt machen?", quengelt er und sieht mich aus großen, grünen Augen an.
"Du könntest rauf ins Büro zu Marie gehen. Sie wird dich schon beschäftigen." Ein breites Grinsen breitet sich auf dem Gesicht meines Sohnes aus und wie der Wind flitzt er die Treppe hinauf.

Marie, eine meiner besten Freundinnen aups Paris, und ich sind jetzt seit fünf Jahren die Inhaberinnen von Paris Weddings. Wir können uns nicht beschweren. Unsere Auftragsbücher sind voll. Manchmal sogar zu voll. Teilweise

müssen wir die Leute schon abweisen und zur Konkurrenz schicken, weil wir einfach keine Zeit mehr haben.
Unser Hauptquartier liegt in einer belebten Straße in der City von Chicago. Die Räumlichkeiten sind in einem alten Haus aus der Gründerzeit und dementsprechend sind sie relativ klein. Aber da sich das Ganze über zwei Etagen erstreckt, geht es.
Die Hexenküche heißt so, weil wir hier die Torten für die einzelnen Hochzeiten produzieren und neue Produktideen entwickeln.
Im ersten Stock liegen unsere Büros und der Besprechungsraum. Als wir mit dem Planen von Hochzeiten begannen, wollten Rich und David erst, dass wir in einem dieser hochmodernen Wolkenkratzer einziehen. Aber wir fanden, dass das Ambiente eines Gründerzeithauses besser zu uns und unserem Konzept passt.

Seufzend wische ich mir die Hände an meiner Schürze ab. Da ich Sams Hand aus der Schokocreme gezogen habe, ist meine jetzt auch voll mit dem Zeug. Aber ich muss ihm Recht geben – es ist verdammt lecker. Ich sehe auf die Uhr – ich habe genau noch eine Stunde, bevor Mr. und Mrs. William kommen. Sie feiern in Kürze ihre Goldene Hochzeit und wollen uns als Partyplaner.
Das kleine Glöckchen über der Eingangstür bimmelt und lässt mich in den Ausstellungsraum gehen. Ich kann gerade noch in die Hocke gehen und die zwei kreischenden Kinder auffangen, die auf mich zugerannt kommen.
„Tante Sophie!", rufen sie aus einem Mund und ich schließe Max und Jessica in meine Arme und drücke sie fest an mich. Sie sind beide ihren Eltern wie aus dem Gesicht geschnitten. Max hat die braunen Haare seines Vaters und das gleiche sture Kinn wie mein Bruder. Jessica, die von allen aber nur Jessy genannt wird, hat die dunkelblonden Haare ihrer Mutter und das gleiche schelmische Blitzen in den Augen wie ihr Vater.

Hinter den Beinen meines Bruders taucht ein kleines schüchternes Gesicht auf. Als ich ihr zulächle, verzieht sich ihr Mund zu einen strahlenden Grinsen. Lena hat im Moment ihre schüchterne Phase und beäugt erst einmal alle Menschen um sie herum mit großem Misstrauen, das meist aber schnell verfliegt, wenn man ihr ein Lächeln schenkt. Langsam kommt auch sie auf mich zu und umarmt mich. Ihre schwarzen Haare kitzeln mich an der Nase.

„Hallo, Tante Sophie.", begrüßt sie mich und ihre großen, blauen Augen schielen an mir vorbei auf die Zuckerdekorationen für die Torten. Sie ist eine gute Mischung aus ihrem Vater Richard und ihrer Mutter Lisa und bald wird sie, mit ihren drei Jahren, eine große Schwester sein.

Aufgeregt plappern die Kinder auf mich ein.

„Weißt du Tante Sophie, Dad geht heute mit uns in den Zoo. Ist das nicht toll?", schreit mir Jessy ins Ohr.

„Und weißt du, was das aller Beste ist? Sam und Lena dürfen auch mit!", meldet sich Max aufgeregt zu Wort und hüpft auf und ab.

Etwas umständlich befreie ich mich aus den Armen der Kinder und stehe auf, um meinen Bruder David zu begrüßen.

„Hey Großer."

„Hallo Kleines. Wie laufen die Geschäfte?"

„Wir können nicht klagen. Nachher kommen noch neue Kunden zum ersten Gespräch. Wir sollen ihre Goldene ausrichten." Lena zupft an meiner Hose und so nehme ich sie auf den Arm.

„Wo ist Sam?", will David wissen.

„Oben im Büro, bei Marie.", antworte ich ihm. „He Jessy und Max. Ihr könnt mir mal einen Gefallen tun."

„Klar.", rufen sie.

„Ihr kennt bestimmt den Weg ins Büro von Tante Marie?"

„Wir sind doch keine Babys mehr!", empört sich Max, der in wenigen Tagen zehn Jahre alt wird – nur zwei Tage nach Sam. Auch Jessy schüttelt empört den Kopf. Sie meint auch schon, mit ihren acht Jahren ist sie erwachsen. Sie denken wahrscheinlich ihre gute, alte Tante Sophie ist nun vollkommen durchgeknallt. Schließlich waren sie schon tausende Male hier und kennen alles, wie ihre Westentasche – vor allem die Küche.

„Bist du sicher, dass du dir die gesamte Rasselbande antun willst?", frage ich meinen Bruder skeptisch, nachdem seine zwei Sprösslinge nach oben gerannt sind. Wir lieben sie alle vier abgöttisch und auch wenn sie noch so liebreizend und unschuldig aussehen, sie haben es faustdick hinter den Ohren und sind schlimmer als ein ganzer Sack voll Flöhe.

„Keine Bange, ich habe mir Verstärkung besorgt. Wir wollen nur schnell Sam abholen und dann fahren wir zu Dad in die Bank und holen ihn ab. So blöd bin ich nicht, dass ich denselben Fehler zweimal mache.", grinst er mich an.

Ich kann mich noch gut daran erinnern, als David die dumme Idee hatte, mit den Kids Eis essen zu gehen. Es muss die Hölle gewesen sein, denn er spricht heute noch nicht über diesen Tag. Wir wissen nur, dass er über und über mit allen möglichen Eissorten bedeckt war und danach drei Wochen lang eine kräftige Erkältung hatte.

Schweigend sehe ich ihm ins Gesicht. Er ist jetzt in den frühen Vierzigern und man könnte ihn immer noch für Anfang Dreißig halten. Sein Körperbau ist immer noch athletisch und seine Muskeln zeichnen sich unter seinem schwarzen T-Shirt ab. Sein Haar ist sorgfältig und für viel Geld kurz geschnitten und in seinen braunen Augen sieht man immer noch den kleinen Jungen von einst. Nur die Lachfältchen könnten sein wahres Alter verraten, aber sie machen ihn eigentlich nur noch attraktiver.

„Wie geht es Molly?" frage ich ihn. Er und Molly Borough, geborene Smith sind jetzt seit elf Jahren verheiratet und immer noch glücklich, wie am ersten Tag. Lisa und Richard haben vor kurzem ihren zehnten Hochzeitstag gefeiert und auch sie sind noch so verliebt wie damals.

„Ihr geht es super. Sie ist gerade in Washington. Sie soll dort irgendein wichtiges und sauteures Exponat abholen."
Lena hat immer noch ihre Arme und Beinchen um mich geschlungen und ihren Kopf auf meine Schulter gelegt. Sanft lege ich meinen Kopf an ihr Köpfen, aber da hören wir auch schon den Lärm von sechs Kinderfüßen und sie flitzen um die Ecke, die Wangen gerötet, die Augen blitzend vor Aufregung.
„Mom, darf ich mit Onkel David und Grandpa in den Zoo? Bitte, bitte, bitte!" Aufgeregt zupft Sam an meiner Schürze. Ich tue kurz so, als müsse ich es mir ernsthaft überlegen, ehe ich ihm mein Einverständnis gebe. Ich setze Lena wieder ab und gebe meinem kleinen Mann einen feuchten Schmatzer auf die Wange.
„Mom!", schreit er entrüstet und wischt sich hektisch mit dem Ärmel an der Wange herum. Ich lächle in mich. Ich weiß ja, dass er keine Küsse mehr von seiner Mom in der Öffentlichkeit will, aber ich kann einfach nicht widerstehen – schuldig im Sinne der Anklage.
Ich verabschiede mich noch von den Anderen und wünsche meinem Bruder und meinem Vater, im Stillen, viel Glück und eine übermenschliche Geduld. Winkend stehe ich auf dem Bürgersteig und sehe Davids Wagen nach.
Immer, wenn ich ihn mit den Kids sehe, versetzt es meinem Herz einen kleinen Stich. Er und Molly hätten so gern noch mehr Kinder bekommen. Nach Jessy war sie auch schwanger und wieder mit einem kleinen Mädchen. Aber unsere kleine Maddie war eine Frühgeburt und die Ärzte kämpften wochenlang um ihr Leben. Wir beteten alle, dass sie es schafft. Aber leider war alle Mühe, alles Hoffen und Bangen, umsonst und sie starb fünf Wochen nach der Geburt. Für uns alle brach eine Welt zusammen, vor allem für Molly und David. Es dauerte sehr lange, bis sie dieses dunkle Tal durchschritten hatten und wieder nach vorn blicken konnten. Maddie wird für immer in unseren Gedanken und Herzen sein und wir werden auch für immer um sie trauern.

Wie immer, wenn ich an sie denke, entwischt mir eine kleine Träne. Ich wische sie weg, aber ohne Wut, Trauern oder ähnlichem. Diese einzelne Träne gehört einfach zu mir, zu meinem Leben.
Ich gehe wieder hinein, in die Küche, um nach der Ganache zu sehen. Morgen wird die Goldene Hochzeit der Garrissons sein und da müssen heute noch die Torte und die Petits Fours fertig werden.

Ich rühre die Schokofüllung noch einmal um und hänge meine Schürze an den Haken neben die Tür und gehe anschließend nach oben in mein Büro.
Seufzend lasse ich mich in meinen Schreibtischstuhl fallen und gönne mir den Luxus, für einen kleinen Moment die Augen zu schließen. Gott, ist das herrlich. Aber lange kann ich es mir nicht erlauben und so öffne ich sie wieder und gehe nochmal die Listen für die morgige Feier durch. Es ist alles erledigt, was zu diesem Zeitpunkt fertig sein muss. Wie immer arbeiten wir auch bei dieser Feier mit unserem Stammcaterer zusammen.
Die deftigen Sachen überlassen wir immer dem Catering und wir kümmern uns, neben der ganzen Organisation, um die individuelle Anfertigung der Hochzeitstorten, der kleinen Kuchen und Petits Fours – falls welche gewünscht sind.

Als wir den Laden eröffneten und es sich herumsprach, dass ich die Hochzeiten von David und Richard organisiert hatte, rannten die Leute uns die Bude ein. Bis heute schätzen unsere Kunden ganz besonders die Herstellung ihrer ganz persönlichen und individuellen Hochzeitstorten.
Als ich meinen Bachelor in der Tasche hatte, habe ich gleich noch den Master drangehangen und habe mit Summa Cum Laude abgeschlossen. David und Rich hielten ihr Versprechen und sind jetzt stille Teilhaber. Sie lassen uns unser Geschäft führen, wie wir es für richtig halten und wollen nur alle drei Monate mal einen Blick in die Bücher werfen, um kontrollieren zu können, wie die Geschäfte so laufen und sie

laufen bombig. Wir könnten im Prinzip expandieren, aber weder Marie, noch ich haben gerade irgendwelche Ambitionen in diese Richtung.

Die Tür zu meinem Büro fliegt mit Schwung auf und knallt gegen die Wand.
„Sophie, kannst du meinen drei Uhr Termin übernehmen? Mai hat Fieber und ich muss sie aus dem Kindergarten abholen." Gehetzt wartet sie auf eine Antwort von mir.
„Kann George das nicht übernehmen?"
„Nein, tut mir leid, er steht noch im OP."
„Na gut, hast du eine Akte?", seufze ich ergeben.
„Liegt auf meinem Schreibtisch."
„Los verschwinde."
„Danke Sophie, ich werde mich revanchieren, versprochen!" Und schon dreht sie sich um und verschwindet.
Marie und ich kennen uns schon seit meiner Zeit in Paris. Wir haben dort gemeinsam die Landschaft der französischen Kochkunst kennengelernt. Kurz vor meinem Masterabschluss kam sie mich hier in Chicago besuchen und an ihrem ersten Abend waren wir in einem neuen Club, wo sie George kennenlernte. George Smith hatte gerade in einem der großen Krankenhäuser als aufstrebender Chirurg angefangen und für Beide war es Liebe auf den ersten Blick. Ein halbes Jahr später läuteten die Hochzeitsglocken. Natürlich ließ ich es mir nicht nehmen, auch diese Hochzeit auszurichten. Es war die Dritte, die der Garten meiner Eltern zu sehen bekam.
Marie und George wollten gern Kinder und sie haben alles Mögliche versucht, bis sich herausstellte, dass George keine Kinder zeugen kann. Marie war am Boden, aber dann haben sie sich für eine Adoption entschieden und seit einem Jahr sind sie die stolzen Eltern der dreijährigen Mai Ling, ein kleines Mädchen aus China.

Seufzend kehre ich in die Realität zurück. Ich werde mich mit Maries Kunden nach meinen Termin befassen. Auch wenn ich Miteigentümerin bin, so steht auch mir ab und zu eine kleine Mittagspause zu.

Auf meinem Schreibtisch aus dunklem Kirschholz liegt die gefaltete Chicago Times. Ich schlage sie auf und blättere sie gelangweilt durch. Nur die Seite mit den Verlobungen sehe ich mir genauer an. Schließlich sind das alles potenzielle Kunden. Aber heute habe ich keine Freude an dieser Seite. Geschockt und mit zitternden Händen starre ich auf das erste Bild – so wird mein Sam also mit Anfang Dreißig aussehen. Mein Blick schweift zu der Bildunterschrift „Mit großer Freude verkünden Mr. und Mrs. John Miller die Verlobung ihrer Tochter Kendra mit dem Unternehmer Kyle Wallace."

Kapitel 2 – Unerwartetes Wiedersehen

Meine Hände zittern so stark, dass ich die Zeitung weg legen muss. Ich wische mir übers Gesicht und fahre mir durch die Haare. Er ist also wieder in Chicago und wird allem Anschein nach in naher Zukunft heiraten.

Warum hat mir Kerry das nicht gesagt? Weil ich ihr verboten habe mir irgendetwas zu erzählen. Ob sie sich auch an das andere Versprechen gehalten hat? Besser wäre es für sie.

Ich knülle die Zeitung zusammen und werfe sie in den Papierkorb. Gut, er ist wieder in der Stadt, aber das muss ja noch lange nicht bedeuten, dass wir uns über den Weg laufen. Chicago ist groß, verdammt groß. Ich springe auf und reiße die Fenster meines Büros auf. Die Luft hier drinnen ist plötzlich so stickig. Gierig sauge ich die frische Frühlingsluft ein. Es ist

wirklich ein schöner Tag, perfekt für den Zoobesuch von Dad und David mit den Kids. Die Sonne lacht vom Himmel und kein Wölkchen ist zu sehen. Die Blumen sprießen auf den Wiesen und die ersten Blätter und Knospen zieren die Bäume.
Ich lasse die Fenster offen und setze mich wieder an den Schreibtisch. Der Verkehr der Straße dringt zu mir. Mein Büro ist nicht groß, dafür umso gemütlicher. Die Wände sind in einem pastellgelb gestrichen. An der Wand hinter dem Schreibtisch hängt das Familienportrait, welches schon in Paris an der Wohnzimmerwand hing. Auf meinem Schreibtisch selbst steht ein moderner Computer mit Touchscreen. Aber ich komme mit dem Ding nicht so gut klar, darum habe ich noch eine gute alte Tastatur und eine Mouse. Direkt daneben steht eine 3D-Skulptur von Sams Hand. Sie ist so geformt, das die Handfläche und Finger nach oben zeigen und eine Art Schüssel bilden. In dieser Hand steht im Moment mein Handy. Auf der linken Seite habe ich eine ganze Reihe von Fotos. Bilder der Hochzeiten von Richard und Lisa, sowie David und Molly, Bilder von Mom und Dad und eine ganze Reihe Kinderfotos von Sam. Aber auch Lena, Max, Jessica und ein Ultraschallfoto von Maddie sind vertreten. Gegenüber, neben der Bürotür befindet sich eine kleine gemütliche Sitzecke. Sie besteht aus einem beigefarbenen Zweiersofa, zwei Sesseln und einem kleinen niedrigen Tisch aus Kirschholz. An der Wand über der Sitzecke hängt das Foto der blühenden Wiese vor Richards und Lisas Haus. Verschwommen, im Hintergrund, kann man das Wasser des Michigansees glitzern sehen. In den Fensterbänken stehen meine Orchideen. Die Bücherregale quellen über vor Fachbüchern und Katalogen. Wenn ich mal wieder Zeit habe, muss ich sie gründlich ausmisten.
Das Handy in Sams Handskulptur fängt an zu piepen und ein Blick auf das Display verrät mir, das ich mal lieber schleunigst nach unten gegen sollte. Die Williams müssten jeden Moment zur ersten Besprechung kommen. Ich werfe in dem kleinen angrenzenden Bad einen schnellen Blick in den Spiegel. Nochmal die Haare durchbürsten und die Sachen glatt

streichen. Ich trage heute mein typisches Outfit für Kunden, die schon etwas älter sind - einen dunkelblauen Rock, der kurz über den Knien endet, eine weiße Bluse und einen blauen Blazer. An den Füßen habe ich die passenden Pumps zu diesem Ensemble. Eigentlich mag ich es etwas lockerer und schick, aber die älteren Generationen schätzen es, wenn man so etwas trägt. Hoffentlich ist Maries Drei-Uhr-Termin auch älteren Semesters, denn sonst müsste ich mich noch einmal umziehen.

Unten, im Ausstellungsraum, rücke ich nochmal alles zurecht. Neben der Eingangstür befinden sich zwei riesige Schaufenster und lassen jede Menge Licht ins Innere und die vorbeilaufenden Passanten können gleich mal einen Blick hinein werfen. An den Wänden links und rechts stehen Regale und kleine Tische, auf denen alles ausgebreitet ist, was man benötigt. Auf einem Tisch in der Mitte des Raumes stehen ein paar Modelle unserer Hochzeitstorten. Ansonsten findet man hier noch eine Auswahl an Figuren, Stoffen, Kerzen, Kerzenständer und Blumen. Da diese alle frisch sind, riecht es bei uns immer ein bisschen wie in einem Blumenladen. Aber wie sollen sich unsere Kunden für die Passenden entscheiden, wenn sie nicht wissen wie sie aussehen und vor allem riechen? Zum Beispiel eine Lilie ist wunderschön anzusehen, hat aber einen sehr intensiven Geruch und wenn man einen ganzen Saal mit diesen Schönheiten dekoriert, kann es sehr schnell passieren, dass der Geruch Überhand nimmt und sehr unangenehm wird.

Ein paar Kleinigkeiten, wie Kränze für Kerzenhalter und Bänder findet man auch noch. Aber hier unten gibt es nur eine ganz kleine Auswahl von dem, was so alles möglich ist. Der Hauptpart ist in den Katalogen.

Leise bimmelt wieder unser Glöckchen und ein älteres Ehepaar tritt ein. Der Mann ist klein und untersetzt. Die Frau an seiner Seite ist auch nicht viel größer und sie sieht ein bisschen wie eine Birne aus. Beide tragen einen missmutigen

Gesichtsausdruck zur Schau. Oh nein, das sind garantiert schwierige Kunden. Mit einem freundlichen Lächeln trete ich auf die Beiden zu.

„Hallo und herzlich willkommen bei Paris Weddings, mein Name ist Sophie Borough." Ich halte ihnen meine Hand zur Begrüßung hin, aber sie ergreifen sie nicht und schauen sich schnaubend um.

„Wir sind Mr. und Mrs. William. Wir haben einen Termin.", schleudert mir der kleine Mann patzig entgegen. Innerlich stöhne ich auf, lasse mir nach außen aber nichts anmerken. Das ist also mein Termin. Mist!

„Guten Tag und danke das Sie sich für uns entschieden haben. Sie werden sehen, wir werden Ihnen Ihre Traumfeier ausrichten. Wollen Sie sich erst einmal hier unten umsehen, oder wollen wir gleich nach oben in unseren Besprechungsraum?"

„Mein Mann hat Arthritis, er muss sich setzen und was heißt oben?", keift Mrs. William mich an.

„Unsere Räumlichkeiten sind durch den Denkmalschutz des Gebäudes sehr begrenzt und unser Besprechungsraum befindet sich in der ersten Etage", erkläre ich immer noch freundlich lächelnd.

„Keinen Fahrstuhl?"

„Nein Madam, das ist leider nicht möglich gewesen. Wie gesagt, das Gebäude steht unter Denkmalschutz."

„Hm … na los Lady, wir haben nicht den ganzen Tag Zeit.", meckert sie weiter. Na das kann ja heiter werden. Zum Glück sind solche Kunden sehr selten.

Ich führe die Williams die kleine Treppe hinauf und dann im Flur nach rechts zu unserem Besprechungsraum. Nach links geht es zu unseren Büros.

Lächelnd halte ich ihnen die Tür auf. Es ist der größte Raum hier oben und hat ebenfalls eine große Fensterfront, durch die jetzt die Sonne scheint. In der Mitte des Raumes steht der große Konferenztisch aus Ahornholz, zusammen mit zehn passenden Stühlen. Ich bedeute Mr. und Mrs. Willam, bitte Platz zu nehmen und setze mich ihnen gegenüber. Ich hatte mir schon einen Block und einen Stift bereit gelegt, damit ich mir Notizen machen kann.

Erleichtert schließe ich die Tür hinter den Willams. Puh, die haben verdammt viele Extra-Wünsche und sind nicht bereit den dafür nötigen Preis zu zahlen. Vielleicht sollte ich meinen Gefallen bei Marie einfordern und sie an sie abgeben? Ein Blick auf die Uhr sagt mir, dass ich mich besser beeilen sollte. In einer halben Stunde kommt der Drei-Uhr-Termin.
Schnell eile ich die Treppe nach oben und in ihr Büro. Maries sieht fast so ähnlich aus wie meins. Nur hat sie andere Pflanzen und Bilder. Aber ansonsten ist es so wie bei mir drüben. Auch ihre Bücherregale sind hoffnungslos überfüllt. Vielleicht sollten wir uns mal einen Sonntag nehmen und hier gründlich sortieren. Wir haben bestimmt einige Kataloge doppelt und dreifach.
Da nur eine Akte auf ihrem Schreibtisch liegt schnappe ich sie mir und gehe in mein Büro. Ich lasse mich auf die Couch fallen, schlüpfe aus meinen Pumps und lege die Beine hoch. An der Akte klebt ein grünes Fähnchen. Verdammt, ich muss mich umziehen. Denn es bedeutet, dass die Kunden in unserem Alter sind.
Jede Akte bekommt von uns ein Fähnchen aufgeklebt. Grün bedeutet sie sind in unserem Alter, spricht Anfang bis Ende dreißig, Gelb steht für zwanzig bis dreißig, Pink für gleichgeschlechtliche Paare, Blau sind die Vierziger und Lila ist ab fünfzig. Manchmal kleben zwei Fähnchen drauf. Was immer bei gleichgeschlechtlichen Paaren der Fall ist. Ein Fähnchen für das Alter und eins dafür dass sie schwul bzw. lesbisch sind.
Fluchend lege ich die Akte auf den Tisch und erhebe mich. Neben meinen Bücherregalen befindet sich noch ein kleiner Schrank, in dem meine Notfallsachen hängen. Schnell habe ich das Passende gefunden und ziehe mich um. Die Klamotten sind mir auch eindeutig lieber. Ich trage jetzt eine schwarze

Leggins und einen sehr langen weißen Pullover, der wie der Rock kurz vor meinen Knien endet. Um meine Taille trage ich einen breiten schwarzen Gürtel und an den Füßen rote Ankle Boots mit einem schönen Absatz.
In dem kleinen Bad erneuere ich noch einmal mein Make-up und binde mir die Haare zu einem straffen Pferdeschwanz. Gerade als ich wieder in mein Büro will, höre ich unten das Glöckchen der Tür. Mist, Kundschaft. Vielleicht ist es auch schon der Termin, mit wem auch immer ich den jetzt habe, denn in die Akte habe ich bis jetzt immer noch nicht geguckt.
Schnell gehe ich nach unten. Ich werde schon rausbekommen, was sie sich für ihre Hochzeit wünschen. Ich biege um die Ecke um in den Ausstellungsraum zu kommen und bleibe wie angewurzelt stehen. Nein, das kann nicht sein! Schicksal, was habe ich schlimmes getan, damit du mir das antust? Ich stehe im Schatten und verberge mich ein wenig hinter dem Durchgang.
Mitte im Ausstellungsraum stehen zwei Menschen. Ein Mann und eine Frau. Die Frau ist groß, schlank und hat lange rote Haare. Sie trägt einen beigen Mantel und eine schwarze Stoffhose. Ihre Füße stecken in schwarzen Pumps. Das Haar trägt sie offen und über ihre Schulter hängt eine schwarze Handtasche, die ich eindeutig als Birkin Bag identifiziere. Ihr Teint ist hell und rein und ihr Gesicht sieht aus, als wäre es aus Porzellan. Ich habe sie noch nie in meinem Leben gesehen, bis auf heute Mittag, als ich die Chicago Times gelesen habe.
Den Mann kenne ich besser. Er ist groß und seine Schultern sind breiter und das blonde volle Haar ist kürzer als bei unserer letzten Begegnung. Aber sonst hat er sich nicht verändert. Seine langen muskulösen Beine stecken in dunkelblauen Jeans, an den Füßen hat er schwarze Sneakers. Sein Oberkörper ist mit einer schwarzen Lederjacke verhüllt. Ich sehe ihn nur im Profil, aber weiß ganz genau wie es aussieht, kenne jeden Zentimeter davon in- und auswendig. Seine Augen kann ich auch nicht sehen, aber auch die kenne

ich. Schließlich sehe ich sie jeden Tag im Gesicht meines Sohnes.

„Komm schon Schatz, mach mal ein fröhlicheres Gesicht.", sagt die Frau leise und streicht mit ihrer Hand seine Wange. Wie oft habe ich das bei ihm gemacht? Zu oft.

„Heute ist mein erster freier Tag seit Wochen und du schleppst mich hierher.", mault er leise.

„Aber es geht doch um unsere Hochzeit."

Ich sollte nicht lauschen, aber bevor ich mich dem Unvermeidlichen stelle, muss ich mich erst einmal sammeln.

Ich lasse mich auf die unterste Stufe der Treppe gleiten, lege meinen Kopf zwischen meine angezogenen Knie und atme ruhig ein und aus.

„Ich habe doch gesagt, es ist mir egal was du dir aussuchst."

„Ach Schatz, dir muss es doch auch gefallen. Es ist schließlich unsere Hochzeit", versucht sie ihn zu beruhigen.

„Du hast ja recht", antwortet er seufzend und dann höre ich das Geräusch sich treffender Lippen. Gott, bitte nicht in meinem Laden. Was wohl passieren würde, wenn ich jetzt einfach ganz leise nach oben gehe und so tue, als wäre ich nicht da? Das würde dann wahrscheinlich Marie raus bekommen und auch wenn die Auftragsbücher voll sind, können wir es uns nicht leisten auch nur einen Kunden zu verprellen. Schlechte Publicity spricht sich in unserer Branche schnell herum und dann können wir dicht machen.

Also nehme ich all meinen Mut und mein ganzes Selbstbewusstsein zusammen, stehe auf und gehe langsam um die Ecke. Der Mann hält die Frau im Arm und sie küssen sich innig. Meine Kehle schnürt sich immer weiter zu, aber ich darf es mir nicht anmerken lassen. Schließlich bin ich ein Profi. Ich räuspere mich und die Gesichter der Beiden wenden sich mir zu. Die Frau lächelt mich an und die Miene des Mannes, den ich geliebt habe und so wie ich mich jetzt fühle immer noch liebe, versteinert sich augenblicklich.

„Hallo, mein Name ich Kendra Miller und das ist mein Verlobter Kyle Wallace. Sie müssen Marie Smith sein." Miss Miller kommt lächelnd auf mich zu und da sich ihr Verlobter nicht vom Fleck bewegt, löst sie sich von ihm. Ich werfe einen schnellen Blick zu Kyle. Sein Gesicht ist ausdruckslos, genauso wie seine Augen. Er schiebt sich die Hände in die Taschen. Schnell wende ich mich Kendra zu.
Ich quäle mir ein Lächeln ab und ergreife ihre ausgestreckte Hand.

„Tut mir leid. Mrs. Smith hatte einen familiären Notfall und deshalb übernehme ich den Termin heute. Ich bin ihre Geschäftspartnerin Sophie Borough." Kendras Miene ist erst betrübt, aber bei der Nennung meines Namens hellt sich ihr Gesicht auf.

„Die Sophie Borough? Sie haben doch die Hochzeiten von David und Richard Borough ausgerichtet." Erfreut schüttelt sie meine Hand.

„Ja, genau die bin ich." Ich wage es nicht Kyle anzusehen. Ich muss mein lächelndes Pokerface aufrechterhalten.

„Oh man, das ist ja wunderbar. Da haben wir sie jetzt als unsere Hochzeitsplanerin."

„Ähm … ja", stottere ich. Auf alle Fälle werde ich sie wieder an Marie abgeben.

„Leider war es heute sehr kurzfristig und ich hatte noch keine Gelegenheit einen Blick in Ihre Akte zu werfen. Sie sind heute zur ersten Besprechung da?"

„Ja genau. Wir wollten uns informieren, was es so alles gibt. Wir kennen uns da nicht so aus, deshalb wenden wir uns ja an die Profis." Da Kendra immer noch aufrichtig lächelt scheint sie nichts zu merken.

„Möchten Sie sich erst ein wenig hier unten umsehen? Wir können auch nach oben in den Besprechungsraum gehen."

„Ich muss zugeben, dass hier überfordert mich schon ein wenig. Das sind so viele Farben und die Blumen erst." Hilflos lässt sie ihre Arme durch den Raum schweifen. Kyle hat sich von uns abgewendet und fummelt an seinem Handy herum. Schnell sehe ich wieder zu seiner Verlobten.

„Da sollten wir wohl besser rauf in mein Büro gehen, da habe ich alle Kataloge und Sie können sie sich in aller Ruhe ansehen."

„Oh, das wäre wunderbar." Begeistert klatscht sie in die Hände. „Wo geht es lang?"

„Bitte folgen Sie mir."

„Kyle Schatz, kommst du?", wendet sich Kendra an ihren Verlobten. Als ich im Augenwinkel sehe, dass er sich in Bewegung setzt, gehe ich langsam die Treppe hinauf und führe unsere neuen Kunden in mein Büro.

Ich hatte die Fenster offen gelassen und schließe sie jetzt schnell. Sie stehen in meinem Büro und sehen sich um. Kendra interessiert, Kyle um nicht mich ansehen zu müssen.

Ihr Blick bleibt an dem Bild hinter meinem Schreibtisch hängen.

„Das ist bestimmt ihre Familie. Mein Gott sind sie alle gutaussehend."

„Danke. Ja, das ist meine Familie, aber das Bild ist jetzt auch schon wieder fast zwölf Jahre alt." Da ich nicht über mich sprechen will, lenke ich sie zur Sitzgruppe. „Bitte nehmen Sie doch Platz." Geschmeidig setzt sie sich. „Möchten Sie etwas trinken? Kaffee, Wasser, Saft, Tee?", frage ich höflich, auch wenn ich mir am liebsten die Zunge abgebissen hätte.

„Kaffee wäre wunderbar", strahlt Kendra.

„Mr. Wallace, was darf ich Ihnen bringen?", muss ich mich wohl oder übel an ihn richten.

„Kaffee", knurrt er nur.

Schnell gehe ich in unsere kleine Küche und schmeiße diesen neumodischen Kaffeevollautomaten an. Er zischt und gurgelt jedes Mal, als würde er jeden Moment abheben, um zum Mond zu fliegen.

Als ich drei Tassen fertig habe, stelle ich sie auf ein Tablett und bringe sie rüber in mein Büro. Kyle hält Kendras Hand.

Ihre Finger sind fest miteinander verflochten und sie reden leise miteinander. Ich stelle die Tassen auf den Tisch und das Tablett zur Seite. Schnell hole ich von meinem Schreibtisch Zettel und Stift und setze mich in den Sessel, der Kendra am nächsten ist.

„Wir haben uns gerade über diesen Strauß unterhalten. Sind das echte Blumen?" Sie zeigt auf Mollys Brautstrauß, der in einer Vase auf einem Tisch neben ihr steht.

„Ja, ich habe das Wasser durch Glycerin ersetzt und dadurch wurden die Blumen konserviert, ohne ihr Farbe und Form zu verlieren."

„Oh, kann man das mit allen Blumen machen?"

„Ja, sie können das dann auch mit ihrem Brautstrauß machen."

„Ist das ihr Strauß gewesen?", fragt mich Kendra. Kyle schnaubt nur. Er hat die Blumen eindeutig erkannt.

„Nein, leider nicht. Ich bin nicht verheiratet. Das ist der Strauß meiner Schwägerin gewesen und da ihre Hochzeit mit meinem Bruder die erste Hochzeit war, die ich organisiert habe, steht er jetzt hier als eine Art Glücksbringer. Was haben Sie sich für ihre Hochzeit vorgestellt?", lenke ich das Thema auf ihren Besuch.

Ich spreche die ganze Zeit über mit Kendra. Kyle hat mit mir kein Wort gesprochen und ansehen tut er mich auch nicht. Das kann mir nur recht sein.

Das Gespräch zieht sich hin und ich wälze mit ihnen einen Musterkatalog nach dem anderen. Am Ende haben sie sich schon mal auf zehn Farben beschränkt, was schon über zwei Stunden in Anspruch genommen hat.

„Wissen Sie schon, was Sie für Blumen wollen?" Ich bin müde, habe Hunger und will nach Hause, lasse es mir aber nicht anmerken.

„Ja, das wissen wir schon, wahrscheinlich das Einzige. Wir wollen Lilien. Sie sollen überall sein und in verschiedenen Farben." Oh nein, bitte keine Lilien!

„Wenn sie nur diese wollen, dann sollten wir die Hybridform nehmen."

„Warum?" Um Kendras Kopf tanzen die Fragezeichen Ringelreihe.

„Die normalen Lilien verströmen einen starken Duft. Bei ein paar Blüten ist es sehr angenehm, aber wenn Sie sie wirklich überall haben wollen, dann wird es zu viel."

„Mmh … das ist einleuchtend. Was ist besonders an der Hybridlilie?"

„Sie verströmt nur sehr wenig oder gar keinen Duft."

„Keinen Duft? Aber das wollen wir auch nicht." Skeptisch sieht sie mich an.

„Man könnte die Hybridlilie mit den normalen kombinieren oder sie nehmen noch andere Blumen mit dazu. Zum Beispiel Rosen."

„Ja, das wäre ein Überlegung wert." So ganz überzeugt klingt sie nicht.

„Wir können ja mal nach unten gehen. Wir haben sowohl normale Lilien als auch die Hybridlilie da und so können sie sich die Blüten einmal in natura ansehen."

„Gern." Und schon erhebt sie sich. Da sie noch Kyles Hand hält zieht sie ihn mit hoch.

Ich halte ihnen die Tür auf. Als Kyle an mir vorbei geht steigt mir sein Duft in die Nase. Er riecht noch genauso, wie vor zehn Jahren. Die gleiche betörende Mischung aus frischer Wäsche, Kyle und Aftershave. Gequält schließe ich meine Augen. Den Geruch werde ich jetzt den ganzen Tag in der Nase haben. Ich schließe die Tür und gehe zu ihnen nach unten.

Arm in Arm stehen sie vor unseren unzähligen Blumenvasen, die wir in dem ganzen Raum verteilt haben. Aus ihnen ziehe ich je eine normale Lilie in Weiß, eine Hybridlilie in Gelb und eine rosa Rose.

„So, die weiße wäre eine normale, die gelbe ein Hybrid und wenn sie andere Blumen mit in ihr Konzept hinein bringen wollen, würde zum Beispiel die Rose hervorragend passen."

Kendra nimmt alle drei Blumen in die Hand und riecht an ihnen.

„Hm … ich glaube wir müssen uns das mit den Lilien noch einmal überlegen. Aber beim nächsten Termin haben wir Sie dann bestimmt. Ich glaube, wir haben heute so viele Informationen bekommen. Zum Glück wollen wir erste im Sommer heiraten. Da haben wir ja noch ein bisschen Zeit."

„Ja, da haben sie recht." Ich nehme ihr die Blumen wieder ab und stelle sie zurück in die Vasen. Wieder klingelt unser kleines Glöckchen. Aber der leise Ton geht im Kindergeschrei unter. Scheiße, nicht jetzt das auch noch!

„Mommy!! Es war so toll im Zoo. Grandpa hat uns allen ein Eis gekauft und Jessica wäre fast in das Löwengehege geklettert, als Onkel David und Grandpa nicht aufgepasst haben", schreit mein kleiner Mann und rennt an den Kunden vorbei auf mich zu. Geschockt fange ich ihn auf. Auch die anderen Kinder umringen mich und erzählen durcheinander, was sie alles im Zoo erlebt haben. David kommt auch rein und lächelt mich entschuldigend an.

„Sorry Kleines, ich konnte sie nicht mehr aufhalten." Er sieht ziemlich geschafft aus. Ich bin immer noch nicht in der Lage etwas zu sagen oder irgendwie zu reagieren. Kendra lächelt über die Kinderschar und als ich Kyle ins Gesicht sehe, kann ich den puren Schock erkennen.

„Ähm … David, es passt gerade überhaupt nicht, Ich bin in einem Beratungsgespräch", rufe ich meinem Bruder über den Lärm zu. Sam legt seine kleinen Hände um mein Gesicht und versucht meine Aufmerksamkeit zu erlangen.

„Oh, tut mir leid", ruft er von der Tür her. Kendra dreht sich zu David um.

„Ach, keine Sorge wir sind fertig."

„Na, dann ist es ja gut." David läuft um Kyle herum und drückt mir einen Kuss auf die Wange. Er dreht sich zu meinen Kunden um und sein Lächeln verschwindet augenblicklich.

„Kyle", quetscht er hervor.

„David", kommt es gepresst von ihm zurück. Aber er sieht ihn nicht an, sondern sein Blick wandert ständig zwischen mir und Sam hin und her. Mein Bruder legt beschützend seinen Arm um mich und ich bin ihm dankbar, denn ohne ihn würde ich in tausend Teile zerspringen.

„Ist das Ihr Kleiner?", fragt Kendra. Ihrer Stimme nach, scheint sie sehr kinderlieb zu sein. Aber ich antworte ihr nicht. Ich bin nicht in der Lage dazu. Da wendet sie sich an Sam.

„Hallo, ich bin Kendra, wie heißt du denn?" Sam lässt mein Gesicht los und schaut zu Kendra. Dadurch hat jetzt auch Kyle einen direkten Blick auf sein Gesicht. Seine Augen weiten sich vor Schock und seine Schultern verspannen sich noch mehr.

„Ich heiße Samuel Mitchell Borough, aber alle nennen mich Sam und das ist meine Mom." Sam schlingt seine Arme um meinen Hals und drückt seine kleine gerötete Wange an meine aschfahle.

„Das ist schön, dass du deine Mom lieb hast.", sagt sie zu meinem Sohn und zu mir sagt sie „Wir melden uns dann, wenn wir uns wegen den Farben und Blumen entschieden haben."

Abwesend nicke ich. Kyle starrt mich weiter an. Ob er erkennt, dass Sam von ihm ist? Kendra scheint es nicht bemerkt zu haben. Er achtet auch nicht auf die anderen Kinder, denn ich weiß, dass er Jessica, Lena und Max zumindest von Fotos her kennt. Denn er trifft sich immer noch ab und zu mit Molly und Lisa. Wobei das seit unserer Trennung auch weitaus weniger geworden ist.

Kendra winkt mir noch zu und zieht ihn mit sich nach draußen in die Abendsonne.

„Sophie, du steckst verdammt tief in der Scheiße!", murmelt David.

„Das kannst du laut sagen, ich soll deren Hochzeit ausrichten." Mein Blick ist immer noch auf die Tür gerichtet, durch die Kyle und Kendra gerade verschwunden sind.

„Das meine ich nicht", sagt er sanft. Verwirrt sehe ich ihn an. „Ich meine Sam." Sofort schrillen all meine Alarmglocken.

„Wehe, ihr brecht euer Versprechen!", fauche ich und drücke meinen Sohn an mich, der jetzt aber anfängt zu quengeln, weil er runter zu seinen Cousinen und seinem Cousin will. Ich setze ihn ab und richte mich drohend vor meinem Bruder auf. Durch seine eins neunzig muss ich den Kopf in den Nacken legen, um ihn ansehen zu können.

„Er hat es eh schon erraten."

„Hat er nicht!"

„Sophie, ich habe sein Gesicht gesehen, er hat."

„Nein, hat er nicht!"

„Sieh dir den Kurzen an - er ist Kyle wie aus dem Gesicht geschnitten und so blöd ist er nicht. Er wird doch wohl merken, wenn ein Kind vor ihm steht, das genauso aussieht, wie er in dem Alter." Bei seinen Worten sacke ich in mich zusammen. David zieht mich in seine Arme.

„Wem will ich hier was vormachen? Wenn ich ehrlich bin, dann habe ich es genau in seinen Augen gesehen, als er realisierte. Kannst du ihn nach Hause fahren?"

„Ich dachte, du kommst gleich mit."

„Nein, ich brauche jetzt einfach mal eine Stunde für mich, in der ich mir meiner Situation klar werden muss. Mom müsste zu Hause sein. Sie passt bestimmt auf ihn auf."

„Ich kann ihn auch mit zu uns nehmen. Dann kann er auch bei uns übernachten und morgen Abend bringe ich ihn dir vorbei." Er dreht den Kopf und fragt Sam, ob er mit zu ihm nach Hause wolle und mein kleiner Sohn springt vor Freude auf und ab.

„Da wäre das schon mal geklärt. Hast du deinen Wagen hier?"

„Ja, habe ich. Rufst du bei Mom und Dad an, dass ihr Sam habt?"

„Klar Kleines."

„Aber bitte sag ihnen nichts von Kyle", flehe ich ihn an.

„Bist du sicher? Wir haben all die Jahre dicht gehalten und wäre es da nicht besser, wenn sie wüssten, dass er wieder in der Stadt ist. Es geht uns auch etwas an Sophie. Wir hängen da alle mit drin."

„Ich weiß. Ich sag es ihnen heute Abend, okay?"

„Hm, aber tu nichts Unüberlegtes", ermahnt mich David. Er ist inzwischen fast so schlimm wie Richard. Aber meine Familie ist mein Fels in der Brandung und im Moment gibt es bei mir den Jahrtausend-Sturm schlechthin.

„Los ihr Rasselband, verabschiedet euch von Sophie und dann ab ins Auto.", ruft er den Kindern zu. „Mach's gut und ruf an, wenn wir was für dich tun können."

„Mach ich und einen schönen Gruß an Molly.". Mein lieber Bruder wird blass.

„Scheiße, sie ist nicht da!", entfährt es ihm.

„Willst du Sam nicht doch lieber zu Mom fahren?"

„Nein, ich bekomm das schon hin."

Ich gebe ihm noch ein Küsschen und dann gehe ich in die Hocke, um mich von Sam zu verabschieden.

„So mein Kleiner, du fährst jetzt mit zu Onkel David und morgen Abend bringt er dich dann wieder nach Hause. Ich werde da dann noch nicht da sein, weil ich morgen eine Goldene Hochzeit habe. Sei also schön lieb. Ich zähl auf dich!"

„Mom! Behandle mich nicht wie ein Baby, ich bin schon fast uehn", tadelt er mich und gibt mir dann doch einen Abschiedskuss.

„Sonntagabend müssen wir noch deine Schultasche packen."

„Och nö", mault er.

„Doch. Die Ferien sind vorbei. Ab Montag geht es wieder in die Schule."

Er seufzt, als hätte er eine zentnerschwere Last zu tragen.

„Na gut, wenn es sein muss."

„Ja, muss es. Bye Sam."

„Tschüss Mom, ich hab dich lieb."

„Ich dich auch."

Er mag zwar schon fast zehn sein, aber er wird auf immer mein kleiner Sam sein. Er möchte, dass man ihn nicht mehr als kleines Kind ansieht, aber im Grunde seines Herzens ist er genau das noch - wenn ich nur an heute Vormittag zurückdenke. Er hat sich so wahnsinnig über den Zoobesuch gefreut und auch als er wieder kam, leuchtet seinen grünen Augen vor Glück und Freude.

Ich winke ihnen noch hinterher und gehe wieder rein. Da ich für heute genug habe verschließe ich gleich die Tür. Mit schleppenden Schritten gehe ich in die Küche. Da warten noch die einzelnen Teile der Torte für die Garrissons. Zum Glück ist alles schon so weit fertig, dass ich sie nur noch zusammensetzen muss.
Seufzend binde ich mir meine Schürze um, krempel die Ärmel meines Pullovers nach oben und mache mich an die Arbeit.

Nach einer Stunde bin ich fertig und vor mir steht eine kanariengelbe Torte, die mit kleinen blauen Wellen dekoriert ist. Zum Glück wollten sie nur eine einfache Torte und keine Mehretagige. Das hätte ich heute nicht mehr gepackt. Ich bin hundemüde und will nur noch schlafen. Aber ich muss mich mit meinem Problem befassen. Aus meinem Büro hole ich Handtasche, Handy und Jacke und verlasse für heute den Laden.

Hinter dem Gebäude befindet sich ein kleiner Parkplatz und dort wartet mein Mercedes CLS. Nach der Trennung von Kyle hatte ich den SLS AMG verkauft und mir den CLS gekauft. An dem anderen Wagen hingen einfach zu viele Erinnerungen. Zum Beispiel hatten wir in ihm hemmungslosen Sex gehabt. Das war eine meiner ersten Handlungen gewesen. Manche Frauen lassen sich die Haare schneiden, ich habe halt meinen Wagen verscherbelt.

Ich starte den weißen Wagen und fädle mich in den abendlichen Verkehr von Chicago ein. Mein Weg führt mich direkt zu Richard und Lisa. David hat jetzt genug mit Max, Jessica und Sam zu tun. Meinen Eltern werde ich mich heute Abend stellen.

Es dauert über vierzig Minuten ehe ich vor dem großen schmiedeeisernen Tor stehe. Schnell tippe ich den Code ein und es öffnet sich geräuschlos. Langsam fahre ich die lange geschwungene Auffahrt hinauf. Das weiße Haus sieht einladen und freundlich wie immer aus. Im Erdgeschoss brennt Licht. Ich nehme mir einen kurzen Moment zum Durchatmen, bevor ich auf den Klingelknopf drücke. Ich muss nicht lange warten und schon wird mir die Tür geöffnet und in tröstende Arme gezogen.

„Sophie", sagt Lisa mit mitfühlender Stimme und zieht mich ins Haus. Die große Eingangshalle ist hell erleuchtet und wie immer vom Duft frischer Blumen erfüllt. Der Kristallüster an der hohen Decke verstrahlt ein warmes und freundliches Licht.

Im Garderobenschrank muss ich ein bisschen nach einem freien Platz wühlen, finde ihn aber schließlich. Bei einem drei Personen Haushalt, wovon eine ein kleines Mädchen ist, kommen eine Menge Jacken zusammen.

Lisa eilt in die Küche und überlässt mich erst einmal meinem Schicksal. Die Wände im Eingangsbereich sind weiß und voll mit gerahmten Fotos. Kein Drucke irgendwelcher Künstler, sondern Familienfotos. Seit Richard Vater ist, hat er sich so sehr verändert. Aber ganz aus seiner Haut heraus kann er nicht. Er hat immer noch gern die Kontrolle und ist Besserwisserisch wie eh und je. Lisa kommt zurück zu mir.

„Ich habe Glenda Bescheid gesagt, sie kümmert sich um Lena und bringt sie ins Bett." Glenda ist das Au pair Mädchen aus den Niederlanden, welches seit einem halben Jahr bei ihnen ist und sich um Lena kümmert, wenn Lisa und Richard es nicht können. In vier Monaten ist ihr Aufenthalt leider schon vorbei. Aber wenn es nach meinem Bruder und dessen Frau geht, dann wollen Sie Glenda fest als Kindermädchen einstellen. Am Anfang hatte Lisa ein großes Problem damit, einzusehen, dass sie Beruf, Kind und die Frau eines erfolgreichen Geschäftsmannes zu sein nicht ganz so einfach unter einen Hut bringen kann. Alle drei Teile sind ihr sehr wichtig und so haben sie sich dann für ein Au pair entschieden, das sie bei der Betreuung von Lena unterstützt. Nichts desto trotz kümmern sich die Beide in jeder freien Minute um ihre kleine Tochter – bis auf ganz wenige Ausnahme bringen sie sie jeden Abend gemeinsam zu Bett, sie frühstücken und essen gemeinsam zu Abend und verbringen auch sonst sehr viel Zeit mit Lena. Aber es gibt Momente im Leben von Eltern, da können sie nicht bei ihrem Kind sein. Da sich Mom und Dad um Sam kümmern, wenn ich verhindert bin, haben sie sich für Glenda entschieden. Sie ist ein ganz tolles Mädchen und inzwischen ist sie so etwas wie ein Familienmitglied geworden und auch ich hoffe inständig, dass sie bleiben wird.

Sanft nimmt Lisa meinen Arm und führt mich ins Wohnzimmer. Anscheinend hat David schon gequatscht, als er die Kleine hier absetzte.

Das Wohnzimmer ist ein heller und sehr gemütlicher Raum. Auf der linken Seite eröffnet eine Fensterfront den Zugang zur Terrasse und auf der rechten Seite befindet sich eine große Fensterfront mit Durchgang zum Wintergarten.

Von der Terrasse aus hat man einen wunderbaren Blick auf den Lake Michigan. Von dieser Terrasse wurde auch das Bild der Blumenwiese in meinem Büro geschossen.

Wenn man im Wintergarten ist, könnte man glatt vergessen, dass man direkt am Wasser ist, denn man sieht in den nahen Wald hinein.

Das Wohnzimmer an sich wird von einer riesen Ledercouch in Weiß dominiert. Sie ist geschwungen und je nachdem auf welchem Platz man sitzt hat man einen direkten Blick auf den monströsen Kamin, in dem gerade ein fröhliches Feuer knistert, oder man hat einen super Blick auf den nicht minder großen Flatscreen. Ein paar große Grünpflanzen und ein bunter Knüpfteppich runden das ganze Bild ab. Auch hier findet man überall Fotos, aber auch ein paar Kunstwerke hängen an den Wänden.

Als wir eintreten erhebt sich mein großer Bruder von der Couch und legt die Financial Times zur Seite.

„Hallo Kleines."

„Hi Richard", begrüße ich ihn. Lisa nimmt wieder meinen Arm und führt mich zur Couch.

„Setz dich." Ich komme ihrer Aufforderung nach. Da ich mich hier genauso zu Hause fühle wie bei Mom und Dad, oder wie bei Molly und David, ziehe ich meine Knie an und lege meine Beine auf die weiche Couch. Richard und Lisa setzen sich leicht schräg, so dass sie mich besser sehen können. Er legt seinen Arm um sie und meine Schwägerin kuschelt sich an ihn. Er scheint schon eine Weile zu Hause zu sein, denn er trägt Jeans und Pullover.

Seit er ein Daddy ist, haben sich seine Arbeitsgewohnheiten drastisch geändert. Er ist jeden Abend zeitig zu Hause und am Wochenende arbeitet er so gut wie gar nicht. Nur abends, wenn Lena schläft muss er ab und zu nochmal an seinen Schreibtisch im Arbeitszimmer.

Abwartend sehen mich Beide an. Bei Lisa ist es eher mittleidig, bei Richard kann ich die unterdrückte Wut erkennen.

„Ich nehme an, David hat es euch schon erzählt?" frage ich sie schließlich.

„Ja hat er, wie geht es dir?" fragt mich meine Schwägerin sanft.

„Wie soll ich mich schon fühlen?", gifte ich sie an. Auch wenn ich absolut keinen Grund dazu habe. Aber in den letzten Stunden haben sich bei mir so viele widersprüchliche Gefühle angestaut.

„Sophie", warnt mich Richard leise und bestimmt. Lisa und Lena stehen bei ihm an erster Stelle und er würde jederzeit auch gegen unsere Eltern oder seine Geschwister vorgehen, wenn wir seinen beiden Frauen etwas Böses wollen würden.

„Sorry, aber meine Nerven liegen im Moment blank", entschuldige ich mich bei ihr.

„Schon gut, ich bin schlimmeres gewöhnt", winkt sie ab und grinst Richard frech an.

„David hat nicht sehr viel gesagt, nur dass Kyle heute im Laden war. Was wollte er?" Rich spricht Kyles Name mit einem mehr als verächtlichen Unterton in der Stimme aus.

„Er will, oder besser seine Verlobte will, dass wir ihre Hochzeit im Sommer ausrichten."

„Er will es also tatsächlich durchziehen.", entschlüpft es ihr. Als sie es bemerkt, schlägt sich Lisa erschrocken beide Hände vor den Mund.

„Du hast es gewusst?", sagen Rich und ich gleichzeitig.

„Ja. Molly und Kerry wissen es auch. Es tut mir leid, dass ich nichts gesagt habe. Aber was sollte ich machen? Du hast uns darum gebeten dir keine Neuigkeiten von Kyle zu erzählen."

„Schon gut. Insgeheim wusste ich, dass der Tag irgendwann kommen wird, an dem ich ihm wieder über den Weg laufe. Aber nie im Leben hätte ich geglaubt, dass es so ablaufen würde." Tief durchatmend fahre ich mir mit den Händen durch die Haare. Das Ganze ist jetzt schon äußerst anstrengend und dabei ist das erst der Anfang. Der richtig harte Teil kommt erst noch.

„Du hast es also erfahren, als sie in den Laden kamen, um ihre Hochzeit von euch ausrichten zu lassen?", hakt Rich nach. Ich werfe ihm einen kurzen prüfenden Blick ins Gesicht. Ich kann ganz genau sehen, dass er mehr vermutet.

„Nein, ich habe die Verlobungsanzeige der Chicago Times gesehen. Es hätte heute so ein guter Tag werden können. Alles lief super, bis ich heute Mittag die Zeitung gelesen habe."

„Oh Sophie." Tröstend streichelt sie mir meine Hand. Sie ist zwar meine Schwägerin, aber für mich ist sie mehr, sie ist meine Schwester im Geiste. Das Gleiche gilt für Molly und Kerry.

„Das ging ja noch. Aber dann kam Marie rein, Mai hatte Fieber bekommen und George stand noch im OP, also musste sie die Kleine abholen und hat mich gebeten ihren Drei-Uhr-Termin zu übernehmen. Leider hatte ich vorher auch noch Kunden und so keine Zeit mehr, in die Akte zu sehen und als ich dann um die Ecke bog, stand er dann da mit seiner Verlobten."

„Himmel, das muss ja ein Schock gewesen sein."

„War es auch. Aber damit könnte ich leben. Ich hätte die Hochzeit ja wieder an Marie abgeben können und gut. Aber dann kam David mit den Kindern vom Zoo zurück."

Sowohl Lisa als auch Richard ziehen scharf die Luft ein.

„Hat er Sam gesehen?", fragt mein Bruder kühl. Zum Glück ist dieser Tonfall nicht gegen mich gerichtet. So etwas könnte ich jetzt ganz und gar nicht gebrauchen.

„Ja hat er."

„Was hat er gesagt?"

„Nichts, das einzige Wort, das er zu mir gesagt hat, war Kaffee, als ich ihn gefragt habe, was er trinken möchte. Aber er hat es gemerkt. Er war schon verwirrt, als Sam auf meinem Arm war und meine Aufmerksamkeit wollte. Aber dann hat Kendra, seine Verlobte, Sam gefragt wie er heißt und da hat er sich umgedreht und er konnte sein Gesicht sehen und da fiel bei ihm der Groschen."

„Was willst du nun machen?" Rich scheint in Gedanken versunken zu sein, denn nur Lisa beteiligt sich an dem Gespräch.

„Ich weiß es nicht. Den Kopf in den Sand stecken, Tee trinken und abwarten?", frage ich hilflos.

„Sophie, meinst du nicht, er hat ein Recht darauf es zu erfahren? Immerhin ist er Sams Vater."

„Lisa, das Thema hatten wir schon mal vor elf Jahren."

„Aber er ist der Vater und es ist sein gutes Recht es zu wissen. Du weißt, ich halte immer zu dir, aber das ändert nichts daran, dass ich der Meinung bin, dass jeder Vater wissen sollte, dass er Kinder hat. Meinst du nicht, Sam hätte auch gern einen Vater?", kommt sie mit meiner Achilles Ferse - Sam.

„Sein Recht hat er verwirkt, als er mich belogen hat. Als er mit dieser Schlampe in die Federn gehüpft ist und mir dann verklickern wollte, dass das alles doch gar nicht so schlimm wäre.", fauche ich sie an. Selbst nach elf Jahren sind die Wunden so frisch wie am ersten Tag und prompt sehe ich ihn wieder, wie er in seinem Bett liegt und bis zum Anschlag in diesem Flittchen steckt.

„Aber trotzdem ist er Sams Vater. Der Kurze braucht einen. Du kannst nicht Mutter und Vater gleichzeitig sein. Jetzt mag es ja noch gehen, aber was ist wenn er in die Pubertät kommt?"

„Da schicke ich ihn zu Richard oder David", antworte ich trotzig.

„So kommen wir nicht weiter.", seufzt Lisa. Sie haut Rich auf den Oberschenkel, was ihn aufschrecken lässt. „Sag du doch auch mal was dazu."

„Baby, du weißt ich bin da parteiisch. Ich halte da zu Sophie. Das Schwein hat ihr das Herz gebrochen. Sie ist heute noch nicht über ihn hinweg, oder was glaubst du warum sie noch nicht glücklich verheiratet ist. Seit ihm hatte sie kein einziges Date mehr gehabt." Seine unterdrückte Wut ist ihm deutlich anzusehen.

„Hallo, ich bin auch noch im Raum. Es ist unhöflich über Personen zu sprechen, wenn sie anwesend sind."

„Ich weiß genauso wie du, dass er ihr das Herz gebrochen hat und dass du parteiisch bist. Aber jetzt versetze dich mal bitte in Kyles Lage. Wie würdest du dich fühlen, wenn du nach zehn Jahren erfährst, dass du einen Sohn hast. Wie würdest du dich fühlen, wenn du nichts von Lena wissen würdest und plötzlich erfährst das du Vater bist und alles bisherige verpasst hast?"

„Ich will mich nicht in seine Lage versetzen.", gibt er trotzig zurück.

„Richard, bitte!", mahnt Lisa ihn. Seufzend fügt er sich in sein Schicksal. Er weiß ja, dass er seiner geliebten Frau nicht entkommen kann.

„Ich wäre stinkwütend auf dich und …" Hilflos hebt er seine Hände an und lässt sie wieder fallen. „Ich weiß nicht,

was ich dann alles getan hätte, wahrscheinlich Himmel und Hölle in Bewegung gesetzt."
Lisa wendet sich mir wieder zu.
„Du musst mit Kyle reden. Es wäre auch das Beste für Sam."
Ich schlage mir die Hände vors Gesicht und vergrabe es darin.
„Aber er hat mich betrogen. Er hat mir auf immer und ewig das Liebesleben versaut und vor allem, was ist wenn er von Sam nicht wissen will?", nuschle ich.
„Rede mit ihm und dann wirst du sehen, ob er ihn kennenlernen will oder nicht. Du sollst den Kurzen doch nicht gleich mitschleppen."
„Darf ich da erst mal eine Nacht drüber schlafen?"
„Klar. Ich habe ja nicht gesagt, dass du sofort zu Kyle sollst, aber lass dir nicht allzu viel Zeit."
„Gut mach ich."

Wir sprechen noch ein wenig über dies und das, machen um das Thema Kyle aber einen riesen Bogen. Gegen neun verabschiede ich mich von ihnen und mache mich auf den Heimweg. Aber bevor ich losfahre rufe ich noch bei Kerry an.
„Hi Sophie", flötet sie fröhlich.
„Hi. Hast du kurz Zeit?"
„Klar, ich bin gerade auf dem Weg zum Dinner mit einem Mandanten." In den letzten Jahren hat sie einiges erreicht. Sie hat ihr Studium mit Auszeichnung bestanden und arbeitet jetzt in einer großen Kanzlei. Im Moment ist sie damit beschäftigt sich durch sämtliche Betten zu vögeln und die Karriereleiter nach oben zu klettern. Ihr eher biederer Beruf steht im krassen Gegensatz zu ihrem doch recht ausschweifenden Privatleben. Man muss ihr aber zu Gute halten, das sie ihr Möglichstes tut, damit sich diese beiden Bereiche ihres Lebens nicht miteinander vermischen.
„Kerry, ich muss dir was sagen."
„Was?" Sie klingt sofort alarmiert.

„Kyle war heute bei mir im Laden." Lieber kurz und bündig, als lang um den heißen Brei herum reden.

„Oh."

„Er hat Sam gesehen."

„Oh!"

„Ich weiß, ich habe in den letzten Jahren so viel von dir verlangt. Aber bitte tue mir einen letzten Gefallen. Wenn er mit dir reden will, wimmel ihn ab."

„Er hat Sam gesehen?", fragt sie atemlos.

„Ja und er hat sich in ihm wieder erkannt."

Sie atmet tief durch.

„Ich musste ihn in den ganzen Jahren vor Kyle und meinen Eltern geheim halten, da werde ich es die paar Tage jetzt auch noch schaffen. Du redest doch hoffentlich mit ihm?"

„Ja, ich werde mit ihm reden. Ich habe dich nie danach gefragt, wie du es die ganze Zeit geschafft hast - ich meine Sam vor ihnen geheim zu halten."

„Genau wie du nichts von Kyle hören willst, so wollte er nichts von dir hören und ehrlich gesagt ist das Verhältnis zwischen meinem Bruder und mir seit eurer Trennung sehr angespannt."

„Weißt du, dass er im Sommer heiratet?"

„Ja, das weiß ich. Ich habe Kendra letztes Jahr kennengelernt."

„Sie wollen, dass wir die Hochzeit ausrichten."

„Oh, macht ihr's?"

„Ich denke mal ja, wenn Kyle immer noch will. Ich werde sie aber wieder an Marie abgeben."

„Wissen es deine Brüder schon?"

„Ja, David kam gerade mit den Kindern aus dem Zoo zurück in den Laden, als sich Kyle und Kendra verabschiedeten und ich war eben bei Rich."

„Es tut mir leid, dass Lisa, Molly und ich es wussten, dir aber nichts gesagt haben.", entschuldigt sie sich ebenfalls bei mir.

„Schon gut. Ich nehme es euch nicht übel."

„Trotzdem. Es ist aber immer schwer gewesen, abzuwägen, ob wir dir etwas sagen sollten oder nicht."

„Danke Kerry, für alles. Ich lass dich jetzt mal in Ruhe. Ich habe morgen einen anstrengenden Tag vor mir."

„Bye Sophie und rede mit Kyle."

„Ja, Bye."

Ich lege auf, starte meinen Wagen und fahre nach Hause. Der Verkehr ist jetzt nicht mehr so schlimm und ich bin relativ schnell zu Hause. Als ich mit dem Studium begann, wollte ich bei Mom und Dad ausziehen und war schon auf der Suche nach einer passenden Wohnung. Aber dann passierte das mit Kyle und eine Woche nach unserer Trennung habe ich dann festgestellt, dass ich schwanger bin.

Ich will in unser Grundstück einbiegen, aber da steht schon ein Wagen. Ein schwarzer Audi. Richard kann es nicht sein, von ihm bin ich ja gerade erst weg und außerdem kennt er den Code fürs Tor.

Ein sehr ungutes Gefühl steigt in mir auf als ich sehe, dass sich die Fahrertür öffnet und sich ein großer Mann aus dem Wagen schwingt. Es ist dunkel und meine Scheinwerfer beleuchten ihn nur bis zur Taille. Aber ich weiß genau, dass es Kyle ist, der da gerade auf mich zukommt.

Kapitel 3 - Erpressung

Noch ehe ich reagieren kann, reißt er die Beifahrertür auf und lässt sich auf den Sitz gleiten. Wie gebannt starre ich ihn an und fühle mich wie das berühmte Reh auf der dunklen Landstraße, dass wie paralysiert von den entgegen kommenden Scheinwerfern ist. Sofort ist das Innere mit seinem Geruch erfüllt. Ich muss schleunigst zur nächsten Tankstelle und mir eines dieser komisch riechenden

Bäumchen kaufen. Die sind mir allemal lieber, als dieser betörende Duft, der mein Herz zusammenzieht.

„Fahr los", knurrt er mich an. Seine Stimmlage ist wie ein kalter Regenguss für mich und die temperamentvolle Sophie kommt zum Vorschein.

„Vergiss es, mach dich aus meinem Wagen und fahr deine Karre von unserem Tor weg!", fauche ich ihn an. Kyle sieht mich an. Seine Augen sind ganz dunkel und ich kenne ihn gut genug, um zu wissen, dass sich darin die blanke Wut wiederspiegelt. Außerdem sieht Sam auch immer so aus, wenn er wütend ist. Das kommt zum Glück nur sehr selten vor. Mein Kleiner hat so verdammt viel von seinem Vater.

„Entweder du fährst jetzt los, oder ich zerre dich hier raus und verfrachte dich in meinen Wagen."

„Was würde dir das bringen? Mein Wagen blockiert deine hässliche Protzkarre."

„Du hattest schon immer ein Problem damit, dass man erst denken sollte, bevor man den Mund aufmacht."

„Raus!" presse ich zwischen zusammengebissenen Zähnen hervor. Ich drücke sie so stark zusammen, dass mir bereits der Kiefer schmerzt.

„Vergiss es, du bist mir Antworten schuldig und ich werde erst gehe, wenn ich das weiß, was ich wissen will. Wenn du also das Ganze nicht hier in deiner Protzkarre regeln wollen, dann solltest du jetzt los fahren."

„Nein."

Sophie! Treib mich nicht zur Weißglut!" Oha, seine Stimme zittert schon vor Wut. Ich verschränke meine Arme vor der Brust und schüttle den Kopf.

„Wir können uns gerne auf neutralem Boden treffen, aber nicht heute. Ich hätte morgen zum Lunch Zeit", erkläre ich ihm.

„Tja, Pech für dich. Wir regeln das heute und wenn ich dich die ganze Nacht festhalten muss."

„Tja, dein Pech. Ich habe einen stressigen Tag hinter mir und morgen wird es auch nicht besser. Also, wenn du mich

jetzt bitte entschuldigen würdest, ich möchte gern ins Bett.", entgegne ich so patzig wie möglich. Ich schnappe mir meine Handtasche und steige aus. Aber leide komme ich nicht weit. Noch ehe ich das Tor erreicht habe, werde ich an den Hüften gepackt und angehoben.
Wütend schlage ich um mich. Trete mit meinen Schuhe nach seinen Beinen. Aber die scheinen aus Stahl oder ähnlichem zu bestehen, denn er zuckt noch nicht einmal zusammen als meine Absätze ihm am Schienbein treffen.
„Kyle, verdammt lass mich runter!", kreische ich. Das erste Mal in meinem Leben bereue ich es, dass es in unserer Straße nur Grundstücke gibt, deren Häuser hinter einer ellenlangen Auffahrt verborgen sind. Niemand hört meine Schreie.
Mühelos trägt er mich zu meinem Wagen zurück, aber nicht auf die Fahrerseite. Sondern er schiebt mich direkt auf die Beifahrerseite. Wütend trete ich nach ihm. Aber er fängt meine Beine ab und stopft sie mit in das Auto. Ehe ich nachtreten kann schlägt er die Tür zu und ich stoße mir schmerzhaft das Knie.
Kyle geht um das Auto rum und schwingt sich hinter das Lenkrad.
„Und jetzt? Was hat dir das gebracht?", frage ich ihn gehässig, denn die Schlüssel, halte ich noch in meiner Hand umklammert.
„Jetzt fahre ich", erklärt er kühl, drückt auf die Start/Stopp-Taste und mein verräterisches Auto springt an.
Verdammt, warum habe ich damals Key less genommen? Verfluchte Scheiße! Ohne groß auf die Straße zu sehen, setzt Kyle zurück und gibt Gas. Schnaubend und zitternd vor Wut fingere ich nach dem Sicherheitsgurt und schnalle mich an. Dann klammere ich mich an meine Handtasche wie an einen Rettungsanker.
Schweigen fahren wir durch die Nacht. Das Licht der Straßenlaternen lassen sein Gesicht noch markanter erscheinen. Ein wenig kantiger ist es geworden und manch harte Linie hat sich in sein Antlitz gegraben. Wütend malmt er

mit den Zähnen. Ich kann deutlich sehen wie sich seine Kiefermuskulatur verkrampft.

Nach einer gefühlten Ewigkeit fährt er auf einen Parkplatz und stellt den Wagen ab.

„Steig aus", sagt er kühl und drückt auf das Gurtschloss.
„Nein." Ich lasse mich von ihm nicht rum kommandieren.
„Sophie steig aus!" Er betont jedes einzelne Wort.
„Kyle, ich werde nicht aussteigen und du wirst mich sofort zurück nach Hause bringen!"
Wütend schwingt er sich aus dem Wagen und kommt auf meine Seite, reißt die Beifahrertür auf und noch bevor ich mich irgendwo festklammern kann hat er meinen Ellenbogen gepackt und mich heraus gezerrt. Als ich festen Boden unter den Füßen habe reiße ich mich von ihm los.

„Fass mich nie wieder an!", knurre ich ihm entgegen. Aber zu meinem Leidwesen muss ich zugeben, dass meine Haut an der Stelle prickelt, an der er mich berührt hat. Toll - erst mein Auto nicht mehr zu mir und jetzt der Körper.

Mit einer schnellen Handbewegung entreißt er mir meine Tasche und marschiert los, ohne sich umzusehen, ob ich ihm folge oder nicht. Leider war ich so dumm und habe die Autoschlüssel in meine Handtasche gesteckt und ohne sie kann ich nicht los fahren. Ich muss sie beim Starten nicht in den Schlitz schieben, aber sie müssen sich mit im Auto befinden. Klasse, jetzt muss ich auch noch hinter ihm her.

Seufzend sehe ich mich um und mein Herz rutscht mir in die Leggings. Wir befinden uns auf dem Parkplatz der zum Strand gehört, an dem wir unser erstes richtiges Date hatten. Warum ist er mit mir ausgerechnet hier her gefahren?

Ich stöckele hinter Kyle her. Er steht im Sand des verwaisten Strandes und sieht auf die Brandung hinaus. Leider liegt hier heute kein roter Teppich und ich habe arge Probleme mit meinen Absätzen durch den weichen Sand zu kommen. Auch gibt es heute keine Fackeln, die mir den Weg zeigen und meine Augen gewöhnen sich nur langsam an die Dunkelheit.

Die Handtasche steht neben ihm im Sand und ich spiele kurz mit dem Gedanken, sie mir einfach zu krallen und weg zu rennen. Aber er ist schneller und stärker als ich.

„Wie lange?"

„Hä? Du musst schon deutlicher werden." Meine Stimme trieft nur so vor Verachtung.

„Wie lange weißt du schon, dass ich der Vater bin?"

„Glaubst du etwa, ich hätte dich damals betrogen? Ich bin nicht so wie du Kyle." Ein Schlag unter die Gürtellinie, aber es ist mir egal.

„Bryan sagt da was anderes."

„Wer zum Geier ist Bryan?", frage ich verdattert.

„Mein ehemals bester Freund."

„Und was soll der bitte schön sagen?"

„Das du mit ihm in die Kiste gesprungen bist." Vor Verblüffung bleibt mir der Mund offen stehen. Man mag ja viel von mir sagen, aber ich habe nie jemanden betrogen. Na gut, vielleicht. Aber nicht in der Art und Weise wir er mich gerade beschuldigt.

„Auch wenn das jetzt nichts ändert, ich war nie mit einem Bryan im Bett, das wüsste ich aber."

„Ich möchte einen Vaterschaftstest."

„Stopp, Moment mal. Du willst was?"

„Ich will einen Vaterschaftstest."

„Die Kohle kannst du dir sparen, da mach ich nicht mit. Du brauchst mein Einverständnis dafür und die werde ich dir nie und nimmer geben."

„Du kannst Gift und Galle spucken so viel du willst, aber ich habe ein Recht darauf es zu wissen."

„Einen Scheiß hast du!"

„Wir können das auf die sanfte oder auf die harte Tour machen, ganz wie du willst", sagt er gefährlich leise.

„Was willst du machen, mich in die Brandung schmeißen und ersäufen?"

„Wäre eine Überlegung wert." Denkt er jetzt wirklich darüber nach? Ich schüttle meinen Kopf. Nein, er ist zwar wütend auf mich, aber umbringen würde er mich nicht - hoffe ich.

„Fass mich an und ich kastrier dich mit meinen bloßen Händen", warne ich Kyle.

„Was macht das schon? Ich habe ja anscheinend schon einen Sohn gezeugt.", sagt er bitter.

„Können wir jetzt gehen?" Ich will hier weg. Ich will in Ruhe über die Situation nachdenken.

„Nein, ich habe dir doch schon gesagt, dass ich dich erst gehen lasse, wenn wir das geklärt haben und wenn es die ganze Nacht dauert und denk nicht mal an Abhauen. Ich habe deine Schuhe gesehen, du würdest nicht weit kommen und außerdem habe ich deine Autoschlüssel in meiner Hosentasche."

„Du hast mich beklaut!?"

„So würde ich es nicht definieren. Ich habe mich rückversichert."

„Was soll der Kindergarten?"

„WAS DAS SOLL? DA DRAUSSEN LÄUFT EIN KLEINER JUNGE RUM, DER MIR VERDAMMT ÄHNLICH SIEHT UND DER DICH MOM NENNT UND ICH WILL VERDAMMT NOCHMAL ANTWORTEN HABEN!" brüllt er mich an.

Es ist das erste Mal, seit wir am Strand angekommen sind, dass er mich ansieht. Ansonsten hat er nur auf die Brandung gestarrt.

„Sam, also mein Sohn, ist auch deiner.", flüstere ich in den Wind. Der Tag war so anstrengen, ich habe heute einfach keine Kraft mehr, um gegen ihn anzukämpfen.

Geschockt atmet er ein, geht in die Hocke und streicht sich mit den Händen durch das kurze Haar.

„Warum? Warum, Sophie?", fragt er mich murmelnd.

„Das geht dich nichts an." Gut, er weiß es jetzt, aber eher stoße ich mir einen Pflock ins Herz, als dass ich ihn wissen lasse wie sehr er mich verletzt hat und wie sehr sein Anblick mich im Moment aufwühlt.

„VERDAMMT SOPHIE, DAS KIND IST MEIN SOHN UND ER SCHEINT DAS JA NICHT ERST SEIT GESTERN ZU SEIN UND DU HAST ES MIR DIE GANZEN JAHRE ÜBER VERHEIMLICHT!", wettert er wieder los und richtet sich wieder auf.

„Sein Name ist Sam. Samuel Mitchell Borough."

„Hab ich schon mitbekommen.", sagt er verächtlich. Oh nein, meine Befürchtungen bewahrheiten sich. Er will mit Sam nichts zu tun haben. Nur gut, das mein Kleiner von all dem nichts mitbekommt. Es würde ihm das Herz brechen. Auch wenn Richard und David ihn abgöttisch lieben, so sind sie doch immer nur seine Onkel. Er wird zwar um die Beiden in der Schule beneidet, aber ich weiß, dass er immer, wenn seine Schulkammeraden von ihren Vätern abgeholt werden, einen sehnsuchtsvollen Blick bekommt.

„Halt dich von ihm fern."

„Einen Dreck werde ich tun. Er ist mein Kind und ich werde mit ihm Zeit verbringen, ganz egal ob es dir passt oder nicht!"

„Ist damit der Vaterschaftstest vom Tisch? Wie du ja schon selber zugegeben hast, er sieht aus wie du."

Kyle brummt nur etwas Unverständliches, aber ich frage nicht nach.

„Können wir jetzt wieder los, mir ist kalt und ich habe morgen eine wichtige Feier."

„Vorerst ja, aber wage es ja nicht zu glauben, dass damit alles geklärt ist. Du bist mir noch eine ganze Menge Antworten schuldig." Kyle dreht sich um und stapft über den Strand zu meinem Auto. Wieder sieht er sich nicht nach mir um. Was habe ich erwartet? Dass er mir freudestrahlend und glückselig um den Hals fällt?

Ich hebe meine Tasche auf und laufe hinter ihm her. Ich beeile mich nicht sonderlich und brauche deshalb eine Weile, ehe ich am Wagen bin.

Kyle lehnt an der Motorhaube, die Arme vor der breiten Brust verschränkt. Im Licht der einzelnen Straßenlaterne kann ich

sehen, dass er immer noch die gleichen Klamotten trägt wie heute Nachmittag.
Ohne ihn anzusehen öffne ich die Beifahrertür und steige ein. Wenn er erwartet, dass ich jetzt fahre, dann hat er sich geschnitten. Er hat uns hierher kutschiert, also soll er uns auch wieder zurück bringen.
Kyle steigt ein und schweigend fahren wir wieder zurück. Inzwischen ist es kurz vor Mitternacht und ich darf gar nicht an den morgigen Tag denken. Er stellt mein Auto am Straßenrand ab, zieht die Schlüssel aus seiner Hosentasche und wirft sie mir in den Schoß. Reflexartig greife ich danach und schließe meine Finger darum. Sie sind ganz warm - gewärmt von seinem Körper. Undefinierbar in der Dunkelheit, sieht Kyle mich an, ehe er das Schweigen bricht und mir den größten Schock meines Lebens verpasst.
„Du hast jetzt zwei Möglichkeiten. Entweder erwirke ich vor Gericht das alleinige Sorgerecht oder du heiratest mich." Damit steigt er aus, knallt laut die Tür zu und geht zu seinem Wagen.

Geschockt starre ich ihn an und sehe ihm wie in Trance zu, wie er in seinen Audi steigt, rückwärts aus der Einfahrt heraus fährt und in der Dunkelheit der Nacht verschwindet.
Immer und immer wieder geistern seine letzten Worte durch meinen Kopf. Ich kann es nicht fassen. Was ist aus dem Kyle geworden, den ich einmal kannte, den ich geliebt habe? Heute Nachmittag war ich mir noch sicher, dass ich ihn immer noch lieben würde, trotz allem was er mir angetan hat. Aber da dachte ich auch noch, dass er derselbe Mann von damals ist. Aber für den Kyle, den ich heute Abend kennengelernt habe, verspüre ich nur Hass.
Blind starre ich auf die nächtliche Straße und versuche zu begreifen, was da gerade passiert ist, aber ich kann es nicht. Ich kann nicht glauben, dass er gerade gedroht hat mir meinen Sohn wegzunehmen, sollte ich ihn nicht heiraten.

Das Surren des Vibrationsalarms meines Handys schreckt mich auf. Schnell wühle ich danach - Richard.

„Ja?", flüstere ich.

„Sophie? Wo steckst du?", fragt er schroff, aber auch erleichtert. Ein schneller Blick auf meine Uhr sagt mir, dass es fast halb eins ist.

„Ich ... ich stehe zu Hause in der Einfahrt."

„Was? Wieso das denn? Sophie, was ist los, du hörst dich so eigenartig an?" Jetzt klingt er nur noch besorgt. Ich bin kurz davor, der Versuchung nachzugeben und ihm alles zu erzählen. Aber was würde dann passieren? Was eindeutig klar ist, dass Richard ausrasten würde. Er würde sich ins Auto schwingen und Kyle verprügeln, wenn nicht sogar noch schlimmeres.

„Ich weiß nicht, ich hatte mir nochmal unser Gespräch in Erinnerung gerufen und da muss ich wohl die Zeit vergessen habe", lüge ich ihn an. Sofort plagt mich deswegen das schlechte Gewissen.

„Mensch Sophie. Mom und Dad suchen dich überall. Ans Handy bist du nicht gegangen und sie haben bei uns und bei David angerufen, ob du eventuell da irgendwo bist."

„Oh, tut mir leid", antworte ich leise.

„Schon gut, aber jetzt mach dich rein, bevor sie noch die Kavallerie verständigen."

„Mach ich. Gute Nacht."

„Dir auch eine gute Nacht, Kleines." Als Richard aufgelegt hat, sehe ich, dass ich mehrere Anrufe in Abwesenheit habe. Einige von ihm, ein paar von Lisa und David und jede Menge von Mom und Dad. Das schlechte Gewissen packt mich noch stärker. Ich will nicht, dass sie sich Sorgen um mich machen. Ich umrunde mein Auto um mich hinter das Lenkrad zu setzen.

Das komplette Haus ist hell erleuchtet. Ich bin noch nicht richtig die Einfahrt hinauf gefahren, als auch schon die Haustür aufgerissen wird und Mom und Dad raus gestürmt kommen. Man könnte meinen ich wäre sechzehn Jahre alt und keine zweiunddreißig. Ich spare es mir den Wagen in die Garage zufahren, in gut fünf Stunden muss ich eh wieder los.

Die Fahrertür wird aufgerissen und mein Vater zieht mich aus dem Auto und in seine Arme. Ich kann seine Erleichterung förmlich spüren. Kurze Zeit später schlingt auch meine Mutter ihre Arme um mich. Ich merke ihre Tränen an meiner Wange.

„Mom, bitte nicht weinen." Krampfhaft versuche ich meine eigenen Tränen zurück zu halten. Ich will jetzt nicht weinen, darf es nicht. Denn wenn ich jetzt anfangen würde, würde ich lange nicht mehr aufhören können.

„Sophie, wo bist du denn nur gewesen?", fragt sie mich schluchzend.

„Ich war nach der Arbeit bei Lisa und Richard. Sam schläft heute Nacht bei David."

„Das wissen wir schon", murmelt mein Vater, seine Wange an meinen Kopf geschmiegt. „Wo warst du zwischen Richard und Lisa und jetzt?"

„Ich war in der Auffahrt."

„In der Auffahrt?" Meine Mutter sieht mich ungläubig an.

„Können wir erst einmal rein gehen. Mir ist kalt."

„Komm." Dad legt seinen Arm um mich und führt mich ins Haus. Im Hausflur lasse ich mich auf die unterste Stufe der Treppe fallen. Seufzend wische ich mir übers Gesicht.

„Sophie, ins Wohnzimmer", sagt meine Mutter streng. Wenn sie diesen Ton benutzt, dann duldet sie keinen Widerspruch. Da kuschen sogar David und Richard und sie lassen sich nun wirklich so gut wie von niemandem etwas sagen.

Schwerfällig erhebe ich mich, schlurfe rüber und lasse mich auf die gemütliche Couch fallen. Meine Mutter setzt sich in ihren Lieblingssessel und sieht mich streng an. Mein Vater macht sich an der stets gut gefüllten Bar zu schaffen.

„Dad, schenkst du mir auch einen ein?" Mit erhobenen Augenbrauen sieht er mich an. Ich mag sonst die ganzen harten Sachen nicht, aber heute scheint es mir eine gute Idee zu sein.

„Was willst du denn?", fragt er mich und geht einen Schritt zur Seite, damit ich das Angebot besser in Augenschein nehmen kann.

„Scotch oder Whiskey." Jetzt ernte ich erst recht fragende Blicke. Sowohl von meiner Mutter, als auch von meinem Vater. Schweigend schenkt er mir eine bernsteinfarbene Flüssigkeit in ein Glas und reicht es mir. Ich verzichte auf das Riechen und stürze es in einem Zug hinunter. Angewidert schnappe ich nach Luft. Das Zeug ist einfach nicht mein Fall.

Die Augenbrauen meiner Eltern heben sich noch mehr. Mein Vater setzt sich zu mir auf die Couch. Das Glas in der Hand und lässt die dunkle Flüssigkeit darin kreisen.

„Seit wann trinkst du denn Whiskey und das war übrigens gerade der 40 Jahre alte Schottische Whiskey, den du dir gerade so kopflos hinter die Binde gekippt hast."

„Eigentlich gar nicht, aber nach dem Tag heute, war das einfach nötig."

„Sophie, was ist passiert?" Moms Stimmlage ist immer noch streng, aber doch schon sanfter und mitfühlender geworden.

„Was wurde euch bereits berichtet?", frage ich tonlos. Ich bin nicht mehr in der Lage irgendwelche Emotionen zu zeigen, das wäre jetzt einfach zu anstrengend und würde mir den Rest geben.

„So gut wie nichts. Sowohl David als auch Richard meinten, heute wäre im Laden etwas vor gefallen. Aber sie wollten uns nicht sagen, was es war. Sie meinten, dass würdest du uns selber erzählen. Was auch immer es sein mag, das ist noch lange kein Grund, nicht ans Telefon zu gehen und sich nicht zu melden. Sophie, wir haben uns Sorgen gemacht." Meine Eltern sehen mich abwartend an. Ab und zu nippt mein Vater an seinem, wie ich vermute, Whiskey.

„Kyle war heute im Laden." Dad verschluckt sich und spuckt den Schluck, den er gerade genommen hat, zurück ins Glas und stellt es angewidert auf den Tisch. Meine Mutter schlägt sich erschrocken die Hand vor den Mund.

„Was wollte er?", grollt es neben mir.

„Uns beauftragen seine Hochzeit auszurichten", antworte ich trocken.

„Dann sagt ihm, das er dahin verschwinden soll wo der Pfeffer wächst."

„Dad, das kann ich nicht. Weißt du wie schnell es sich rum sprechen würde? Das wäre ein gefundenes Fressen für die Konkurrenz."

„Dann soll Marie das machen."

„Es waren ja auch eigentlich ihre Kunden, aber sie musste Mai abholen und da habe ich unwissend den Termin übernommen. Aber das ist im Moment mein kleinstes Problem."

„Was noch?" Dad springt auf und läuft unruhig im Zimmer auf und ab.

„Nein Dad, er hat mich ignoriert und ich ihn. Ich habe die ganze Zeit nur mit seiner Verlobten gesprochen. Du warst doch heute mit David und den Kids im Zoo?"

Immer wenn man mit meinem Vater über seine Enkel spricht, dann leuchten seine Augen und er bekommt ein Dauergrinsen.

„Ja, es war toll. Wir hatten so viel Spaß, das müssen wir unbedingt wieder machen." Mein Vater ist da immer ein bisschen geblendet und sieht immer nur die guten und schönen Dinge.

„Ach ja, so viel Spaß, das euch Jessy fast in das Löwengehege geklettert wäre?"

„Mitchell, ist das wahr?", kreischt meine Mutter.

„Na so dramatisch würde ich es jetzt nicht ausdrücken. Sie ist doch nur an dem Gitter ein wenig hochgeklettert, um besser sehen zu können."

„Euch kann man nicht mal die Kinder anvertrauen. Aber Schluss jetzt damit. Kommen wir zurück auf Kyle zu sprechen. Er war also heute bei dir im Laden und weiter?"

„Dann kam David mit den Kindern, lange Rede kurzer Sinn, Kyle hat Sam gesehen.", seufze ich. Ich will es nicht schon wieder durchkauen müssen. Ich will nur noch ins Bett und nicht mehr daran denken. Einfach nur ein paar Stunden abschalten, neue Kraft tanken. Wieder schlägt sich meine Mutter die Hand vor den Mund, die Augen vor Schreck geweitet. Mein Vater geht wieder zu Bar, schenkt sich einen neuen Whiskey ein und stürzt in mit einmal runter.

„Was hast du dann gemacht?" Mom findet als erste ihre Stimme wieder. Genau wie Richard vor wenigen Stunden, scheint es auch meinem Vater die Sprache verschlagen zu haben. Oder er ist tief in Gedanken versunken. Ich tippe eher auf Letzteres. Wahrscheinlich wird er heute Nacht noch mit meinen Brüdern eine Telefonkonferenz abhalten.

„Nichts, ich war zu geschockt. Ich konnte nur da stehen und ihn anstarren. Ich war einfach zu perplex. Als sie dann weg waren, hat David Sam mit zu sich genommen. Ich habe noch die Torte für die Feier morgen fertig gemacht, den Laden abgeschlossen und bin dann zu Lisa und Richard."

„Was haben sie dazu gesagt?"

„Lisa wollte, dass ich Kyle die Wahrheit sage, Richard wollte ihn lynchen."

„Das würde ich jetzt auch gern machen", murmelt mein Vater. Inzwischen hat er sich den vierten Whiskey eingegossen und seine Augen beginnen glasig zu werden.

„Vielleicht hat Lisa Recht.", murmelt meine Mutter mehr zu sich selbst.

„Sandra, das kann doch nicht dein Ernst sein! Er hat ... Du weißt wie Sophie es damals ging.", entrüstet sich Dad. Meine Familie hat meinen ganzen Schmerz seinerzeit hautnah miterlebt. Die Alpträume, die Gewichtsabnahme und was am schlimmsten war, den kompletten Zusammenbruch, der mir zwei Wochen Krankenhaus einbrachte.

„Das weiß ich. Aber es wäre Kyle gegenüber nicht fair, ihn jetzt im Regen stehen zu lassen."

Schatz, ich bitte dich. Er kann froh sein, das er noch am Leben ist."

„Mitchell, ich glaube es wäre besser, wenn du jetzt zu Bett gehen würdest."

„Warum das denn jetzt?"

„Du bist betrunken", stellt sie nüchtern fest.

„Klar bin ich das, das Schwein, das meine Tochter fast zerstört hätte, ist wieder aufgetaucht!"

„Mitchell, bitte.", sagt meine Mutter leise und mit ihrer eigenen, ganz besonderen Tonlage, die keinen Widerspruch duldet. Murrend trinkt er sein Glas aus, gibt mir und Mom noch einen Kuss und geht dann nach oben. Ich sehe ihm hinterher und beobachte ihn dabei, wie er möglichst unauffällig sein Handy vom Couchtisch nimmt Er wird garantiert nicht schlafen und kaum das er oben ist, wird er Rich und David anrufen.

„Was willst du jetzt machen, Spätzchen?" Meine Mutter erhebt sich aus ihrem Sessel, setzt sich zu mir auf die Couch und nimmt mich ihn den Arm.

„Ich weiß es nicht. Wenn ich es wüsste, dann wäre ich um so vieles klüger. Vielleicht sollte ich auf Kerry und Lisa hören und mit ihm reden."

„Hast du das nicht schon längst?" Woher weiß sie das denn jetzt schon wieder? Erschrocken sehe ich sie an.

„Unsere Einfahrt ist videoüberwacht und ich habe auf dem Monitor gesehen, wie Kyle aus deinem Wagen ausgestiegen ist. Willst du mir jetzt nicht auch noch den Rest erzählen?"

„Weiß Dad es?", frage ich atemlos.

„Nein, tut er nicht. Ich hielt es für besser, wenn ich es erst einmal für mich behalte."

„Danke und ja, ich habe mit ihm geredet."

„Und?"

„Ich habe ihm gesagt, dass Sam sein Sohn ist. Was er sich aber schon denken konnte, denn der Kleine kommt ja nun wirklich mehr nach seinem Vater als nach mir."

„Wie hat er reagiert?"

„Geschockt, wütend, er hat mich angebrüllt, ich habe zurück gebrüllt. Das übliche halt."

„Das übliche? Will er Sam kennen lernen?"

„Ja, aber das werde ich nicht zulassen.", meine ich trotzig.

„Sophie, warum das denn? Sam hat ein Recht darauf zu wissen, wer sein Vater ist."

„Kyle ist nicht sein Vater, da gehört mehr dazu. Er ist lediglich sein Erzeuger."

„Das ist nicht fair und das weißt du auch. Du hast Kyle nie die Chance gegeben. Er konnte nie ein Vater für Sam sein."

„Mom, er hat mich betrogen und dann unterstellt er mir auch noch, ich hätte mich mit irgend so einem Typen, mit dem er befreundet war, in den Federn gewälzt."

„Und hast du?"

„MOM! Nein, das habe ich nicht und ich gehe jetzt ins Bett. Ich will nicht mehr darüber reden!" Entrüstet springe ich auf und laufe nach oben. Auf meinem Weg begleiten mich die letzten Worte meiner Mutter.

„Denk jetzt nicht an dich, sondern frage dich, was das Beste für Samuel wäre."

Ich gehe in den zweiten Stock. Seit der Geburt von Sam wohne ich mit ihm hier oben. Die ganze Etage wurde zu unserem Reich umgebaut. Hier oben ist unser kleines Wohnzimmer, mein Schlafzimmer, sein Kinderzimmer und für jeden von uns ein eigenes Bad. In Sams ist alles ein kleines bisschen kleiner. Es ist halt ein Kinderbad.

Ich hänge meine Jacke an die Garderobe im Flur und stelle meine Schuhe auf das kleine Schuhregal. Nur in Socken gehe ich ins Wohnzimmer, öffne die Balkontür und trete nach draußen in die kalte Frühlingsluft. Das Wohnzimmer und die Badezimmer haben ihre Fenster auf der Gartenseite, die Schlafzimmer gehen nach vorne raus. Der Balkon im Wohnzimmer ist der einzige auf dieser Etage und der mit dem besten Ausblick des ganzen Hauses. Keine Bäume versperren den Blick auf das nächtliche Chicago. Unter mir kann ich durch das Dach des Poolbereiches sehen.

Als Sam fünf wurde, haben meine Eltern einen großen Wintergarten angebaut, in dessen Inneren sich der Pool und eine großzügige und gemütliche Sitzecke befinden. Die

Unterwasserleuchten sind noch an und ich kann das Wasser sehen. Dank der blaugrünen Fliesen sieht es aus, als wäre es direkt aus der Karibik.

Da es draußen recht kalt ist, gehe ich wieder rein. Ich hole noch aus dem Flur meine Tasche mit meinem Handy und schmeiße alles aufs Bett.

Kurz bevor ich hier hoch gezogen bin, habe ich all meine alten Möbel verschenkt. Wie auch beim Auto waren sie mit zu vielen Erinnerungen behaftet. Marysol, die kleine mexikanische Frau aus meinem ehemaligen Fitnessstudio, hatte sich damals riesig darüber gefreut. Denn ihr Mann und ihre Kinder sind kurz vorher zu ihr in die USA gekommen und so konnte sie ihrer Tochter ihr erstes eigenes Zimmer einrichten. Ich habe mich mit ihr angefreundet und sie dazu animiert einen Sprachkurs zu machen. Sie hat mir dann erzählt, dass sie Marketing studiert hat und dass ihr Mann Architekt ist. Aber in Mexiko gab es keine Arbeit für sie und so entschloss sich Marysol ihre Familie zu verlassen und in den USA nach Arbeit zu suchen. Inzwischen spricht sie und ihre Familie fließend englisch und sie arbeitet in Richs Firma in der Marketing Abteilung. Mit seiner Hilfe konnte ihr Mann sein eigenes Architekturbüro eröffnen und vermittelte ihm zusammen mit David die ersten lukrativen Kunden. Schnell hatte sich herum gesprochen, welch individuellen Bauten er entstehen lassen kann. Ihre Tochter steht jetzt kurz vor ihrem High School Abschluss und wird ab diesem Herbst in Harvard Jura studieren.

Ich ziehe mir meine Sachen aus und werfe sie in den Wäschekorb. Auf meinem Bett höre ich mein Handy surren. Auf dem Display steht eine unbekannte Nummer. Ich gehe ran, da es sich um Kunden handeln könnte. Die rufen mich manchmal mitten in der Nacht an, weil sie Panik bekommen, es könnte nicht alles rechtzeitig fertig werden oder ihnen ist ein aus ihrer Sicht wichtiger Gedanke gekommen.

„Paris Weddings, sie sprechen mit Sophie Borough, was kann ich für sie tun?"

„Ich gebe dir eine Woche, dann will ich eine Antwort.", knurrt mich eine Stimme an und legt auf.
Wieder starre ich fassungslos vor mich hin. Eine Woche und was dann? Ich schmeiße das Handy zurück auf das Bett und gehe endlich unter die Dusche.
Heißes Wasser hat mir sonst immer gut getan und ich konnte die Sorgen des Tages vergessen. Aber heute nicht. Die Worte von Kyle und meiner Mom rotieren in meinem Kopf und wollen nicht verstummen. Seufzend beende ich den Versuch und trockne mich ab. Leider kann ich es mir nicht mehr leisten mit nassem Haar ins Bett zu gehen. Also greife ich nach dem Fön. Vielleicht sollte ich sie mir doch abschneiden lassen? Zumindest würde es das Styling vereinfachen.

Heute ist eindeutig ein Tag für meinen flauschigen Schlafanzug. Schnell schlüpfe ich hinein und krieche unter meine Bettdecke und starre die Decke an. Ich schlafe eh schon immer schlecht, wenn Sam nicht bei mir ist und irgendwo anders übernachtet, aber heute ist es besonders schlimm. Unruhig wälze ich mich hin und her. Ab und zu nicke ich kurz ein, aber in meinen Träumen sehe ich immer wieder das lachende Gesicht von Sam und das Wütende von Kyle.
Um vier Uhr gebe ich auf und schwinge mich aus dem Bett.
Im Wohnzimmer werfe ich mich auf die Couch, lege die Füße auf den niedrigen Tisch davor und schalte den Fernseher an. Aber viel bekomme ich vom Nachtprogramm nicht mit.
Ich kehre immer wieder zu dem Ultimatum zurück. Was soll ich machen?
Ich lasse mir auf keinen Fall von ihm meinen Sohn wegnehmen und heiraten werde ich ihn genauso wenig. Vor allem, wie hat er sich gedacht, soll das funktionieren? Schließlich ist er verlobt und will im Sommer heiraten. Zumal es hier nicht nur um mich geht, da hat meine Mutter völlig Recht. Ich muss auch an meinen Sohn denken und was das Beste für ihn ist. Was ist, wenn ich ihm Kyle als seinen Vater vorstelle? Was ist, wenn ich es verschweige und es zum Rechtsstreit kommt?

Was ist wenn alles beim Alten bleibt und er später, wenn er älter ist, fragt, wer sein Vater ist? Was ist, wenn Sam irgendwann auf eigene Faust Kyle sucht und er raus bekommt, dass ich es ihm all die Jahre verschwiegen habe? Zumindest die letzte Frage kann ich mir beantworten. Er würde mich hassen und nie wieder ein Wort mit mir reden und das wäre der Worst Case. Das könnte ich nie ertragen.
Ich komme hier nicht weiter. Frustriert ziehe ich mir meine Laufsachen an und gehe nach unten, um zu joggen. Es ist noch dunkel, also nehme ich die Strecken an der Straße entlang.
Das Laufen hilft mir, wenigsten für einen kurzen Moment, abschalten zu können.

Als ich wieder zu Hause bin muss ich mich schnell duschen und dann anziehen. Ich stehe vor meinem Schrank und starre hinein. Wieder gehen meinen Gedanken zu Kyle und meinem Problem. Aber ich muss mich konzentrieren. Schließlich feiern die Garrissons heute ihren fünfzigsten Hochzeitstag und der soll perfekt werden. Also entscheide ich mich für ein grünes gerade geschnittenes Kleid. Mein Haar stecke ich hoch und suche meine Sachen zusammen.
Die Küche unten ist verweist. Meine Eltern schlafen noch. Da ich sie nicht wecken will, schreibe ich eine kurze Nachricht und wünsche ihnen einen schönen Samstag. Auf ein Frühstück verzichte ich heute. Mein Magen rebelliert schon genug.
Bevor ich zur Location fahre, muss ich nochmal im Laden vorbei um alle nötigen Unterlagen zusammen zu suchen.
Als ich nach oben in mein Büro gehe, sehe ich, dass Marie auch da ist. Leise klopfe ich an und als sie aufblickt, gehe ich rein.

„Morgen Sophie", sagt sie fröhlich.

„Morgen Marie. Wie geht es Mai?" Als ich näher trete sieht Marie mein Gesicht. Erschrocken springt sie auf.

„Gott Sophie, was ist passiert. Du siehst ja schrecklich aus!" Sanft nimmt sie meinen Arm und führt mich zu ihrer Sitzecke.

„Ich habe nicht besonders gut geschlafen", murmle ich.
„Zu wenig, du meinst wohl eher gar nicht. Willst du darüber reden?"
„Nein, nicht wirklich. Also, wie geht es Mai?"
„Sie hat eine kräftige Erkältung. George bleibt bei ihr, damit ich hier weiter komme. Danke nochmal, dass du meinen Termin übernommen hast. Wie ist es denn gelaufen?" Bingo.
„Ganz gut, denke ich. Ich konnte ihr erst mal die Lilien ausreden."
„Oh nein, nicht schon wieder eine Braut die nur Lilien will. Ob die Leute jemals an den Blumen gerochen haben?"
„Nein wahrscheinlich nicht."
„Gibt es sonst noch was, was ich wissen müsste?"
„Da gibt es so Einiges", sage ich leise. Sofort ist Marie alarmiert.
„Was?"
„Kyle, Mr. Wallace ist ..."
„Was ist er?"
„... Sams Vater", beende ich den Satz und schon kullert die erste Träne.
„Merde!", entfährt es ihr und ich breche vollends zusammen. Schluchzend und mich hin und her wiegend sitze ich auf der Couch. Genau das wollte ich nicht. Marie nimmt mich in den Arm, hält mich fest und ich klammere mich an meine beste Freundin.
„Sophie, was ist denn nur vorgefallen? Du hast nie über Sams Dad gesprochen und hätte ich das gewusst, dann hätte ich dich nie gebeten den Temin zu übernehmen."
Schluchzend beginne ich zu erzählen. Erzähle ihr alles. Unser Kennenlernen in Paris, unsere Beziehung, die Trennung, meine Schwangerschaft und zum krönenden Abschluss mein gestrigen Gespräch mit ihm.
„Er erpresst dich?!"
„Ja und ich bin im Moment völlig ratlos. Ich weiß weder ein noch aus."
„Hast du mit deiner Familie darüber gesprochen?"

„Nicht über alles. Alle wissen, dass Kyle wieder da ist. Mom ist die einzige, die weiß, dass ich gestern Abend mit ihm gesprochen habe und du bist die einzige, die weiß, dass er mich vor diese absurde Wahl stellt."

„Ich weiß, du willst das jetzt bestimmt nicht hören, aber ich kann ihn ein wenig verstehen."

Mein Kopf ruckt zu ihr hoch und ich starre sie an.

„Ich kenne ihn nicht. Aber wenn ich mich in ihn hinein versetze, dann würde ich wahrscheinlich auch so handeln."

„Du nicht auch noch!", stöhne ich auf.

„Ich denke, du solltest den Rat deiner Mutter annehmen und danach entscheiden, was Sam will." Mitfühlend streichelt sie meine Hand. Aus unserem unerschöpflichen Taschentuchvorrat reicht sie mir eins und ich putze mir geräuschvoll die Nase.

„Ich muss los, die Garrissons haben heute ihre Goldene."

Ich will aufstehen, aber Marie hält mich zurück.

„Lass mich das machen. Wir haben das ja eh alles zusammen vorbereitet und ich kenn den Ablauf genauso gut wie du und im Moment hast du genug um die Ohren."

„Danke Marie, du bist die Beste." Ich schließe sie dankbar in die Arme und drücke sie fest an mich.

„Gib mir die Akte und ich düse los."

Gemeinsam stehen wir auf und gehen in mein Büro. Inzwischen ist die Sonne aufgegangen und scheint wieder so fröhlich, wie am ersten Tag. Ich krame die Akte aus meinem Schreibtisch hervor und gebe sie ihr, zusammen mit einem Kuss auf die Wange.

„Danke nochmal."

„Keine Ursache. Wenn was ist, ruf mich an, Okay?"

„Ja mach ich." Stumm drückt sie nochmal meinen Oberarm, ehe sie geht und leise die Tür hinter sich schließt. Ich setze mich hinter meinen Schreibtisch und fahre meinen Computer hoch. Während er das Betriebssystem startet sehe ich mir meine Fotogalerie an und bleibe schließlich an einem von Sams Fotos hängen.

Auf dem Bild ist er so um die drei Jahre alt. Er sitzt auf Davids Schultern und fröhlich lachen beide in die Kamera. Man sieht deutlich dass sie nicht Vater und Sohn sind. Denn sie weisen keinerlei Ähnlichkeiten auf.

Was ist das Beste für Sam? Dass er seinen Vater kennt, schießt es mir durch den Kopf und jetzt nachdem ich den Gedanken gedacht habe, kann ich ihn nicht mehr ausblenden.

Mein Computer hat es endlich geschafft alle Programme zu laden und ich beginne meine Lieblingssuchmaschine zu löchern. Wenn ich schon in Zukunft mehr Zeit mit ihm verbringen soll, dann will ich wenigsten wissen, mit wem ich es zu tun habe. Denn ich habe das Gefühl, das es den Kyle von früher nicht mehr gibt.

Ich erhalte leider nicht sehr viele Informationen. Nur, dass er verlobt ist, was nichts Neues für mich ist, das er sein Studium mit Auszeichnung beendet hatte, dass er für einige Jahre in New York lebte, um da eine Zweigstelle der Firma seines Vaters aufzubauen und jetzt wieder in Chicago ist, um die Firma komplett zu übernehmen, da sich sein Vater zur Ruhe setzen will. Er hat sich anscheinend doch nicht für den eigenen Betrieb entschieden.

Frustriert stütze ich das Kinn auf meine Hand und starre eines der wenigen Bilder an, die ich gefunden habe. Wie konnte mein Leben nur so aus den Fugen geraten?

Das Telefon auf meinem Schreibtisch klingelt. Automatisch gehe ich ran.

„Paris Weddings, sie sprechen mit Sophie Borough, was kann ich für sie tun?"

„Hi Mom." Lächelnd schließe ich meine Augen.

„Morgen Sam. So zeitig schon auf den Beinen?"

„Jupp. Jessy, Max und ich sind schon wach."

„Und was ist mit Onkel David?"

„Denn haben wir geweckt.", sagt er so unbekümmert, wie nur Kinder es können. Mein armer Bruder. Es ist doch erst halb acht.

„Wann seid ihr ins Bett?" Anstatt einer Antwort, höre ich nur die Geräusche eines Gerangels und wie das Telefon irgendwo hart aufschlägt. Rasch halte ich den Hörer von meinem Ohr weg und zucke gequält zusammen. Der Hörer wird aufgehoben und ich höre die kratzige Stimme meines Bruders.

„Morgen Sophie."
„Morgen. Müde?"
„Ja."
„Wie viel Schlaf haben sie dir gegönnt?"
„Es müssten fünf gewesen sein, aber es fühlt sich wie drei an."
„Oh du Armer. Ich nehme euch bald mal Max und Jessica ab. Da habt ihr mal wieder Zeit für euch."
„Das ist Beschiss! Du hast dann Mom und Dad zur Hilfe. Was bedeutet, dass sich die Beiden die ganze Zeit um die Kinder kümmern und du gemütlich die Beine hochlegen kannst!", beschwert er sich.
„Ach David."
„Wie geht es dir?" Er spricht jetzt leiser, bestimmt damit dich Kinder und vor allem Sam nichts mitbekommen.
„Es ging mir schon mal besser, aber auch schlechter."
„Rich hat mir von eurem Gespräch erzählt. Wirst du mit Kyle sprechen?" Wieder knurrt er den Namen des Vaters meines Sohnes. Es fällt meinen Brüdern und meinem Vater unendlich schwer ihn auszusprechen.
„Ja, ich werde mit ihm reden. Aber bevor ich das tue, muss ich mir sicher sein, dass ich weiß, was für Sam das Wichtigste und Richtige ist."
„Sophie, vergiss Kyle. Er ist es nicht wert. Wir finden schon einen Weg, um ihn von dir und Sam fern zu halten."
„Es geht nicht nur um mich, um mich geht es am aller wenigsten. Am wichtigsten ist Sam."
„Er hat doch Rich und mich."
„Ja und er liebt euch abgöttisch. Aber Sam ist nicht dumm. Er ist in seiner Klasse der einzige Junge, der keinen Vater hat

und hast du schon mal seine Blicke bemerkt, wenn er sieht, wie seine Klassenkameraden von ihren Vätern abgeholt werden? Seine Augen sind dann voller Sehnsucht. Ich weiß ihr liebt ihn und versucht ihm den Vater zu ersetzen, aber er weiß, dass ihr seine Onkel seid und das ist nun mal nicht das gleiche."

„Bist du sicher, dass er das so empfindet?"

„Ja. Wir drei sind so behütet aufgewachsen und irgendwo will ich meinem Sohn das gleiche Gefühl geben."

„Du kannst aber nicht gleichzeitig Mutter und Vater sein, Sophie. Für den männlichen Part in seinem Leben hast du doch deine großen Brüder."

„Das mag schon sein. Aber egal wie wir uns anstrengen und uns bemühen, Sam wird sich immer nach seinem leiblichen Vater sehnen. Was ist wenn er mich eines Tages fragt, wer sein Vater ist? Was soll ich ihm dann sagen?"

„Ich weiß es nicht."

„Genau und ich auch nicht und lieber befasse ich mich mit Kyle, als das ich meinem Sohn erklären muss, dass ich den Namen seines Vaters kenne und dem einen verschwiegen habe, dass er ein Kind hat und dem anderen die Identität seines Vaters."

„Was willst du nun machen?"

„Ich werde mich mit Kyle treffen, auf neutralem Boden und werde sehen, ob er überhaupt ein Interesse daran hat Sam kennenzulernen und danach sehe ich weiter."

„Verrätst du mir, wann und wo du dich mit ihm triffst?" Ich weiß genau, was er vorhat.

„Nein, werde ich nicht. Dann kreuzt noch einer von euch auf und die ganze Sache wird noch komplizierter. Ich erzähle euch dann, was dabei heraus gekommen ist."

„Jessica tu das wieder hin. Sophie, ich muss Schluss machen, sonst nehmen sie mir hier noch die Bude auseinander." Er wartet gar nicht erst darauf, dass ich mich verabschiede, sondern legt gleich auf.

Als Molly mit Jessica schwanger wurde haben sie sich ein großes Grundstück etwas außerhalb von Chicago gekauft. Zusammen mit Christobal, Marysols Ehemann, haben die Beiden das Haus entworfen und es in Rekordzeit bauen lassen. Es ist ein modern gestalteter Bau. Wir nennen ihn liebevoll 'The Cube', da es wie ein Würfel geformt ist. Die Räume sind großzügig geschnitten und jedes Zimmer hat raumhohe Fenster. Auch die Einrichtung ist modern, aber dennoch sehr gemütlich und es ist das perfekte Heim, um Kinder groß zu ziehen.

Aber nach dem Tod von Maddie haben sie sich entschlossen keine weiteren Kinder mehr zu bekommen. Zu groß sind der Schmerz und die Sorge darüber, dass es bei einer erneuten Schwangerschaft wieder so kommen könnte.

Im Internet habe ich Namen, Anschrift und Telefonnummer von Kyles Firma gefunden. Mal sehen, ob er auf Arbeit ist. Meine Hände zittern als ich die Nummer wähle und mein Herz schlägt mir bis zum Hals.

„CCS, Büro Mr. Wallace. Sie sprechen mit Cathrine Storm. Was kann ich für Sie tun?", meldet sich eine freundliche Stimme.

„Guten Morgen, hier ist Sophie Borough von Paris Weddings, ich würde gern mit Mr. Wallace sprechen."

„Einen Moment bitte, ich verbinde sie." Mir dudelt eine Melodie ins Ohr, die sich sehr verdächtig nach Fahrstuhl anhört. Irgendwas muss er seiner Sekretärin gesagt haben, warum sonst sollte ich so schnell zum Besitzer von CCS durchgestellt werden?

„Wallace", meldet sich Kyle, seine Stimme hört sich geschäftig an, aber nicht feindselig. Vielleicht hat ihm die nette Mrs. Storm nicht gesagt, wer anruft.

„Morgen, hier Sophie."

„Sophie, so schnell schon entschieden?", fragt er spöttisch.

„Nein, bevor ich mich entscheide, bin ich jetzt dran Fragen zu stellen."

„Da bist du dir sicher?"

„Ja, wir treffen und am Montag im Jerry´s zum Lunch. Bist du da, fein, bist du nicht da, sehen wir uns vor Gericht.", sage ich eisig. Ob er meinen Bluff durchschaut? Ich bin mir zwar relativ sicher, dass ich einen Rechtsstreit gewinnen würde, aber es würde Sam zu sehr belasten, denn er würde garantiert mit hinein gezogen werden.

Am anderen Ende herrscht Schweigen, nur das Geräusch eines Handyklingeltons ist zu hören.

„Lunch, Okay. Aber nicht Jerry´s. Entweder hier in meinem Büro, oder gar nicht."

„Okay", gebe ich nach einem kurzen Zögern nach. Es würde jetzt eh nichts bringen, mit ihm zu diskutieren. Manchmal ist es besser, wenn man schon vorher klein bei gibt, bevor eine Situation ausufern kann.

„Gut", lautet seine knappe Antwort und schon legt er auf.

Nach dem Gespräch nimmt mein Plan langsam Formen an und ich beginne die ersten Schritte einzuleiten. Als nächstes rufe ich Marie an.

„Hi Sophie, alles in Ordnung?"

„Soweit es in meiner Situation sein kann. Wie sieht dein Terminplaner für Montag zum Lunch aus?"

„Ganz gut, ich hab erst um vier eine Besprechung. Also hätte ich Zeit. Wieso, was hast du vor?"

„Du musst mit mir zu CCS. Genau gesagt ins Büro des CEO Kyle Wallace."

„Sophie, was ist los. Ist etwas passiert?" Sofort ist sie alarmiert.

„Keine Sorge, nicht was du denkst. Ich habe mit ihm dort ein Treffen."

„In seinem Büro?", fragt Marie skeptisch.

„Ja. Es war sein Vorschlag. Ich hatte aber auch keine Lust, mit ihm darüber zu diskutieren. Kommst du mit?"

„Warum? Ich habe ja eigentlich nichts damit zu tun und ob es ihm so recht ist, wenn ich dabei bin, wage ich zu bezweifeln."

„Ich brauche dich aber als moralische Unterstützung."

„Okay, aber nur weil du es bist."

„Du bist ein Schatz. Als Gegenleistung biete ich dir drei Wochenenden Babysitten an."

„Einverstanden. Du Sophie, ich muss wieder rein, die Köche haben sich in die Wolle gekriegt."

„Viel Glück."

Ich arbeite an diesem Tag noch ein wenig an meinem Computer. Beantworte meine Emails und bereite verschiedene Musterproben für nächste Woche vor. Am frühen Abend fahre ich dann wieder nach Hause. Ich will da sein, wenn Sam nach Hause kommt, aber er wartet bereits auf mich. Zusammen mit meinen Eltern sitzt er im Wohnzimmer. Sie sehen sich einen Zeichentrickfilm an. Als er mich entdeckt springt er sofort auf und kommt auf mich zugestürmt.

„Hi Mom", begrüßt er mich fröhlich. Ich gehe ein wenig in die Hocke, umarme ihn fest und gebe ihm einen Kuss auf die Wange und wie immer wischt er ihn sich ab.

„Hi Sam. Wie war's bei Onkel David?"

„Total cool. Wir haben an der Wii gezockt. Max und ich haben ihn fertig gemacht. Jessy hatte keine Lust. Sie hat mit ihren Puppen gespielt."

„Der Arme." Gemeinsam gehen wir zur Couch und setzten uns. Sam quetscht sich wieder in die Mitte zwischen Mom und Dad.

„Hallo Mom, hallo Dad." Ich küsse beide auf die Wange.

„Hallo Spätzchen. Ist was passiert? Hattest du nicht heute diese Feier?", fragt meine Mutter.

„Ja hätte ich gehabt, aber Marie ist für mich gegangen."

„Warum das denn?", will mein Vater wissen.

„Ich war heute früh ein bisschen gestresst und da hat sie es mir angeboten." Skeptisch sehen meine Eltern mich an, sagen aber nichts, da Sam im Raum ist.

Gemeinsam schauen wir uns den Trickfilm zu Ende an und essen anschließend zu Abend. Sam plappert die ganze Seit aufgeregt vor sich hin. Es war ein tolles letztes Ferienwochenende für ihn.

„So Großer, ab nach oben. Du musst noch in die Wanne und dann geht es ins Bett."

„Aber Mom, es ist noch nicht mal neun und es ist Samstag!", protestiert er.

„Na und? Du hast letzte Nacht nicht viel geschlafen und den ganzen Tag getobt. Ich kann es an deinen Augen sehen, dass du müde bist. Also sei ein braver Junge und sag deinen Großeltern guten Nacht."

„Guten Nacht Granny. Guten Nacht Grandpa." Er drückt beide und gemeinsam gehe ich mit ihm nach oben.

„Ich lass dir schon mal Wasser in die Wanne."

„Muss das sein?", mault er wieder.

„Ja, es muss sein. Du kannst nicht schmutzig ins Bett."

„Doch kann ich. Gestern ging es ja auch."

„Was? Ihr habt euch nicht gewaschen?"

„Na ja doch, ein wenig. Aber nicht in der Wanne oder so."

„Da ist ein Bad ja jetzt umso nötiger. Also hör auf zu nörgeln und mach dich in die Wanne."

Leise murrend verschwindet er in seinem Badezimmer. Kurze Zeit später kann ich ihn plätschern hören. In meinem Schlafzimmer ziehe ich mir eine bequeme Jogahose und ein Sweetshirt der University of Chicago an. Während Sam in der Wanne hockt, lümmle ich mich auf die Couch. Nach außen hin muss ich unbeschwert und fröhlich für ihn erscheinen, obwohl es in mir ganz anders aussieht. Am liebsten würde ich schreien.

„Mom, muss ich wirklich schon ins Bett?" Sam steht barfuß und in seinem dunkelblauen Bart Simpson Schlafanzug in der Tür des Wohnzimmers und trampelt unruhig von einem

Bein auf das andere. Wortlos öffne ich meine Arme. Lachend rennt er zu mir und wirft sich auf die Couch. Eng aneinander gekuschelt sehen wir uns einen Film an.

„Mom, wer war der Mann gestern im Laden?" Sofort versteife ich mich.

„Welchen meinst du? Gestern waren viele Männer im Laden.", versuche ich die Ahnungslose zu spielen.

„Na der da war, als wir wieder aus dem Zoo kamen. Er und Onkel David haben sich so böse angesehen."

„Das war ein Freund von Tante Molly und Tante Lisa. Er und dein Onkel mögen sich nicht besonders."

„Wie kann man Onkel David nicht mögen? Er ist doch total cool, genauso wie Onkel Richard."

„Du findest deine Onkel toll, stimmt´s."

„Ja, sie sind die Besten."

Eine Weile schweigen wir.

„Mom?" Seine Stimme ist leise und ein bisschen vorsichtig.

„Mmh?"

„Habe ich auch einen Dad?" Ich schließe kurz die Augen. Ich hatte gehofft, dass ich mich mit dem Thema erst später befassen muss. Wieso muss jetzt alles auf einmal kommen?

„Ja, hast du."

„Warum hat er mich nicht lieb?" Er klingt so traurig, dass es mir das Herz bricht. Ich drücke seinen kleinen warmen Körper fest an mich, lege meine Wange an seinen Kopf und schlucke die aufsteigenden Tränen herunter.

„Wie kommst du denn da darauf?"

„Na ja, Onkel Rich ist der Dad von Lena und dem Baby und Onkel David ist der Dad von Max, Jessy und Maddie. Alle meine Klassenkameraden haben Daddys, nur ich nicht und da dachte ich, dass er mich bestimmt nicht lieb hat." Was soll ich auf so eine Frage antworten? Ich kann ihm nicht die Wahrheit sagen, zumindest noch nicht und anlügen kann ich ihn auch nicht.

„Dein Dad ist ein sehr spezieller Mann und der Gedanke ein Vater zu sein hat ihn erschreckt."

„Kommt er mich mal besuchen?"

„Das kann ich dir nicht sagen", antworte ich traurig, aber der Wahrheit entsprechend. Sam schweigt und kuschelt sich noch enger an mich. Irgendwann steht er auf, um ins Bett zu gehen.

„Guten Nacht Mom", sagt er leise und gibt mir einen Kuss. Seine Miene ist bekümmert. Ich halte ihn an den Schultern fest.

„Sam, alles in Ordnung?" Er nickt traurig, wendet sich aus meinen Händen und geht in sein Zimmer. Wieder laufen meine Tränen. Ich schnappe mir eins der petrolfarbenen Sofakissen und drücke es mir vors Gesicht. Ich will nicht dass er mein Schluchzen hört.

Der Sonntag schleppt sich dahin und ich bin den ganzen Tag über schreckhaft und fahrig. Getrennt voneinander schnappen sich meine Eltern mich und wollen von mir wissen, was los ist. Aber ich kann mich zum Glück immer ganz gut rausreden. Am Abend habe ich wie immer die übliche Sonntagabend Diskussion mit meinem Sohn. Er will auf biegen und brechen nicht einsehen, dass er seine Schultasche packen muss. Diese Diskussion ist schon fast ein Abendritual.

Als er dann endlich im Bett ist und schläft kann ich mich meinen Vorbereitungen für morgen Mittag widmen.

Meine treue Suchmaschine zeigt mir sehr viele Gerichtsurteile zum Thema Vaterschaftsklage und Sorgerechtsstreit. Für mich als Laien ist es sehr schwer die passenden Informationen zu finden. In meiner Not rufe ich Kevin O'Tool an. Er ist Juniorpartner in einer der besten Kanzleien Chicagos und Kerrys Arbeitskollege.

„O'Tool", meldet er sich nach dem zweiten Klingeln.

„Hey Kev, hier ist Sophie. Störe ich dich gerade?"

„Ich unterbreche doch gerne meine Arbeit, wenn eine wunderschöne Frau anruft.", schmiert er mir, in seiner bekannten Art und Weise, Honig ums Maul.

„Du alter Charmeur. Was wohl Riley dazu sagt, wenn er wüsste, dass du mit einer Frau flirtest?"

Riley ist Kevins Lebenspartner und vor einem Jahr haben wir ihre symbolische Heirat organisiert.

„Er würde fragen, ob wir nicht Lust auf einen flotten Dreier hätten."

„Stimmt, das würde ihm ähnlich sehen. Aber ich rufe nicht an, um mit dir über ein mögliches sexuelles Abenteuer zu sinnieren. Ich habe eine rechtliche Frage an dich."

„Schieß los! Was hast du Schlimmes angestellt?"

„Das ist Ansichtssache. Aber bevor ich meine Frage stelle, musst du mir hoch und heilig versprechen, dass du mit niemanden darüber sprichst. Weder mit Riley oder sonst Jemanden und schon gar nicht mir Kerry."

„Fragst du mich als Freund oder als Anwalt?"

„Als Anwalt."

„Na da darf ich sowieso mit niemanden drüber reden. Dafür müsstest du mir dein Einverständnis geben."

„Gut. Also. Sams Dad ist aufgetaucht und ich habe ihm nie erzählt, dass ich ein Kind von ihm bekommen habe. Jetzt hat er es herausgefunden und stellt mir ein Ultimatum."

„Du hast es ihm nicht erzählt? Kein Sterbenswörtchen?", fragt er mich streng.

„Nein.", antworte ich ihm kleinlaut.

„Wie sieht das Ultimatum aus?"

„Er hat mir eine Woche gegeben."

„Sophie, jetzt lass dir doch bitte nicht jede Information einzeln aus der Nase ziehen. Ich brauche schon ein bisschen mehr, wenn ich dir helfen soll."

„Er hat mich vor die Wahl gestellt. Entweder heirate ich ihn oder er zerrt mich vor Gericht und will das alleinige Sorgerecht erstreiten."

„Puh, da hast du dir aber was eingebrockt."

„Das weiß ich selber, aber kann er das so einfach? Ich meine mich vor Gericht zerren und mir möglicherweise meinen kleinen Jungen wegnehmen?"

„Können tut er alles und er darf es sogar."

„Aber er hat doch keinerlei Kontakt zu Sam."

„Er hätte ja eine Beziehung zu Sam aufbauen können, aber du hast es ihm verwehrt."

„Also könnt er mich vor Gericht zerre und möglicherweise gewinnen?" Angst schnürt meine Kehle zu.

„Dich vor Gericht zerren ja, gewinnen vielleicht, kommt auf den Richter an, aber was wahrscheinlicher wäre, ist das der Richter das gemeinsame Sorgerecht anordnet."

„Das ist nicht unbedingt das was ich hören wollte."

„Tut mir leid. Es gab schon Gerichtsurteile in ähnlichen Fälle, da wurde dem Vater das komplette Sorgerecht zuerkannt."

„Du kannst einem echt Mut machen."

„Wie gesagt, so sieht es aus. Aber meinst du nicht, es wäre besser, sich außergerichtlich zu einigen? Schon allein wegen Sam."

„Das weiß ich auch und ich bin nicht scharf darauf das alles über ein Gericht laufen zu lassen. Aber heiraten will ich ihn genauso wenig."

„Dazu kann er dich nicht zwingen. Bei uns sind Zwangsehen verboten."

„Bloß gut. Na gut. Ich muss da jetzt erst einmal drüber nachdenken. Danke schon mal."

„Keine Ursache. Wenn du weitere Fragen hast oder ich dich vor Gericht vertreten soll, dann ruf mich an."

„Mach ich. Bestell Riley einen schönen Gruß von mir und macht euch noch einen schönen Abend."

„Richte ich ihm aus und mach dir nicht allzu viele Gedanken. Wir werden einen Weg finden."

„Bye."

„Bye."

Das Telefonat mit Kevin hat mich nicht wirklich weiter gebracht. Er hat mir nur das bestätigt, was ich schon befürchtet habe. Ich lege mich in mein Bett und verbringe wieder eine furchtbar unruhige Nacht.

Am Montagmorgen laufe ich völlig neben der Spur und bin froh, als Dad mir anbietet Sam zur Schule zu fahren. Kurz nachdem die Beiden los sind, schwinge auch ich mich in mein Auto und fahre auf Arbeit.
Marie ist noch nicht da und ich hoffe inständig, dass sie bald auftaucht. Nervös laufe ich auf und ab und knete die ganze Zeit über meine Hände. Ich bin noch nicht mal in der Lage einen anständigen Kaffee zu kochen.
„Morgen Sophie", sagt Marie hinter mir und ich zucke erschrocken zusammen. Atemlos press ich mir meine Hand auf das wie wild pochende Herz.
„Himmel, musst du mich so erschrecken?"
„Hier hätte eine Elefantenherde durch trampeln können und du hättest nichts gemerkt." Sie grinst mich an.
„Alles gut?"
„Nicht wirklich."
„Du kannst das Gespräch immer noch absagen."
„Ich weiß, aber das würde nichts bringen. Ich will nicht weiter auf der Stelle rum treten."
„Gut, wann willst du los?"
„Um elf müsste reichen."
„Gut. Ich muss jetzt noch ein bisschen arbeiten und Sophie, bitte mach dich nicht verrückt."
Gequält lächle ich sie an. Meine Gedanken kreisen so sehr um das bevorstehende Gespräch, das ich Marie noch nicht einmal nach dem gestrigen Tag gefragt habe. Aber da sie gute Laune hatte, muss es gut gelaufen sein.

Nervös klopfe ich mit meinen Fingern auf den Schreibtisch und starre gebannt die Uhr an. Kurz vor elf springe ich auf, nehme meine Jacke und Tasche und gehe rüber zu meiner besten Freundin und Geschäftspartnerin.

„Wollen wir?"

„Klar. Soll ich lieber fahren? So nervös wie du bist krachen wir noch irgendwo rein." Ich weiß, es war lustig gemeint, aber lachen kann ich nicht.

Schweigend fahren wir zusammen zu CCS, parken in dem überteuerten Parkhaus und betreten das Gebäude, das nur aus Glas und Stahl zu bestehen scheint.

Das Foyer ist schlicht und modern eingerichtet. Die ledernen Sitzmöbel und der Empfangstresen sehen aus, als hätte sich ein Designer an ihnen ausgetobt. Leider sehen sie sehr geschmackvoll aus. Ich hätte mich ein kleines bisschen besser gefühlt, wenn sie total hässlich gewesen wären. Die ungestrichenen Betonwände werden von Autofotografien aufgepeppt.

Marie muss mich praktisch zum Tresen schleifen, da meine Füße ihren Dienst versagt haben. Alles in mir schreit danach, einfach umzudrehen und weit wegzulaufen. Aber das wäre feige und ich würde Kyle, mit so einem Verhalten, nur in die Hände spielen.

„Willkommen bei CCS. Wie kann ich ihnen behilflich sein?" Die Empfangsdame ist verdammt jung, verdammt hübsch und hat einen verdammt großen Busen. In ihrer Gegenwart komme ich mir vor, als wäre ich flach wie ein Brett. Wenn ich nicht genau wüsste, das Kyle verlobt ist, würde ich sagen, sie hat schon einmal die Matratze seines Bettes getestet. Unerklärlicherweise macht mich dieser Gedanke wütend.

„Guten Tag. Mein Name ist Sophie Borough und das ist meine Geschäftspartnerin Marie Smith. Wir sind von Paris Weddings und haben einen Termin mit Mr. Wallace." Als ich unsere Agentur erwähne, huscht ein Schatten über das Gesicht der jungen Frau.

„Einen Moment bitte." Sie greift nach dem Hörer ihres Telefons und tippt eilig eine Nummer ein.

„Hier ist Lynn, hier sind eine Sophie Borough und eine Marie Smith. Sie sagen, sie hätten einen Termin mit Mr. Wallace … Ja, natürlich." Sie legt auf und wendet sich uns zu. „Mr. Wallace erwartet Sie bereits. Mit dem Fahrstuhl bitte bis ganz nach oben und dann direkt den Flur gerade runter. Sie können direkt Vorgehen in Mr. Wallace Büro.", klärt sie uns auf.

„Danke." Wir wenden uns ab und steuern die Fahrstühle an. Mit jedem einzelnen Schritt werde ich immer nervöser. Was habe ich nur angestellt? Wäre ich vor knapp elf Jahren nicht so dumm gewesen, würde ich jetzt nicht in diesem Schlamassel stecken. Aber damals hab ich alles noch etwas anders als heute empfunden. Der Schmerz über seinen Betrug sitzt immer noch tief und ich habe ihm auch nicht verziehen, aber er ist Sams Vater. Ich habe meinem Sohn eine wichtige Erfahrung genommen.

Der moderne Glaslift bringt uns immer höher. Wären wir nicht schwindelfrei hätten wir ein dickes Problem. Denn man kann alles sehen – das Foyer, die einzelnen Etagen und die Straße draußen vor dem Gebäude.

Die Türen öffnen sich geräuschlos und ein Mann in einem gut sitzenden Designeranzug erwartet uns.

„Miss Smith, Miss Borough." Er reicht jeder von uns die Hand zur Begrüßung „ Mein Name ist Kenneth Lowe. Ich bin Mr. Wallace Assistent. Wenn Sie mir bitte folgen wollen." Marie und ich tauschen einen Blick aus und wir denken beide genau das Gleiche. Wir hätte Kyle nie im Leben zugetraut, das er einen schwulen Assistenten hat.

„Natürlich." Marie hat als Erste ihre Stimme wieder gefunden. Gemeinsam setzen wir uns in Bewegung und werden direkt in die Höhle des Löwen gebracht.

Kapitel 4 – Zeit für Kompromisse

Als wir das riesige Büro betreten, schaut Kyle vom Bildschirm seines Laptops auf. Er steht vor ihm auf dem Schreibtisch aus dunklem Kirschholz. Hinter ihm erstreckt sich eine riesige Glasfront. Die Sonne blendet mich ein wenig, so dass ich ihn nicht genau erkennen kann. Aber auf jeden Fall trägt er einen schwarzen Anzug, mit weißem Hemd. Er lehnt sich zurück und tippt sich abwartend mit dem Zeigefinger gegen die Oberlippe.

„Danke Kenneth. Wenn Sie uns bitte Kaffee bringen könnten."

„Natürlich."

„Sophie, ich hätte nicht gedacht, dass du kommst.", richtet er das Wort an mich.

„Warum? Dachtest du ich würde kneifen?"

„Irgendwie schon. Aber es ist unfair, das du Verstärkung dabei hast."

„Marie ist eine unbeteiligte Beobachterin. Sie ist zu meinem Schutz dabei."

„Schutz? Was glaubst du, was ich mit dir anstellen würde? Dir die Kleider vom Leib reißen und dich auf meinem Schreibtisch flachlegen?" Seine Worte treiben mir die Schamesröte ins Gesicht und die Nässe zwischen meine Schenkel. Verdammte Abstinenz.

„Ich bin hier, um sicher zugehen, das Sophie nicht unter Druck gesetzt wird."

„Ah, daher weht der Wind. Für den Fall das es vor Gericht geht, wird sie als Zeugin dieses Gespräches auftreten. Vielleicht sollte ich einen meiner Anwälte dazu holen." Das ist nun wirklich das Letzte was ich will. Ich habe keine Lust, mich mit Kyle und einem seiner Rechtsverdreher auseinandersetzen zu müssen.

„Ich glaube, das wird nicht nötig sein."

„Dann wirst du doch wohl nichts dagegen haben, das deine Geschäftspartnerin so lange draußen Platz nimmt. Ich bin mir sicher, Kenneth wird sich um sie kümmern."

Hilfesuchend sehe ich meine beste Freundin an. Ich will nicht mit ihm allein in einem Raum sein.

„Ich bin vor der Tür, wenn was sein sollte - schrei und ich komm dir zu Hilfe", flüstert sie mir zu und wendet sich zum Gehen. Schnell greife ich nach ihrem Unterarm.

„Marie, bitte bleib bei mir!"

„Du schaffst das, Süße. Du bist eine starke Frau. Kämpf für Sam!", erwidert sie. Marie löst sich von mir und verlässt das Büro. Das leise Klicken der Tür hallt laut im Raum wieder. Mein Herzschlag beschleunigt sich noch einmal und meine Hände sind schweißnass. Aber ich darf mir nichts anmerken lassen. Kyle darf unter keinen Umständen bemerken, wie nervös ich bin und was für eine scheiß Angst ich habe.
Der Vater meines Sohnes erhebt sich von seinem Bürostuhl und deutet auf die Sitzecke, welche leicht hinter zwei hohen Palmen verborgen steht. Schwerfällig gehe ich darauf zu und wähle den Platz aus, der von Kyle am weitesten entfernt ist. Leider setzt er sich dann direkt neben mich.
Ein leises Klopfen kündigt unseren Kaffee an. Bis Kenneth den Raum wieder verlassen hat, schweigen wir uns an und ich starre auf meine Hände, die die rote Umhängetasche umklammert halten.

„Bist du her gekommen, damit du mich anschweigen kannst?", bricht Kyle die Stille. Seine Stimme hat eine normale Lautstärke, aber ich kann ganz genau den Groll heraus hören.

„Du hast mich hier her bestellt, ich wollte wo anders hin", gifte ich. Irgendetwas an ihm macht mich aggressiv und es fällt mir schwer das zu unterdrücken.

„Sophie, ich habe keine Zeit für diese Spielchen. Sag mir was du willst und dann verschwinde."

„Du darfst mich nicht zwingen, dich zu heiraten.", platze ich heraus.

„Da erzählst du mir nichts Neues."

„Warum erpresst du mich dann?"

„Wo soll ich dich erpressen?", fragt er spöttisch.

„Wer von uns spielt jetzt Spielchen?"

„Ich habe dir zwei Möglichkeiten aufgezeigt, du musst nur wählen."

„Ich will nicht wählen."

„Dann weißt du ja was passiert."

„Siehst du, du erpresst mich!"

„Tu ich nicht. Du hast die Wahl. Solltest du keine treffen, dann treffe ich meine und die bedeutet nun einmal Klage."

„Wie stellst du dir das eigentlich alles vor? Du bist verlobt!"

„Lass das mal meine Sorge sein und außerdem geht es dich nichts an."

Ich spüre wie ich Spannungskopfschmerzen bekomme. Ich lasse meinen Kopf kreisen, um die Muskeln in meinem Nacken zu lockern, aber es gelingt mir nicht.

„Können wir nicht eine andere Lösung finden?", versuche ich ihn in eine andere Richtung zu lenken.

Kyle beugt sich nach vorn. Sie Unterarme liegen auf seinen Knien, die Hände sind zu Fäusten geballt.

„Du hast mir verschwiegen, dass wir zwei ein Kind zusammen haben und das ist jetzt, wenn ich richtig rechne, zehn Jahre alt."

„Sein Name ist Sam." Wütend verschränke ich die Arme vor der Brust und lehne mich zurück. Dabei knarzt das dunkelgraue Leder leicht. Die Kaffeetassen stehen unberührt auf dem Tisch.

„Fakt ist, dass du ihn mir verschwiegen hast und ich als Vater habe auch Rechte und du sollst wissen, dass ich alles tun werde, um diese gewahrt zu sehen."

„Du bist sein Erzeuger, nicht sein Vater!"

„Weil du mir keine Chance gelassen hast sein Vater zu sein! Was sagt er eigentlich dazu, dass ich nie wusste, dass er mein Sohn ist?" Ich merke das Kyle versucht mich in die Enge zu treiben. Was ihm leider auch sehr gut gelingt. Ich versuche mein Bestes, um es ihm nicht zu zeigen.

„Er weiß es nicht."

„Das wird ja immer besser." Seine Stimme trieft nur so vor Sarkasmus.

„Es ist besser für ihn."

„Besser für ihn, oder besser für dich?"

„Ein Rechtsstreit wäre erst recht nicht gut für Sam", kontere ich.

„Darum hast du ja die Wahl." Kyle lehnt sich entspannt zurück und schaut mich abwartend an.

„Na klar. Für wie dämlich hältst du ihn denn eigentlich? Als ob er es überhaupt nicht merken würde, wenn seine Mutter unglücklich ist." Aufgebracht zeige ich ihm einen Vogel.

„Wo wir wieder bei dir wären."

„Wieso? Warum veranstaltest du das ganze Theater?"

„Ich habe meine Prinzipien und eines davon lautet, dass ich keine unehelichen Kinder von mir rumlaufen lasse."

„Dann wirst du wohl über deinen Schatten springen müssen und mal eine deiner Prinzipien vergessen."

„Ich dachte du kennst mich besser."

„Tja, das dachte ich auch mal. Willst du Sam überhaupt kennenlernen?", frage ich ihn leise. Das Gesicht meines Sohnes von Samstagabend erscheint wieder vor meinem inneren Auge.

„Er ist mein Sohn. Auch wenn du mich für das letzte Arschloch auf Erden hältst, so ist er doch mein Kind und ich will ihn kennen lernen." Ein Stein fällt mir vom Herzen. Einer weniger, bleiben nur noch einige tausend.

„Können wird nicht erst einmal damit anfangen, dass du ihn kennenlernst?" Ich sehe ein, dass es keinen Sinn hätte weiter gegen Kyle anzukämpfen. Wenn ich ihm nicht entgegenkomme, würde er, ohne mit der Wimper zu zucken mich vor den nächsten Familienrichter zerren.

„Kein Problem, aber dennoch will ich in einer Woche eine Antwort von dir."

„Du beharrst weiter auf diesen Mist?", fauche ich ihn an. Wenn ich schon einen Schritt auf ihn zugehe, dann kann er es bei mir doch genauso.

„Ja."

„Willst du uns alle unglücklich machen?"

„Du hast schon damit vor elf Jahren angefangen." Wie ist das schon wieder gemeint?

„Aber wie soll das funktionieren?"

„Du als Hochzeitsplanerin müsstest das doch wissen. Man geht zum Priester, Pastor, Friedensrichter oder sonst was und sagt ja, dann unterschreibt man und fertig."

„Ich weiß wie das abläuft, aber wie soll das mit der Ehe funktionieren?"

„Willigst du gerade ein?"

„Nein, tue ich nicht. Aber ich kenne gern meine Möglichkeiten."

„Es würde wie eine normale Ehe ablaufen", antwortet er trocken.

„Bitte was? Du verzichtest doch nicht freiwillig auf Sex!" Ich bin entrüstet.

„Wer sagt, dass ich darauf verzichten muss?"

„Du willst allen erstes, das ich mit dir ins Bett steige?!", frage ich fassungslos.

„Früher hat dich das auch nicht besonders gestört."

„Da wusste ich ja auch noch nicht, was für ein schäbiges Arschloch du bist." Ich muss mich wirklich zusammenreißen, dass ich nicht sofort aufspringe und aus dem Büro stürme. Das ist doch einfach ... - mir fehlen dazu echt die Worte.

„Hör endlich auf mich zu beschimpfen. Du vergisst, dass du auf mein Wohlwollen angewiesen bist."

„Und wieder erpresst du mich." Ich raufe mir verzweifelt die Haare.

„Ich erinnere dich, das ist was anderes."
„Ich … So kommen wir echt nicht weiter."
„Ausnahmsweise bin ich mal deiner Meinung."
„Wie musst du arbeiten?"
„Warum?"
„Sam hat am Mittwochnachmittag ein Fußballspiel und vielleicht willst du ja hin kommen und es dir ansehen." Ich knicke ein. Wie ein alter ausgedienter Schlot, unter dem eine Ladung Dynamit explodiert. Diese ganze Geschichte raubt mir meine Kraft und ich kann nicht weiter gegen Kyle ankämpfen.

„Lädst du mich gerade ein?", fragt er mich spöttisch.

„Nein, ich weise dich darauf hin, dass unser gemeinsamer Sohn ein wichtiges Spiel hat und da du ihn ja kennenlernen willst, solltest du vielleicht damit anfangen, ihm dabei zuzusehen, was er am liebsten macht."

„Ich überleg es mir." Dieser Mann ist einfach nicht zu begreifen. Er pocht die ganze Zeit darauf, dass er Sam kennenlernen will und jetzt, wo ich ihm die Möglichkeit dazu biete, will er darüber nachdenken!?

„Was gibt es da zu überlegen? Er ist dein Sohn und du hast mir vor nicht einmal fünf Minuten gesagt, dass du mehr Zeit mit ihm verbringen willst!"

„Schon, aber ich habe auch Verpflichtungen."

„Hast du Zeit? Ja oder nein?"

„Weiß er bis dahin von meiner Existenz?"

„Wenn du zum Spiel kommst – ja", seufze ich. Auch wenn es für mich die Hölle auf Erden bedeutet, für Sam wäre es das Beste. „Aber ich kann dir nicht versprechen, dass auch er dich kennenlernen will. Das muss er ganz alleine entscheiden und du kannst mich nicht dafür verantwortlich machen."

„Ich kann so ziemlich alles." Himmel, er hört sich gerade wie Rich an. Wann ist Kyle so arrogant geworden?

„Ich gebe dir mein Wort, das ich Sam nicht beeinflussen werde. Ich werde ihm erzählen, dass du sein Vater bist und dann soll er selber wählen."

Er sieht mich schweigend und nachdenklich an. Unbehaglich rutsche ich auf dem Zweisitzer hin und her. Um ihn nicht ansehen zu müssen konzentriere ich mich auf die gefüllten Kaffeetassen auf dem Tisch.

„Wann soll ich da sein?", bricht er schließlich sein Schweigen.

„Um Vier ist Anpfiff."

„Wenn es das dann war, ich habe gleich ein Meeting."

„Ja, das war´s erst einmal.", murmle ich. Ich will nur noch schlafen. Auch wenn es das Beste für Sam ist, so fühle ich mich in gewisser Weise besiegt.

„Früher hattest du mehr Mumm." Fragend sehe ich ihn an. Ich weiß nicht, was er meint. „Es gab mal eine Zeit, da hättest du mich unangespitzt in den Boden gerammt."

Ohne ein weiteres Wort erhebe ich mich und verlasse das Büro. Es ist mir egal, dass das nicht gerade höflich ist, über diesen Punkt sind wir schon lang hinaus. Ich will einfach nur von hier weg.

Kaum ist die Tür hinter mir ins Schloss gefallen, steht auch schon Marie vor mir und zieht mich in eine tröstende und unterstützende Umarmung.

„Können wir bitte zurück ins Büro fahren?", bitte ich sie leise. Ich muss hier raus. Das ganze Gebäude scheint mich zu ersticken. Ich kann keine Sekunde länger als nötig in den heiligen Hallen von CCS bleiben.

„Bist du sicher?" Zweifelnd sieht sie mich an.

„Ja, bin ich. Die Arbeit wird mich ablenken."

Gemeinsam verlassen wird das Gebäude und fahren zurück in den Laden.

Kaum sind wir angekommen, verkrümle ich mich sofort in mein Büro und vergrabe mich in der Arbeit. An diesem Wochenende haben wir keine Feiern und ich könnte es eigentlich ruhig angehen lassen. Aber ich kann nicht. Wie eine Wahnsinnige ackere ich mich durch die Akten und organisiere eine Feier nach der anderen, zumindest so weit, wie es geht.

Ich sehe erst von meiner Arbeit auf, als es schon dunkel ist. Da ich mir vorgenommen habe heute Abend noch mit Sam zu reden mache ich mich auf den Heimweg. Es würde nichts bringen es noch länger hinaus zu zögern.

Zu Hause sitzt er gerade mit meinen Eltern beim Abendessen. Schnell begrüße ich alle nacheinander und setze mich zu ihnen. Am Tisch laufen die üblichen Gespräche. Jeder erzählt, was so alles am Tag passiert ist. Auch ich spreche über meinen, lasse das Treffen mit Kyle aber weg. Das würde jetzt nur unnötige Fragen und Diskussionen aufwerfen. Nach dem Essen verabschieden wir uns von meinen Eltern und so wie jeden Abend gehen wir gemeinsam nach oben.

„Hast du noch Hausaufgaben zu machen?"
„Nein, die habe ich schon mit Granny gemacht."
„Gut, du machst dich jetzt bitte erst einmal Bett fertig und dann kuscheln wir noch ein wenig auf dem Sofa und sehen uns eine Folge der Simpsons an."
Sam grinst mich an und rennt wie ein geölter Blitz nach oben und in sein Bad. Während er in seinem Bad ist, gönne ich mir eine heiße Dusche. Ich stelle meinen Duschkopf auf den härtesten Strahl und lasse ihn auf meinen Nacken nieder prasseln.

„Mom?" höre ich meinen Sohn rufen. Schnell stelle ich das Wasser ab und wickle mich in ein großes Badetuch.

„Ich bin im Bad.", rufe ich ihm zu und schon fliegt die Tür auf.

„Mom, nun mach schon. Die Simpsons fangen gleich an. Du verpasst schon wieder die Hälfte!", spricht er und ist auch schon wieder verschwunden. Die Badezimmertür bleibt natürlich sperrangelweit offen, so dass die kühle Luft aus meinem Schlafzimmer hereindringt. Eine Gänsehaut bildet sich auf meinem Körper und ich beeile mich, dass ich mir warme Sachen anziehe.

Sam lümmelt sich auf der Couch, ein Sofakissen an seine Brust gedrückt.

„Schnell genug?"

„Sei leise, ich verstehe nichts!", meckert er mich voll.

„Ich wollte eigentlich mit dir reden."

Erstaunt sieht er mich an.

„Wieso?" Er klingt schon wieder abwesend und seine Augen kleben am Fernseher.

„Du hast mich gestern doch nach deinem Dad gefragt." Sofort habe ich seine ungeteilte Aufmerksamkeit und die Simpsons sind schlagartig vergessen. Langsam nickt er. Erwartungsvoll und mit jeder Menge Hoffnung im Blick sieht er mich an. Aber ich kann auch Skepsis und Angst erkennen. Immerhin hat er ja keinen blassen Schimmer davon, was ich ihm sagen möchte.

„Erinnerst du dich an den Mann, der am Freitag im Laden war?"

„Der, den Onkel David nicht leiden konnte?"

„Ja, genau der. Also ... Das war dein Vater." Jetzt ist es raus und ich kann es nicht mehr zurück nehmen. Sams Augen werden groß.

„Er ist mein Dad?", fragt er mich ungläubig.

„Ja und wenn du willst, würde er gern am Mittwoch zu deinem Fußballspiel kommen." Mit zusammengezogenen Augenbrauen sieht er mich an.

„Warum?" Das ist eine der vielen Fragen, vor denen ich mich am meisten fürchte. Ich kann ihm unmöglich die ganze Wahrheit erzählen. Vielleicht später einmal, wenn er erwachsen ist. Aber nicht jetzt. Er ist doch noch ein Kind.

„Ich habe ihm erzählt, dass du gern Fußball spielst und habe ihn gefragt, ob er kommen möchte."

„Das meine ich nicht Mom, warum will er mich jetzt kennenlernen?" Warum muss er ausgerechnet jetzt wie ein Erwachsener denken?

„Das ist eine lange und komplizierte Geschichte. Ich erzähle sie dir irgendwann einmal, wenn du größer bist."

„Hm", brummt er völlig unzufrieden mit meiner Antwort. Aber was hätte ich ihm denn sagen sollen? So langsam aber sicher bin ich mit meinem Latein am Ende. Ich habe das Gefühl als würde ich mich in einem ewig andauernden Tornado befinden und jetzt gibt es kein einziges Anzeichen für ein bisschen Windstille.

„Also, wie sieht es aus? Willst du ihn kennenlernen?"
„Irgendwie schon. Was ist, wenn er mich nicht mag?"
Zweifelnd sieht er zu mir auf, während er sich noch näher an mich heran kuschelt.

„Ach quatsch! Dich kann man doch nur lieb haben!", scherze ich, auch wenn mir nicht dazu zumute ist und kitzle Sam durch, bis er sich vor Lachen kringelt.
Auf dem Fernseher flimmert der Abspann der Simpsons und eigentlich müsste mein kleiner Mann jetzt ins Bett. Immerhin ist morgen Schule, aber ich bringe es einfach nicht übers Herz. Mit Lachtränen in den Augen kuschelt er sich wieder an mich.

„Ich hab dich lieb Mom", murmelt er, um gleich darauf herzhaft zu gähnen.

„Ich dich auch." Liebevoll drücke ich ihm einen Kuss auf den Scheitel. Während er langsam beginnt an meiner Seite einzuschlafen, hoffe ich inständig, dass ich mich auf dem richtigen Weg befinde.

Kapitel 5 – Die Borough-Inquisition

Total erledigt, was ich auf den Schlafmangel und meine neue Workaholic-Einstellung zurückführe, komme ich am Dienstag, spät abends nach Hause. Zu meinem großen Glück wartet mein grimmig drein blickender Vater bereits auf mich.

„Sophie, in mein Arbeitszimmer.", begrüßt er mich kühl. Ich folge ihm, ohne vorher meine Schuhe ausgezogen zu haben.

Ich lasse mich in einem der Sessel vor seinem Schreibtisch fallen und seufze erleichtert, als ich meine Füße aus den Pumps befreie.

„Wieso weiß Sam, wer sein Vater ist?", platzt er ohne Umschweife heraus, sobald er sich hinter seinem Schreibtisch nieder gelassen hat.

„Weil ich es ihm gesagt habe." Komischerweise fühle ich mich relativ ruhig. Wahrscheinlich schaltet mein Körper langsam ab, was nach all den starken Emotionen der letzten Tage kein Wunder ist.

„Warum?"

„Weil Sam ein Recht darauf hat zu wissen, wer sein Vater ist."

„Woher der plötzliche Sinneswandel? Da ist doch was im Busch!", höre ich Richards Stimme von hinten. Erschrocken drehe ich mich um und da stehen meine beiden Brüder in der Tür und gucken mich grimmig an. Super, die Borough-Inquisition hat mir gerade noch gefehlt. Nur das ich dieses Mal in ihren Fokus geraten bin. In meinem Nacken beginnt es zu kribbeln. Entschlossen straffe ich die Schultern. Ich habe in der letzten Zeit einiges durchgemacht, da werde ich das hier auch noch aushalten und auf keinen Fall lasse ich mich von ihnen unter kriegen.

„Weil es das Beste für Sam ist.", entgegne ich. Rich und David lösen sich von der Tür und lassen sich in die anderen beiden Sessel vor Dads Schreibtisch fallen. Warum habe ich auch unbedingt den mittleren der braunen Sessel nehmen müssen? Jetzt sitze ich hier richtig schön eingekeilt.

„Sam war bisher immer glücklich. Er braucht diesen Idioten nicht."

„David, wir hatten das Thema doch erst am Sonntagmorgen am Telefon. Er mag zwar im Großen und Ganzen glücklich sein, aber ihm fehlt der Vater."

„So ein Schwachsinn, wer hat dir denn diesen Mist eingeredet?", will mein Vater wissen.

„Sam."

„Was hat er gesagt?"

„Wer? Sam oder Kyle?" Mein Vater sieht mich immer grimmiger an.

„Du hast doch etwa nicht mit ihm gesprochen?" Richards strafender und ungläubiger Blick trifft mich.

„Ich habe Kyle die Wahrheit über Sam gesagt und ich ...", weiter komme ich nicht, denn mein lieber Herr Bruder brüllt los.

„BIST DU VON ALLEN GUTEN GEISTERN VERLASSEN? DER MISTKERL HAT WEDER ETWAS IN DEINEM NOCH IN SAMS LEBEN ETWAS VERLOREN!"

„... und ich habe Sam erzählt, wer sein Vater ist und das Kyle ihn gern kennenlernen möchte.", beende ich ruhig meinen Satz. Auf seinen Wutausbruch gehe ich gar nicht erst ein. Das würde nur nach hinten los gehen.

„Das werde ich aber zu verhindern wissen." Rich ist einfach unverbesserlich.

„Dad, David, wärt ihr so nett und würdet mich und Richard für einen Moment allein lassen?"

„Hast du das gehört? Sie klingt genau wie Mom!" Entgeistert sieht mich David an.

„Ja, habe ich. Komm wir sollten verschwinden.", antwortet unser Vater ihm und zu mir meint er „Aber unser Gespräch ist noch nicht beendet."

Als die Tür leise hinter den Beiden ins Schloss fällt, sehe ich Richard einen Moment lang an. Er ist eindeutig wütend. Aber das interessiert mich gerade überhaupt nicht. Es geht hier um meinen Sohn.

„Du hast nicht zu entscheiden, ob und wann Sam erfährt wer sein Vater ist. Ich bin seine Mutter und ich habe mich so entschieden.", sage ich betont ruhig.

„Aber woher der Sinneswandel?"

„Du hast Sams Gesicht nicht gesehen, als er mich Sonntagabend fragte, ob er einen Dad hätte."
Mein Bruder fährt sich mit den Händen durch seine Haare und sie stehen anschließend in alle Richtungen ab. Er atmet ein paar Mal tief durch.
„So schlimm?", fragt er leise und nimmt meine Hand in seine.
„Es hat mir das Herz zerrissen."
„Wir wollen nicht, dass euch wehgetan wird."
„Das will ich auch nicht. Aber ich muss jetzt das Risiko einfach eingehen."
„Was ist, wenn er keinen Kontakt zu Sam will?"
„Kyle will ihn kennenlernen und Sam seinen Vater. Danach sehe ich weiter. Ich kann dir nicht sagen, was ich mache, wenn ich bei Sam falsche Hoffnungen geweckt habe. Aber denk doch mal dran, wie es ihm gehen würde, wenn er regelmäßigen Kontakt zu seinem Vater hat. Ich will nicht, dass er irgendwann kommt und uns fragt, warum er nur die eine Hälfte seiner Herkunft kennt. Wenn sie sich regelmäßig sehen, dann müssen wir anderen uns damit arrangieren. Hier geht es nicht um mich, um dich oder sonst wen, sondern allein um Sam und er wünscht sich so sehr einen Dad und weder du noch David könnt ihm das geben."
Betrübt sieht mich Richard an.
„Wir haben immer versucht, diese fehlende Komponente so gut wie möglich zu ersetzen."
„Ihr habt euren Job wunderbar gemacht und Sam liebt euch abgöttisch, dennoch weiß er, dass ihr seine Onkel seid und nicht mehr."
„Ich weiß nicht, ich habe bei der Sache kein gutes Gefühl."
„Rich bitte. Denk an Sam."
„Ich werde es versuchen."
„Danke großer Bruder", sage ich zu ihm und umarme ihn. Fast das gleiche Gespräch führe ich dann noch einmal mit David und Dad. Auch sie haben mir, zwar auch murrend und

grummelnd, das Versprechen gegeben, es Sam zu liebe zu versuchen Kyle nicht mehr ganz so anzufeinden.

So sehr ich meine Familie auch liebe, aber manchmal können sich echt anstrengend sein und ich würde sie am liebsten zum Mond schießen.

Auf meinem Weg nach oben zu Sam, sehe ich dass im Arbeitszimmer meiner Mutter noch Licht brennt. Ich klopfe an und nach einem leisen „Herein" setze ich mich kurz zu ihr. Sie sitzt an ihrem Computer und ist damit beschäftigt einen Artikel für eine Fachzeitschrift für angehende Jungdesigner zu verfassen.

„Spätzchen, du siehst müde aus.", meint sie sanft und nimmt ihre randlose Brille ab.

„Das bin ich auch. Die Borough Männer haben mich erwischt."

„Was haben sie nun schon wieder angestellt?"

„Ich nehme an, du weißt, dass ich Sam von Kyle erzählt habe?"

„Ja, das weiß ich. Er hat beim Abendessen von nichts anderem geredet. Stimmt es, dass Kyle morgen zum Spiel kommt?"

„Er hat es zumindest gesagt."

„Ich bin froh darüber, dass du im Sinne von deinem Sohn entschieden hast und nicht in deinem."

„Ich auch. Ich hoffe nur, dass es die richtige Entscheidung war."

„Auch wenn sie keine Beziehung zu einander aufbauen sollten, so weiß er jetzt wenigstens wer sein Vater ist. Nun erzähl, wie schlimm haben sie sich benommen?"

„Sie waren wütend, haben mich angeschrien und ..."

„... und du hast zurück gebrüllt" beendet meine Mutter lächelnd meinen Satz.

„Nein, ich war komischerweise sehr ruhig. Ich habe Dad und David raus geschmissen, weil ich mit Rich reden wollte."

„Das haben sie so einfach hingenommen?" Belustigt hebt meine Mutter die Augenbrauen.

„Sie meinten, ich würde wie du klingen." Jetzt bricht sie in schallendes Gelächter aus.

„Oh, das ist herrlich.", japst sie und auch ich kann mir ein kleines Schmunzeln nicht verkneifen.

„Na ja Mom, du wusstest schon immer, wie du uns zu behandeln hast und da habe ich wohl das Eine oder Andere übernommen."

„Mag sein, aber schon als kleines Baby konntest du deinen Vater und deine Brüder um den kleinen Finger wickeln."

„Wirklich, ich habe das nie so empfunden."

„Glaub mir, wenn die kleine Sophie anfing zu weinen, so schnell konntest du gar nicht gucken, wie sie alle Drei zu dir gerannt sind um zu sehen, ob auch ja alles in Ordnung ist."

„Das muss ich mir merken." Verschwörerisch grinse ich sie an und Mom erwidert es.

„Aber treibe es nicht zu weit.", mahnt sie mich lachend.

„Du wirst mich dann schon wieder zurück auf den Boden holen." Wir sprechen noch ein wenig über unseren Tag und als ich dann immer öfters gähnen muss, wünsche ich Mom dann doch lieber eine gute Nacht und gehe leise nach oben.

Bevor ich selber noch schnell unter die Dusche springe und ins Bett gehe, sehe ich noch bei Sam rein.

Das Licht, welches durch die offene Tür dringt, scheint direkt auf seinen, unter dem großen Fenster stehenden Schreibtisch, woran er eigentlich Schularbeiten machen sollte. Aber wie immer ist der Tisch unter all den Kram nicht zu erkennen. Von den Wänden beobachten mich Comicfiguren, Superhelden und Spieler, seines Lieblingsclub. Ein paar Wimpel seines Vereines, den Little Tigers, haben auch noch ein Plätzchen an der Wand gefunden. Auf dem Fußboden liegen wie immer diverse Actionfiguren zwischen schnittigen Flitzern und bulligen Trucks verstreut. Der obligatorische Fußball darf natürlich auch nicht fehlen. Ohne das runde Leder wäre er nur ein halber Mensch.

Leise schleiche ich mich zu seinem Bett. Seine Nachttischlampe ist noch an. Die Decke hat er weg gestrampelt auf seiner Brust liegt eine schon recht zerlesene Ausgabe von „Der kleine Prinz", Sams Lieblingsbuch. Vorsichtig ziehe ich das Buch unter seinem Arm weg. Ohne aufzuwachen dreht er sich auf die Seite, so dass sein Rücken zu mir zeigt. Ich ziehe die Decke über seinen Körper und streiche ihm sanft durch die Haare.

„Schlaf gut mein Kleiner und träum was Schönes.", flüstere ich, mache das Licht aus und verlasse sein Zimmer.
Mein Gespräch mit David kommt mir wieder in den Sinn, nur gut, dass Max sich mehr für Baseball interessiert. Denn er und Sam haben einmal im selben Team gespielt und mein Bruder geht zu jedem Spiel seines Sohnes. Früher zum Fußball, jetzt zum Baseball. Ich will mir lieber nicht ausmalen, wie es morgen werden würde, würde David auch noch da sein.

An diesem Abend gönne ich mir mal ein heißes Bad. Langsam lasse ich das heiße Wasser in die geschwungene Wanne einlaufen. Sie erinnert mich immer ein wenig an eine Welle, was ja zu einer Badewanne passen würde. Der Duft des Schaumbades steigt mir in die Nase. Eigentlich ist es eher eines für die Weihnachtszeit, da es nach Orange, Zimt und Kardamom duftet, aber er entspannt mich immer augenblicklich. Genau das Richtige, um meine Kopfschmerzen los zu werden.
Wohlig seufze ich auf, als ich mich in die duftenden Fluten gleiten lasse. Wie der Tag morgen wohl enden wird? Ob Kyle da sein wird und was wenn nicht? Was soll ich dann nur Sam erzählen? Arbeitstechnisch habe ich für morgen schon alles vorbereitet und vielleicht gönnen ich mir einen freien Tag, aber das muss ich erst mit Marie absprechen. Vielleicht kann ich ihr ja noch mal ein bisschen unter die Arme greifen.
Mit geschlossenen Augen versuche einfach mal an nichts zu denken. Leider darf ich das nicht lange, denn mein Handy klingelt. Ich verdrehe meine Augen zur Decke. Ich wollte doch

nur mal fünf Minuten Ruhe. Aber es nützt nichts. Murrend steige ich aus der Wanne und schlüpfe in meinen sonnengelben Bademantel mit den aufgestickten Margeriten. Das Teil ist zwar ein modisches No Go, aber er ist so wunderbar flauschig und bequem. Immer noch mich selbst bemitleidend greife ich nach meinem Handy und gehe ran.

„Paris Weddings, sie sprechen mit Sophie Borough, was kann ich für sie tun?", bete ich mein Sprüchlein herunter.

„Miss Borough, hier ist Kendra Miller, ich hoffe ich störe sie nicht." Auch das noch. Mir bleibt auch nichts erspart.

„Nein, keine Sorge. Wie kann ich ihnen helfen?", lüge ich ohne rot zu werden.

„Kyle und ich haben noch einmal über unsere Hochzeit gesprochen."

Gespannt wie ein Flitzebogen halte ich die Luft an. Er wird doch nicht? Oder doch?

„Ja?", frage ich vorsichtig nach. Ich weiß ja nicht, was sie von mir will und was er ihr alles erzählt hat.

„Wir wissen, dass wir ja eigentlich Mrs. Smith als unsere Planerin haben wollten. Aber bei unserem ersten Gespräch haben sie uns so super beraten und uns unsere Ängste genommen, dass wir sie gerne als unsere Planerin hätten. Keine Sorge, ich habe vorher mit Mrs. Smith gesprochen und sie war mit diesem Arrangement einverstanden." Diese Frau kann ohne Punkt und Komma reden.

„Ähm ..." Was soll ich ihr sagen? Das ihr Verlobter will, dass ich ihn heirate, weil wir ein gemeinsames Kind haben?

„Bitte sagen sie ja! Sie sind die beste Hochzeitsplanerin."

„Okay. Aber ich werde mit Mrs. Smith eng zusammen arbeiten und wir werden zusammen ihre Hochzeit organisieren", lenke ich ein, denn Kunden zu verlieren können wir uns nicht leisten und schließlich bin ich ein Profi. Ich kann Berufliches und Privates trennen.

„Wenn das geht, wäre es himmlisch", flötet sie.

„Das sollte kein Problem sein."

„Oh wie wunderbar. Das wars dann auch schon, was ich von ihnen wollte. Am Wochenende treffen Kyle und ich uns mit meinen Eltern und dann wollen wir die Farben und Blumen festlegen. Wir werden uns dann am Montag bei Ihnen melden."

„Ja, machen sie das. Wir werden schon einmal damit beginnen diverse Präsentationsmappen für sie zusammen zustellen."

„Können wir die dann bei ihnen im Büro einsehen oder wie ist das dann?"

„Wir können ihnen die Mappen auch gern per Boten ins Büro oder nach Hause schicken. Je nachdem wie es Ihnen lieber ist."

„Das können wir ja dann am Montag besprechen."

„Ja, gerne", antworte ich und verziehe das Gesicht.

„Danke Miss Borough. Wiederhören."

„Keine Ursache. Auf Wiederhören." Schnaubend beende ich das Gespräch und lasse mich rückwärts auf mein Bett fallen. Wenn man denkt, dass der Tag nicht noch beschissener werden kann, kommt irgendetwas um die Ecke geschossen und beweist einem, dass es durchaus noch Steigerungsmöglichkeiten gibt.

Da in der Zwischenzeit mein Badewasser kalt geworden ist, lasse ich es ab, ziehe mir meine Schlafsachen an und krieche unter meine Decke. Versuchsweise schließe ich die Augen und hoffe auf ein paar Stunden Schlaf.

Kapitel 6 - Faustschlag

Die Sonne scheint und ein paar Schönwetterwölkchen tummeln sich am Himmel. Das Kreischen von Kindern, die Unterhaltungen und Ermahnungen der Erwachsenen und der Duft frisch gebratener Hamburger liegen in der Luft. Obwohl Sam und ich noch im Wagen sitzen, können wir die Atmosphäre spüren, die immer ein wichtiges Fußballspiel herauf schwört.

„Mom, los. Lass uns aussteigen. Vielleicht ist er schon da und er wartet auf uns!" Unruhig rutscht Sam auf dem Rücksitz herum. Ich muss nicht nachfragen, wen er meint. Ich weiß, dass er sich auf die Begegnung mit Kyle freut, dem ganzen aber auch sehr skeptisch gegenüber steht. Seinen Gurt hat er schon abgemacht. Hoffentlich ist er da. Seufzend schnalle ich mich ab und gebe meinem Sohn das Zeichen zum Aussteigen. Er reißt die hintere Tür auf, springt raus auf den Parkplatz und knallt sie wieder zu. Kopfschüttelnd folge ich ihm. Er wird heute Abend bestimmt todmüde ins Bett fallen. Er ist so aufgeregt wegen des eventuellen Treffens mit seinem Vater und dann noch das Spiel.

„Sam, stehen bleiben!" rufe ich ihm hinterher. Aber mein kopfloser Sohn ist schon losgerannt und fast in das nächste Auto gelaufen. Dieses kann gerade noch ausweichen. Der bullige SUV fährt haarscharf an ihm vorbei, der jetzt starr vor Schreck auf dem Parkplatz steht. Ich renne zu ihm und reiße ihn keuchend in meine Arme.

„Samuel Mitchell Borough, wie oft muss ich dir noch sagen, dass du nicht einfach los rennen sollst! Hier fahren Autos, Herr Gott nochmal!", schreie ich ihn an. Sam macht ein trauriges Gesicht.

„Tut mir leid, Mom.", antwortet er zerknirscht. Ich atme tief durch.

„Mach das nie wieder. Haben wir uns da verstanden?" Ich bin schon etwas ruhiger. Aber der Schreck steckt mir immer noch in den Knochen.

„Ja", verspricht er mir.

„Na los, gehen wir zum Spielfeld." Ich schiebe ihn sanft vor mir her. Sein Kopf geht die ganze Zeit nach links und rechts. Genau wie meiner, aber wir können Kyle nirgendwo entdecken. Mit jedem Schritt, mit dem wir seiner Mannschaft

näher kommen, sackt er immer mehr in sich zusammen. Seine Hoffnungen scheinen nicht erfüllt zu werden.
Wir kommen bei seinen Teamkameraden an und begrüßen Coach Michael. Der Trainer ist ein pensionierter Sportlehrer und einer den nettesten und aufopferungsvollsten Menschen die ich kenne. Er hat, laut eigener Aussage, die Liebe seines Lebens im Krieg verloren. Sie war eine junge Vietnamesin und sie hatten sich auf den ersten Blick ineinander verliebt. Aber leider war ihre Liebe nur von kurzer Dauer. Sechs Wochen nach ihrem Kennenlernen wurde sie bei einem Bombenangriff getötet und er hat sich geschworen nie wieder eine Frau so zu lieben wie sie. So kam es, dass er ab da allein blieb und auch keine eigenen Kinder hat. Darum wurde er nach seinem Militärdienst Sportlehrer und trainiert jetzt die Little Tigers. Er sagt immer, das sind in gewisser Weise auch seine Kinder. Wobei er vom Alter her schon ihr Ersatzgroßvater sein könnte.

Der Zeitpunkt des Anpfiffes rückt immer näher und näher. Sam wird von Minute zu Minute trauriger.
„Mom?" Vorsichtig zupft er an meiner Hand.
„Ja?" Es zerreißt mir das Herz ihn so zu sehen.
„Ich will nach Hause."
„Aber du spielst doch in der Startelf." Ich bin so wütend auf Kyle. Wie kann er seinem Sohn nur so etwas antun?
„Ist mir egal." Mit der Spitze seines Fußballschuhs malt er kleine Kreise in den Staub.
„Du kannst doch deine Mannschaft jetzt nicht im Stich lassen. Sie zählen auf dich." Ich bin nie der Typ Mutter gewesen, der sein Kind zu etwas antreibt. Aber wenn er jetzt nicht spielen würde, würde er den ganzen restlichen Tag traurig in seinem Zimmer sitzen. Er soll wenigstens etwas Freude haben. Immerhin ist der Fußball ein großer Teil seines Lebens und hat ihn bisher immer wieder aufmuntern können.
„Er kommt nicht, stimmt´s?" In seinen Augen sehe ich, wie auch der letzte Rest seiner Hoffnung in tausend kleine schwarze Splitter der Enttäuschung zerspringen. Die Wut auf

Kyle wächst immer weiter an. Ich gehe in die Hocke und nehme Sam in den Arm.

„Tut mir leid Schatz. Vielleicht wurde er aufgehalten. Ich habe dir doch erzählt, das er noch nicht genau wusste, ob er es rechtszeitig schafft." Ich versuche so ruhig wie möglich mit ihm zu reden. Es macht Sam schon genug zu schaffen, dass Kyle nicht da ist, da muss er sich nicht auch noch mit meinen Gefühlen befassen. Sanft streiche ich ihm durch die Haare und versuche ihn so aufmunternd wie möglich anzulächeln. Gequält erwidert er es.

„Sam, los beeil dich. Du stehst im Sturm und bist einer unser wichtigsten Männer", ruft Coach Michael. Mit hängenden Schultern schlurft er aufs Spielfeld. Sowohl ich, als auch der Trainer sehen ihm mit gerunzelter Stirn nach.

„Alles in Ordnung mit dem Kleinen? Er sieht nicht gerade glücklich aus.", fragt er mich besorgt.

„Nein, nicht wirklich. Sein Vater wollte heute zum Spiel kommen und er ist nicht da.", seufze ich.

„Sein Vater? Sam hat ihn nie erwähnt." Überrascht sieht er mich an.

„Er hat ihn noch nicht kennengelernt und war so voller Hoffnung, dass er heute kommen würde. Aber bis jetzt ist er nicht da."

„Na hoffentlich wird das heute was mit dem Sturm." Er schaut wieder mit gerunzelter Stirn aufs Spielfeld. Sam steht teilnahmslos und kreuzunglücklich in der Mitte des Feldes und wartet auf den Anpfiff des Schiedsrichters.

Ich balle vor Wut die Hände. Kyle kann was erleben, wenn ich ihn zwischen die Finger bekomme.

Wut schnaubend drehe ich mich um, um zur Tribüne zu gehen und da steht er. Die Augen hinter einer dunklen Sonnenbrille verborgen, die Hände lässig in den Taschen seine dunkelblauen Jeans. Er sieht einfach fantastisch aus.

Sein Blick ist auf das Spielfeld gerichtet, zumindest denke ich das, denn seine Augen kann ich nicht sehen. Der leichte Frühlingswind spielt mit seinen Haaren. Das knallrote T-Shirt mit der Little Tigers Aufschrift spannt über seiner breiten Brust. Wenn ich nicht so verdammt wütend wäre, würde ich es total süß finden. Aber jetzt gelten andere Umstände. Immerhin geht es hier um die Gefühle meines Sohnes und er hat sie verletzt.

Wütend stapfe ich auf ihn zu und bleibe direkt vor ihm stehen. Sein Blick ist immer noch auf das Spielfeld gerichtet, wo gerade das Match angepfiffen wird. Alle Spieler rennen los und wollen den Ball haben, nur Sam steht da und starrt auf seine Füße.

Ich hole aus und boxe Kyle mit voller Wucht gegen die Brust. Erschrocken fährt er zusammen und sieht mich überrascht an. Während ich vor Schmerz von einem Bein aufs andere springe und meine lädierte Hand halte.

„Was soll das?", fragt er mich irritiert und lenkt mich kurz von dem brüllenden Schmerz in meiner Hand ab.

„Was das soll? Du elendes Mistschwein hast versprochen zu kommen!" Ein paar Erwachsene sehen uns verständnislos an und schütteln mit den Köpfen.

„Was ist? Noch nie jemanden wütend gesehen?", herrsche ich die umstehenden Leute an, bevor ich mich wieder Kyle zu wenden. Anscheinend versteht er nicht so richtig, was ich von ihm will.

„Ich bin doch da, oder?", weist er mich auf das Offensichtliche hin.

„Du hättest vor dem Anpfiff da sein sollen!" Ich drehe mich zum Spiel um. Sam steht immer noch am selben Fleck und Coach Michael schlägt verzweifelt die Hände über dem Kopf zusammen und brüllt irgendwelche Anweisungen.

„SAM", rufe ich so laut ich kann. Aber er hört mich nicht und starrt weiter zu Boden.

„SSSSAAAAAMMMMM", versuche ich es nochmal und endlich hebt er langsam seinen Kopf und sieht zu mir herüber.

„Nimm die Scheiß Sonnenbrille ab.", raune ich Kyle zu und ausnahmsweise tut er mal das, was man ihm sagt. Mit meiner gesunden Hand zeige ich auf Kyle und Sam glotzt ungläubig zu uns herüber. Kyle hebt seine Hand und winkt ihm kurz zu. Unser Sohn erwidert die Geste völlig perplex. Es sieht aus, als könne er nicht glauben, was er da sieht.

Ich wedle mit meiner Hand, um ihm zu zeigen, dass das Spiel angefangen hat. Wie aus einem tiefen Schlaf erwacht dreht er sich um und flitzt zu den anderen Spielern und jagt ihnen den Ball ab.

„Wieso kommst du so spät?", wende ich mich wieder Kyle zu.

„Stau auf der Interstate.", antwortet er ruhig. Ich bin immer noch stocksauer auf ihn, aber ich glaube nicht, dass er mich gerade anlügt. Meine Wut ebbt etwas ab und ich spüre meine Hand umso mehr. Leise wimmernd drücke ich sie fester an mich, was zur Folge hat, dass sie noch mehr weh tut. Ein stechender Schmerz hat sich meiner ganze Hand bemächtigt.

„Lass mal sehen.", sagt Kyle und zieht sanft meine gesunde Hand weg. Die andere ist gerötet und angeschwollen.

„Heilige Scheiße!", entfährt es mir. Langsam und behutsam streichen seine Finger über meine Hand. Plötzlich drückt er sanft zu und ich schreie vor Schmerz auf. „AUA. Du elender Hornochse, nimmt deine verfluchten Pfoten weg!", brülle ich in an. Ich habe schon immer meinen Scherz in wüsten Beschimpfungen kanalisiert. Die Hebammen und Ärzte, die bei Sams Geburt anwesend waren, haben wahrscheinlich immer noch rote Ohren von all den Schimpfwörtern und Flüchen, die ich benutzt habe.

„Du solltest ins Krankenhaus, das muss geröntgt werden. Ich vermute mal, du hast dir irgendwas gebrochen.", erklärt er ruhig. Er hat aufgehört an meiner Hand rum zu fummeln, hält sie aber immer noch fest.

„Krankenhaus? Gebrochen?", frage ich entsetzt.

„Ja."

„Du hast mir die Hand gebrochen?" Ich bin völlig perplex.

„Ich dir? Wohl kaum, du hast mich angegriffen und das ist der Lohn dafür."

„Was hast du da drin? Stahlbeton?", frage ich ihn mürrisch und pieke ihn meinen Finger der gesunden linken Hand in die Brust.

„Nicht wirklich. Du hast einfach unglücklich getroffen und du standest falsch."

„Wie jetzt? Das musst du mir erklären."

„Soll ich dich in ein Krankenhaus fahren?"

„Was?! Nein, Sam spielt noch. Außerdem wird das bestimmt gleich wieder gut sein. Ich glaube nicht, das ich mir etwas gebrochen habe.", rufe ich aus. Auf keinen Fall werde ich in ein Krankenhaus gehen. Das werde ich zu vermeiden wissen. Kyle verdreht die Augen und sieht mich nachdenklich an.

„Wie du meinst. Aber du setzt dich jetzt hier hin und ich besorge dir einen Eisbeutel." Er führt mich zu einen der freien Plätze und verschwindet.

Meine Hand schmerzt immer mehr und ich fange an leise vor mich hin zu wimmern und zu jammern. Ich beobachte das Spiel und kann sehen, dass Sam zu Höchstleistungen aufläuft. Seit zehn Minuten wird gespielt und seine Mannschaft liegt mit einem Tor in Führung.

„Hier." Kyle setzt sich auf den Platz neben mir und reicht mir ein, in ein Handtuch eingewickeltes Coolpack. Ich nehme es ihm ab und lege es behutsam auf meine Hand. Schmerzvoll ziehe ich die Luft ein.

„Danke", murmle ich.

„Wie steht´s?"

„Die Tigers liegen in Führung."

„Du solltest vielleicht schon mal eine Scherztablette nehmen, wenn du jetzt nicht in ein Krankenhaus willst."

„Danke für den Rat Herr Doktor.", sage ich sarkastisch.

„Selbst ein Blinder mit einem Krückstock würde sehen, dass deine Hand nicht nur geprellt ist. Dafür muss man nicht Medizin studiert haben."

„Trotzdem bist du kein Arzt. Du kannst nur mit irgendwelchen Zahlen um dich werfen."

„Sam ist ein wirklich guter Spieler.", wechselt er das Thema, ohne auf meine Stichelei bezüglich seines Studienfaches einzugehen. Bewunderung schwingt in seiner Stimme mit. Erstaunt sehe ich ihn an.
„Du hast eben das erste Mal Sam zu ihm gesagt."
„Was?" Wieder sieht er mich verwirrt an.
„Du hast gerade das erste Mal seinen Namen genannt.", wiederhole ich es noch einmal für ihn.
„Wirklich? Ist mir gar nicht aufgefallen."
„Mir aber." Ab diesem Moment herrscht zwischen uns Stille und wir konzentrieren uns auf das Spiel. Wobei ich versuche nicht all zu sehr an den Schmerz zu denken.

„Komm, wir gehen zu ihm.", fordere ich Kyle auf, als der Schiedsrichter zur Halbzeit pfeift.
„Ähm ... Ja." Er wirkt ein wenig nervös. Na ja immerhin lernt er heute seinen Sohn kennen.
„Mom! Hast du gesehen, wie ich die erste Halbzeit gespielt habe? Ich habe drei Tore geschossen!" Sam kommt auf mich zu gerannt, voller Freude und Euphorie. Er scheint Kyle gar nicht richtig wahr zu nehmen. Kaum bemerkt er meine Hand, bremst er ab und sieht mich besorgt an. Er hat genau den gleichen Gesichtsausdruck drauf wie mein Vater und meine Brüder.
„Was ist mit deiner Hand passiert?"
„Ich habe mich unglücklich gestoßen. Mit dem Coolpack geht es schon viel besser.", sage ich lächelnd, auch wenn mir eher zum Heulen zu Mute wäre.
Kyle steht etwas abseits und beobachtet uns. Mit einem kleinen Räuspern zieht er unsere Aufmerksamkeit auf sich. Sam linst an mir vorbei auf Kyle. Ich drehe mich mit ihm um, wobei der Kurze sich halb hinter mir versteckt. Ich kann förmlich spüren wie er vor Erwartung und Hoffnung zittert. Da sich Sam an mir fest hält, können wir nicht auf Kyle zugehen. Also greife ich nach dessen Hand. Widerstandslos lässt er sich heran ziehen.

„Hi Sam", sagt er leise und geht in die Hocke. Auch wenn er für seine zehn Jahre relativ groß ist, aber im Gegensatz zu Kyle, mit seinen knappen einsfünfundachtzig, ist er ein kleiner Zwerg – zumindest noch. Auch ihm ist die Anspannung deutlich anzumerken. Er ist bei Weitem nicht so kühl und abgebrüht wie er immer tut.

„Hallo", murmelt Sam. Verlegen sehen sie sich an und keiner wagt ein Wort zu sprechen. Das ist genau eine der Situationen, vor denen ich mich gefürchtet hatte. Nur mit dem Unterschied, das in meiner Version Sam geredet hat und Kyle geschwiegen.

„Guck mal Sam, was für ein T-Shirt dein Vater trägt.", versuche ich ein Gespräch zwischen ihnen in Gang zu bringen. Mein Sohn beugt sich etwas weiter an mir vorbei.

„Cool, du hast ein T-Shirt von meinem Verein." Er sagt es zwar leise und schüchtern, aber mit einer guten Portion Freude.

„Ja, ich dachte mir, wenn mein Sohn schon in dem Verein Fußball spielt, ist es ja das mindeste, wenn ich mich als Fan oute." Fast gleichzeitig machen Sam und ich große Augen. Das hätte ich jetzt nie im Leben gedacht. Ich war der festen Annahme, dass es eine gewisse Zeit dauern würde, bis Kyle Sam als seinen Sohn bezeichnet. Eher bin ich davon ausgegangen, dass er es nie tun würde.

„Hast du mich spielen sehen?" Auch wenn er es nicht direkt sagt, weiß ich, dass er sich die Anerkennung seines Vaters wünscht. Welches Kind tut das nicht?

„Ja, hab ich und ich hab auch gesehen, dass du drei Tore geschossen hast. Du bist ein super Stürmer. Wenn du willst, können wir Zwei mal zusammen im Park spielen."

„Wirklich?" Sam blinzelt ein paar Mal ungläubig. Aber dann beginnt er wieder sich in sich zurück zuziehen. „Ich weiß nicht ...", druckst er herum. Das macht er immer, wenn er eigentlich ganz genau weiß, was er will, aber die Gefühle eines anderen Menschen nicht verletzen will.

„Deine Mutter darf auch gern mitkommen." Kyle scheint den Grund für Sams zögern zu erkennen. Wobei ich glaube, dass da noch mehr dahinter steckt. Ich vermute, dass er einfach auch Angst hat. Er kennt Kyle nicht und will nicht mit ihm allein sein. Würde ich an seiner Stelle auch nicht wollen.

„Wenn sie will. Ich habe damit kein Problem.", erwidert Kyle. Wie jetzt? Wann hat er denn seine Meinung über mich geändert? Er kann mich doch nicht ausstehen. Oder spielt er, unserem Sohn zu Liebe, Theater?

Bevor einer von uns Drei ein weiteres Wort zu diesem Thema sagen kann, ruft Coach Michael seine Schäfchen wieder zusammen, um noch die Strategie der zweiten Halbzeit zu besprechen. Sam ist schon auf halben Weg zu seinem Team, als er sich nochmal umdreht und zu uns zurück gelaufen kommt.

„Mom, geh zu einem Arzt. Ich weiß, du willst nicht, dass dir weh getan wird, aber du musst unbedingt gehen. Nicht das deine Hand kaputt ist." Ernst sieht er mich an. Er hat diesen Blick drauf, bei dem er vollkommen entschlossen ist und keine Widerworte duldet.

„Ich werde sie hin bringen und bei ihr bleiben." Entsetzt starre ich Kyle an. Auch wenn er es nicht weiß, er hat mich gerade zur Höchststrafe verurteilt. Zögernd blickt Sam zwischen uns und meiner Hand hin und her.

„Okay." Entschlossen nickt er. Nach einem flüchtigen Kuss auf meine Wange ist er dann auch wieder verschwunden.

Kyle grinst dämlich vor sich hin und ich starre, mit offenem Mund, auf den Hinterkopf meines verräterischen Sohnes.

„Ist das wahr? Du hast Angst vor Ärzten?", werde ich belustigt von der Seite gefragt.

„Nein, ich mag nur keine Schmerzen.", maule ich. Ich kann es nicht fassen, dass Sam mir so in den Rücken gefallen ist.

„Na los komm. Unser Sohn hat gesagt, ich soll dich zum Doc bringen."

„Ich will nicht. Außerdem habe ich mein Auto hier und Sam muss ja auch nach Hause kommen." Ich versuche mich zu widersetzen, aber Kyle hat meinen Ellenbogen genommen und zieht mich zum Parkplatz.

„Mit der Hand wirst du ganz sicher kein Auto fahren können und es wird Zeit, dass da ein Gips drum kommt, sonst werden die Schmerzen unerträglich. Kannst du nicht jemanden von deiner verräterischen Familie anrufen?"

„Meine Familie ist nicht verräterisch!", protestiere ich.

„Ach ja? Wer hat mir denn verschwiegen, dass ich einen Sohn habe? Du und deine Familie und allen voran meine vermeidlich besten Freundinnen." Seine Stimme klingt wieder verbittert. Was ich gut verstehen kann. Er wird sicher noch eine Weile daran zu knabbern haben.

Kyle hält mir die Tür seines schwarzen Audis auf. Es ist immer noch der gleiche, wie vor elf Jahren.

„Du hast ihn immer noch?", frage ich verblüfft, ehe ich einsteige.

„Das ist mein Traumauto und ich fahre den so lange, bis er auseinander fällt." Er zuckt kurz mit den Schultern, als er sich hinter das Steuer setzt und den Motor startet.

„Du solltest vielleicht anfangen die Heimfahrt für Sam zu organisieren und du brauchst jemanden, der auf ihn aufpasst."

„Wieso? Warum muss jemand auf ihn aufpassen?", frage ich argwöhnisch. Aber er hat Recht, der Schmerz in meiner Hand ist unerträglich und wird von Sekunde zu Sekunde schlimmer.

„Er ist zwar zehn, aber du wirst wahrscheinlich erst irgendwann spät in der Nacht wieder zu Hause sein. Die Notaufnahmen sind immer heillos überlastet und da wartest du mit einer gebrochenen Hand locker ein paar Stunden. Hast du eine Krankenversicherung?" Geschickt lenkt Kyle den Audi durch den Feierabendverkehr.

„Na das sind ja super Nachrichten. Ich könnte mir nichts Schöneres vorstellen, als meinen Abend und die halbe Nacht in einer Notaufnahme zu verbringen und ja, ich habe eine Krankenversicherung. Ich bin doch nicht bescheuert!" Er guckt mich kurz an und laut seinem Blick scheint er gerade an meinem Geisteszustand zu zweifeln.

Vorsichtig lege ich meine verletzte Hand auf meinem Oberschenkel ab, das Coolpack oben drauf. Mit der Linken fummle ich an meiner Tasche rum, um an mein Handy zu kommen. Warum haben diese verdammten Dinger immer Reißverschlüsse, die man mit einer Hand nicht aufbekommt?

Wir halten an einer roten Ampel und ohne ein Wort zu sagen, nimmt mir Kyle die Tasche ab und öffnet sie, gibt mir mein Handy und stellt sie zurück zwischen meine Füße.

„Danke."

Ich suche mir die Nummer meiner Mutter raus. Wenn ich den anderen sagen würde, dass mich Kyle gerade ins Krankenhaus fährt, würde die Hölle los brechen.

Nach dem dritten Klingeln geht sie ran.

„Hallo Sophie, wie läuft das Spiel?"

„Als ich weg bin, stand es drei zu null zur Halbzeit."

„Du bist nicht beim Spiel? Ist etwas mit Sam passiert? Ist er verletzt?" Sie ist sofort alarmiert.

„Mit ihm ist alles in Ordnung, er ist noch auf dem Spielfeld."

„Aber wenn du weg bist und Sam ist noch da, wer ist denn dann bei ihm und wie kommt er nach Hause und warum zur Hölle, lässt du deinen Sohn alleine?"

„Kyle bringt mich gerade ins Krankenhaus und ich wollte fragen, ob du und Dad Sam und mein Auto holen und eventuell auf ihn aufpassen könntet, da ich nicht weiß, wann ich nach Hause komme."

„Du bist auf den Weg ins Krankenhaus? Sophie, was ist passiert?"

„Ich habe mir wahrscheinlich die rechte Hand gebrochen, zumindest behauptet das Kyle. Ich wollte eigentlich nicht zum Arzt ..."

„Wie ist das denn passiert, Spätzchen?", unterbricht sie mich besorgt.

„Das erzähle ich dir dann, wenn ich wieder zu Hause bin. Könnt ihr nun Sam und das Auto abholen?"

„Ja, natürlich. Wir machen uns gleich auf den Weg."

„Danke Mom", seufze ich.

„Sophie, eine Frage noch, bevor du auflegst. Haben sich Kyle und Sam kennengelernt?"

„Ja haben sie." Ich halte meine Antwort so kurz wie möglich. Die ganze Geschichte werde ich ihr dann zu Hause unter vier Augen erzählen.

„Da wird hoffentlich doch noch alles gut. Ruf an, wenn du etwas Neues über deine Hand weißt und wenn dich einer von uns abholen soll."

„Mach ich. Bye Mom."

„Bye Spätzchen." Ich lege auf und zucke zusammen, als eine neue Schmerzwelle meine Hand erfasst.

„Alles geklärt?"

„Ja, meine Eltern holen Sam und mein Auto ab. Ich soll sie dann anrufen, wenn einer von ihnen mich aus dem Krankenhaus abholen soll."

„Ich kann dich danach auch nach Hause fahren.", bietet er mir sofort an.

„Lass mal, du hast sicher andere Probleme, als mit mir stundenlang in der Notaufnahme zu sitzen."

„Da könnten wir dann endlich mal miteinander reden. Dort kannst du nicht so schnell abhauen."

„Wenn es sein muss.", murre ich. Einerseits will ich Kyle so schnell wie möglich wieder los werden, aber auf der anderen Seite will ich nicht alleine warten müssen. Ich habe also gerade die Wahl zwischen Pest und Cholera. Da nehme ich lieber das geringere Übel.

„Ja, muss es. Wir müssen uns einigen, wie es weiter gehen soll."

Wir kommen vorm Krankenhaus an. Kyle parkt den Wagen und hilft mir dann behutsam beim Aussteigen.

Der typische Krankenhausgeruch weht uns entgegen, kaum sind wir über die Schwelle getreten. Am liebsten würde ich wieder umdrehen. Ich kann Krankenhäuser einfach nicht ausstehen. Der Geruch erinnert mich immer an meine dunkelste Zeit und das ich damals fast gestorben wäre.
Wir gehen zur Notaufnahme und wie er prophezeit hat, ist sie brechend voll. Entschlossen drückt er mich auf einen Stuhl und geht zur Anmeldung. Nach einer Weile kommt er mit einem Fragebogen und einem neuen Kühlakku zurück. Er tauscht ihn fürsorglich aus und setzt sich neben mich.

„Na dann lass uns mal das Ding hier ausfüllen und da du nicht schreiben kannst, werde ich das für dich übernehmen." Mir liegt schon ein Kommentar auf der Zunge, aber ich schlucke ihn hinunter. Denn er hat wieder vollkommen Recht.

Schnell haben wir die Fragen beantwortet und er bringt das Klemmbrett zur Anmeldung zurück. Dabei flirtet er ein bisschen mit der jungen Schwester.
Erstaunt sehe ich, wie er mit zwei Tassen voll dampfenden frischen Kaffee zurückkommt.

„Hier. Das ist der aus dem Schwesternzimmer. Die Plörre aus den Automaten kann man nicht trinken." Er reicht mir eine und ich schnuppere an dem schwarzen Gebräu. Vorsichtig nehme ich einen Schluck. Es ist wirklich ein guter Kaffee. Die anderen Wartenden beäugen sehnsüchtig die beiden Tassen.

„So, ab jetzt heißt es warten. Wo wollen wir anfangen?", fragt er mich. Kyle nimmt einen Schluck Kaffee und sieht mich über den Rand hinweg aufmerksam an.
Schweigend erwidere ich seinen Blick und beobachte ihn dabei, wie er in aller Ruhe an seiner Tasse nippt. Ich würde ja auch gern mal einen Schluck nehmen, nur rutscht mir andauernd das Coolpack von der Hand. Resigniert stelle ich die Tasse auf den Boden ab. Fast im gleichen Moment beginnt meine Tasche *Relax* von 'Franky Goes To Hollywood' zu singen. Wer kann das jetzt sein?

Ich versuche wieder mit einer Hand meine Tasche aufzubekommen, aber es will mir einfach nicht gelingen. Da ich nicht ran gehe, singt mein Handy jetzt lauter und es schallt durch das ganze Wartezimmer. Eines ist definitiv sicher – wenn ich halbwegs wieder hergestellt bin kaufe ich mir auf jeden Fall eine neue Handtasche.

„Kannst du nicht mal helfen?", zische ich Kyle zu.

„Soll ich etwa?", fragt er amüsiert zurück.

„Toll, dass dich meine Hilflosigkeit so erheitert. Jetzt hilf mir verdammt nochmal!"

Er stellt seine Tasse neben meine auf den Boden und nimmt mir endlich die Tasche ab. Ruck zuck hat er den Reißverschluss offen und gibt mir mein Handy. Ich sehe auf das Display - es ist David. Innerlich stöhne ich laut auf und drücke ihn weg.

„Vielleicht solltest du es gleich ganz ausschalten. Deine Familie wird doch alle paar Minuten anrufen und dann hier aufkreuzen." Wieso muss dieser Kerl ständig Recht haben? Wenn ich es anlasse sind David, Rich und Dad schneller hier, als das ich bis drei zählen kann. Hastig schalte ich es aus und schiebe es zurück in meine Tasche.

Kyle und ich greifen beide gleichzeitig nach unten nach unseren Tassen. Dabei berühren sich kurz unsere Hände. Ich ziehe meine weg, als hätte ich einen Stromschlag bekommen. Was auch in etwa hinkommen könnte. Denn die Haut prickelt an der Stelle, an der wir uns berührt haben. Er reicht mir meine Tasse und irgendwie schaffe ich es einen Schluck zu nehmen.

„Danke, dass du heute gekommen bist. Es bedeutet Sam sehr viel.", sage ich leise, den Blick auf meinen Kaffee gerichtet. Es kostet mich sehr viel Überwindung es ihm zu sagen, aber es ist nun einmal die reine Wahrheit.

„Ich habe doch gesagt, dass ich komme."

„War das heute ernst gemeint? Ich meine, dass du mit Sam im Park Fußball spielen willst?" Fragend sehe ich zu ihm auf.

„Klar, er ist immerhin mein Sohn und ich habe eine Menge nachzuholen." Den letzten Teil des Satzes sagt er sehr verbittert.

„Sei ehrlich, mich willst du nicht dabei haben." Ich versuche meine Unsicherheit irgendwie zu überspielen. Tief in meinem Inneren schreit mir eine kleine Stimme zu, das ich mit dabei sein will. Ich will sehen, wie der Mann, der einmal meine große Liebe war und unser gemeinsamer Sohn zusammen Zeit verbringen.

„Ich kann Sam ja schlecht sagen, dass seine Mutter eine hinterhältige und verräterische Schlange ist."

„Wahrscheinlich genauso wenig, wie ich ihm sagen kann, dass sein Vater ein betrügerischer Lügner ist.", fauche ich zurück.

„Ja, genauso wie du. Du hast mich damals zuerst betrogen, schon vergessen?" Der Satz verschlägt mir echt die Sprache und selbst wenn er es nicht täte, Kyles sehr wütender Gesichtsausdruck hätte es ganz bestimmt getan.

„Ich habe keine Lust auf so einen Mist!" Ich schnappe mir meine Tasche und setze mich an das andere Ende des Raumes. Ich bin so wütend auf ihn und so verletzt. Ich habe ihn nie betrogen, aber ich werde Kyle ganz bestimmt nicht erzählen, wie sehr der Vorwurf mich verletzt. Außerdem sehe ich es gar nicht ein, warum ich mich rechtfertigen sollte. Soll er doch glauben, was er will! Auf jeden Fall sind wir fertig miteinander. Kyle schüttelt leicht den Kopf und folgt mir. Zu meinem Leidwesen steht die ältere Dame neben mir auf, lächelt ihn an und setzt sich auf seinen alten Platz. Im Vorbeigehen raunt sie ihm etwas zu. Anscheinend ist die Gute taub, denn sie schreit förmlich durch den ganzen Raum.

„Jungchen, was auch immer für einen Streit du und deine Frau habt, sucht euch ein Zimmer und vögelt die ganze Nacht. Wenn ihr erst einmal die ganze sexuelle Energie zwischen euch aufgebraucht habt, könnt ihr dann vernünftig miteinander reden und eure Probleme lösen." Kyle und mir klappt der Unterkiefer nach unten und ich spüre, wie ich knallrot anlaufe. Die anderen Wartenden starren die Alte genauso an wie wir, nur mit dem Unterschied, dass sie hinter vorgehaltenen Händen lachen.

„Sie ist nicht meine Frau!", sieht er sich genötigt ihr hinterher zu rufen.

„Egal, aber vögeln solltet ihr trotzdem.", gackert sie. Himmel, bitte tu mir den Gefallen und öffne die Erde, damit ich in das Loch fallen kann! Und das Ganze bitte sofort!

„Hast du so was schon mal erlebt?", flüstere ich.

„Nein. Aber vielleicht hat sie recht und wir sollten wirklich zusammen durch die Kissen rollen." Jetzt starre ich ihn sprachlos an. Sein ganzes Verhalten heute verwirrt mich total.

„Ganz bestimmt nicht! Darauf kannst du warten, bis du schwarz wirst. Willst du mit Kendra das gleiche abziehen, wie mit mir?", blaffe ich ihn von der Seite an. Was anderes ist mir in diesem Moment einfach nicht eingefallen. Mein Hirn ist immer noch wie gelähmt. Kyle dreht seinen Kopf in meine Richtung. Der Blick seiner grünen Augen bohrt sich in meine. Auf seinen Wangen kann ich schon den beginnenden Bartschatten erkennen.

„Kendra ist nicht so wie du." Da sind sie wieder, die Vorwürfe, denen jegliche Grundlage fehlt.

„Wenn du Sam öfter sehen willst, dann solltest du lernen mit mir und meiner Familie auszukommen." Das Thema ist mir einfach zu blöd und so komme ich lieber auf das Wesentliche zurück.

„Ich will meinen Sohn sehen und nicht deine Familie, also muss ich auch nicht mit ihnen auskommen."

„Aber meine Familie gehört dazu und Sam würde es merken. Es würde ihn sehr belasten, wenn ihr euch die ganze Zeit über zerfleischt."

„Worauf willst du hinaus? Soll ich gute Miene zum bösen Spiel machen und vergessen, was alles passiert ist?", seufzt er. Ich kann hören, dass er versucht, seine Wut zu unterdrücken. Er mag sich verändert haben, ab manche Dinge bleiben halt einfach gleich. Wie zum Beispiel, das er sich immer mit beiden Händen durch die Haare fährt, wenn er genervt ist.

„Ich will nur, dass ihr euch nicht gleich gegenseitig an die Kehlen springt. Wenn ihr euch sehen solltet, geht bitte höflich miteinander um und nie vergessen, es geht darum, was das Beste für Sam ist."

„Das musst du mir nicht sagen, sondern deiner Familie."

„Das habe ich schon getan und jetzt sage ich es dir. Du wirst eh nicht viel mit ihnen zu tun haben, aber wenn ihr euch sehen solltet, wird er auch dabei sein und er bekommt alles mit."

„Okay, ich versuch´s."

„Danke." Irgendwie kommt es mir so vor, dass ich die ganze Zeit damit beschäftigt bin, ihm zu danken.

„Hast du dich schon entschieden?" Er nippt an seinen Kaffee und verzieht das Gesicht. „Toll, der ist kalt." Er stellt die Tasse ab.

„Oh man Kyle. Hast du immer noch nicht eingesehen, dass diese Idee von dir völliger Schwachsinn ist? Ich will mich nicht entscheiden. Ich will dich nicht heiraten, genauso wenig, wie du mich heiraten willst. Außerdem bist du mit Kendra verlobt und ihr wollt im Sommer heiraten. Vor Gericht wirst du mich auch nicht zerren. Denn ich habe deinen Gesichtsausdruck heute Nachmittag gesehen, als du Sam beim Spielen zugesehen hast. Du wirst nicht wollen, dass er sich hin und her gezerrt fühlt. Wir sollten eine andere Lösung finden. Auch wenn wir unsere Differenzen haben, müssen wir bei unseren Handlungen immer daran denken, was das Beste für ihn wäre.", beende ich atemlos meinen Monolog.

Kyle verschränkt die Arme vor der Brust. Der kleine Tiger, der auf dem Ärmel seinen T-Shirts aufgedruckt ist, spannt sich um seinen Bizeps. Mein Mund wird trocken und ich schlucke schwer. Hastig wende ich meinen Blick ab und sehe auf den grauen abgetretenen Linoleumboden. Der Schmerz in meiner Hand pulsiert im Takt meines Herzschlages. Durch den Anblick seines Oberarmes hat sich dieser beschleunigt. Wimmernd lege ich den Kopf in den Nacken, schließe die Augen und atme tief ein und aus und versuche an etwas anderes als an meine Hand zu denken.

„Ich hasse es, wenn du Recht hast.", murmelt er neben mir. Ich drehe meinen Kopf und blinzle ihn an. Er muss es wohl als Frage interpretiert haben. „Also gut, ich gebe zu, dass es eine dämliche Idee von mir war, dich vor die Wahl zu stellen."

„Gut", antworte ich und schließe wieder die Augen.

„Wie geht es deiner Hand?"

„Es tut höllisch weh. Aber nichts im Vergleich zu den Wehen, während Sams Geburt."

„Kannst du mir von der Schwangerschaft und seiner Geburt erzählen? Ich durfte schließlich nicht dabei sein.", bittet er mich leise.

„Die Schwangerschaft war nicht so leicht. Die ersten Monate habe ich alles wieder ausgekotzt, was ich zu mir genommen habe.", beginne ich meine Erzählungen. Das ich auch im Krankenhaus gelandet war, lasse ich lieber weg. Meine dunkelste Erfahrung und die Gründe dafür muss er nicht wissen. Das hatte schließlich nichts mit der Schwangerschaft zu tun.

„Wirklich?" Kyle verzieht das Gesicht.

„Glaubst du so eine Schwangerschaft ist eitel Sonnenschein?"

„Naja, das nicht. Aber auch nicht so."

„Nur gut, dass ihr Männer nicht die Kinder bekommt. Ihr würdet sterben."

„Solche Weicheier sind wir nun auch nicht. Aber ich überlasse den Job dann doch lieber euch Frauen."

„Ab der Hälfte des vierten Monats ging es dann bergauf und mir ging es ganz gut. Sam wuchs und strampelte in meinem Bauch. Ab dem achten Monat war es dann nicht mehr lustig. Ich hatte ständig Rückenschmerzen, konnte meine Füße nicht mehr sehen und kaum war ich von der Toilette runter, musste ich schon wieder für kleine Schwangere."

„ Wie war die Geburt?"

„Es war das schmerzhafteste, anstrengendste und gleichzeitig das wundervollste was ich je erlebt habe. Sam hatte es nicht so eilig. Ab dem errechneten Geburtstermin musste ich alle zwei Tage zum Ultraschall. Nach einer Woche Überfälligkeit musste ich dann jeden Tag. Er hat sich zehn Tage mehr Zeit gelassen und ich habe mich schon langsam mit der Einleitung der Wehen vertraut gemacht. Ich bin um halb sieben Uhr morgens aufgewacht und merkte, dass meine Fruchtblase geplatzt war. Mom und Dad haben mich ins Krankenhaus gefahren und kurze Zeit später waren dann alle da."

„Deine ganze Familie war also bei der Geburt dabei?" Ich merke, dass er traurig ist und bekomme ein schlechtes Gewissen, denn ich habe ihm verwehrt die Geburt seines ersten Kindes mitzuerleben. Aber damals habe ich da ganz anders darüber gedacht. Ich wollte ihn verletzen. Er sollte den Schmerz spüren, den er mir zugeführt hat.

„Nur die erste halbe Stunde, dann habe ich alle bis auf Mom rausgeschmissen."

„Wie lange hat es gedauert?"

„Er wurde um vier Uhr dreißig geboren, war 50 Zentimeter groß und 3670 Gramm schwer."

„Wie war er so als Baby?"

„Er war ein ganz liebes Baby. Hat viel geschlafen und nur geschrien, wenn er Hunger hatte oder die Windel voll war. Wenn du willst, kann ich dir mal seine Fotoalben heraussuchen. Da sind alle Bilder drin. Von seiner Geburt bis heute." Sanft lege ich meine Hand auf seinen Arm. Aber ich nehme sie sofort wieder weg. Die Haut beginnt augenblicklich zu kribbeln. Es ist ein seltsames Gefühl, das sich mit Sehnsucht mischt – der Sehnsucht seiner warmen Haut auf meiner.

„Das wäre schön. So habe ich wenigsten einmal die Bilder gesehen.", murmelt er leise.

Kyle steht auf und holt mir ein neues Coolpack. Wir haben tatsächlich eine normale Unterhaltung geführt, ohne uns gegenseitig die Hälse umdrehen zu wollen. Behutsam und vorsichtig nimmt er mir das alte von der Hand und beäugt sie kritisch.

„Wird langsam Zeit, dass die geröntgt wird. Geht es noch?" Besorgt sieht er mich an.

„Es wäre schön, wenn es bald zu Ende wäre. Aber ich werde es schon aushalten."

„Ich habe gestern Abend einen Anruf von Kendra bekommen.", sage ich unvermittelt. Warum fange ich jetzt damit an? Bin ich so selbstzerstörerisch veranlagt?

Kurz sieht Kyle von meiner Hand auf und ich kann Erstaunen in seinen Augen aufblitzen sehen. Aber dieser Moment war so kurz, das ich mich frage, ob es wirklich da war oder ich es mir nur eingebildet habe.

„Aha und was wollte sie?"

„Sie hat mich als eure Hochzeitsplanerin beauftragt."

Ruckartig hebt er seinen Kopf und sieht mich ungläubig an.

„Sie hat was?", ruft er aus. Ich wäre gern näher darauf eingegangen, aber in dem Moment wird mein Name aufgerufen. Ich stehe auf und sehe ihn an.

„Danke, das du mit mir hier gewartet hast. Du musst mich nachher nicht nach Hause fahren. Ich rufe dann meine Eltern an."

„Ich habe Sam versprochen dich zum Arzt zu bringen und dich nicht allein zu lassen. Also werde ich dich nachher auch nach Hause fahren. Du solltest jetzt lieber gehen." Er deutet mit einem Kopfnicken auf einen gestressten Arzt, der mir genervt entgegen blickt.

Ich drehe mich um und gehe zu ihm. Aus der Nähe sieht er viel jünger aus und auf seinem Namenschild steht, dass er ein gewisser Benjamin Watson und momentan Assistenzarzt ist.

„Sophie Borough?", fragt er genervt.

„Ja."

„Gut, ich bin Dr. Watson, bitte kommen sie mit." Ohne auf mich zu warten hastet er durch den langen weißen Flur und biegt auf einmal scharf nach rechts in ein Behandlungszimmer ab.

Ich betrete den Raum und Dr. Watson sitzt auf einen dieser kleinen rollbaren Hocker vor einem Computer. Ich nehme mal an, dass er meine Daten eintippt.

Das Behandlungszimmer ist nicht sehr groß. Es ist alles weiß und steril und dieser typische Geruch nach Desinfektionsmitteln liegt in der Luft. Mir dreht sich der Magen um.

Unschlüssig stehe ich in der Mitte des Raumes und warte, dass der Arzt mir seine Aufmerksamkeit schenkt. Endlich ist er mit dem Tippen fertig und dreht sich zu mir um.

„Setzen Sie sich bitte auf die Liege.", sagt er jetzt schon freundlicher. Wahrscheinlich hat er gelesen, dass meine Krankenversicherung sämtliche Behandlungen abdeckt. Artig komme ich seiner Aufforderung nach.

„Welche Beschwerden haben sie?"
Ich nehme das Coolpack von meiner Hand.
„Ich glaube, das sagt schon alles."
„Wie ist das passiert?"
„Ich wollte den Vater meines Sohnes verprügeln, nur leider besteht er aus Stahlbeton und das ist das Ergebnis." Dr. Watson sieht entsetzt auf.
„Ist das ihr Ernst?"
„Naja, Sam, unser Sohn, hatte heute ein wichtiges Fußballspiel und er hat sich so gefreut, weil sein Vater kommen wollte. Aber der war zum Anpfiff nicht da und als er dann auftauchte, habe ich ausgeholt und ihn gegen die Brust geboxt." Ich zucke mit der Schulter.

„Aha", kommt es von Dr. Watson und er sieht mich an, als hätte ich nicht mehr alle Zacken in der Krone.
Dann hebt er seine Hände und drückt meine Hand. Der Schmerz durchfährt mich, als hätte er ein glühendes Messer in meine Hand getrieben und würde es gerade genüsslich drehen. Hastig ziehe ich meine Hand weg und durch die ruckartige Bewegung verstärkt sich der Schmerz.

„SIND SIE VON ALLEN GUTEN GEISTERN VERLASSEN?! DAS TUT VERDAMMT WEH! ICH KANN IHNEN JA MAL DIE EIER

ABREISSEN UND DANN SPRECHEN WIR UNS WIEDER!", brülle ich. Dr. Watson springt schnell auf und bringt sich und seine Kronjuwelen vor mir in Sicherheit. Durch den Schmerz laufen mir die Tränen über die Wange.

Hastig wird die Tür des Behandlungszimmers aufgerissen und eine Schwester steckt ihren Kopf rein.

„Alles in Ordnung?", fragt sie ihn besorgt. Was ist mit mir? Er hat mir unsägliche Schmerzen bereitet.

„Ähm … Ja, danke Schwester Melissa. Wären sie so nett und würden Miss Borough zum Röntgen bringen?" Sie beäugt mich misstrauisch.

„Kommen sie Lady.", sagt sie schroff. Ich lasse mich von der Liege gleiten und werfe Dr. Watson einen wütenden Blick zu und folge ihr.

Kaum sind wir angekommen drückt sie mich auf einen der Wartesessel und verschwindet. Kurze Zeit später kommt eine andere Schwester auf mich zu und führt mich in den Raum mit dem Röntgenapparat. Sie deutet auf einen Stuhl und ich setze mich.

„Sind sie schwanger?", fragt sie, als sie mir die Bleischürze zum Schutz meiner Organe umlegt. Schwanger? Dafür müsste ich ja erst einmal Sex haben. Das mit der Luftbestäubung funktioniert, soweit mir bekannt ist, bei Menschen nicht.

„Nein."

Sie greift nach meiner Hand und wieder durchzuckt mich der Schmerz. Aber sie ist weitaus behutsamer als dieser Quacksalber. Scharf ziehe ich die Luft ein.

„Tut mir leid. Ich weiß, dass es weh tut. Aber ich muss ihre Hand in die richtige Position bringen. So, geschafft. Bitte ganz ruhig halten.", plappert sie auf mich ein. Sie verschwindet in einem separaten Raum und schließt die Tür. Das Licht geht aus uns die Röntgenmaschine surrt. Wenige Augenblicke ist es wieder hell.

„So Miss Borough, das sieht gut aus. Sie können jetzt wieder zurück zu Dr. Watson. Er wird dann mit ihnen den Befund durchsprechen." Sie führt mich wieder auf den Flur

und ehe ich etwas sagen kann ist sie auch wieder verschwunden.
Ich irre ein wenig durch die Gänge und finde schließlich das Behandlungszimmer wieder. Dr. Watson sitzt wieder an seinem Computer und klimpert darauf rum. Jetzt ist auch noch ein junger kräftig gebauter Pfleger mit im Raum und stellt einige Utensilien bereit.
Der Arzt deutet auf die Liege und ich setze mich wieder. Er kommt mit seinem Hocker zu mir hinüber gerollt und hält mir ein Blatt Papier hin. Seinen Unterleib hält er von meiner gesunden linken Hand fern.
„Das ist eine Aufnahme ihrer Hand. Wie sie sehen, haben sie zwei glatte Brüche der Mittelhandknochen des Mittel- und Ringfingers." Entsetzt starre ich auf die Röntgenaufnahme. Ich habe mir tatsächlich die Knochen an Kyles Brust gebrochen.
„Sie haben Glück, dass es sich um schöne gerade Frakturen handelt. So kommen sie um eine Operation herum."
„Schön? Meine Definition von schön ist mit Sicherheit eine andere.", sage ich sarkastisch.
„Wir werden ihnen jetzt einen Gips anlegen. Der bleibt dann für sechs Wochen dran. Und die Knochen können in der Zeit wieder zusammen wachsen."
Dr. Watson gibt dem Pfleger ein Zeichen und er rollt ein Tisch zu uns herüber. Darauf steht eine Schüssel mit Wasser und daneben liegen mehrere Streifen Gipsbinden.
Er greift nach meiner Hand, aber ich ziehe sie ihm weg.
„Miss Borough, ich brauche ihre Hand, wenn ich sie eingipsen will."
„Wenn sie noch einmal zudrücken, wie vorhin, dann kann ich ihnen versichern, dass ich ihnen bei lebendigen Leib die Eingeweide heraus reißen werde!", zische ich ihm entgegen.
„Dr. Watson, soll ich schon mal eine vorbereiten?", fragt der große massige Pfleger. Der Quacksalber nickt nur und der Pfleger beginnt irgendwelche Schränke auf zu reißen. In der Zwischenzeit frage ich mich, was wohl gemeint sein könnte.

Leider steht er mit dem Rücken zu mir und ich kann nicht sehen, was er macht.

„Miss Borough, bitte geben sie mir ihre Hand." Er versucht autoritär zu klingen, aber ich kann spüren, dass er Angst vor mir hat. Zaghaft halte ich sie ihm entgegen. Aber kaum berühren mich seine Hände kommt wieder dieser schneidende Schmerz.

„SIE VERFLUCHTER INKOMPETENTER QUAKSALBER! SIE LASSEN IHRE GRIFFEL VON MIR!", brülle ich aus vollem Hals. Der sogenannte Arzt wird blass, gibt dem Pfleger ein Zeichen und dieser kommt auf mich zu.

„Machen Sie sich vom Acker und wehe Sie kommen mir zu nahe!", keife ich und beäuge argwöhnisch die Hand des Pflegers. Es nimmt meine Schulter und noch ehe ich reagieren kann piekt er mich in den Arm.

„SIE DREIMALDÄMLICHER HORNOCHSE! WAS HABEN SIE DA GERADE GEMACHT?", schreie ich ihn an. Die Tür des Behandlungsraumes fliegt auf und Kyle stürmt herein.

„Was zum Teufel machen Sie mit ihr?", fragt er wütend. Als er in den Raum tritt sehe ich ihn noch klar, aber dann fängt er auf einmal an zu flimmern.

„Hallo", grinse ich ihn dämlich an. Er geht vor mir in die Hocke, legt mir einen Finger unters Kinn und hebt meinen Kopf an. Dümmlich grinse ich in sein Gesicht. Plötzlich fühle ich mich so leicht.

„Ich bin eine Feder! Huiiiiiii." Ich finde mich einfach wahnsinnig lustig und fange an zu lachen. Kyle steht auf und dreht sich zum Arzt und Pfleger um. Dabei kann ich seinen Hintern sehen. Irgendwie scheint dieser zu leuchten. Ich hebe meine Hand und zwicke ihn in den Po. Er erschreckt sich und sieht mich entsetzt an. Aber ich kichere wie ein kleines Schulmädchen.

„Was haben Sie ihr gegeben?", will Kyle bestimmt wissen.

„Wir sahen uns leider gezwungen ein Beruhigungsmittel einzusetzen. Sie ließ keine Behandlung zu.", erklärt Dr. Watson.

„Das ist aber nicht die übliche Reaktion auf ein Beruhigungsmittel. Sie benimmt sich, als wäre sie total high. Haben sie vorher nach Medikamentenunverträglichkeiten gefragt?" Kyle scheint sauer zu sein.

„Kyyyyyyyyyyyylle? Bischt du saaauer?", lalle ich vor mich hin. Ich habe absolut keine Ahnung, was gerade mit mir passiert. Aber auf jeden Fall scheint es nicht normal zu sein. Dennoch mag ich dieses Gefühl der Schwerelosigkeit und Leichtigkeit. Alle Probleme scheinen so weit entfernt, als würde es sie gar nicht geben.

„Wie sahen keine andere Möglichkeit ... Mister?"

„Wallace", antwortet Kyle knapp.

„Würden Sie jetzt bitte den Raum verlassen, damit ich ihre Freundin behandeln kann?"

„He, Doktorrrr Watson, wo hamsn Scherlock Holmes gelassen?"

„Ich bleibe hier, während sie ihr den Gips anlegen."

„Kayyyylllliiiieeee? Schmeischt duuuu gerade den Quatschsalber raus?"

Während ich so vor mich hin summe und kichere dreht sich Kyle zu dem Arzt um und scheint ein ernstes Wörtchen mit ihm zu reden. Was auch immer es war, es muss gewirkt haben. Denn er setzt sich nun wieder vor mich hin und nimmt fast schon sanft meine Hand, um mir die Gipsbinden anzulegen. Ob das ganze vielleicht auch mit der Wirkung des Medikamentes zusammenhängt, will ich nicht bezweifeln.

„Weischt du, das isch disch gelübt habe?", lalle ich und sehe zum Vater meines Sohnes auf.

„Gelübt? Was ist das denn für ein Wort?" Ein Lächeln umspielt seine Lippen.

„Na du wischt schon Lübe halt. Wenn man jemanden ganz doll gern hat, dann lübt man ihn." Langsam schwanke ich von links nach rechts.

„Meinst du Liebe?", fragt er mich ernst.

„Sach isch doch. LÜBE. Aber du hascht die Schlampe gevögelt und nicht misch!"

„Sophie, du weißt gerade nicht, was du da sagst."
„Isch hatte seit ölf Jahren keinen Sex mehr!", platze ich heraus. Ganz weit hinten in meinem Oberstübchen weiß ich, dass ich das morgen bitter bereuen werde.
„Bitte was?", entfährt es Kyle.
„Mit dir hatte isch immer den beschten Sex meines Lebens und auch den letzten."
„Ich glaube, es ist besser, wenn du jetzt den Mund hältst."
„Ich bin jetzt fertig", murmelt Dr. Watson, dem die Wendung des Gespräches noch weniger zu behagen scheint als mein Gezeter.
„Komm wir gehen." Behutsam nimmt mich Kyle auf seine Arme und trägt mich aus dem Krankenhaus in sein Auto. Kaum das mein Hintern den Sitz berührt, lasse ich meinen Kopf an die Kopfstütze sinken und schlafe ein.

Kapitel 7 – Unerwartete Wirkung

Stöhnend öffne ich die Augen. Was war passiert? Ich fühle mich, als hätte mir jemanden einen Hammer über den Schädel gezogen. Blinzelnd sehe ich mich um. Aber ich kann nicht viel entdecken, der Raum abgedunkelt ist. Da ich in einem Bett liege, gehe ich einmal davon aus, dass ich mich in einem Schlafzimmer befinde. Aber es ist eindeutig nicht meins! Denn gegenüber von meinem Bett hängt definitiv kein riesiger Fernseher an der Wand. Ich setze mich vorsichtig auf, wobei ich schmerzhaft zusammenzucke. Ich habe so massive Kopfschmerzen, dass ich das Gefühl habe, er würde jeden Moment platzen.
Wie durch einen Nebel höre ich das Geräusch von rauschendem Wasser. Auf der linken Zimmerseite entdecke

ich eine Tür, die einen spaltbreit geöffnet ist. Das muss das Badezimmer sein und jemand scheint gerade zu duschen. Wo zum Geier befinde ich mich?
Ich versuche aufzustehen, aber mir wird sofort schwindlig. Also lasse ich es lieber sein. Wenn mir nicht alles wehtun würde, würde ich mich echt fragen, was für ein schräger Traum das ist. Leider scheint alles real zu sein. Vor allem der pinke Verband um meiner gebrochenen Hand.
Das Rauschen aus dem Bad hört auf und die Duschtür wird geöffnet und wieder geschlossen. Gebannt starre ich auf die angelehnte Tür. Das Herz schlägt mir bis zum Hals. Plötzlich kommt mir ein erschreckender Gedanke und ich hebe, fast schon panisch, die Bettdecke an. Puh, nur gut, ich bin nicht nackt. Aber meine Sachen trage ich auch nicht. Wo hab ich die Boxershorts und das T-Shirt denn her?
Mein Kopf ruckt herum, als sich die Badezimmertür weiter öffnet. Den stechenden Schmerz versuche ich zu ignorieren, während ich gespannt den Atem anhalte.
„Hey, du bist wach.", werde ich angesprochen, während sich jemand auf mich zubewegt. Ich kenne die Stimme. Kyle! Was zur Hölle mache ich hier?
Er setzt sich neben mich auf den Rand des Bettes. Das Handtuch um seinen Hüftet bedeckt nicht gerade sehr viel von ihm und meine seit elf Jahren schlummernde Libido erwacht. Er scheint noch muskulöser geworden zu sein. Wenn es keine Waschmaschinen geben würde, könnte ich mich mit ihm in den Lake Michigan stellen und auf seinen Bauchmuskeln die Wäsche schrubben. Das mir so vertraute Band aus kleinen Härchen schlängelt sich von seinem Bauchnabel gen Süden und verschwindet im Handtuch. Herr im Himmel hilf mir! Seine Haare sind dunkel vor Feuchtigkeit und stehen ihm wirr vom Kopf ab. Mein Mund, der ohnehin schon trocken ist, verliert jetzt seine restliche Feuchtigkeit und ich muss schwer schlucken.
"Willst du was trinken?", fragt er mich. Ich bringe nur ein kurzes Nicken zustande, da meine Zunge am Gaumen klebt. Er

beugt sich vor, knipst die Nachttischlampe an und reicht mir das Glas Wasser, welches direkt daneben steht.

Gierig greife ich danach. Schlagartig wird mir schwarz vor Augen und ich beginne zu schwanken. Kyle bemerkt es und zieht mich an seine Brust.

„Vorsicht. Ist dir schwindlig?" Erschöpft lasse ich meinen Kopf an seine Schulter sinken und nicke. Der vertraute Kyle-Geruch steigt mir in die Nase und ein ganz eigenartiges Gefühl macht sich in mir breit. Es ist ein bisschen so, als wenn man nach einer langen Reise wieder zu Hause angekommen ist.

„Geht es wieder?" Sanft schiebt er mich von sich weg. Wieder bekomme ich nur ein Nicken zu standen. Ich hebe das Glas an und trinke einen kleinen Schluck. Das Wasser ist wunderbar kühl. Genau das Richtige für meinen erhitzten Körper.

„He, Stopp. Nicht so schnell. Es soll dir ja nicht schon wieder den Magen umdrehen." Geschickt nimmt er mir das Glas aus der Hand und stellt es zurück. Noch immer lehne ich an seiner Brust und es könnte so schön sein. Für einen kurzen Augenblick gönne ich mir den Luxus und bilde mir ein, dass alles in bester Ordnung wäre - das es nie unsere Trennung gegeben hätte und das Kyle, Sam und ich eine glückliche Familie sind. Als ich in das weiche Kissen gedrückt werde, komme ich zurück in die Realität.

„Was ist passiert?", frage ich ihn mir kratziger Stimme. „Und könntest du dem Zimmer bitte sagen, es soll aufhören sich zu drehen?" Im Groben weiß ich, das ich mir an seiner Brust die Hand gebrochen habe. Aber irgendwie fehlt mir der Teil zwischen Krankenhaus und seinem Bett.

„So schlimm? Mach die Augen zu und atme ruhig tief ein und aus. Dann müsste es aufhören."

Ausnahmsweise mache ich einmal das, was er mir sagt und tatsächlich lässt mein Schwindel nach.

„Besser?"

„Solange ich mich nicht bewege, dürfte es gehen."

„An was erinnerst du dich noch?"

„Du kamst zu spät zu Sams Fußballspiel und ich habe dich geboxt. Dann bist du mit mir ins Krankenhaus gefahren und da war diese komische Alte, von der ich hoffe, ich habe sie mir nur eingebildet. Dann war da der inkompetente Quacksalber, der mir wehgetan hat und ich habe ihm gedroht ihm seine Eier abzureißen. Ich wurde geröntgt und der Quacksalber hat mir dann gesagt, zwei meiner Knochen in der Hand wären gebrochen und er hat wieder drauf gedrückt und ich wollte ihm die Eingeweide aus dem Leib reißen und dann wurde ich gepiekt und ab da ist es dunkel."

„Weißt du noch, ob er dich gefragt hat, ob du irgendwelche Wirkstoffe oder Medikamente nicht verträgst?" Ich überlege kurz und schüttle dann den Kopf.

„Nein, nicht das ich wüsste. Wieso?" Ich kann sehen, wie Kyle die Hand zur Faust ballt, kann mir aber keinen Reim darauf machen.

„Sie haben dir ein starkes Beruhigungsmittel gespritzt und du hast nicht sehr gut darauf reagiert."

„Was meinst du damit?" Er steht auf und geht zu der Tür auf der rechten Seite und öffnet sie. Es handelt sich um einen begehbaren Kleiderschrank. Er verschwindet darin und einen Augenblick später geht das Licht im Schrank an. Ich kann eine Reihe Anzüge und die dazu passenden Hemden erkennen. Ich höre ihn rumpeln und die Geräusche, die entstehen, wenn Stoff über nackte Haut gleitet. Meine Gedanken wandern wieder zu seiner warmen, weichen und sehr erotisch riechenden Haut. Das pure Verlangen pulsiert durch meine Adern und konzentriert sich auf einen kleinen Punkt in meinem Unterleib. Nein, so etwas darf ich nicht denken! Er ist verlobt und außerdem zählt er zu meinem Kundenkreis. Unwillkürlich muss ich lachen. Wenn jemand, der mich nicht kennt, meinen Gedanken hören könnte, der würde doch glatt denken, ich wäre eine Nutte.
Kyle taucht wieder aus dem Schrank auf. Eine graue Jogginghose und ein grünes T-Shirt verdecken seine wunderbaren Muskeln.

„Alles in Ordnung?", fragt er besorgt und setzt sich wieder neben mich auf das Bett.

„So weit ja.", würge ich hervor. Wenn er wüsste wo ich gerade mit meinen unartigen Gedanken war. „Erzählst du mir, was …" ich stutze „… wie spät ist es eigentlich?"

„Kurz nach fünf Uhr morgens." MORGENS? Das bedeutet, dass ich die ganze Nacht nicht zu Hause war! Himmel, sie werden sich unendliche Sorgen machen und Sam! Ich bin so eine elende Rabenmutter. Ich versuche mich aufzusetzen und ignoriere den Schwindel.

„He, wo willst du hin? Hinlegen!", befielt er mir und drückt mich an den Schultern zurück auf die Matratze.

„Ich muss nach Hause. Sie werden sich sorgen machen und Sam erst!", keuche ich, da der Schwindel immer noch anhält.

„Sie wissen, dass du hier bist."

„Was? ... Woher? ... Wie?", stottere ich. Es erscheint mir vollkommen unmöglich. Dad, David und Richard wären wie ein SWAT-Team hier herein gestürmt und hätten mich nach Hause geholt.

„Ich habe deine Mutter gestern Nacht noch angerufen und ihr erklärt, was mit deiner Hand ist und das du nicht gut auf das Beruhigungsmittel reagiert hast. Ich habe ihr dann noch meine Adresse genannt und ihr gesagt, dass du hier bist. Sie meinte dann …"

„Was meinte sie?" Argwöhnisch kneife ich die Augen zusammen.

„Sie macht sich Sorgen und hat mich gebeten, dass ich auf dich aufpassen soll und dich erst wieder gehen lassen soll, wenn du auf deinen eigenen zwei beiden Beinen stehen kannst."

„Sie hat was?! Was ist mit Sam? Ich kann nicht einfach von zu Hause weg bleiben!" Wieder will ich aufstehen und erneut hindert mich Kyle daran.

„Bleib liegen, sonst dauert es noch länger, bis es dir wieder besser geht."

„Aber ich muss nach Hause!" Ich versuche bestimmt zu klingen, aber meine Stimme ist schwach.

„Du bleibst erst einmal hier. Deine Mom sagt, dass sie und dein Vater sich um Sam kümmern und ihm alles heute beim Frühstück erzählen werden."

„Ich bleibe bestimmt nicht in deiner Wohnung!"

„Kannst du nicht einmal über deinen Stolz springen?", fragt er mich genervt.

„Wie lange soll ich, deiner Meinung nach, hier sinnlos rumliegen?"

„Je nachdem wie lange du brauchst, um wieder geradeaus laufen zu können."

Stöhnend schließe ich meine Augen. Was soll ich machen? Hier liegen bleiben, mich meinem Schicksal ergeben und seinen Anblick ertragen müssen oder aufstehen, ihm vor die Füße kotzen und dann in Ohnmacht fallen? Beide Optionen gefallen mir ganz und gar nicht. Also entscheide ich mich für das geringere und weniger peinliche Übel.

„Du hast gewonnen", murmle ich widerwillig. Erst einmal gebe ich nach, aber mein Widerstand ist keinesfalls gebrochen. Sobald sich mir die erste passende Gelegenheit bietet bin ich hier weg.

„Danke."

„Was ist mit dir? Musst du nicht arbeiten?"

„Eigentlich schon, aber da ich mein eigener Boss bin und mich schlecht selber feuern kann, hab ich meinem Assistenten gesagt, dass er alle Termine für heute absagen soll."

„Du kannst ruhig ins Büro gehen."

„Und dich alleine lassen, damit du abhauen kannst? Vergiss es." Er mag mich vielleicht durchschaut haben, dass bedeutet aber nicht, das ich mein Vorhaben fallen lasse.

„Wenn ich zu Hause wäre, wäre ich ja auch nicht allein. Wo wir gerade beim Thema sind, ich muss Marie anrufen und ihr Bescheid sagen. Sie macht sich sonst Sorgen. Hast du einen Laptop mit Internetzugang?" Ich bin kein Mensch der nur herumsitzt. So könnte ich wenigstens ein wenig recherchieren.

„Anrufen ist in Ordnung, aber arbeiten kannst du vergessen." Kyle sieht mich streng an, so als wäre ich ein unartiges kleines Mädchen. Oh wie gern ich jetzt unartig wäre. Schnell schiebe ich den Gedanken zur Seite.

„Im Gegensatz zu dir, muss ich Geld verdienen.", sage ich beleidigt. Ich würde jetzt gern meine Arme vor der Brust verschränken, aber der Gips hindert mich daran und auch beginnt meine Hand wieder zu schmerzen.

„Du hast sicher einen prall gefüllten Treuhandfond. Diese ganze Hochzeitsplanerei machst du doch nur aus Spaß an der Freude."

„Es geht dich zwar nichts an, aber als Sam geboren wurde, habe ich meinen kompletten Fond an ihn überschrieben. Ich habe von dem Geld nie einen Cent angerührt. Du hast schon recht, ich arbeite auch aus Spaß an der Freude, aber ich tue es auch, weil ich damit Geld verdiene und ich habe Rechnungen zu zahlen und Miete und die Dinge, die Sam und ich uns gerne gönnen."

„Du wohnst bei deinen Eltern."

„Mag schon sein, aber ich zahle Miete an sie und beteilige mich an den Kosten für die Einkäufe."

„Sie verlangen echt Miete von dir?"

„Nein, sie waren strikt dagegen, aber ich wollte es so. Ich weiß genau, dass sie das monatliche Geld auf Sams Konto einzahlen."

„Wann bekommt er das ganze Geld?"

„Wenn er einundzwanzig wird. Vorher hat er keine Chance heran zukommen."

„Deine Geschäfte müssen ja super laufen, wenn du dir teure Klamotten und den Mercedes leisten kannst." Ein Hauch von Bewunderung schwingt in seiner Stimme mit.

„Danke, wir können nicht klagen." Ich bin stolz auf unser kleines Unternehmen. Wir haben in den vergangen Jahren viel gearbeitet, aber es hatte sich gelohnt. Nicht umsonst sind wir so angesagt.

„Willst du lieber im Bett liegen bleiben, oder willst du rüber ins Wohnzimmer?"

„Ich bleibe lieber hier, danke."

„Gut, ist vielleicht auch besser so. Da ist der Fernseher …" er zeigt auf den Flatscreen „… und hier ist die Fernbedienung." Er legt einen länglichen schwarzen Gegenstand neben mich auf die Bettdecke.

„Soll ich die Rollos hoch machen? Das Fenster geht nach Norden, also kein störendes Sonnenlicht auf dem Fernseher." Ich nicke und Kyle steht auf und drückt auf einen kleinen Knopf neben den Fenstern über dem Bett. Geräuschlos schweben die Rollläden nach oben.

„Was machst du jetzt den ganzen Tag?"

„Ich werde dir Gesellschaft leisten.", und schon streckt er sich neben mich auf dem Bett aus. Na das kann ja heiter werden.

Leise stöhne ich auf. Das ist jetzt nicht sein Ernst.

„Erzählst du mir jetzt, was nach meinem Filmriss so alles passiert ist?"

„Willst du das wirklich wissen?" Zweifelnd sieht er mich an und ich bin mir plötzlich nicht mehr so sicher, ob ich wirklich wissen will, was momentan noch im Dunkeln liegt.

„Ja, bitte." Ich bin dann doch zu neugierig.

„Na gut, aber mach mir dann keine Vorwürfe. Ich habe dich gewarnt."

„Na nun erzähl schon."

„Ich hab absolut keine Ahnung, was mit dir los war, aber du warst wie zugedröhnt. Du hast irgendwelches sinnloses Zeug gequatscht und immer wieder wie ein albernes Schulmädchen gekichert. Als du dann im Auto gesessen hast, bist du sofort eingeschlafen. Ich musste dir beim Aussteigen helfen und du hast mir das erste Mal auf die Schuhe gekotzt." Erschrocken schnappe ich nach Luft.

„Du verarschst mich jetzt! Ist das irgendein perfider Racheplan von dir?" Kyle wirft mir einen Blick zu, der mir deutlich zu verstehen gibt, dass er mich ja gewarnt habe. Ich verdrehe die Augen und wedle mit der Hand, um ihm zu zeigen, dass er fortfahren soll.

„Ich habe dich dann hier hoch gebracht und kaum standest du im Flur, hätten meine Schuhe die zweite Bekanntschaft mit deinem Mageninhalt gehabt, wenn sie noch an meinen Füßen gewesen wären."

„Ich kauf dir Neue", murmle ich verlegen.

„Brauchst du nicht, ich hab genug davon. Ich habe dich dann unter die Dusche gestellt und deine Klamotten weggeschmissen."

„Du hast was?!", schreie ich empört auf. Wie konnte er!?

„Hast du eine leise Ahnung davon, wie die gestunken haben? Das hättest du nie wieder raus bekommen."

„Ich meine nicht meine Klamotten, sondern das andere." Ich kneife meine Augen fest zusammen. Ich will mir es nicht vorstellen, wie er und ich unter der Dusche standen. Aber genau dieses Bild von unseren nackten Leibern unter der dampfenden Wasserflut treibt heiße Wellen durch mich hindurch. Schnell reiße ich meine Augen wieder auf und starre stattdessen lieber die Zimmerdecke an.

„Das Duschen? Ich habe dich schon oft nackt gesehen - vergessen? Außerdem bin ich ein Mann, der weibliche Körper ist mir durchaus vertraut."

„Ein Mann ... ", presse ich zwischen zusammen gebissenen Zähnen hervor. Gern hätte ich ein ganz anderes Wort verwendet.

„Willst du den Rest auch noch wissen?"

„Na peinlicher kann es ja wohl nicht mehr werden.", murmle ich vor mich hin.

„Falls du dir Gedanken wegen der Dusche machst. Du warst total weg getreten. Ich habe dir dann die Sachen angezogen, die du gerade in dem Moment trägst und dich ins Bett verfrachtet."

„Wo hast du geschlafen?"

„In meinem Bett. Wo sonst?"

„Auf der Couch zum Beispiel?"

„Meine Wohnung hat nur drei Zimmer, da ist kein Gästezimmer drin. Meine Couch ist eigentlich ganz bequem, aber die ganze Nacht da drauf schlafen will ich dann doch nicht." Kyle dreht sich auf die Seite und stützt seinen Kopf mit der Hand ab. Aufmerksam betrachtet er mich. In seinen Augen blitzt ein Ausdruck auf, der mich dazu veranlasst nervös an der Bettdecke herum zu spielen.

„Sag mal, stimmt es, dass du elf Jahre lang keinen Sex mehr hattest?" Ich brauche ein Loch - SCHNELL!
Ich kneife meine Augen wieder zu und verberge mein Gesicht unter meinem Arm. Wenn der Boden sich schon nicht auftut, dann muss ich mich wenigstens irgendwie verstecken. Ganz nach dem Motto – sehe ich ihn nicht, sieht er mich nicht.

„Woher hast du das?" Ich unternehme den kläglichen Versuch belustigt zu wirken, aber es muss natürlich total schief gehen.

„Du hast mir das erzählt."

„Will ich wissen was ich dir sonst noch so erzählt habe?" Gott, ich wusste doch von Anfang an, dass es keine gute Idee ist ins Krankenhaus zu fahren.

„Eventuell. Aber mich würde es viel mehr interessieren, ob das stimmt oder nicht." Vorsichtig linse ich unter meinem Arm hervor und bemerke, wie er mich nachdenklich betrachtet. Seine Hand spielt mit einer meiner Haarsträhnen.

„Willst du die Wahrheit oder darf ich dich anlügen?"

„Hast du mir nicht schon genug vorenthalten?"

„Hast du mich nicht schon genug verletzt?", entgegne ich. Ich bin eh schon zu tief gefallen. Wäre das ein Roman von Jules Verne, läge ich jetzt am Mittelpunkt der Erde. Er hört auf mit meiner Haarsträhne zu spielen und funkelt mich böse von oben herab an.

„Wie du mir, so ich dir!" Ich will ihm gerade einen bissigen Kommentar an den Kopf werfen, als die Schlafzimmertür auffliegt und Kendra herein kommt. Fassungslos starrt sie uns an. Alle Farbe ist aus ihrem Gesicht gewichen und ihr Blick huscht zwischen Kyle und mir hin und her.

„Kendra", keucht er. Sehr schön, damit hat er wahrscheinlich ihren Eindruck, wir hätte Sex gehabt, untermauert. Sie wirbelt herum und stürmt aus dem Zimmer.

„Scheiße!", zischt Kyle neben mir, springt auf und rennt ihr hinter her.

„Kendra, warte …" Musste er unbedingt die verdammte Tür auflassen? Ich bin nicht unbedingt scharf darauf ihr Gespräch mit anzuhören. Innerlich verabschiede ich mich schon einmal von meinem Auftrag. Sollte er es aufklären können, wird Kendra garantiert darauf bestehen, dass sie sich eine andere Agentur für die Hochzeit suchen. Sobald ich zu Hause bin und meinen Laptop zur Hand habe, muss ich unbedingt alles daran setzen, um unseren Ruf zu retten. Würde das Gerücht in Umlauf kommen, das ich mit dem männlichen Part meiner Kunden ins Bett steige, können wir den Laden dicht machen.

„Was … was soll das Kyle?" Kendras Stimme zittert. Wahrscheinlich ist sie den Tränen nahe.

„Es ist nicht das, wonach es aussieht.", versucht er sie zu beschwichtigen. Himmel, der Satz ist so dermaßen abgedroschen. Er ist doch sonst nie um irgendwelche Worte verlegen.

„Bitte erklär mir das."

„Wir sollten uns setzen.", seufzt Kyle. Ich sehe sie am Schlafzimmer vorbei gehen. Sie würdigen mich keines Blickes.

„Wieso liegt unsere Hochzeitsplanerin in deinem Bett?" Ihre Stimme zittert immer noch. Kann nicht endlich jemand diese dämliche Tür zu machen. Oder ich haue einfach ab. Kyle scheint ja jetzt eh beschäftigt zu sein. Warum sollte ich da nicht die Gunst der Stunde nutzen? Mir ist das alles hier so peinlich und unendlich unangenehm. Ich würde selbst in seiner Unterwäsche durch Chicago laufen um dem hier zu entkommen.

„Sophie und ich kennen uns schon lange."

„Wie lange?"

„Das erste Mal begegnet sind wir uns vor dreizehn Jahren in Paris."

„Wart ihr zusammen?"

„Ja."

„Wie lange?"

„Nach Paris hatten wir uns aus den Augen verloren uns dann durch Zufall im Sommer darauf wieder gesehen und ab da etwa ein Jahr."

„Warum habt ihr euch getrennt?"

„Sie hat mich betrogen …" mir bleibt die Luft weg. „… und aus Rache habe ich dann mit einer Anderen geschlafen." Seine Stimme ist leise, aber ich kann ihn immer noch gut verstehen. Er hat ja selber gesagt, dass seine Wohnung nur aus drei Räumen besteht.

„Aber das ist Jahre her. Was ist damit?"

„Es gibt da etwas, was ich dir sagen muss."

„Was?", fragt Kendra ängstlich, aber auch mit einer guten Portion Wut.

„Erinnerst du dich an den kleinen Junge? Sam?"

„Ja, Miss Boroughs Sohn." Eines muss man ihr lassen – selbst in so einer Situation behält sie ihre Höflichkeit bei.

„Genau der. Wie ich vor Kurzem erfahren habe, ist er auch mein Sohn."

Es herrscht Stille.

„Kendra, bitte sag doch etwas.", fleht er leise. Es tut weh ihn so hören zu müssen. Warum kann ich ihm gegenüber nicht wie ein Stein sein – Gefühlslos?

„Er ist dein Sohn?", fragt sie atemlos.

„Ja. Aber ich habe es nicht gewusst. Bitte, du musst mir glauben." Als ich ihn so höre, beginnen Tränen über meine Wange zu rollen. Ich muss von hier verschwinden.

„Kyle, das ist sehr viel auf einmal. Aber das erklärt nicht, warum sie da ist."

„Sam hatte gestern ein wichtiges Fußballspiel und er wollte gern, dass ich dabei bin. Aber leider stand ich auf der Interstate im Stau und kam etwas zu spät. Sophie war schon wieder auf hundertachtzig und hat mich geboxt und sich dabei die Finger gebrochen."

„Sie hat sich die Finger gebrochen?", fragt sie ungläubig.

„Ja, hat sie. Ich habe sie dann ins Krankenhaus gefahren und der Arzt der sie behandelt hat, war ein Dummkopf und Sophie ist etwas ungehalten geworden und da wurde ihr ein Beruhigungsmittel verabreicht. Leider hat sie ganz schlecht darauf reagiert und ihre Mutter hat mich gebeten, das ich die nächsten Tage auf sie achte, bis sie wieder geradeaus laufen kann." Die nächsten Tage!? Das könnte ihr alle aber mal ganz schnell vergessen! Mit meiner Mutter muss ich eindeutig ein ernstes Wörtchen reden.

„Was ist mit uns?", flüstert sie. Sie scheinen nicht weit vom Schlafzimmer entfernt zu sein, denn ich kann jedes ihrer Worte deutlich verstehen, so als würde ich direkt neben ihr sitzen.

„Was soll mit uns sein? Ich will mit dir zusammen sein. Wir wollen heiraten, schon vergessen?"

„Liebst du mich?"

„Ja" Und mein Herz zerreißt. Ich drehe mich auf die Seite und drücke mein Gesicht in das Kissen, um meine hemmungslosen Schluchzer zu ersticken. Ich habe ihn über all die Jahre aus tiefsten Herzen geliebt und als ich ihn dann wieder gesehen habe, hat es einen Sprung gemacht. Mein Kopf hat aber die ganze Zeit über gewusst, dass es nie ein wir, im Sinne von Kyle, Sam und Sophie gegeben würde, aber mein Herz hat es dennoch immer gehofft. Jetzt hat mein dummes, naives Herz es schwarz auf weiß - Kyle liebt Kendra. Ich stemme mich aus dem Bett hoch und schwinge meine Beine langsam aus dem Bett. Ich will nicht, dass mich irgendwer so sieht. Er hat mir wehgetan, aber ich möchte, dass er glücklich wird.

Ich muss kurz am Rand des Bettes sitzen bleiben, denn das Schlafzimmer hat wieder angefangen sich wie ein Karussell zu drehen. Keuchend hole ich Luft und stehe auf. Langsam schwanke ich von einer Seite zur nächsten. Vorsichtig aber beständige arbeite ich mich weiter vor, während sich die Welt um mich herum immer schneller und schneller zu drehen beginnt. Ich muss mich an der Wand abstützen, damit ich nicht hin falle. Kurz lehne ich mich mit dem Rücken dagegen und atme zitternd ein und aus. Leise und ganz weit entfernt vernehme ich die Stimmen von Kendra und Kyle aus dem Nebenraum. Ich nehme mal an, dass sie sich im Wohnzimmer befinden. Ich versuche ihre Stimmen so gut wie möglich auszublenden. Wenn ich dachte, Kyles Betrug hätte wehgetan, so hatte ich mich geirrt. Das hier ist tausendmal schlimmer.

Ich muss meine ganze Kraft aufbringen, um mich von der Wand zu lösen und langsam weiter auf das Badezimmer zuzugehen. Keuchend, als hätte ich einen Marathon hinter mir und schweißgebadet kralle ich mich am Türrahmen fest und ziehe mich weiter. Die schwankenden Möbel und Wände um mich herum versuche ich zu ignorieren.

Das Bad ist groß und geräumig. Es ist weiß gefliest und das Fenster geht, genauso wie das Schlafzimmerfenster, nach Norden. Inzwischen ist es draußen hell, aber dunkle Wolken ziehen über den Himmel von Chicago. Die ersten Regentropfen klatschen gegen die Fensterscheiben. Ich kämpfe mich zum Waschtisch vor und halte mich am Rand des Waschbeckens fest. Immer schneller und wilder dreht sich alles um mich herum. Ich kralle meine Finger so sehr in das weiße, unnachgiebige Porzellan, dass meine Knöchel deutlich hervortreten. Langsam hebe ich meinen Kopf und sehe in den Spiegel, aus dem mir meine Zombieversion entgegenblickt. Meine langen Haare sehen wild und ungepflegt aus und hängen in fettigen Strähnen an meinem Kopf herab. Meine sonst so rosige Gesichtsfarbe ist jetzt kreideweiß und betont die dunklen Augenringe umso mehr. Das Bad hat noch einmal an Fahrt aufgenommen und mir wir schlecht von all dem Herumgewirble. Immer keuchender kommt mein Atem. Mein Blick ist nach wie vor auf den Spiegel gerichtet und ich kann Kyle erschrocken in der Tür des Badezimmers stehen sehen.

Über seine Schulter sieht mir Kendra verächtlich entgegen. Ich spüre, wie das Waschbecken meinen Fingern entgleitet.

„Scheiße, Sophie!", ist das Letzte, was ich höre, dann umfängt mich eine alles verschlingende Dunkelheit.

Kapitel 8 - Ohnmacht

Schwarz, alles ist schwarz. Ich versuche mich zu bewegen, aber es geht nicht. Irgendetwas scheint mich festzuhalten. Ich versuche meine Augen zu öffnen, aber die Lider wollen mir nicht gehorchen. So sehr ich mich auch konzentriere und anstrenge, mein Körper bewegt sich keinen einzigen Millimeter. Was ist mit mir passiert? Einzelne Bilder schießen durch meinen Kopf. Kyle, wie er neben mir im Bett liegt und mit meinen Haaren spielt. Kendra, wie sie starr vor Schreck in der Tür steht. Dann sehe ich wieder seinen Blick im Spiegel, spüre wie meine Finger das Waschbecken los lassen. Bin ich in Ohnmacht gefallen? Das Gespräch kommt mir wieder in den Sinn. Ich höre ihre Worte in meinem Kopf, wie eine Dauerschleife.

„*Liebst du mich?*" – „*Ja.*" Immer und immer wieder hallen sie in mir wieder. In mir krampft sich alles zusammen. Ich will weinen, aber die erlösenden Tränen kommen nicht. Meine Augen sind trocken und sie brennen, als hätte mir jemand eine Handvoll Sand hinein geworfen.

Langsam und ganz leise dringt ein anderes Gemurmel durch diese quälende Dauerschleife. Ich konzentriere mich auf die anderen Stimmen und langsam gewinnen sie die Oberhand. Ich spüre, wie etwas, oder jemand meine Hand hält. Es fühlt sich warm, vertraut und unendlich tröstend an.

„Kyle, was soll das?! Hol einen Krankenwagen und dann sollen die sich um sie kümmern." Dringt eine aufgebrachte

Stimme zu mir durch. Das muss Kendra sein. Wo bin ich, dass ich sie hören kann?

„Nein, ich werde mich um sie kümmern. Sophie ist nur in Ohnmacht gefallen." *Oh mein Kyle. Ich liebe dich*, schreie ich in Gedanken, würde es so gern sagen. Aber er liebt eine Andere.

„Was soll das, warum machst du das?" Kendra wird immer lauter und hysterischer, oder wütend? Ich kenne sie zu wenig, um das beurteilen zu können.

„Kendra, bitte. Ich habe es versprochen und sie ist die Mutter meines Sohnes" Er ist genervt und irgendwie unsicher. Warum?

„Sie hat dir elf Jahre lang verschwiegen, dass du einen Sohn hast und ich sehe keinen Grund, warum du das hier machen solltest. Du kennst das Kind doch noch nicht einmal." Das tröstlich Warme lässt meine Hand los. Ob es Kyle war, der meine Hand gehalten hat? Kendra bestimmt nicht.

„Na und? Ich lerne ihn halt jetzt kennen." Jetzt ist er eindeutig wütend.

„Für was? Wir werden eigene Kinder zusammen haben. Da musst du dich nicht auch noch um diesen unehelichen Balg kümmern. Sie kamen die letzten Jahre ohne dich aus und werden es auch noch weiterhin. Mein Gott Kyle, sie ist eine Borough. Die haben mehr Kohle, als das sie jemals ausgeben können. Meine Eltern würden es nie gut heißen, wenn wir Umgang mit diesem Jungen hätten." Für die Sympathien, die ich für diese Frau empfunden habe, sollte man mich windelweich prügeln! Wenn Kyle sie wirklich heiratet, werde ich alle Hebel in Bewegung setzen, dass sie ein allumfassendes Umgangsverbot mit Sam hat.

„Das ist jetzt nicht dein Ernst?!", fragt er fassungslos.

„Natürlich ist es das. Der Junge ist doch nichts weiter als ein Fehler deinerseits."

„Ein Fehler? ER IST MEIN SOHN!" Kyle brüllt so laut und wenn ich könnte würde ich vor Schreck zusammenzucken. Ich bin gerade so stolz auf ihn. Bei allem was war und was sicherlich noch kommen wird, steht er zu Sam und setzt sich für ihn ein. Ich möchte schon wieder weinen, dieses Mal aus Rührung.

„Sprich nicht in so einem Ton mit mir. Du bist im Begriff eine Miller zu heiraten. Meine Vorfahren sind mit der Mayflower hier her gekommen." Gott, ich hasse diese Schnepfe. Sie ist nichts weiter als eine Göre aus reichem Haus. Erst jetzt wird mir bewusst, das ich absolut keine Ahnung habe, was sie beruflich macht.

„Habe ich mich wirklich so in dir getäuscht?" Kyles Stimme ist leise, ungläubig.

„Ich sage nur die Wahrheit."

„Ich … also ich weiß nicht, ob ich so jemanden heiraten kann." Worauf auch immer ich liege, es bewegt sich sanft und ich spüre etwas Warmes an meiner Seite.

„Ob du mich heiraten willst? Das stand nie zur Debatte. Du darfst mich heiraten, vorausgesetzt, du hältst dich von der und ihrem Balg fern." Mit *der* bin wohl ich gemeint.

„Nein, ich werde mich nicht von ihnen fern halten. Das steht außer Frage!"

Ich kann hören wie Kendra scharf die Luft einzieht.

„Kyle Wallace, überleg dir jetzt ganz genau was du sagst." Eine unüberhörbare Warnung schwingt in ihrer Stimme mit.

„WAS GLAUBST DU EIGENTLICH WER DU BIST?"

„Ich bin eine Miller!"

„Einen Scheiß bist du! Ich kann es nicht fassen, dass ich mich so in dir getäuscht habe. Du bist ein oberflächlicher Snob. Ich habe mich für den glücklichsten Mann gehalten, als du eingewilligt hast, mit mir auszugehen. Du bist wunderschön, aber das ist scheinbar nur Fassade. Warum hast du eigengewilligt mich zu heiraten?"

„Du bist ein Wallace. Dein Vater ist ein reicher und erfolgreicher Geschäftsmann. Du, als sein Nachfolger, vollkommen von der Gesellschaft akzeptiert und engagierst dich für soziale Projekte. Kurz um, du bist eine gute Partie."

„Eine gute Partie? Bin ich das für dich? Ist da in dir drin irgendwo ein Fünkchen Liebe für mich?"

„Was soll das Gerede von Liebe jetzt?"
„LIEBST DU MICH? JA ODER NEIN?"
„Ich finde Liebe ist etwas sehr Überwertetes."
„Raus!", sagt Kyle leise.
„Wie bitte?"
„RAUS! VERSCHWINDE AUS MEINEM LEBEN UND DEINE SCHEISS HOCHZEIT KANNST DU DIR IN DIE HAARE SCHMIEREN!"
„Wenn du mich jetzt raus wirfst, brauchst du nie mehr angekrochen kommen und ich werde meinen Vater bitte, seine Investitionen aus deinen sozialen Projekten abzuziehen. Du brauchst mich Kyle. Ohne mich bist du ein niemand in der Gesellschaft von Chicago."
„Hast du nicht selber gesagt, dass ich ein angesehenes Mitglied der Gesellschaft bin? Außerdem sollst du verschwinde ehe ich meine gute Erziehung vergesse und ich scheiß auf die Kohle deines Vaters."
„Damit wären deine kleinen Projekte dem Untergang geweiht."
„Ich dachte ich liebe dich, aber so jemand oberflächliches wie dich kann ich nicht lieben. Vielen Dank, das du mir die Augen geöffnet hast und jetzt verschwinde aus meiner Wohnung und wag es ja nicht jemals auch nur einen Schritt in meine Nähe, die meines Sohnes, Sophies oder ihrer Familie zu machen." Kyle spricht leise, gefährlich leise. Das letzte Mal habe ich diese Tonlage bei ihm gehört, als er seine Exfreundin Naomie zur Rede gestellt hatte, weil diese Lügen über mich verbreitete und versuchte uns auseinander zu bringen. Noch heute bekomme ich eine Gänsehaut, wenn ich mich daran erinnere.
Absätze klappern über den teuren Parkettboden und kurz darauf knallt eine Tür zu. Kyle neben mir bewegt sich etwas und nimmt wieder meine Hand. Mit der anderen streicht er mir sanft die Haare aus der Stirn. Habe ich mir dieses Gespräch gerade eingebildet? Haben sie gerade ihre

Verlobung gelöst? Auch wenn ich damit wichtige Kunden verloren habe, juckt es mich kein bisschen.

„Sophie, bitte wach auf.", sagt er sanft zu mir und streichelt mir weiter über die Haare. Ich bin ja wach, nur kann ich mich nicht bewegen.

„WALLACE! NIMM DEINE PFOTEN VON IHR!" Wieder Geschrei – die Kavallerie ist endlich da. Nur bin ich mir gerade nicht mehr so sicher, ob ich sie noch zu meiner Rettung benötige.

„Das hat mir zum meinem Glück jetzt auch noch gefehlt."

„Richard! Was soll das?", höre ich Lisa und spüre, wie Kyle von mir weg gezogen wird. NEIN!

„Was hast du mit ihr gemacht?!", höre ich die wütende und gefährliche Stimme meines Bruders.

„Richard, lass ihn sofort los. Du wirst dich jetzt nicht mit ihm prügeln. Kyle, nimm deine Fäuste runter. Himmel, ihr seid ja schlimmer als Kindergartenkinder." Sie ist wütend und aufgebracht. „Hol dir einen Stuhl und setzt dich da in die Ecke. Kyle, du erzählst mir was passiert ist."

„Lisa, er …", beginnt Rich, aber seine Ehefrau unterbricht ihn.

„Richard Borough, ich habe gesagt, dass du dir einen verdammten Stuhl holen sollst und halt endlich die Klappe!", blafft sie ihn an. Sie muss sehr wütend sein, denn Lisa hat seinen kompletten Namen benutzt. Brummelnd verlässt mein Bruder das Zimmer und kurze Zeit später höre ich das Kratzen von Stuhlbeinen.

Wieder bewegt sich die Unterlage unter mir. Es fühlt sich weich an. Es könnte Kyles Bett sein.

„Was ist mit ihr?", fragt Lisa sanft.

„Sie ist in Ohnmacht gefallen."

„Warum?" Rich kann einfach nicht den Mund halten, auch wenn es ihm seine Frau gesagt hat.

„Ich hatte ihr verboten aufzustehen, aber sie wollte nicht hören und hat es irgendwie ins Bad geschafft und da ist sie dann zusammengeklappt."

„Weißt du warum sie aufgestanden ist?" Wieder wird meine Hand genommen, aber es fühlt sich anders an.

„Ich kann es mir denken. Aber hundertprozentig weiß ich es nicht."

„Willst du uns verraten, was deine Ahnung ist?"

„Wir lagen hier und haben uns unterhalten und dann kam Kendra und ich bin mit ihr rüber ins Wohnzimmer und als ich nach Sophie sehen wollte, lag sie nicht mehr im Bett, aber die Badezimmertür war offen und als ich rüber bin ist sie gerade dabei zusammen zu rutschen."

„Kendra? Deine Verlobte?"

„Ex würde es wohl eher treffen.", antwortet Kyle bitter.

„Willst du darüber sprechen?"

„Nein, nicht wirklich. Ich muss das alles erst einmal begreifen."

„Warum wurde kein Krankenwagen gerufen?" Wieder Richards wütende Stimme.

„Sie hat sich überanstrengt. Atmung und Puls sind normal."

„Lisa, ruf einen Krankenwagen, wir nehmen sie mit nach Hause. Wallace, du magst dich mit Autos auskennen, aber du bist kein verfluchter Arzt."

„Setz dich hin und halte endlich den Mund. Du bist noch schlimmer als Lena und sie hat schon Hummeln im Hintern. Sie hört auch nie auf das was man ihr sagt. Außerdem hat Kyle, während seines Studiums, auch ein paar Kurse in Medizin belegt."

„Aha und das prädestiniert ihn jetzt zum großen Medizinmann? Wir werden uns um sie kümmern. Wir sind ihre Familie."

„Ich glaube, sie ist hier besser aufgehoben." Ein seltsamer Unterton schwingt in ihrer Stimme mit.

„Soll sie sich noch mehr quälen?", fragt mein Bruder leise.

„Glaub mir, hier bekommt sie genau das, was sie braucht." Lisa steht auf. „Kyle, kümmere dich um sie und ruf an, wenn sie wach ist. Komm Schatz, wir gehen. Im Büro kannst du dich abreagieren."

„Wenn ich von Sophie auch nur die kleinste Beschwerde über dich höre, schwöre ich dir, bei allem was mir heilig ist, mache ich dir dein Leben zur Hölle", flüstert Richard leise. Kyle erwidert nichts. Meine Hand wird nochmal gedrückt und sie hauchen mir einen Kuss auf die Wange und schon gehen sie wieder.

Die ganze Zeit über habe ich immer wieder versucht meine Augenlider zu heben und endlich bewegen sie sich. Flatternd erheben sie sich in die Höhe und ich kann endlich sehen, wo ich bin. Ich liege wieder in Kyles Bett, aber dieses Mal auf der anderen Bettseite.

Der Vater meines Sohnes sitzt auf der Kante, den Rücken mir zugewendet. Er hat seine Ellenbogen auf die Knie abgestützt und das Gesicht in seine Hände verborgen. Er ist bekümmert und traurig. In den letzten Minuten oder Stunden ist er sehr unglücklich geworden.

„Kyle?", krächze ich. Er dreht seinen Kopf und schaut mich erstaunt an. Langsam breitet sich ein Lächeln auf seinem Gesicht aus.

„Hey", flüstert er leise, ehe er seinen Kopf senkt und sanft seine Lippen auf meine drückt.

Ganz langsam und vorsichtig küssen wir uns. Es ist fast so, als wäre das unser erster Kuss. Kyle löst sich von mir und richtet sich wieder auf.

„Entschuldige", flüstert er kaum hörbar.

„Wofür?" Das Sprechen fällt mir noch schwer.

„Das ich dich geküsst habe. Ich … ich wollte das nicht."

„Warum hast du es dann getan?" Ich kann noch nicht so wirklich einen klaren Gedanken fassen und es fällt mir schwer das alles zu verfolgen und in Einklang zu bringen.

„Ich … Keine Ahnung." Er fährt sich verzweifelt mit der Hand durch die Haare. „Wie geht es dir?", wechselt er das Thema.

„Ich weiß es nicht. Irgendwie seltsam."

„Warum warst du im Bad? Ich habe dir doch gesagt du sollst liegen bleiben!", fährt er mich an. Soll ich ihm die Wahrheit sagen? Soll ich ihm sagen, dass ich mir die Augen aus den Kopf heulen will?

„Ich weiß es nicht.", lüge ich ihn an. Etwas anderes würde ich jetzt nicht über die Lippen bekommen.

„Mach das nicht noch einmal! Hast du mich verstanden?"

„Ja Herr Doktor. Legst du dich wieder neben mich?", bitte ich ihn leise. Er steht auf, geht um das Bett herum und legt sich auf die Seite des Bettes, in der ich heute Morgen lag. „Wie spät ist es? Ich habe überhaupt kein Zeitgefühl."

„Kurz vor zehn Uhr. Du warst über zwei Stunden weggetreten."

„Wie geht es Kendra?"

Er dreht sich auf den Rücken, die Arme im Nacken verschränkt und den Blick an die Zimmerdecke gerichtet. Ich warte, aber Kyle sagt kein Wort.

„Ich nehme an, du willst nicht darüber reden."

„Ich kann es im Moment nicht. Lass mir bitte ein bisschen Zeit." Er klingt traurig. Ich würde ihm gerne meine Hand auf den Arm legen, aber ich liege dafür auf der falschen Seite und ich müsste mich auf die Seite drehen. Aber da mir immer noch schwindlig ist, bleibe ich lieber auf dem Rücken liegen und sehe ihn von der Seite an.

„Lisa und dein reizender Bruder Richard waren da.", bricht er endlich das Schweigen.

„Ich weiß."

Erstaunt sieht er mich an.

„Du weißt es?" Seine Augen sind groß und die Augenbrauen in die Höhe gezogen. Er klingt etwas argwöhnisch.

„Ja. Es ist schwer zu beschreiben. Erst war alles dunkel und dann habe ich Stimmen gehört, ich konnte mich aber nicht bewegen und egal wie sehr ich mich auch anstrengte, ich konnte meine Augen einfach nicht öffnen."

„Interessant."

„Fand ich jetzt eher weniger."

„Das glaub ich dir."

„Ich habe in der Zeit einiges gehört, auch dein Gespräch mit Kendra, falls ich es mir nicht eingebildet habe." Kyle versteift sich neben mir und seine Gesichtszüge verhärten sich. Das zeigt mir, dass es tatsächlich stattgefunden hat.

„Aber keine Angst. Wenn du nicht darüber reden willst, dann halte ich meinen Mund. Aber wenn du doch willst, dann sollst du wissen, dass ich da bin. Im Moment kann ich anscheinend eh nirgendwo hin. Danke das du Sam in Schutz genommen hast."

„Sophie, ich brauche Zeit um das alles richtig begreifen zu können. Ich dachte mein Leben würde super laufen und dann betrete ich, ohne es zu wissen, deinen Laden und alles stellt sich auf den Kopf. Ich erfahre das ich einen Sohn habe und das ich ..."

„Hör mal Kyle. Ich muss dir was sagen, jetzt wo wir uns gerade nicht anschreien. Ich habe dich nie betrogen. Ich weiß nicht wie du auf den Gedanken gekommen bist. Aber ich habe nie mit einem anderen Mann geschlafen. Das schwöre ich beim Leben unseres Sohnes."

Er sieht mich lange nachdenklich an und fährt sich ab und zu mit der Hand durch die kurzen Haare.

„Und noch eine Sache, die sich um 180 Grad dreht."

„Wie bist du damals auf den Gedanken gekommen ich hätte dich betrogen?"

„Bryan", antwortet er knapp.

„Jetzt lass dir bitte nicht alles aus der Nase ziehen."

„Sophie, ich habe all die Jahre gedacht du wärst fremdgegangen. Jetzt muss ich erkennen, dass ich derjenige gewesen bin, der unsere Beziehung zerstört hat. Du kennst mich. Für mich steht Treue mit an erster Stelle und ich bin so bescheuert und springe mit einer Anderen ins Bett."

„Du warst jung, dumm und hast anderen mehr geglaubt. Auch hast du mich nie zur Rede gestellt. Das war schon bei der

Sache mit Naomie so. Da hast du ihr auch mehr geglaubt und bist nicht zu mir gekommen, sondern ich zu dir."

„Wir haben das richtig verbockt."

„Wir? Das warst du. Aber zurück zum Thema. Was wurde dir damals erzählt? Ich weiß ja nichts über die Beschuldigungen. Als du mich letzte Woche damit konfrontiert hattest, habe ich das erste Mal davon erfahren und bin aus alles Wolken gefallen."

„Kannst du dich noch an den Abend in dem Club erinnern? Kurz bevor du mich erwischt hast."

„Ja, kann ich." Wie könnte ich diese Woche vergessen?

„Du bist eher gegangen und mit dir Bryan. Ich hatte mir erst nichts weiter dabei gedacht. Am nächsten Tag haben er und ich uns zum Training getroffen und da hat er mir dann erzählt, was für ein scharfes Betthäschen du doch wärst. Ich bin ausgerastet und habe ihm die Nase zu Brei geprügelt."

„Bitte was? Ich hab die ganze Nacht kotzend über der Toilette gehangen." Damals war ich schon mit Sam schwanger, ohne es gewusst zu haben. Es ging mir schon ein paar Tage lang schlecht, darum habe ich an diesem Abend zum Glück auf Alkohol verzichtet.

„Ich war so verdammt wütend und hatte Angst, dass, wenn ich dich sehen würde, ich dann auf dich losgehen würde." Wieder fährt er sich durch die Haare. Die ganze Sache hat ihn sichtlich aufgewühlt.

„Wie konntest du so etwas je von mir denken?"

„Er hat mir von dem Leberfleck auf deinem Hintern erzählt."

„Du weißt aber schon, dass wir ein paar Tage zuvor mit damaligen Freunden am Strand waren und Bryan war mit dabei. Da konnte so gut wie jeder meinen Hintern sehen. Die Bikinis, die ich damals trug, waren ja immer mehr als knapp gehalten." Hätten sich, zu dieser Zeit, nicht so die Ereignisse überschlagen, würde ich all die kleinen Einzelheiten vielleicht nicht mehr wissen. So sind sie mir aber alle noch so gut in Erinnerung, als wäre es gestern erst gewesen.

„Oh ... Daran hatte ich nie gedacht."

„Also bist du mit der erst besten Schlampe ins Bett gehüpft." Ich kann die Verbitterung, den Schmerz und die Wut nicht vollständig aus meiner Stimme heraus halten.

„Ich kam mir so verletzt vor, so verraten. Ich wollte mich rächen, wollte dich genauso verletzen, wie du mich."

„Darum habe ich dir nichts von Sam erzählt. Ich wollte dir wehtun, wollte mich an dir rächen. Aber leider hatte ich in all meiner Wut und Verzweiflung nicht im Blick, dass ich damit Sam schade und er kann ja wohl am allerwenigsten was für seine Eltern und ihre Probleme. Ich frage mich, wie Bryan auf die Idee kam dir zu erzählen, ich hätte mit ihm geschlafen."

Kyle hat wieder angefangen mit einer meiner Haarsträhnen zu spielen.

„Ich habe keine Ahnung. Ich habe seit dem keinen Kontakt mehr zu ihm. Ich habe ihn nicht wieder gesehen und dabei waren wir mal die besten Freunde."

„Hat er dich nicht angezeigt, als du ihm das Gesicht zu Brei geschlagen hast?"

„Nein, komischerweise nicht. Ich habe mich auch nie gefragt warum."

„Wie war es für dich als du Sam das erste Mal gesehen hast? Als ich letzte Woche deinen Gesichtsausdruck gesehen hatte, da wusste ich schon, dass du es vielleicht noch nicht gewusst hast, aber zumindest hast du es geahnt."

„Als ich ihn in deinem Laden gesehen habe, wie du ihn an dich gedrückt hast ... Ich konnte es nicht glauben, dass du ein Kind hast. Dann hat er sich umgedreht und ich habe im Prinzip mich als Zehnjährigen gesehen. Das hat mir total den Boden unter den Füßen weg gezogen."

„Sam hat sehr viel von dir."

„Ach ja? Was denn?", fragt er neugierig.

„Dass er dir wie aus dem Gesicht geschnitten aussieht, hast du sicher schon selbst erkannt. Ihr habt zum Beispiel den gleichen Gesichtsausdruck, wenn ihr wütend seid. Wobei bei Sam schon sehr viel dazu gehört, dass er wütend wird. Er ist verrückt nach Sport, bei dir war es Football und er liebt Fußball über alles. Wenn einer seiner Freunde Hilfe braucht, dann ist er immer als erster zur Stelle. Er hat einen Faible für kranke und verletzte Tiere. Ständig schleppt er aus dem Nest gefallene Küken oder angefahrene Hunde und Katzen an."

„Auch wenn ich ihn noch nicht wirklich kenne, so habe ich doch das Gefühl, das er ein ganz wichtiger Teil meines Lebens ist und ich bin immer noch so wütend auf dich, dass du es mir nicht gesagt hast. Ich durfte die Hälfte seiner Kindheit nicht miterleben."

Langsam bewege ich mich auf ihn zu und schaffe es sogar mich auf die Seite zu drehen und meinen Kopf zu heben.

„Kyle, es tut mir leid. Wenn ich die Zeit zurück drehen könnte, dann würde ich es tun. Aber ich kann es nicht." Eine einzelne Träne läuft mir die Wange hinab und fällt auf seinen Oberarm.

„Hey, nicht weinen." Sanft wischt er die Tränenspur ab, legt seinen Arm um mich und zieht mich an sich, so dass mein Kopf auf seiner Schulter zum Ruhen kommt.

„Ich weiß, dass es dir leid tut. Ich kann dir es zwar nicht verzeihen - zumindest noch nicht. Aber es hilft schon mal, dass ich es weiß." Seine Hand streichelt über meinen Arm.

„Damit kann ich leben.", flüstere ich an seinem Hals. Ich schließe die Augen und genieße seine Zärtlichkeiten und atme seinen Geruch tief ein.

„Wie geht es deiner Hand?" Meine eingegipste Hand liegt zwischen unseren Körpern auf der Bettdecke.

„Sie tut weh, aber nicht mehr so schlimm."

„Wenn du eine Schmerztablette willst, sag Bescheid."

„Mach ich, aber im Moment geht es.

„Gefällt dir dein Gips?"

„Ja, er ist schön Pink. Hat der Quacksalber doch was richtig gemacht.

„Naja, er wollte erst blau nehmen, aber ich dachte mir, Pink würde dir besser gefallen."

„Aber du warst doch gar nicht mit im Behandlungszimmer."

„Doch war ich, später. Du hast so laut geschrien, dass man dich bis in den Wartebereich gehört hat. Als du dann dem Arzt gedroht hattest ihm seine Eingeweide bei lebendigem Leib auszureißen, hielt ich es für besser, wenn ich nach dir sehe. Nicht das du wegen einer gebrochenen Hand im Knast landest."

„Daran kann ich mich gar nicht erinnern."

„Als ich rein kam, hatten sie dir schon irgendwas gespritzt. Erst warst du high und dann total weggetreten ..."

„... und dann habe ich deine Schuhe voll gekotzt.", beende ich den Satz für ihn.

„Genau. Du bist mir noch eine Antwort schuldig."

„Welche?"

„Ob das stimmt, dass du seit elf Jahren keinen Sex mehr hattest. Aber da dein Zustand zu diesem Zeitpunkt mehr als fragwürdig war, bin ich mir nicht sicher, ob es auch stimmt. Denn du hast eine ganze Reihe Müll gequatscht."

„Oh Gott", stöhne ich und vergrabe mein Gesicht an seinem Hals. Ich spüre die Vibrationen seines Lachens.

„Es stimmt also?", fragt er belustigt.

„Machst du dich gerade lustig über mich?"

„Ein bisschen. Aber jetzt mal ernsthaft. Hattest du nie einen Freund oder zumindest One Night Stands?"

„Nein", antworte ich ihm gequält.

„Wow."

„Was hätte ich den tun sollen? Ich war am Boden zerstört und musste mich um ein Baby kümmern. Als ich halbwegs wieder auf den Beinen war, habe ich meinen Master gemacht und danach haben Marie und ich unser Geschäft aufgezogen. Da war keine Zeit für so was."

„Ich hätte nie gedacht, so was aus deinem Mund zu hören."

„Ich muss langsam Marie anrufen. Sie macht sich sicher schon Sorgen."

„Hab ich für dich schon erledigt, als du nicht ansprechbar warst."

„Danke, woher hast du die ganzen Nummern? Ich meine erst meine Mutter und jetzt Marie."

„Dein Handy."

„Aber das war aus. Woher hast du die PIN?"

„Recherche und dann war es nicht weiter schwer. Du liebst Sam viel zu sehr, um nicht sein Geburtsdatum als PIN zu verwenden."

„Ich sollte vielleicht mal meine Passwörter überdenken."

„Vielleicht, vielleicht auch nicht. Aber eine etwas schwierigere Kombination wäre eventuell doch ratsam."

„Hm."

Eine Weile liegen wir schweigend da. Ich döse sogar ein wenig in Kyles Arm ein. Plötzlich schrecke ich vom Knall einer Wohnungstür auf. Schnelle schwere Schritte sind zu hören und schon steht der nächste meiner Brüder in der Schlafzimmertür. Verwirrt blicke ich auf und begegne Davids wütendem Blick, der Kyle förmlich erdolcht.

„Wie kommen die alle in meine Wohnung?" flüstert Kyle in mein Ohr und spricht damit haargenau meine Gedanken aus. Er ignoriert David völlig.

„Sie sind Borough-Männer. Die kommen überall rein.", flüstere ich zurück. Eine bessere Erklärung fällt mir gerade nicht ein.

David löst sich von der Tür und kommt auf uns zu. Ich liege immer noch in Kyles Armen und sein Griff verstärkt sich um meine Schulter, so als wolle er, dass ich genau da bleibe, wo ich bin. Ich will auch nirgendwo anders sein. Auch wenn ich mir damit nur selber schade. Immerhin liebt er eine Andere, selbst wenn diese nicht die Person ist, für die er sie gehalten hat.

„Hallo David", krächze ich.

„Zieh dich an, du kommst mit mir", sagt er kalt.

„Sie geht nirgendwo hin", knurrt Kyle neben mir. Ich spüre die Vibrationen seiner Stimme an meiner Wange.

„Das hast du nicht zu entscheiden, Wallace."

„David, bitte um Himmels Willen sprich leiser oder willst du das mein Kopf platzt?!"

„Du hast mir gar nicht gesagt, dass du Kopfschmerzen hast", tadelt mich Kyle.

„Erzähl ich dir nachher.", flüstere ich ihm zu.

„Sophie, los steh auf. Wir fahren nach Hause."

„Wenn du willst, dass sie wieder zusammenklappt, bitte." Kyle löst sich von mir. Sofort fühle ich mich beraubt.

„Was soll das heißen?", will mein Bruder wissen.

„Wir hatten das heute schon mal. Wenn sie aufsteht, wird ihr schwindlig und dann macht ihr Kreislauf schlapp und sie klatscht auf den Boden." Nicht gerade schön die Umschreibung, aber immerhin wahr.

„Ach und sie kann nicht alleine im Bett liegen und du musst sie fest halten?" Davids Stimme trieft nur so vor Sarkasmus.

„Hast du heute schon mit Richard gesprochen?", werfe ich dazwischen.

„Nein. Warum?" Verwirrt sieht er mich an.

„Wenn du es getan hättest, dann wüsstest du, dass er heute auch schon unerlaubt in meine Wohnung eingedrungen ist. Als dein Bruder und Lisa hier waren, war Sophie gerade ohnmächtig."

„Warum war sie nicht bei Bewusstsein?"

„Sie ist aufgestanden, ohne dass jemand bei ihr war."

„Warum warst du nicht da? Meine Mutter hat gesagt, du passt auf sie auf!" David schreit fast schon wieder.

„Das geht dich nichts an.", werfe ich ein. Es reicht, dass ich das Gespräch zwischen Kendra und Kyle mitbekommen habe. Ich will es uns alles ersparen, es noch einmal durchkauen zu müssen. Außerdem geht es ihn schlicht und einfach nichts an.

„Sophie, geht es dir gut?" Besorgt sieht er mich an. Ich hebe meine Hand hoch und lächle ihn gequält an.

„Wie man es nimmt. Aber im Grunde geht es mir gut. Du musst dir keine Sorgen machen."

„Wie ist das passiert. Aus Mom bekommt man nichts heraus."

„Ich erzähl dir das später, das ist eine lange Geschichte.", seufze ich.

Kyle steht plötzlich auf und geht aus dem Raum. David setzt sich jetzt neben mich und wieder sehe ich die Sorge in seinem Gesicht.

„Ist wirklich alles in Ordnung?", flüstert er. Es scheint fast so, als würde er denken, dass ich hier gegen meinen Willen festgehalten werde und darum nicht die Wahrheit sagen würde.

„Ja, bitte mach dir keine Sorgen. Wie geht es Molly?"

„Gut, sie ist heute mit Kerry zum Shoppen verabredet." Als der Name von Kyles Schwester fällt, überkommt mich eine gewaltige Welle des schlechten Gewissens. Sie weiß von Sam und er weiß, dass sie seine Tante ist. Aber er hat keine Ahnung, wie sie im Zusammenhang mit seinem Vater steht. Sie hat über all die Jahre mein Geheimnis für sich behalten. Ich hätte sie, kurz nachdem ich erfahren hatte dass ich schwanger bin, nicht darum bitten dürfen.

„Ich weiß, dass ich sehr viel von ihr verlangt habe und es tut mir so leid." Wieder rollen meine Tränen.

„Hey Kleines. Nicht weinen. Kerry hatte das alles freiwillig gemacht. Sie hätte es nicht machen müssen." Tröstend nimmt er mich in seine starken Arme. Die kleine Schwester des Vaters meines Sohnes ist inzwischen eine gute Freundin der Familie geworden. Von daher weiß ich auch, dass sich das Verhältnis zu ihrem Bruder deutlich abgekühlt hat.

„Ich muss sie unbedingt anrufen und ihr sagen, dass sie mit ihm reden soll. Ich habe das Gefühl, das die Beiden sich sehr vermissen." Kyle hat bisher mit keinem einzigen Wort Kerry erwähnt und das ist sehr verdächtig, für jemanden, der vor elf Jahren jeden Tag von seiner kleinen Schwester gesprochen hat.

„Wieso willst du Kyle helfen, nach allem was er dir angetan hat?", fragt mich David fassungslos.

„Auch das ist eine ganz lange Geschichte und wenn es mir besser geht, werde ich dir alles erklären."

„Gut Kleines. Willst du wirklich nicht mit nach Hause?"

„Ja und nein. Ich muss zu Sam, immerhin bin ich seine Mutter. Nein, weil ich hier noch einiges zu klären habe." So wie jetzt werden Kyle und ich wohl nie wieder miteinander reden können.

„Um den Kurzen musst du dir keine Sorgen machen. Er ist froh, dass du mal nicht da bist und er sich von seinen Großeltern verwöhnen lassen kann. Aber ich finde dennoch, dass es besser wäre, wenn du mitkommen würdest."

„Nein, ich bleibe hier. Das muss endlich alles geklärt werden. Ich will es hinter mir lassen und nach vorne sehen." Vielleicht habe ich wirklich die Chance, die Geister der Vergangenheit zu besiegen.

„Es gefällt mir zwar nicht, aber gut. Wenn was ist, dann meldest du dich, okay?"

„Mach ich."

„Ich hab dich lieb.", flüstert er und drückt mir einen Kuss aufs Haar.

„Ich hab dich auch lieb und bitte lass Kyle am Leben. Sam braucht seinen Dad noch."

„Ich versuch es. Dann lass ich dich jetzt mal wieder allein. Ruh dich aus."

„Mach ich. Drück deine Familie von mir."

„Werde ich." David steht auf, verlässt das Zimmer und die Wohnung. Ich lasse mich zurück in das Kissen fallen und atme seufzend aus.

Kyle kommt wieder in das Zimmer und lehnt sich an den Türrahmen. Er hat die Knöchel gekreuzt und die Arme vor der Brust verschränkt.

„Ich versteh das nicht. Meine Wohnungstür war zu und die kommen hier rein, ohne das kleinste Geräusch. Ich sollte mir wohl bessere Schlösser besorgen." Ich drehe meinen Kopf und lächle ihn an.

„Oh du Ungläubiger. Das Geld kannst du dir sparen. Sie würden es trotzdem schaffen. Sie sind halt Borough-Männer. Sie bekommen immer das, was sie sich in den Kopf gesetzt haben."

„Aber wie machen sie das?"

Ich zucke mit den Schultern. Ich weiß es nicht und will es auch nicht wissen. Für meinen Seelenfrieden ist es auf alle Fälle besser so. Sie sind zwar nicht illegal veranlagt, aber ab und zu bewegen sie sich am Rand der Legalität.

Kyle stößt sich vom Türrahmen ab und kommt wieder zu mir ins Bett. Er legt sich auf die Seite neben mich und blickt von oben auf mich hinab.

„Eigentlich müsste ich mich doch schlecht fühlen, oder?", fragt er leise.

„Das musst du mir jetzt erklären, ich komme da gerade nicht mit."

„Na ja, bis vor ein paar Stunden war ich verlobt und musste erkennen, dass die Frau, von der ich dachte, dass ich sie liebe, total oberflächlich ist und mich nur heiraten wollte, weil ich eine gute Partie bin."

„Und wie fühlst du dich nun?"

„Irgendwie erleichtert - befreit."

„Ist das jetzt gut oder schlecht?"

„Keine Ahnung. Aber eines weiß ich."

„Und das wäre?"

„Seit ich dich letzte Woche nach all den Jahren wieder gesehen habe, bekomm ich dich nicht mehr aus meinem Kopf und inzwischen weiß ich, dass deine Lippen noch immer so schmecken wie damals."

Bei seinen Worten setzt mein Herz kurz aus, um dann umso schneller weiter zu schlagen.

„Ach ja?" flüstere ich heiser.

Statt zu antworten senkt er langsam seinen Kopf, darauf bedacht, dass er meiner Hand nicht zu nahe kommt. Dann treffen seine Lippen auf meine. Kurz verharren sie auf der Stelle. Seine Zunge streicht über meine Unterlippe und bittet um Einlass. Seufzend öffne ich sie und seine Zunge gleitet in meinem Mund. Schüchtern komme ich ihr entgegen. Als sie sich berühren explodieren tausende Feuerwerke in mir. Langsam und gemächlich spielen sie miteinander. Ich schlinge meinen linken Arm um seinen Nacken und ziehe ihn noch näher an mich heran.

Unser Kuss wird schneller und intensiver und sämtliche Muskeln in meinem Unterleib ziehen sich vor Verlangen zusammen. Immer schneller und verlangender tanzen unsere Zungen miteinander - können nicht genug voneinander bekommen. Leise stöhne ich an seinem Mund auf. Kyles Hand wandert unter das T-Shirt über meinen nackten Bauch nach oben und findet schließlich meine Brust, um sie zu umschließen. Die Brustwarzen werden sofort hart und recken sich ihm entgegen. Wieder stöhne ich auf vor heißem, ungebändigtem Verlangen.

Abrupt löst er sich von mir. Verwirrt sehe ich ihn an. Was war passiert? Kyle blickt schwer atmend von oben auf mich herab. Seine Augen sind dunkel vor Verlangen und seine Lippen sind leicht geschwollen von unserem Kuss. Ich fahre mir mit der Zunge über meine Lippen um festzustellen, dass meine genauso geschwollen sind wie seine. Behutsam streicht er mir eine Strähne aus der Stirn.

„Was ist? Warum hast du aufgehört?", flüstere ich heiser. Von mir aus hätte er es gern zu Ende bringen dürfen.

„Wenn ich dich noch weiter geküsst hätte, hätte ich nicht mehr aufhören können und du bist zu mehr momentan nicht in der Lage." Auch seine Stimme ist kehlig.

„Sicher? Wir können es auf einen Versuch ankommen lassen." Das ungestillte Verlangen, die lang unterdrückte Lust siedet wie heiße Lava durch meine Adern und droht mich zu verbrennen.

„Ich will kein Risiko eingehen. Wenn ich mit dir schlafe, dann sollst du dabei auch bei Bewusstsein sein und ich will in deine Augen sehen, wenn du kommst." Sicherlich sollte mich sein Sinneswandel überraschen, immerhin war er bis vor wenige Stunden noch verlobt. Aber ich will ihn viel zu sehr.

„Deine Worte machen es jetzt auch nicht besser." Ich rutsche unruhig mit dem Becken hin und her und sehe ihn frustriert an. Aber anstatt mich zu bemitleiden, bricht Kyle in schallendem Gelächter aus. Er muss sich auf den Rücken rollen, um nicht vor Lachen über mir zusammen zu brechen.

„Was ist da jetzt so lustig dran?", frage ich ihn böse.

„Oh Mann", japst er immer noch lachend und wischt sich die Lachtränen aus den Augen.

Ich drehe mich um und zeige ihm, was ich davon halte.

„He, Sophie. Nicht böse sein, bitte." Er beugt sich etwas über mich hinüber, um mir ins Gesicht sehen zu können und streichelt mir über die Wange. Wütend schlage ich sie weg.

„Du bist böse auf mich, stimmt´s?"

„Ja."

„Ach Sophie, du sahst so süß aus und du hast elf Jahre lang keinen Sex gehabt und jetzt kann es dir nicht schnell genug gehen." Sanft packt er meine Schulter und dreht mich wieder auf den Rücken.

Ich versuche böse zu ihm aufzusehen, aber es klappt nicht. Ich bin viel zu fasziniert von seinem schönen Gesicht. Auch wenn er sich etwas verändert hat und jetzt vierunddreißig Jahre alt ist, so ist es doch immer noch mein Kyle. Der Mann, den ich seit über zwölf Jahren liebe.

„Ich liebe dich", platzt es auch mir heraus noch ehe ich es verhindern kann. Oh Gott, habe ich das gerade wirklich gesagt? Ich laufe rot an, drehe mich schnell auf die Seite und vergrabe mein Gesicht im Kopfkissen. Wenn ich mir nur lange genug einrede, dass ich das jetzt gerade nicht gesagt habe, ist es vielleicht nie passiert oder Kyle löst sich in Luft auf.

„Du tust was?"

„Können wir einfach vergessen, dass mir das gerade raus gerutscht ist?"

„Wie?"

Seufzend drehe ich mich wieder um und nehme meinen ganzen Mut zusammen und sehe ihn an. Das reine Erstaunen steht ihm ins Gesicht geschrieben.

„Ich habe nie damit aufgehört.", erkläre ich ihm und zucke mit der Schulter.

„Sophie, ich … Ich weiß jetzt echt nicht, was ich sagen soll." Mitleid schwingt in seiner Stimme mit. Na wenigstens hab ich es jetzt noch einmal schwarz auf weiß - er liebt mich nicht.

„Lass es Kyle, lass es einfach gut sein", flüstere ich und versuche krampfhaft meine Tränen zu unterdrücken.

„Es tut mir leid."

„Was tut dir leid? Das ich dich nicht vergessen konnte und so dumm war und dich trotz deines Betruges über all die Jahre geliebt habe, oder das du mich einfach abgeschrieben hast?", fauche ich ihn an.

„Sophie, bitte. Du hast mich damit gerade echt überrumpelt."

„Ich brauche dein Mitleid nicht." Unwirsch schlage ich seine Hand weg, die er mir auf den Arm gelegt hat.

„Ich habe mich gerade vor wenigen Stunden von meiner Verlobten getrennt und jetzt platzt du mit so was raus. Ich bin verwirrt und weiß nicht was ich fühle. Soll ich dir etwa falsche Hoffnungen machen und dich anlügen?"

„Habe ich behauptet, dass ich eine Antwort von dir will? Hab ich nicht! Lass mich bitte allein." Am Ende ist meine Stimme nur noch ein heiseres Flüstern. Er schaut mich nochmal nachdenklich an, steht dann auf und verlässt dann das Zimmer und ich kann meinen Tränen freien Lauf lassen.

Kapitel 9 – Das ändert alles

Ich weiß nicht, wie lange ich geweint habe. Aber als endlich die letzte Träne getrocknet ist und der letzte Schluchzer abgeebbt ist, fühle ich mich etwas befreiter. Er weiß jetzt, dass ich ihn noch liebe und jetzt muss Kyle entscheiden, wie es weiter gehen soll.

Sanft legt sich eine Hand auf meine Schulter und vorsichtig, aber bestimmt werde ich an eine warme und muskulöse Brust gezogen.

„Bitte hör auf zu weinen. Das konnte ich noch nie ertragen.", flüstert Kyle nah an meinem Ohr. Ich kann seinen warmen Atem an meiner Haut spüren.

„Lass mir bitte etwas Zeit, okay.", bittet er leise. „Ich kann nicht leugnen, dass da noch Gefühle für dich schlummern, aber ich weiß nicht, was es für welche sind. Darüber muss ich mir erst im Klaren sein. Gibst du mir die Zeit?"

„Ja."

„Danke." Er zieht mich enger an sich und legt ein Bein über meine. Sein Kinn ruht an meinem Kopf. So eng umschlungen liegen wir da und sagen kein Wort. Schließlich schlafe ich, erschöpft vom vielen Weinen, ein.

Als ich wieder aufwache ist es bereits dunkel. Etwas benommen sehe ich mich um und stelle fest, dass ich allein in dem großen Bett liege. Die Schlafzimmertür ist nur angelehnt und durch den Spalt dringt ein schmaler Streifen Licht. Ächzend richte ich mich auf und da mir nicht schwindlig wird, unternehme ich den Versuch aufzustehen. Ich stehe zwar auf recht wackeligen Beinen, aber ich stehe. Vorsichtig mache ich einen Schritt nach vorn und es geht schon viel besser als heute Morgen. Wenn ich diesem Dr. Watson jemals wieder über den

Weg laufen sollte, dann wird er sein blaues Wunder erleben. Ich erreiche ohne Unfälle und Umfälle die Schlafzimmertür. Ich ziehe sie auf und sehe einen kleinen Flur. Links von mir ist eine Tür und ihrem Aussehen nach zu urteilen muss das die Wohnungstür sein, die kein Hindernis für meine Brüder darstellt. Also wende ich mich nach rechts und gehe den Flur entlang. Mit meiner gesunden Hand stütze ich mich an der weißen Flurwand ab bis ich am Durchgang angelangt bin, durch den man in den hellen und lichtdurchfluteten Wohn- und Essbereich kommt. Zumindest glaube ich, dass es lichtdurchflutet ist, denn es sind sehr viele Fenster an der rechten Seite. Aber draußen ist es bereits dunkel. Wie spät es wohl ist? Ich bleibe schwer atmend stehen und lehne mich kurz an um durch zu schnaufen. Der Raum ist riesig. Hier würde man den Wintergarten meiner Eltern rein bekommen und hätte immer noch ausreichend Platz.
Die Wände sind weiß und der Boden besteht aus einem dunkelbraunen Parkett. An der hinteren Wand befinden sich noch ein Flatscreen und davor eine schwarze Riesencouch. Da haben bestimmt zwölf Personen bequem Platz. Über dem Fernseher hängt an der Decke eine Art Rollo. Das muss eine Leinwand sein, denn in der Mitte des Raumes befindet sich ein Beamer an der Decke. *Männer und ihre Spielzeuge,* schießt es mir wieder durch den Kopf. Weiter vorn stehen ein großer Tisch und darum die passenden schwarzen Stühle. An den Wänden hängen einige Kunstwerke und ein paar vereinzelte niedrigere Schränke sind im Raum verteilt. Ich kann sogar Pflanzen entdecken. Obwohl recht viel in dem Raum, oder besser Saal, steht, wirkt er dennoch irgendwie leer. Ich trete hinein und sehe, dass er auf der linken Seite noch weiter nach hinten geht. Dort befinden sich eine offene Küche und ein kleiner Tresen mit drei Barhockern.
In der Küche ist Kyle und hantiert mit irgendetwas herum. Er steht mit dem Rücken zu mir und hat mich noch nicht entdeckt. Ich schleiche zu den Hockern und setze mich. Hinter mir, auf dem Flatscreen, läuft ein Footballspiel.

„Was machst du da?", frage ich ihn leise und Kyle macht einen Satz. Mit vor Schreck geweiteten Augen wirbelt er herum, die Hand auf sein Herz gepresst, in der anderen ein langes scharfes Messer und sieht mich entgeistert an.

„Sophie!", keucht er.

„Ja?", frage ich ihn. Es fällt mir schwer ein Grinsen zu unterdrücken.

„Musst du mich so erschrecken? Außerdem, was machst du hier? Du hast mir versprochen nicht alleine aufzustehen!" Tadelnd sieht er mir ins Gesicht. Ich versuche schuldbewusst auszusehen, aber ich muss immer wieder kichern.

„Es war eigentlich nicht meine Absicht, aber Spaß hat es trotzdem gemacht." Schelmisch grinse ich ihn an.

„Na toll." Kommt es trocken zurück. Er dreht sich um und widmet sich wieder dem, was er gemacht hatte, bevor ich ihn erschreckt habe.

„Verrätst du mir jetzt, was du da machst?"

„Ich koche." Sofort ist mein Interesse geweckt. Im gleichen Moment beginnt mein Magen zu knurren.

„Ach ja und was?"

„Ich mach Pasta. Es scheint ja die richtige Idee gewesen zu sein."

„Und wie?"

„Musst du mich ausfragen? Eigentlich solltest du im Bett liegen und dich ausruhen."

„Ja, muss ich. Schließlich ist Kochen mein halbes Leben und als du das letzte Mal für mich gekocht hattest, ging das bekanntermaßen richtig daneben. Außerdem ist es im Bett ziemlich langweilig, wenn man alleine ist. Ich kann mich hier ja auch ausruhen."

„Das war nur einmal. Du hast mich damals abgelenkt. Ich kann doch nichts dafür, dass alles anbrannte, während du mich vernascht hast." Er wirft mir kurz ein süffisantes Grinsen über seine Schulter zu.

„Da macht man ja auch den Herd aus. Da passiert dann so etwas nicht. Du hättest fast deine Wohnung in Brand gesteckt."

„Ich nehme an, dass es dir jetzt besser geht? Denn sonst würdest du nicht auf so einer alten Geschichte rumhacken."

„Ich bin zwar noch nicht wieder fit, aber ich kann mich schon mal in gewissen Bahnen fortbewegen, ohne dass mir schlecht und allzu schwindlig wird."

„Das ist ja schon einmal positiv."

„Kyle, mach dir keinen Kopf, wegen meinen Gefühlen.", murmle ich verlegen. Mein Blick ist auf die dunkle Platte des Tresens gerichtet und ich fahre mit dem Finger das Muster des Holzes nach.

„Das hat mich richtig überrumpelt.", antwortet er leise.

„Du kannst ja nichts dafür. Also vergiss es einfach." Er brummt irgendetwas zur Antwort, das ich nicht verstehe und fährt mit seiner Arbeit fort.

„Warum hast du Angst vor Krankenhäusern?", fragt er plötzlich.

„Wie kommst du denn auf den Schwachsinn?" Wie hat er es erraten? Ich habe nie mit jemanden darüber gesprochen. Noch nicht einmal Richard und David wissen Bescheid. Sam denkt, ich hätte Angst vor Ärzten. Aber es sind die Krankenhäuser, vor denen ich mich so fürchte.

„Ich habe dich beobachtet, als wir in der Notaufnahme waren. Du warst die ganze Zeit über total verkrampft und dein Blick wanderte immer wieder zum Ausgang. Ganz so, als wolltest du schnellst möglich von da verschwinden."

„Sicher, dass es nicht an dir lag?"

„Ja, denn auf dem Fußballplatz und dann in meinem Auto warst du nicht so. Du hast dich erst so verkrampft, als wir durch die Eingangstür des Krankenhauses gegangen sind." Ich gebe ihm keine Antwort darauf. Denn ich weiß nicht, was ich sagen soll, ohne ihn anzulügen. Also fährt er einfach fort.

„Es ist auffällig, vor allem, wenn man dich kennt. Seit wann geht das schon so?"

„Eine Weile."

„Wie lang ist die Weile?"

„Was soll das? Hast du keine anderen Themen, über die wir uns unterhalten können?" Nervös verschränke ich die Arme vor der Brust.

„Ich will dir nur helfen. Also, raus mit der Sprache, wie lange?"

„Es sind jetzt etwa elf Jahre und sechs Monate."

Kyle hält kurz inne, um nachzurechnen.

„Da warst du mit Sam schwanger."

„Bingo. Der Kandidat erhält einhundert Punkte."

„Hast du schon mal mit jemanden darüber gesprochen? Und warum?"

„Nein, du bist der Erste, der es bemerkt hat. Selbst als ich einen Tag nach der Geburt von Sam wieder aus dem Krankenhaus nach Hause wollte, hat sich keiner gewundert." Ich zucke mit den Schultern um meine Unsicherheit zu überspielen. Die genauen Gründe will ich ihm nicht erläutern. Es reicht schon, dass er diesen Punkt jetzt auch noch von mir weiß.

„Vielleicht solltest du mal mit jemanden darüber reden."

„Und dieser jemand wärst dann du?"

„Wenn du es willst, gern. Aber du könntest auch zu einem Psychologen gehen."

„Wenn ich dich drum bitte, würdest du es dann sein lassen?"

„Wahrscheinlich nicht."

„Ich bitte dich aber dennoch darum. Lass es gut sein. Ich habe Angst vor Krankenhäusern, na und? Es ist ja jetzt nicht so, als würde ich sie gar nicht betreten."

„Normal ist es trotzdem nicht und ich wüsste gern, warum das so ist."

„Aber ich will nicht darüber reden."

„Gut, ich werde dich nicht weiter drängen. Aber wenn du es dir anders überlegt, dann bin ich für dich da." Kyle stellt einen Teller voll Pasta mit viel buntem Gemüse vor mich.

„Danke, das weiß ich sehr zu schätzen." Um das Thema zu wechseln, deute ich auf meinen Teller. „Nichts angebrannt, das ist ja schon einmal positiv.", necke ich ihn.
„Du wirst ewig darauf herum reiten, hab ich recht?"
„Ja", antworte ich ihm kauend. Das ist das erste, was ich seit gestern Morgen esse und mein Magen begrüßt es gurgelnd.
„Warum eigentlich? Du warst da genauso dran schuld wie ich."
„Ich?"
„Ja du, du hast mich an dem Abend vernascht und nicht andersherum."
„Du hättest ja nicht mitmachen brauchen.", necke ich ihn weiter und schiebe mir schnell den nächsten Bissen in den Mund. Es fühlt sich fast so an, als wären wir noch ein Paar. Nachdenklich kaut Kyle auf seiner Pasta rum.
„Ist das jetzt diese verdrehte Frauenlogik, die kein Mensch versteht?"
„Wir Frauen verstehen das und sie ist nicht verdreht."
„Doch ist sie. Ihr stellt alles immer so dar, als wenn wir Männer dran Schuld wären und meistens schafft ihr es auch noch, uns das so einzureden, dass wir es glauben und denken es wäre unsere Idee gewesen."
„Du hast es doch verstanden. Da kann es doch nicht so schwer sein."
Kopfschüttend erwidert er mein Grinsen.
„Deine Mutter war vorhin da. Sie hat eine Tasche mit Sachen gebracht. Ich habe sie in dem Schrank im Schlafzimmer gestellt."
„Sie war da und niemand hat mich geweckt? Schon mal daran gedacht, das ich gern meine Mutter gesprochen hätte?", fauche ich ihn an.
„Reg dich ab. Sie kommt morgen um dich abzuholen. Wir wollten dich nicht wecken, da du den Schlaf einfach brauchst."
„Was ich brauche und was nicht, entscheide immer noch ich! Was wäre, wenn ich mit ihr mitgewollt hätte?"

„Dann wärst du schon mit Richard abgehauen. Ich kenn dich, Sophie. Dich hält man genauso wenig auf, wie deine Brüder. Wenn du etwas willst, dann holst du dir es."

„So bin ich nicht mehr, dass sollte dir eigentlich schon aufgefallen sein." Seit ich Mutter bin, hat sich so einiges bei mir verändert.

„Das magst du dir vielleicht einreden, aber die alte Sophie schlummert noch in dir und sie wartet nur darauf, bis sie wieder ans Tageslicht darf."

„Ich darf also morgen endlich nach Hause?"

„Ja. Ich muss ja immerhin auch irgendwann mal wieder ins Büro."

„Ich mag es nicht, wenn über meinen Kopf hinweg entschieden wird.", murmle ich missmutig. Ich komme mir vor, wie ein kleines Kind, das machen muss, was die Eltern sagen.

„Sie haben gestern übrigens gewonnen und sind jetzt eine Runde weiter.", wechselt Kyle abrupt das Thema.

„Hä?"

„Sam und seine Mannschaft."

„Wirklich? Das ist toll! Die letzte Saison lief nicht so gut für sie und sie sind schon in der Vorrunde rausgeflogen. Aber in diesem Jahr haben sie gute Chancen den Pokal zu gewinnen."

„Wann ist das nächste Spiel? Damit ich schon mal Bescheid weiß und meine Termine so legen kann, dass ich dabei bin."

„Mmh ... also sie haben gewonnen und sind eine Runde weiter ... das Nächste müsste dann in zwei Wochen sein. Aber ich glaube dieses Mal an einem Samstag. Aber ganz genau weiß ich es nicht."

„Wäre schön, wenn ich es rechtzeitig wissen würde."

„Ich sag dir Bescheid, sobald ich weiß wann es ist."

„Danke."

Nachdem wir aufgegessen haben, räumt Kyle das benutzte Geschirr in die Spülmaschine und ich sitze weiter auf meinem

Hocker und betrachte seinen Hintern. Wenn er sich bückt, um das Geschirr hinein zu packen, kommt er besonders gut zur Geltung. Als er fertig ist kommt er auf mich zu.

„Soll ich dich rüber auf die Couch tragen oder willst du laufen?"

„Ich laufe." Langsam stehe ich auf und gehalten von Kyles Arm, der um meine Taille liegt, wackle ich rüber zur Couch. Mit einem Plumps lasse ich mich in das weiche schwarze Leder fallen. Kyle drückt ein paar Knöpfe auf einer Fernbedienung und der Fernseher verstummt und schaltet sich ab. Dafür flackert jetzt ein kleines Feuer in einem Kamin an der rechten Wand, der mir bis jetzt noch gar nicht aufgefallen war. Aus einer versteckten Musikanlage ertönen leise die Geigenklänge von David Garret. Er nimmt eine rote Decke und breitet sie über mir aus und setzt sich schließlich so hin, dass er mir gegenüber ist und mir ins Gesicht sehen kann. Ich lehne meinen Kopf an die Lehne der Couch und sehe ihn abwartend an.

„Du denkst immer noch darüber nach, warum ich Krankenhäuser nicht mag, stimmt's?" Ich habe keine Ahnung, warum ich dieses Thema nun von allein wieder anschneide.

„Ja, aber du willst nicht darüber reden und das respektiere ich." Puh, Schwein gehabt. Jetzt hätte ich mich fast wieder selber in eine sehr unangenehme Situation gebracht.

„Kannst du mir bitte mein Handy geben?"

„Was willst du denn jetzt damit?" Mit vor Erstaunen hochgezogenen Augenbrauen sieht er mich an.

„Es ist jetzt kurz vor acht Uhr. Ich würde Sam gern noch Gute Nacht sagen. Wenn ich heute schon nicht bei ihm sein darf, dann will ich wenigstens kurz seine Stimme hören."
Kyle angelt nach dem Festnetztelefon, das auf einem kleinen Tischchen neben der Couch liegt.

„Hier. Du kannst auch das nehmen." Und drückt es mir in die Hand. Schnell wähle ich die Telefonnummer meiner Eltern. Nach dem vierten Klingeln wird abgenommen.

„Borough", meldet sich mein Vater.

„Hi Dad." Plötzlich steigen wieder die Tränen in mir auf. Kyle schaut mir die ganze Zeit über forschend ins Gesicht und streicht meinen Oberschenkel, als er sieht, dass meine Augen feucht werden.

„Spätzchen. Was machst du immer für Sachen?", fragt er besorgt.

„Ich weiß es nicht, Dad. Manchmal scheine ich das Pech magisch anzuziehen." Die ersten Tränen lösen sich und kullern über meine Wangen. Kyle beugt sich nach vorn und wischt sie weg.

„Wie geht es dir? Deine Mutter erzählte, dass du heute Morgen in Ohnmacht gefallen bist und als sie bei dir war hast du geschlafen."

„Es geht mir schon besser, aber so richtig noch nicht. Hoffentlich morgen."

„Wie kommst du mit Kyle aus?" Ich kann richtig hören wie mein Vater sich überwinden muss diesen Namen auszusprechen.

„Gut."

„Wirklich? Kannst du frei sprechen oder ist er bei dir?"

„Er sitzt neben mir. Aber trotzdem würde ich kein Blatt vor den Mund nehmen."

„Da bin ich etwas beruhigt. Willst du was gegen den Arzt unternehmen?"

„Ich weiß es nicht. Ich fühlte mich noch nicht in der Lage darüber nachzudenken."

„Darüber können wir ja nochmal sprechen, wenn es dir besser geht."

„Können wir machen. Ist Sam noch wach?"

„Ja, er sitzt hier auf der Couch zwischen deiner Mom und mir. Willst du ihn sprechen?"

„Ja." Neue Tränen kullern und wieder wischt Kyle sie mit einem besorgten Gesichtsausdruck weg. Ich höre wie Dad mit meinem kleinen Mann spricht und das Telefon weiter gibt.

„Mom?" Die Stimme meines Sohnes bringt mich fast dazu laut aufzuschluchzen. Aber ich nehme mich zusammen. Er mag es nicht, wenn es mir nicht gut geht und ich will ihm keinen Grund zur Sorge geben.

„Hi Sam." Ich lege meinen Kopf wieder auf die Lehne der Couch und schließe die Augen.

„Wie geht´s dir Mommy?" Er macht sich Sorgen! Mommy nennt er mich nur, wenn ihn etwas beschäftigt.

„Besser mein Kleiner. Wie war es heute in der Schule?"

„Wir haben einen Test in Mathe geschrieben und in Sport habe ich eine Eins bekommen. Wir haben gestern gewonnen und sind jetzt weiter. Aber wir wissen noch nicht, gegen wen wir als nächsten spielen. Entweder die Dark Shadows oder die Blue Ravens. Aber die haben es Beide nicht drauf. Wir sind so gut wie eine Runde weiter.", erzählt er voller Begeisterung.

„Wie ist Mathe gelaufen? Glückwunsch zu deiner Eins in Sport und noch seid ihr nicht weiter. Also sei dir nicht zu siegesgewiss. Du weißt das kann auch nach hinten losgehen."

„Ich weiß Mom. Mathe lief ganz gut. Grandpa hat gestern nochmal mit mir geübt. Hattest du viel Angst vor dem Arzt?"

„Ach Kurzer, mach dir da mal keine Sorgen. Ich habe es überlebt.", antworte ich ihm lächelnd. Manchmal ist er der Meinung, den fehlenden Mann in meinem Leben irgendwie ersetzen zu müssen.

„War D… mein Vater bei dir so wie er es mir versprochen hat?" Fast hätte er *Dad* gesagt. Ich öffne meine Augen und sehe in Kyles Auge, die ganz genauso aussehen wie die von unserem Sohn.

„Ja war er. Er hat auf mich aufgepasst."

„Bist du noch bei ihm zu Hause?"

„Ja, ich bin noch hier. Aber ich komme bald wieder nach Hause zu dir."

„Du kannst ruhig noch dort bleiben. Grandma und Grandpa passen doch auf mich auf."

„Warum?" Er hat meine Neugier und auch ein bisschen meinen Argwohn geweckt. In seiner Stimme war dieser leise Unterton, der immer da ist, wenn er etwas im Schilde führt.

„Nur so.", antwortet er ausweichend. Hoffentlich erhofft er sich nicht zu viel. Ich weiß, wie sehr er sich eine intakte Familie wünscht.

„Schläfst du in deinem Bett oder bei deinen Großeltern?" Auch wenn er schon zehn ist, so findet er es immer wieder toll, wenn er bei meinen Eltern schlafen darf.

„Was denkst du denn?", fragt er herausfordernd.

„Du schläfst bei Grandma und Grandpa, stimmt´s?"

Als Antwort bekomme ich nur Gekicher.

„Soll ich dich morgen besuchen kommen?"

„Das wird nicht nötig sein. Ich komme morgen wieder nach Hause und wenn du aus der Schule kommst, bin ich wieder da."

„Hm." So ganz scheint ihm meine Antwort nicht zu passen. Wahrscheinlich haben ihn meine Eltern heute gehörig verwöhnt und wenn ich wieder zu Hause bin, weht wieder ein anderer Wind.

„Bist du schon bettfertig?"

„Moooom." Sam ist genervt.

„Bist du es, ja oder nein?"

„Ja bin ich."

„Gut, denn es ist Zeit für dich ins Bett zu gehen." Er stöhnt am anderen Ende der Leitung auf. "Ich wünsche dir eine Gute Nacht und träum was Schönes. Ich hab dich lieb und denk an dich."

„Ich habe dich auch lieb."

„Schlaf gut, mein Kleiner."

„Nacht Mom und ich bin nicht klein." Bevor ich noch etwas erwidern kann, hat er schon aufgelegt. Seufzend gebe ich Kyle das Telefon zurück. Nachdenklich sehe ich ihn an.

„Was ist?", fragt er mich.

„Ich überlege gerade, dass mir die ganzen Mädchen leidtun."

„In wie fern?"

„Na ja, Sam kommt sehr stark nach dir. Sprich, wenn er so alt ist wie du jetzt, dann wird er schon eine ganze Reihe Herzen gebrochen haben."

„Was macht dich da so sicher?"

„Er kommt nach dir Kyle."

„Du glaubst also, ich habe reihenweise Mädchenherzen gebrochen?" Seine Augenbrauen ziehen sich zusammen. Er ist sichtlich sauer.

„Sei nicht gleich böse. So habe ich das nicht gemeint."

„Wie hast du es dann gemeint?"

„Er wird sich zu einem sehr ansehnlichen Mann entwickeln und auch wenn er es nicht bewusst macht, so werden ihm die Herzen zufliegen. Er kann ja schlecht jede glücklich machen. Genauso wenig wie du jede Frau glücklich machen kannst, die dir ihr Herz schenkt."

„Meinst du dich damit?"

„Ich habe mich da jetzt ausgeklammert. Es gab und gibt bestimmt jede Menge Frauen, die dich aus der Ferne anhimmeln."

„So gut sehe ich nicht aus."

„Täusch dich da mal nicht."

„Wenn du meinst." Skeptisch sieht er mich an.

„Was stört dich eigentlich an Krankenhäusern? Sorry, ich weiß, dass ich gesagt habe, dass ich nicht weiter nachfragen werde. Aber ..." Entschuldigend zuckt er mit den Achseln.

„Schon gut. Ich wusste ja, dass du es nicht durchhalten würdest. Der Geruch und die ganze Atmosphäre stören mich. Ich kann das nicht beschreiben. Es ist irgendwie bedrückend und ich habe immer das Bedürfnis so schnell wie möglich zu verschwinden."

„Erinnert der Geruch dich an etwas?"

„Lass es mich mal so sagen, ich verbinde damit eine ganze Reihe Emotionen."

„Ich nehme an, du willst mir nicht verraten, welche das sind."

„Richtig."

„Du willst also nicht über deine Phobie, oder was auch immer das ist, reden. Willst es aber möglichst vergessen. Aber es gelingt dir nicht.", stellt er fest. Es erschreckt mich ein bisschen, dass er mich noch so gut kennt.

„Nein, nicht wirklich", gebe ich flüsternd zu und sehe auf meine Finger, die Kreise auf die Decke zeichnen.

„Vielleicht solltest du anfangen darüber zu reden."

„Aber eine Garantie dass ich es vergessen kann habe ich dann auch nicht."

„Keine Ahnung. Aber du kannst es vielleicht so weit verarbeiten, dass du akzeptieren kannst."

„Möglich."

„Also frage ich dich noch einmal - willst du darüber reden?"

„Nein", antworte ich knapp und bestimmt. Nichts würde mich dazu bringen, über diese schwarzen Wochen zu reden. Das würde nur zu viele alte Wunden aufreißen, deren Blutung dann nicht mehr zu stoppen wäre. Auch nach so vielen Jahren ist es immer noch so, als wäre es erst gestern gewesen. Das ist schon schlimm genug.

Mit zusammengezogenen Augen beobachtet er mich ganz genau. Ich kann nur hoffen, dass er mein Pokerface nicht durchschaut.

„Weißt du, dass ich dich vom ersten Moment an, als ich dich in Paris im Club gesehen habe, geliebt habe?"

„Das hast du mir nie gesagt", entfährt es ihm.

„Ich hatte Angst. Angst, dass du nicht das Gleiche für mich empfinden könntest, wie ich für dich."

„Ich habe dich damals geliebt. Du warst alles für mich. Ich hätte alles für dich gegeben." Seine Stimme ist leise.

„Aber du hast es mir nie gesagt.", erwidere ich.

„Du mir ja auch nicht.", kontert Kyle.

„Ändern können wir es jetzt eh nicht mehr. Du hast dein Leben weiter gelebt und ich bin stehen geblieben." Meiner Stimme ist die Verbitterung anzuhören. Meine Offenheit erschreckt mich gerade selber etwas. Aber was habe ich in dieser Hinsicht denn schon zu verlieren? Nichts! Er weiß bereits, dass ich ihn noch liebe. Meine Güte, ich habe sogar ausgeplaudert, das ich, nach unserer Trennung, absolut enthaltsam gelebt habe.

„Schuldzuweisungen bringen uns jetzt auch nicht mehr weiter."

„Du hast Recht. Wollen wir uns einen Film ansehen?", frage ich Kyle, um uns beide von diesem Thema abzubringen und auch, um uns abzulenken. Naja, eigentlich eher mich. Er riecht immer noch genauso gut wie damals und es hat noch immer die gleiche Wirkung. Ich will ihn!

„Klar, wenn du willst. Was soll es denn sein?"

„Such dir was aus. Ist mir eigentlich egal. Hauptsache ein bisschen Ablenkung." Um nicht den wahren Grund zu verraten, deute ich auf meine eingegipste Hand.

Kyle steht auf und geht zu dem hohen Schrank, der auf der rechten Seite in der Ecke steht. Er öffnet die Türen und als ich an ihm vorbei linse, kann ich sehen, dass er von oben bis unten mit Filmen vollgestopft ist. Er steht eine ganze Weile davor, aber schließlich geht er in die Hocke und zieht eine der unzähligen Hüllen heraus. Den Schrank lässt er offen und schiebt die kleine silberne Scheibe in den Player. Er schnappt sich drei der vielen Fernbedienungen und kommt wieder zu mir. Aber er setzt sich nicht wieder auf seinen alten Platz, sondern neben mich und zieht mich in seinen Arm.

Ich lehne jetzt halb an ihm und kann meinen Kopf wunderbar bequem auf seiner Schulter ablegen. Nebenbei inhaliere ich genüsslich seinen Geruch. Was eigentlich fast schon an Selbstfolter grenzt. Kyle drückt irgendwelche Knöpfe auf den Fernbedienungen und schon erwachen Player und Fernseher zum Leben. Das Deckenlicht geht aus und dafür kleine LED-Leuchtbänder an, die sich unter der Couch und den Möbeln befinden. Der ganze Boden vor uns ist in ein weiches gelbes Licht getaucht. Ich kuschle mich enger an ihn. Sanft beginnt er mir über den nackten Arm zu streichen, während wir darauf warten, dass der Film beginnt. Er hat sich für eine Verfilmung von Jane Austen's 'Stolz und Vorurteil' entschieden. *Wie passend*, schießt es mir durch den Kopf. Nur das bei uns ein bisschen die Rollen vertauscht sind. Ich bin Mr. Darcy der die Liebe seines Lebens an seiner Seite haben will und Kyle ist ein bisschen wie Lizzy Bennet, die nicht mit Mr. Darcy zusammen sein will. Ich schaffe es bis zur Ballszene durchzuhalten, auf dem sich Lizzy und Mr. Darcy das erste Mal begegnen, dann schlafe ich, an Kyle gekuschelt, ein.

Die Musik des Abspanns weckt mich. Langsam hebe ich meinen Kopf und blinzle durch die Helligkeit des Fernsehers. Neben mir bewegt sich Kyle unruhig und grummelt irgendetwas vor sich hin. Ich reibe mir die Augen und versuche mich zu orientieren. Es dauert ein bisschen, bis ich begriffen habe, dass ich im Wohnzimmer bin und dass wir uns einen Film ansehen wollten. Aber den hat Kyle wohl allein gesehen. Als meine Augen sich an die Dunkelheit gewöhnt haben, sehe ich rüber zu ihm. Erst jetzt registriere ich, das sich seine Brust in tiefen und regelmäßigen Atemzügen hebt und senkt, sowie das seine Augen geschlossen sind. Anscheinend hat niemand von uns den ganzen Film gesehen. Eingehend betrachte ich sein Gesicht in dem schwachen Licht. Er sieht so friedlich aus und ich kann dem Drang nicht wiederstehen ihn zu küssen. *Emotionaler Selbstmord!*, brüllt eine Stimme in meinem Kopf. Aber ich kann einfach nicht anders. Ich will nur ein letztes Mal von ihm kosten, damit ich dieses Gefühl tief in meinem Inneren einschließen und es immer hervorholen kann, wenn mir danach ist. Inzwischen ist mir klar, dass ich nie wieder einen Mann so lieben werde, wie Kyle. Ich werde sicherlich noch eine ganze Weile daran zu knabbern haben, das es mit uns aus ist. Vielleicht finde ich auch einen neuen Partner, aber dieser würde immer nur die dritte Geige spielen. Die erste gehört Sam und gleich danach folgt Kyle – die Liebe meines Lebens.
Vorsichtig beuge ich mich vor und lege leicht meine Lippen auf seine.

„Sophie", murmelt er im Schlaf und beginnt tatsächlich meinen Kuss zu erwidern.

Ich löse mich wieder von ihm, um ihn nicht weiter in seinem Schlaf zu stören, aber genau das Gegenteil passiert - er schlägt die Augen auf und sieht mich vorwurfsvoll an.

„Warum hast du aufgehört?" Seine Stimme klingt noch richtig verschlafen.

„Ich wollte dich nicht wecken."

„Von dir geküsst zu werden ist doch eine sehr schöne Art aufzuwachen." Irgendwie sehe ich das als Aufforderung an und lege meine Lippen wieder auf seine. Schnell wird unser Kuss verlangender und fordernder. Meine ungestillte Lust rauscht von neuem durch meinen Körper. Ehe Kyle protestieren kann schwinge ich mein Bein über seine und setze mich auf seinen Schoß. Im Moment bin ich nicht mehr ich selbst, sondern nur ein hilfloses Hormonopfer.

Fordernd drängt sich seine Erektion gegen mich. Verlangend reibe ich meinen Unterkörper an seinem. Kyle stöhnt auf und ich nutze die Gelegenheit und schlüpfe mit meiner Zunge in seinen Mund. Sofort finden sie sich und beginnen miteinander zu ringen. Ich lege meine gesunde Hand in seinen Nacken und drücke mich an ihn. Die Andere lege ich auf die Lehne der Couch, um sie nicht zu belasten und damit sie aus dem Weg ist.

Kyle krallt seine Hände in meinen Hintern. Sie massieren und kneten meine Kehrseite und ich stöhne auf. Er lässt von meinem Po ab und er zieht mir ungeduldig das T-Shirt über den Kopf. Sein Mund findet meinen Hals und er knabbert, leckt und saugt sich seinen Weg nach unten zu meinen Brüsten. Die Brustwarzen sind schon längst hart vor Verlangen und wölben sich ihm entgegen. Als er sie in dem Mund nimmt und daran saugt schreie ich vor Lust auf. Meine Hand krallt sich in seinem Haar fest und ich drücke seinen Kopf an meine Brust. Es fehlt nicht mehr viel und ich zerspringe in tausende Stücke. Ob ich sie danach wieder zusammensetzen kann, ist

eher fraglich. Aber ich fühle mich einfach außerstande Stopp zu sagen.
Ich löse meine Hand aus seinem Haar und versuche ihm das Shirt auszuziehen. Aber es geht noch schlechter, als mit einer Hand eine Handtasche aufzumachen. Also hilft Kyle mir kurzerhand. Als die ersten störenden Klamotten weg sind, sind auch schnell die restlichen stofflichen Barrieren verschwunden und ich sitze nackt auf ihm.
Sein steifer Penis drückt gegen meinen Unterleib und ich reibe meine Scham an seinem Schaft. Wir stöhnen beide vor Verlangen auf. Unser keuchender Atem, das Stöhnen und Seufzen sind die einzigen Geräusche. Immer mehr und mehr baut sich die Lust in mir auf und lässt mich rasend werden. Kyle verwöhnt unablässige meine Brüste. Er saugt, leckt und knabbert an ihnen das mir Hören und Sehen vergeht.
Als ich es nicht mehr aushalten kann, hebe ich meine Hüften an und nehme ihn schnell und tief in mir auf. Vor Leidenschaft schreie ich auf und beginne mich auf und ab zu bewegen. Kyle packt meine Hüften um meine unkontrollierten Bewegungen zu lenken. Schneller und schneller reite ich auf ihm dem Höhepunkt entgegen.
Der Orgasmus kommt schnell und doch unerwartet, sowohl bei mir als auch bei ihm. Ich schreie seinen Namen laut in die Dunkelheit und meine Muskeln schließen sich fest um ihn.
Zitternd falle ich nach vorn und komme auf seiner Brust zum Liegen. Keuchend ringe ich um Atem. Ich spüre seinen schnellen Herzschlag und das schnelle Heben und Senken seines Brustkorbes. Er legt seine Arme um mich und drückt mich fest an sich. Immer wieder haucht er kleine Küsschen auf meinen Kopf. Langsam ebbt mein Orgasmus ab. Ich schließe meine Augen und gleite schon wieder dem Schlaf entgegen. Bevor ich aber komplett weg drifte schießt mir durch den Kopf, dass wir irgendetwas wichtig vergessen haben. Aber ich bin zu erschöpft um weiter darüber nachzudenken und schlafe, auf Kyle liegend, den Kopf an seiner Brust, sein schlagendes Herz unter meinem Ohr, ein.

Kapitel 10 – Vergessene Dinge

Zitternd wache ich auf. Mir ist so kalt. Eine richtige Gänsehaut überzieht meinen nackten Körper. Ich liege in Kyles Bett, auch wenn ich keine Ahnung habe, wie ich hier her gekommen bin. Durch die halb geschlossenen Rollläden dringt das Tageslicht und taucht das Zimmer in eine schummrige Helligkeit. Kyle liegt neben mir ausgestreckt auf dem Bauch in die Bettdecken eingewickelt. Na toll. Der Kerl pennt tief und fest eingekuschelt in die wunderbar warmen Decken und ich hole mir den Tod. Ich setze mich auf und stelle erfreut fest, dass es mir wieder gut geht. Kein Schwindel und keine Übelkeit mehr. Nur meine verletzte Hand pocht im Gleichklang mit meinem Herzen. Ich zerre an der Bettdecke. Er dreht sich auf den Rücken und grummelt, seine Augen bleiben aber weiterhin geschlossen.

„Kyle!" Ich ruckle an seiner Schulter und endlich öffnet er eines seiner Augen.

„Was?", brummt er verschlafen. Ein Morgenmuffel ist er also immer noch. Wenn er in dieser Stimmung ist, sollte man ihn eigentlich nicht ansprechen. Aber mir ist so kalt, das meine Zähne schon aufeinander schlagen.

„Gib mir eine Decke ab. Mir ist kalt.", jammere ich und halte ihm meinen Arm hin, damit er die Gänsehaut sehen kann.

„Wofür brauchst du eine Decke, wenn du mich hast?", knurrt er, begräbt mich unter sich und beginnt mich zu küssen. Im ersten Moment überrumpelt er mich total, denn ich hätte mit allem gerechnet, nur nicht damit. Aber dann beginne ich seinen fordernden Kuss mit aller Leidenschaft zu erwidern. Wenn er es mir so anbietet, kann ich nicht nein sagen.

Er streichelt über meinen Körper und ich habe das Gefühl, als würde ich seine Hände an jedem Zentimeter fühlen. Ich erkunde seinen warmen, muskulösen Rücken wandernd, bis ich an seinem Hintern ankomme. Forsch packe ich zu. Gern würde ich das mit beiden Händen tun, aber ich kann nicht.
Als Revanche beißt mir Kyle in die Haut über meinem Schlüsselbein. Erregt stöhne ich auf. Auch ihm geht es nicht anders, denn ich spüre seine Erektion nur zu deutlich. Fordernd drücke ich meine pulsierende Mitte an ihn. Meine Hand gleitet wieder über seinen Rücken und ich bemerke den leichten Schweißfilm auf seiner Haut. Kurz verweile ich in seinem Nacken, ehe ich meine Finger in seine Haare kralle.
In der Zwischenzeit hat Kyle wieder seine Lieblingsbeschäftigung aufgenommen. Sein Mund liegt auf meiner harten Brustwarze und umspielt sie mit seiner feuchten und warmen Zungenspitze, ehe er sanft hinein beißt. Eine Flut der Erregung erfasst mich und droht mich weg zu spülen. Ich biege meinen Rücken durch, um noch näher an ihm zu sein.
Er lässt von ihnen ab und bläst leicht über die feuchte Haut. Sein Atem fühlt sich eiskalt an und ich stöhne auf. In meinem Schoß pocht es unaufhörlich. Zufrieden mit meiner Reaktion widmet er meiner anderen Brustwarze die gleiche Aufmerksamkeit und treibt mich an den Rand des Wahnsinns. Ich spüre wie der Orgasmus anrollt und wie sich mein Unterleib beginnt zusammenzuziehen.
„Kyle", stöhne ich seinen Namen. Keuchend atme ich ein und aus. Meine Fingernägel graben sich tief in die Haut an seinen Schulterblättern.
„Noch nicht", murmelt er an meiner Brust und lässt von ihr ab. Er setzt sich auf und sieht auf mich hinab. Mein Blick wandert über seinen Körper. Auch wenn er nach außen hin ruhig erscheint, so verraten ihn seine schnelle Atmung und sein kleiner Kyle, der zuckend auf seinen Einsatz wartet.
„Bitte", keuche ich. Er kann mich doch jetzt nicht hier so einfach liegen lassen, bis aufs äußerste erregt.

„Geht ja gleich weiter." Er krabbelt über das Bett zum Nachtschrank und beginnt darin herumzuwühlen. Als er gefunden hat, was er sucht kommt er wieder zu mir zurück und legt seine heißen Lippen auf meine. Unsere Zungen ringen wieder miteinander. Ich stöhne an seinem Mund. Ich will endlich Erlösung. Etwas kratzt an meinen Rippen.

„Was ist das?", murmle ich in unseren Kuss. Kyle, der wieder auf mir liegt, hebt grinsend seinen Kopf und hält mir ein Kondompäckchen vor die Nase. Schlagartig setzt mein Herzschlag aus und es verschlägt mir den Atem. Alle Farbe entweicht meinem Gesicht und ich starre geschockt auf die silberne Verpackung.

„Sophie?" Er klingt besorgt. Sanft schüttelt er mich an der Schulter. Aber ich bin nicht dazu in der Lage zu reagieren. Die Gedanken überschlagen sich in meinem Kopf und der gestrige Abend zieht an mir vorbei.

„Nein!", hauche ich panisch.

„Sophie? Was ist los?" Die Sorge in seiner Stimme nimmt zu.

„Ich ... Wir ... Nein ... nicht ... jetzt ...", stottere ich vor mich hin. Er rollt sich von mir herunter und setzt sich auf. Dabei zieht er mich mit in die Senkrechte. Ich fühle mich wie in Trance. Ich kann es nicht glauben.

„Verdammt, jetzt rede mit mir!", fordert er.

„Wie konnten wir so dumm sein!?" Langsam finde ich meine Stimme wieder. Entsetzt sehe ich ihm in die Augen. Aber er hat noch nicht verstanden, was ich befürchte. In seinen wunderschönen grünen Augen sehe ich nur Hilflosigkeit und Ratlosigkeit.

„Willst du mir jetzt damit sagen, dass du den Sex von gestern bereust?" Höre ich da Schmerz heraus? Benommen schüttle ich den Kopf. Damit kann ich mich jetzt nicht befassen.

„Nein, ich bereue nichts."

„Dann erklär mir jetzt endlich, was los ist? Falls es dir entgangen sein sollte, wir wollen gerade fantastischen Guten-

Morgen-Sex haben und dann wirst du Weiß wie eine Wand und stotterst irgendwelches sinnloses Zeug."

„Kyle, denke bitte mal an gestern Abend zurück." Langsam aber sicher werde ich hysterisch.

„Welchen Teil von gestern Abend meinst du? Das Essen, den Film, das wir beide auf der Couch eingeschlafen sind, den Sex oder das ich dich ins Bett getragen habe? Sophie, ich steh gerade voll auf der Leitung!" Hilflos sieht er mich an.

„Ich meine den Sex."

„Was soll damit gewesen sein? Abgesehen davon, dass er umwerfend gut war?"

„Wir haben nicht VERHÜTET!" Das letzte Worte kreische ich ihm hysterisch ins Gesicht.

„Natürlich haben wir. So blöd sind wir nicht." Noch lächelt er mich an, aber nach und nach verblasst es und ein grüblerischer Gesichtsausdruck macht sich breit.

„Haben wir nicht!" Ich kreische immer lauter. Wie konnten wir nur so unendlich dumm sein?

„Aber ..." Er beendet seinen Satz nicht und wird selber blass. „Bitte sag mir, dass du noch die Pille nimmst!", fleht er und sieht mich entgeistert an.

„Warum sollte ich? Ich hatte gestern das erste Mal seit elf Jahren wieder Sex!"

„Scheiße!", fluchend springt er auf und verschwindet in seinem Schrank. Ich schnappe mir eine der Decken und wickle mich ein. Das darf echt nicht wahr sein!
Ich ziehe meine Beine an, schlinge meine Arme darum so gut es geht und lege meine Stirn auf die Knie. Wir sind doch viel zu alt für solche Dummheiten.

„Wo in deinem Zyklus bist du?" Er taucht wieder aus seinem Schrank auf und hält mir eine Jogginghose und ein T-Shirt hin. Ich sehe ihn an. Es ist alles so surreal. Langsam löse ich mich aus meiner Erstarrung und stehe auf. Ich gehe auf ihn zu.
Da ich mich noch nicht an den Gips gewöhnt und Schwierigkeiten beim Anziehen habe, ist Kyle mir behilflich.

Unter normalen Umständen würde ich erst noch Unterwäsche unter die Klamotten anziehen, aber ich habe im Moment weitaus größere Probleme als ein fehlendes Höschen und ein BH.

„Woher soll ich das wissen?", fauche ich ihn an. Die Wut auf uns Beide nimmt überhand und sucht sich einen Weg nach draußen.

„Das ist dein Körper, du wirst doch wohl wissen, wann du deine Tagen bekommst!", faucht er zurück. Ich schließe kurz die Augen und versuche mich zu beruhigen.

„Ich surfe in zwei Wochen wieder auf der roten Welle."

„VERDAMMTE SCHEISSE!", brüllt er und fährt sich verzweifelt mit den Händen durch die Haare.

Ich setzte mich auf das Bett und sehe ihn von unten an. Unruhig, wie ein Tiger im Käfig, läuft er durch das Zimmer. Ich kann ihm seine Verzweiflung ansehen und nachempfinden. Aber sein Rumgerenne macht mich nervös.

„Bitte Kyle setze dich hin, oder bleibe zumindest ruhig stehen. Du treibst mich damit in den Wahnsinn." Finster sieht er mich an, setzt sich schließlich aber neben mich.

„Du weißt schon, dass du schwanger sein könntest?"

„Das musst du mir nicht sagen. Ich bin nicht so blöd wie ich aussehe."

Kyle steht auf und zieht mich an den Schultern hoch. Sanft nimmt er mein Gesicht in seine Hände.

„Tut mir leid. Ich wollte dich nicht so anfahren. Aber ..." Er schließt seine Augen und lehnt seine Stirn gegen meine. Ich schlinge meine Arme um seine Taille.

„Ich weiß. Wie konnten wir so dumm sein?"

„Keine Ahnung. Wir waren geil wie zwei unerfahrene Teenager und haben nicht daran gedacht."

„Das ist keine gute Ausrede. Was sollen wir jetzt tun?", flüstere ich verzweifelt. Seine Augen sind immer noch geschlossen. Geräuschvoll atmet er ein und aus. Ich spüre seinen Atem auf meiner Haut.

„Im Moment können wir nicht viel machen, außer warten. Ein Schwangerschaftstest hat jetzt wenig Sinn. Wir müssten die nächsten Wochen abwarten."

„Was ist, wenn ich schwanger sein sollte?" Ich fühle mich so unendlich hilflos.

„Ich weiß es nicht." Kyle öffnet seine Augen und sieht in meine. In ihnen spiegelt sich meine Verzweiflung wieder.

„Also heißt es jetzt warten."

„Ja."

„Wie lange?"

„Die zwei Wochen bis zu deiner Periode."

„Das ist verdammt lange." Wieder steigt die Panik in mir auf.

„Ich weiß. Aber wir werden gemeinsam warten. Wir schaffen das schon. Solltest du nicht schwanger sein, Glück gehabt und solltest du es doch sein, werde ich für dich da sein." Dieser Satz lässt mich ruhiger werden.

„Warum?", möchte ich aber trotzdem wissen.

„Weil ich die Verantwortung für mein Handeln übernehme."

„Du bist aber nicht alleine schuld. Ich habe auch mit gemacht."

„Da kann ich mich sehr gut daran erinnern." Ein kleines Lächeln umspielt seine Lippen und drückt mir einen leichten Kuss auf die Nasenspitze. "Na los, lass uns erst einmal frühstücken."

Gemeinsam gehen wir in die Wohnküche und während ich alles für das Frühstück auf den Tresen stelle, kümmert sich Kyle um den Kaffee. Schweigend sitzen wir auf unseren Stühlen. Das Essen steht unberührt da und jeder von uns starrt nachdenklich in seinen Kaffee. Wieso muss mein Leben so eine Achterbahn sein? Der Tag, an dem ich entdeckte, dass ich mit Sam schwanger war, kommt mir wieder in den Sinn. Da wusste ich es wenigstens und musste nicht wie jetzt, wie auf heißen Kohlen sitzend, wochenlang warten. Aber auf der anderen Seite war ich dieses Mal auch nicht allein. Ich bin mir im Klaren

darüber, das wir nicht wieder ein Paar werden, auch wenn ich schwanger sein sollte.
Es klingelt an der Tür und wir schrecken aus unseren Gedanken auf. Verwirrt sehen wir uns an.

„Ich mach auf.", sage ich schließlich, nachdem sich Kyle immer noch nicht in Bewegung gesetzt hat.

Ich rutsche vom Hocker und gehe zur Tür. Als ich sie öffne, steht Kyles kleine Schwester vor mir.

„Kerry?" Verwirrt sehe ich sie an.

„Hallo Sophie. Ist er da?" Nervös späht sie an mir vorbei. „Molly hat mir gesagt, das du und er ... naja ..."

„Ähm ... Ja. Komm rein." Ich trete zur Seite und lasse sie ein. Auch wenn der Zeitpunkt nicht ungünstiger hätte sein können, ist es dennoch wichtig, dass sie sich aussprechen.
Unschlüssig bleibt sie im Flur stehen.

„Wo ist er?" Ihre Nervosität ist ihr richtig anzumerken. So habe ich sie nur einmal erlebt und zwar am Tag von Sams Geburt.

Ich nicke mit dem Kopf in Richtung Wohnzimmer und lasse ihr den Vortritt. Vorsichtig geht sie auf den Durchgang zu und bleibt darin stehen.

„Geh rein und dann gleich links. Er sitzt am Tresen in der Küche.", flüstere ich ihr zu und langsam setzt sie sich wieder in Bewegung. Ich folge ihr.

Kyle sitzt mit dem Rücken zu uns und starrt weiter in seinen unangerührten, inzwischen kalten, Kaffee. Die Anwesenheit seiner Schwester hat er noch nicht bemerkt.

„Kyle", flüstert Kerry.

Er dreht sich um und starrt in ihr blasses Gesicht. Sofort verdunkeln sich seine Augen und ohne ein Wort zu sagen dreht er sich um und starrt weiter in seine Tasse. Ich lege ihr meine Hand auf den Arm. Sie zittert und stumm laufen ihr die Tränen über das blasse Gesicht. Sie will sich zum Gehen umwenden, aber ich halte sie fest. Traurig sieht sie mich an. Ich schüttle den Kopf, um ihr zu zeigen, dass sie bleiben soll.

Sie wirft Kyle einen sehnsuchtsvollen Blick zu und sieht mich wieder, um Hilfe bittend, an.

Ich lege ihr meinen Arm um die Schulter und führe sie durch den Raum zur Couch. Sanft, aber bestimmt drücke ich Kerry in das weiche Polster. Mein Blick fällt auf die Stelle der Couch, an der Kyle und ich letzte Nacht so haltlos waren. Sofort steigt die Angst vor einer möglichen Schwangerschaft wieder in mir hoch. Die nahe liegendste Lösung, die Pille danach, kommt an diesem Tag weder Kyle noch mir in den Sinn.

Schnell verdränge ich die Gedanken. Jetzt gilt es erst einmal die Beziehung zwischen Kerry und Kyle zu kitten. Ich bin an der ganzen Situation ja nicht unschuldig.

„Komm gib mir deine Jacke.", sage ich sanft zu ihr. „Willst du einen Kaffee?" Wortlos reicht sie sie mir. Hilflos und verloren starrt sie den Fernseher an. Hätte ich sie damals nicht so bekniet, dann wäre ihr Verhältnis immer noch innig. Hoffentlich habe ich nicht alles zerstört. Ich drücke ihre Jacke fest an meine Brust und bringe sie in den Flur, ehe ich in die Küche zurückgehe. Den kalten Kaffee schütte ich weg, bevor ich Neuen ansetze. Es dauert länger als sonst, aber schließlich schaffe ich es. Während der Kaffee durchläuft setzte ich mich neben Kyle auf den Barhocker. Er hat seinen Blick starr auf die Theke gerichtet. Seine verschränkten Arme liegen auf der Platte auf. Ich lege meine Hand auf seinen Rücken und kann seine Anspannung deutlich spüren. Seine Muskeln sind steinhart. Langsam streiche ich hoch und runter.

„Rede mit ihr, bitte.", flehe ich ihn leise an. Zunächst reagiert er gar nicht, dann dreht er aber doch leicht seinen Kopf in meine Richtung. In seinem Blick kann ich die Wut und das Wissen um den Verrat erkennen, aber auch den Schmerz. Ihm ist inzwischen klar geworden, das Kerry von Sam wusste. Ganz leicht, so dass man es kaum sehen kann, schüttelt er den Kopf und richtet seinen Blick wieder auf die Thekenplatte. Ich rücke mit dem Hocker näher an ihn heran und beuge mich nach vorn um mein Kinn auf seine Schulter legen zu können.

Er neigt seinen Kopf ein wenig, so dass er auf meinem zum Ruhen kommt.

„Kyle, bitte. Sie ist deine Schwester. Ich weiß, dass du wütend und verletzt bist, aber es ist nicht ihre Schuld. Bitte! Wenn du es schon nicht für dich und Kerry tun willst, dann mach es für Sam. Auch wenn er noch ein Kind ist, so bekommt er sehr viel mit. Manchmal zu viel und es würde ihm das Herz brechen, wenn er sieht, dass ihr nicht miteinander redet. Er liebt seine Tante abgöttisch." Leise und flehend rede ich auf ihn ein und hoffe, dass er über seinen Schatten springen kann.
Der Kaffee ist inzwischen fertig und ich stehe auf um drei Tasse aus dem Schrank zu holen. Als ich uns einschenke spüre ich Kyle hinter mir. Er legt seine Arme um meine Taille und vergräbt seine Nase in meinem Nacken.

„Ich werde mit ihr reden, aber nur, wenn du dabei bleibst.", murmelt er leise. Auch wenn er es nicht direkt sagt, kann ich spüren, dass er Angst hat. Langsam nicke ich. Er lässt mich los und nimmt zwei der Tasse und geht ins Wohnzimmer. Ich schnappe mir die Letzte und folge ihm. Unschlüssig steht er hinter der Couch. Mit der Schulter stupse ich ihn an, um ihn zum Weitergehen zu animieren. Nach kurzem Zögern hält er Kerry stumm eine der Tassen hin. Mit zitternden Händen nimmt sie sie ihm ab und trinkt vorsichtig einen Schluck.

„Kyle, setz dich endlich hin.", fordere ich ihn auf. Wahrscheinlich hätte er sich lieber an das andere Ende des Sofas gesetzt, aber ich setze mich an die Stelle, auf die er sich setzen wollte und ziehe ihn neben mich, so dass er jetzt zwischen seiner Schwester und mir sitzt.
Schweigend starren sie vor sich hin. Sie benehmen sich, als wären sie Fremde und nicht Bruder und Schwester. Panik erfasst mich und ich hoffe inständig, dass ich nicht alles kaputt gemacht habe.

„Sophie, könntest du uns bitte kurz allein lassen?", bricht Kerry schließlich das Schweigen.
Ich will mich gerade wieder erheben, als Kyle seinen Arm um meine Schulter legt und mich wieder zurück drückt.

„Sie bleibt hier."

„Kyle, ich …", beginnt sie, kann ihren Satz aber nicht beenden.

„Wie konntest du mir das antun?" Seine Stimme zittert vor unterdrückter Wut. Ich kann richtig spüren, dass er mit aller Macht dagegen ankämpft und kaum gegen sie ankommt. Kerry sackt noch mehr in sich zusammen und es zerreißt mir das Herz, sie so zu sehen. Sie ist an sich eine sehr starke Persönlichkeit, aber bei ihrem großen Bruder knickt sie ein. Ich habe schon oft erlebt, dass sie mit meinen Brüdern nicht einer Meinung war und immer stand sie mit erhobenem Haupt da. Aber jetzt, bei Kyle, ist es anders, da ist plötzlich nichts mehr von der selbstsicheren, neugierigen und manchmal streitlustigen Kerry zu sehen.

„Es ist nicht ihre Schuld sondern meine.", ergreife ich das Wort. Ihr Kopf ruckt nach oben und starrt mich an. Bevor sie etwas sagen kann, rede ich schnell weiter.

„Sie hat von Anfang an gesagt, dass ich es dir sagen soll und auch die Jahre über hat sie immer wieder mit Engelszungen auf mich eingeredet, ich solle es dir endlich sagen. Aber ich habe immer wieder auf stur geschalten." Meine Stimme bricht und wütend wische ich mir die Tränen von den Wangen. Kyle sieht mich mit zusammen gezogenen Augenbrauen an.

„Warum?", fragt er. Ich kann nicht sagen, ob die Frage an mich oder an Kerry gerichtet ist. Ich öffne meinen Mund, um zu antworten, aber sie ist schneller.

„Weil du sie so verletzt hast! Weil du ihr das Herz raus gerissen und es in den Müll geschmissen hast!" Sie sitzt jetzt kerzengerade da und ein kleiner Funke ihres Wesens blitzt in ihren Augen. Langsam, fast in Zeitlupe dreht er seinen Kopf, so dass er nun sie ansieht.

„Du hattest aber noch lange nicht das Recht dazu mir es zu verschweigen." Er springt auf und fängt wieder an rum zu rennen. Genervt verdrehe ich die Augen. Nur gut das das Wohnzimmer groß genug ist.

„Scheiße Kerry! Ich bin dein Bruder!", wettert er los. Erleichtert atmet sie aus. Fragend sehe ich sie an. Ein kleines Lächeln schleicht sich in ihr Gesicht.

„Er ist wütend und lässt es raus, nur gut. Der beherrschte Kyle ist nicht mein Bruder. Mit dem Zeternden kann ich besser umgehen.", flüstert sie mir zu. Das kenne ich nur zu gut. Mit David und Richard geht es mir auch so. So schön große Brüder sind, sie sind aber auch verdammt anstrengend.

„Du hättest es mir sagen müssen! Du hast mich elf Jahre lang belogen!", schreit er von der Küche aus. Ich drehe mich um und sehe, wie er umdreht und wieder zurück stapft. Seine Hände sind zu Fäusten geballt.

„Was hätte ich den tun sollen? Ich stand zwischen den Stühlen. Egal für welche Seite ich mich entschieden hätte, hätte ich die Andere verletzt." Kerry wird auch langsam wütend und jetzt atme ich erleichtert aus. Wenn sie sich anschreien ist das schon mal positiv.

„Ich bin dein Bruder!"

„Entschuldige, dass ich mich für meine beste Freundin und meinen Neffen entschieden habe. Sie haben mich mehr gebraucht als du! Es war meine Entscheidung und ich würde sie immer wieder so treffen!"

„Weil du ja auch bekannt dafür bist gute Entscheidungen zu treffen."

Empört springt Kerry auf und funkelt ihn an. Er hat gerade einen schweren Fehler begangen. Wenn sich Kerry einmal für eine Sache entschieden hat, dann bleibt sie auch dabei und verteidigt diese bis aufs Blut.

„Auch wenn du mein großer Bruder bist, hast du noch lange nicht das Recht so über mich zu sprechen! Ich ziehe ja auch nicht über deine fixe Idee her, diese Schnepfe zu heiraten!" Kyle wird blass und ich sehe betreten zu Boden. Aber Kerry scheint es in ihrer Rage nicht zu bemerken. Er schluckt schwer und sieht sie sprachlos an. Man sieht ihm an, dass ihn der letzte Satz aus der Bahn geworfen hat. Auch ich muss erst einmal durchatmen. Er liebt sie, was ich auch weiß.

Aber immer wieder deutlich darauf hingewiesen zu werden ist noch einmal etwas völlig anderes.

„Wie hättest du dich an meiner Stelle entschieden? Wenn ich mit einem deiner besten Freunde zusammen gewesen wäre und er mich betrogen hätte und zwei Wochen später stelle ich fest, dass ich schwanger wäre? Ich würde dich dann bitten, den Mund zu halten. Wie hättest du gehandelt?!" Sie steht vor ihrem Bruder und bohrt ihren Zeigefinger in seine Brust. Wütend funkelt sie Kyle an und er blinzelt sie wie in Trance an. Ich drehe mich um und nippe an meinem Kaffee. Plötzlich wünsche ich mich ganz weit weg. Tapfer schlucke ich meine Tränen herunter. Mit meiner damaligen Entscheidung habe ich vielen Menschen das Herz gebrochen.

„Ich hätte ihm sämtliche Knochen gebrochen.", antwortet er leise.

„Und dann?"

„Ich wäre deiner Bitte nachgekommen und hätte den Mund gehalten."

„Siehst du, also mach mir jetzt nicht länger Vorwürfe. Ich weiß selber, dass ich einen riesen Fehler begangen habe und es tut mir leid. Sophie ist wie eine Schwester für mich und ich konnte sie nicht mehr leiden sehen, konnte nicht mehr mit ansehen, wie sie dünner und dünner wurde. Du warst nicht da! Du hast nicht gesehen, dass sie den Glanz in den Augen verloren hatte. Dass sie den Willen zu leben verloren hatte. Du warst nicht da und musstest nicht mit ansehen, wie ihr Familie, die sie über alles lieben, den Anruf bekam, das sie zusammengebrochen ist und niemand ihnen sagen konnte, ob sie und das Baby die Nacht überleben würden." Es war an dem Tag, als Kerry mich zu Hause mit den ersten Babysachen überraschen wollte. Ich war in einer Vorlesung, als plötzlich alles schwarz wurde. Erst im Krankenhaus kam ich wieder zu mir. Mein Magen krampft sich zusammen, während ich daran zurück denke. Es war die schlimmste Zeit in meinem Leben. Es hat sogar Kyles Betrug getoppt.

„Was?", keucht er. Ich schließe meine Augen. Kerry hat gerade das ausgesprochen, was ich um jeden Preis geheim halten wollte. „Sie ist was?" Ich kann hinter mir schnelle Schritte hören und im nächsten Moment schwingt sich Kyle über die Lehne der Couch und landet direkt neben mir. Er ist noch um einiges blasser geworden und nimmt verzweifelt meine Hand in seine. Ich will ihn nicht ansehen, kann es nicht. Viel zu groß ist die Scham. Was mag er jetzt wohl von mir denken? Er nimmt mein Kinn in seine Hand und zwingt mich ihn anzusehen.

„Ist das wahr?", flüstert er entsetzt. Ich schließe die Augen und verweigere ihm die Antwort.

„Natürlich ist es das!" Höre ich Kerry schnauben.

„Kerry, bitte." Kyles Tonlage kann ich nicht einordnen. Aber sie anscheinend schon, denn sie setzt sich in Bewegung und kniet sich vor uns auf den Boden.

„Sophie, bitte rede mit mir!", fleht er. Ich öffne meine Augen, aber ich kann ihn nicht richtig erkennen. Der Tränenschleier trübt meinen Blick. Da es jetzt eh raus ist, nicke ich. Entsetzt keucht er auf. Er lässt mein Kinn los und fährt sich verzweifelt mit den Händen durch die Haare.

„Ich ... ich habe das nicht gewusst", stammelt er.

„Woher auch?" Meine Stimme ist, dank der Tränen, belegt und kratzig.

Sanft zieht er mich in seine Arme. Erstaunt hebt Kerry die Augenbrauen, sagt aber kein Wort. Sie will sich diskret zurückziehen, aber er hält sie auf.

„Bitte bleib."

Er drückt mich so fest an sich, dass ich fast keine Luft mehr bekomme. Ich spüre sein Herz stark und kraftvoll gegen meine Brust schlagen.

„Es tut mir so leid. Ich ... wenn ich gewusst hätte ... das du ... ich ...", stammelt er weiter.

„Kyle, es ist schon lange Vergangenheit", murmle ich an seinem Hals.

„Aber … Ich …hätte …", setzt er wieder an. Er löst sich ein wenig von mir und sieht mich mit schmerzverzerrtem Gesicht an.

„Es ist Vergangenheit", wiederhole ich noch einmal. Wie oft habe ich mir dieses Mantra selber vorgesagt?

„Aber ich hätte dich und Sam verlieren können und das nur, weil ich mir eine Lüge habe auftischen lassen, um dann noch zu blöd zu sein und mit einer Anderen in die Kiste zu steigen." Seine Verzweiflung kann man fast mit Händen greifen. Kerrys Augenbrauen wandern noch ein Stück höher und lächelt wissend vor sich hin. Irgendetwas führt sie im Schilde. Das kann ich genau spüren.

„Ich habe es überlebt, okay? Können wir es nicht dabei belassen?"

„Bitte sag mir, dass du mir verzeihst. Ich hatte echt keine Ahnung."

„Ach Kyle, ich habe dir nie einen Vorwurf gemacht. Das du mich betrogen hast, habe ich dir sehr lange übel genommen, aber inzwischen ist es zur Bedeutungslosigkeit verblasst." Stürmisch zieht er mich wieder in seine Arme und presst seine Lippen auf meine. Ich kann seine Wut, seine Verzweiflung, seine Trauer und vieles mehr schmecken. Kerry jubelt leise neben uns auf.

„Na geht doch!", ruft sie aus und klatscht begeistert in die Hände. Ich unterbreche den Kuss und funkle sie an.

„Das hast du extra gemacht!"

„Ja und? Das Ergebnis zählt, der Weg dahin ist egal."

„Der Weg ist nicht egal.", entgegne ich.

„Im Krieg und in der Liebe ist alles erlaubt. Also großer Bruder, wann löst du endlich die Verlobung mit dieses Upper Class Tussi?" Sie ist echt unmöglich. Aber ich liebe sie trotzdem wie eine Schwester.

„Du bist zu spät.", murmelt Kyle. Sein Gesicht kann ich nicht sehen, denn ich liege in seinen Armen und mein Kopf ruht an seiner breiten Schulter. Mein Blick ist auf Kerry gerichtet.

„Sag jetzt nicht, du hast die heimlich geheiratet! Aber macht nix, eine Scheidungsanwältin hast du ja schon." Ich spüre ihn grinsen.

„Ich brauche keinen Anwalt. Ich habe mich gestern von ihr getrennt." Erstaunt sieht sie ihren Bruder an, ehe sie wieder begeistert in die Hände klatscht.

„Du bist doch nicht so blöd, wie du aussiehst. Wie geht es jetzt mit euch Beiden weiter?" Vielsagend wedelt sie mit ihrem Zeigefinger zwischen uns hin und her.

„Wie bisher.", erwidere ich. Ich will nicht schon wieder aus seinem Mund hören müssen, dass er meine Gefühle nicht erwidert. Kerry wirft mir einen tadelnden Blick zu.

„Was heißt bisher?", fragt sie uns.

„Wir kümmern uns gemeinsam um Sam und versuchen uns nicht zu zerfleischen.", antworte ich wieder, bevor es Kyle tun kann. Entnervt seufzt sie auf, ehe sie sich auf den Knien aufrichtet und mit der Faust gegen die Stirn klopft.

„Hallo? Jemand zu Hause? Sophie Schätzchen, du kannst mir nichts vormachen. Ihr Beide habt es doch schon wie die Karnickel getrieben." Entsetzt keuche ich auf. Zufrieden lässt sie sich wieder auf ihre Fersen fallen.

„Also, ich will jetzt eine ehrliche Antwort von dir, Sophie. Liebst du meinen Bruder?"

„Ja", gebe ich kleinlaut zu.

„Fein, Kyle liebst du sie?" Ich halte den Atem an und warte gespannt auf seine Reaktion. Auch wenn ich die Antwort schon kenne. Aber mein verräterisches Herz hat die Hoffnung immer noch nicht aufgegeben. Kyle holt tief Luft, hält sie an und stößt sie geräuschvoll wieder aus.

„Ja."

Mein Herz versagt mir seinen Dienst, genauso wie meine Atmung. Habe ich das gerade richtig gehört? Ich fühle mich, als würde alles in Zeitlupe ablaufen. Kerry springt auf und zerrt uns in ihre Arme und quietscht irgendetwas ziemlich schrill. Aber ich verstehe kein einziges Wort. Mein Mund steht offen und ich sehe mehr als nur verblüfft Kyle an. Seine Antwort hat mich gerade gepflegt aus den Socken gehauen. Er lächelt mich an und zuckt mit den Schultern, so als wolle er sagen, dass er es selber gerade erst herausgefunden hat. Kerry hat sich inzwischen wieder vor uns hingehockt und lässt ihren Blick zwischen Kyle und mir hin und her wandern.

„Sag mir jetzt nicht, das Sophie davon nichts wusste!?" Tadelnd sieht sie ihren Bruder an. Ich bin immer noch total perplex und schüttle, mit offenem Mund, den Kopf.

„Ach großer Bruder", seufzt sie und steht auf. „Da lass ich euch jetzt mal alleine. Bleibt ruhig sitzen, ich finde den Weg alleine." Schnell drückt sie uns noch einen Kuss auf die Wangen und schon ist sie verschwunden.

„Sophie?", fragt Kyle vorsichtig.

„Ja?"

„Könntest du bitte was sagen?" Seine Verunsicherung steigert sich von Sekunde zu Sekunde. Ich schüttle den Kopf, um ihn wieder frei zu bekommen.

„Willst du mich verarschen!?", fahre ich ihn an.

„Was?" Jetzt ist er es, der mich perplex mit offenem Mund anstarrt.

„Ich sag dir, wenn das irgendein kranker Scherz von dir ist, kastriere ich dich!" Mit meinem erhobenem Zeigefinger wedle ich aufgebracht vor seinem Gesicht herum. Er schnappt sich meine Hand und hält sie fest. Seine Stirn ist gefurcht und seine Augen schießen kleine Blitze in meine Richtung.

„Glaubst du, ich würde bei sowas Witze machen?", fragt er aufgebracht und nimmt mir damit den Wind aus den Segeln.

„Du liebst mich?" Meine Stimme ich leise und atemlos. Ein warmes Lächeln breitet sich auf seinem Gesicht aus. In seinen Augen kann ich die Antwort erkennen. Er nimmt mein Gesicht in seine Hände und küsst mich ganz zärtlich, so als habe er Angst etwas kaputt zu machen.

„Ich liebe dich, Sophie Borough.", flüstert er an meinen Lippen.

„Seit wann?" Ich kann es immer noch nicht richtig glauben, was da gerade passiert. Ich habe so oft von diesem Moment geträumt und habe jetzt Angst, dass es wieder nur eine Ausgeburt meiner Fantasie ist.

„Eigentlich schon seit ich dich das erste Mal in Paris gesehen habe. Aber so richtig bewusst ist es mir geworden, als mir Kerry vorhin erzählte, dass du nach unserer Trennung im Krankenhaus warst und niemand wusste, ob du und Sam überleben würden. Ich hatte plötzlich die unbändige Angst euch Beide zu verlieren und da ist mir klar geworden, wie viel ihr mir bedeutet und dass ich euch von ganzen Herzen liebe." Mit einem Aufschrei werfe ich mich in seine Arme und drücke verlangend meine Lippen auf seine. Da er auf meinen Überfall nicht gefasst ist, verliert er das Gleichgewicht und wir kippen nach hinten auf die Couch. In diesem kleinen Moment bin ich der glücklichste Mensch überhaupt und könnte die ganze Welt umarmen.

„Ich liebe dich auch, Kyle Wallace.", nuschle ich an seinen Lippen. Seine Hände liegen kurz über meinem Steißbein und streicheln mich durch den dünnen Stoff des T-Shirts.

„So viel verpasste Zeit", sagt er bedauernd.

„Ja, aber besser spät als nie." Ich grinse ihn überglücklich an.

Kyle hebt seine Hände und streicht mir die Haare aus dem Gesicht, was mich daran erinnert, das ich sie dringend waschen muss.

„Ich sehe bestimmt schrecklich aus." Ich versuche nach oben zu linsen und meine Haare zu sehen. Lächelnd schüttelt er den Kopf.

„Nein, für mich bist du die schönste Frau der Welt." Er hebt meinen Kopf ein wenig an und unsere Lippen treffen sich. Heißes Verlangen steigt in mir auf und beginnt zu brodeln. Ich lasse meine Zunge über seine Lippen gleiten. Stöhnend öffnet er sie und sie berühren sich. Zuerst sehr zaghaft, aber sehr schnell wird unser Kuss tiefer und gieriger. Seine Hände wandern zu meinem Po und gleiten lasziv darüber. Er schnappt sich den Bund des T-Shirts und ich richte mich auf, damit er es mir über den Kopf ziehen kann. Dabei berührt meine Scham seine Härte und wir stöhnen Beide auf. Auch wenn zwischen uns zwei Lagen Stoff sind, so ist dieses Gefühl dennoch sehr intensiv. Er hat mir das Shirt fast ausgezogen, als sich mein Magen grummelnd zu Wort meldet. Mit einem bedauernden Seufzen zieht er es wieder herunter. Ich will schon protestieren, aber er legt mir den Zeigefinger auf die Lippen.

„Wir können nachher gern da weiter machen, wo wir aufgehört haben, aber du hast eindeutig Hunger und du solltest was essen."

„Ich habe Hunger, aber ich will nichts zu essen, ich will dich.", schmollend sehe ich auf ihn herunter. Lachen gibt er mir einen Kuss.

„Oh meine süße Sophie, unersättlich wie eh und je. Du hast deinen Appetit anscheinend nicht verloren. Aber ich habe auch Hunger und wir werden die Energie noch brauchen." Anzüglich wackelt er mit den Augenbrauen. Immer noch schmollend erhebe ich mich von ihm und lasse ihn aufstehen. Gemeinsam gehen wir wieder in die Küche.

„Setzt dich hin, ich mach das schon.", fordert er mich auf. Auf dem Tresen liegt eines der Mobilteile seines Festnetzanschlusses.

„Hast du da Kerrys Handynummer drin gespeichert?", fragend zeige ich auf das Telefon.

„Ja, warum?" Kyle steckt mit dem Kopf im Kühlschrank und kramt irgendwelche Lebensmittel hervor, aber ich kann dennoch die Verwunderung in seiner Stimme hören.

„Ich muss sie daran hindern es meiner Familie zu erzählen, was hier heute passiert ist. Sie war so euphorisch, das sie es sofort jedem erzählen wird, der in die ganze Sache involviert ist. In Null Komma Nix würden mein Vater und meine Brüder hier auftauchen und wie du weißt, ist deine Wohnungstür kein Hindernis für sie. Außerdem habe ich heute keine Lust mehr auf Auseinandersetzungen."

Ich schnappe mir das Telefon und sehe seine Telefonbucheinträge durch. Er hat ganz schön viele Frauen da drin.

„Sag mal, wer sind all die Frauen?" Ich hoffe, dass meine Stimme normal klingt.

„Warum? Bist du eifersüchtig?" Lachend dreht er sich zu mir um. Verdammt, meine Stimme hat mich mal wieder verraten. Wieso kann ich alle möglichen Leute anlügen, aber nicht meine Familie und Freunde?

„Meinst du nicht ist sollte wissen, mit wem du alles in den letzten Jahren Sex hattest? Nur so für den Fall der Fälle." Ernst blicke ich ihn an. Sämtliche Gesichtszüge entgleisen ihm und fast hätte er die Packung Eier fallen lassen.

„Fängst du schon wieder damit an?" Schallend lache ich auf und lache und lache. Jetzt habe ich ihn richtig verwirrt. Er stellt die Eier auf die Arbeitsplatte und kommt zu mir rüber.

„Kannst du mir mal verraten, was da jetzt so lustig ist?", schnaubt er.

„Du … dein … Gesicht … Es … ist … so … komisch!", stoße ich irgendwie hervor.

„Ich finde das jetzt nicht lustig." Schmollend dreht er sich um und geht wieder zum Kühlschrank.

„Sorry Kyle. War nur ein Witz. Ich wollte dich nur ein bisschen aufziehen."

Er brummt was in den Kühlschrank, was ich aber nicht verstehen kann.

„Also, wer sind die Frauen."

„Mitarbeiterinnen und Bekannte.", brummt er schließlich.

„Aha und mit wie viel davon warst du im Bett?" Ich weiß dass ich mich eigentlich zurück halten müsste, aber es macht gerade zu viel Spaß ihn zu ärgern.

„Sophie!" Entrüstet wirbelt er wieder zu mir herum und als er mein breit lachendes Gesicht sieht, schüttelt er nur den Kopf.

„Also, sag schon, mit wie vielen von denen hattest du Sex, um dann festzustellen, dass der mit mir besser ist?"

„Wenn ich mich richtig erinnere mit drei oder vier davon." Ich kann genau hören, dass er mich jetzt aufzieht.

„Und, welcher Sex war besser?"

„Der mit Lulu, die ist eine echte Wucht im Bett.", antwortet er wie aus der Pistole geschossen. Ganz, als habe er gewusst, dass ich diese Frage stellen würde.

Ich stehe auf und gehe zu ihm und schlinge meine Arme um seine Taille und drücke meine Wange an sein Schulterblatt.

„Ich weiß genau, dass du mich ärgern willst."

„Stimmt. Aber ich kann dich beruhigen, ich vermische nicht berufliches und privates miteinander. Ich sehe in den ganzen Frauen nur meine Mitarbeiterinnen. Nicht mehr und nicht weniger. Wenn ich von zu Hause aus arbeite, finde ich es bequemer, wenn ich das Festnetz nehme, um in der Firma anzurufen. Von den Mobilteilen habe ich hier genug rumliegen. Mein Handy dagegen muss ständig suchen."

„Ich weiß." Ich drücke einen Kuss auf seine Schulter und schmiege mich dann wieder an ihn. „Was hältst du jetzt eigentlich von mir?"

„Wie meinst du das?"

„Naja, ich habe ja offensichtlich berufliches und privates vermischt. Auch wenn sich das berufliche zum Glück erledigt hat."

„Genau genommen hast du ja nichts miteinander vermischt. Ich habe mich von Kendra getrennt, bevor ich dich geküsst habe und außerdem war das Private schon lange vor dem Beruflichen da. Los, ruf Kerry an, bevor mir deine Brüder die Bude einrennen." Kyle dreht leicht dem Kopf und drückt mir einen Kuss auf den Scheitel. Mit Bedauern löse ich mich von ihm setze mich wieder auf den Hocker. Schnell suche ich mir Kerrys Nummer aus dem Telefonbuch.

„Hey Kyle, was gibt´s?"

"Hier ist Sophie."

"Oh, was gibt es denn? Ich bin doch erst vor einer halben Stunde bei euch weg."

„Bitte sag meiner Familie nichts davon."

„Wovon? Das ich bei euch war, oder das ihr endlich den Arsch in der Hose hattet und euch eure Gefühle eingestanden habt?"

„Das letztere."

„Und warum? Es ist doch eine wunderbare Sache. Ich seit schon von Anfang an füreinander bestimmt und ich bin so was von glücklich darüber, dass ihr es endlich gepackt habt."

„Du weißt aber schon, dass mein Vater und meine Brüder alles andere als gut auf Kyle zu sprechen sind? Außerdem würden sie ihm die Bude einrennen und ich habe keine Lust auf Prügeleien oder sonst was. Außerdem würde ich es ihnen gerne selber sagen."

„Fängst du schon wieder so an?"

„Nein, ich werde es ihnen sagen, versprochen. Ich werde heute wieder nach Hause fahren. Am Samstag kommen alle zum Dinner vorbei und da lasse ich dann die Bombe platzen. Da sind dann gleich alle beisammen. Ich würde mich freuen, wenn du auch kommen würdest, denn so habe ich dich, Lisa, Molly und Mom zu meiner Unterstützung und die werde ich brauchen."

„Aber dann wirklich am Samstag, wenn nicht sag ich es deiner Familie."

„Samstag, versprochen."

„Gut. Ich habe jetzt ein Meeting. Wir sehen uns Samstagabend. Bye."

„Bye." Zufrieden lege ich das Telefon zur Seite.
Kyle lehnt mit der Hüfte und mit vor der Brust verschränkten Armen am Kühlschrank und sieht mich an.

„Du willst schon gehen?" Er klingt enttäuscht.

„Von wollen kann keine Rede sein. Ich muss. Wie du sicher weißt, haben wir einen Sohn und der vermisst seine Mommy und seine Mommy vermisst ihn."

„Er kann doch auch hier schlafen." Mit der einen Hand macht er eine ausladende Geste.

„Wie soll das gehen? Wo soll er denn schlafen? Ich wohne mit ihm bei meinen Eltern. Außerdem halte ich das noch für zu früh. Ihr zwei müsst erst einmal damit anfangen einen Beziehung zueinander aufzubauen."

„Ich weiß. Aber ..." Verlegen sieht er auf den Fußboden und scharrt mit dem Fuß.

„Was aber? Du musst schon mit mir reden."

„Ich weiß, es ist ein bisschen früh, aber ich würde euch gerne bei mir haben. Jeden Tag und jede Nacht." Gerührt stehe ich auf, gehe zu ihm und schlinge meine Arme um seinen Nacken.

„Oh Kyle.", flüstere ich und küsse ihn. Die Tränen laufen meine Wangen hinunter und benetzen auch seine.

„Hey, nicht weinen." Sanft wischt er mir die Tränen weg. Lächelnd schüttle ich meinen Kopf.

„Was gibt es leckeres zu essen?", ändere ich das Thema. Ich wünsche mir schon so lange, dass wir eine Familie werden und innerhalb weniger Stunden scheinen sich meine größten Träume zu verwirklichen. Dennoch will ich nichts überstürzen.

„Rührei, Schinken und Toast."

„Lecker." Ich küsse ihn und setze mich dann wieder auf den Hocker und warte darauf, das Kyle das Essen serviert.

Total ausgehungert stürzen wir uns auf unser Frühstück. Auch wenn es inzwischen fast ein Uhr nachmittags ist. Zusammen räumen wir das dreckige Geschirr in die Spülmaschine und ich kippe zum zweiten Mal kalten Kaffee weg. Wir haben es uns gerade auf der Couch gemütlich machen und wollen da weiter machen, wo wir vor dem Frühstück aufgehört haben, als es klingelt. Entnervt lässt sich Kyle zurück in das Polster fallen und stöhnt auf. Das kann jetzt echt nicht wahr sein! Ich komme fast um vor sexueller Begierde und schon wieder werden wir unterbrochen. Er rollt sich unter mir vor und stapft aufgebracht zur Sprechanlage. Wenig später ist er wieder da.

„Wer war es?" Ich hoffe inständig, dass er denjenigen abwimmeln konnte und wir endlich weiter machen können.

„Nicht war - ist. Es ist deine Mutter und Sam." Hastig springe ich auf und zerre meine Klamotten zu Recht, soweit man das mit einer Hand machen kann. Schnell rücke ich noch die Kissen auf der Couch und schon öffnet Kyle die Tür und Sam stürmt auf mich zu.

Gern würde ich in die Hocke gehen und meinen Sohn richtig umarmen. Aber ich trau meiner Hand nicht so richtig, also bleibe ich stehen. Ich lege meinen Arm um ihn und drücke ihn fest an meine Beine.

„Hi Mommy.", nuschelt Sam gegen die Hose.

„Hallo mein Kleiner.", flüstere ich zurück. Ich beuge mich nach unten und hauche ihm einen Kuss auf die Stirn. Mein Hals schnürt sich zusammen und ich muss mit aller Macht die Tränen nieder kämpfen.

„Hallo Sam", begrüßt Kyle ihn. Er hält etwas Abstand zu uns. In seinem Gesicht kann man aber erkennen, das er seinen Sohn auch gern einmal in die Arme nehmen würde. Ich bin mir sicher, dass dieser Tag irgendwann kommen wird. Momentan braucht er einfach noch Zeit.

„Hallo", antwortet unser Sohn und betrachtet neugierig das Wohnzimmer seines Vaters.

Langsam löst sich Sam wieder von mir. Er hat eine Spielkonsole entdeckt, die auf der TV-Bank unterhalb des Fernsehers steht. Aufmunternd sehe ich Kyle an, worauf dieser sich umdreht und ihm folgt.

Besorgt dreinblickend kommt Mom auf mich zu. Sie streichelt mir über den Kopf und zieht mich mit einem erleichterten Seufzer in ihre Arme.

„Hallo Mom.", murmle ich und schlinge meine Arme um sie.

„Ach Spätzchen, was machst du denn immer für Sachen?"

„Wenn ich das wüsste."

„Wie geht es dir heute? Du siehst schon viel besser aus." Dann stutzt sie und betrachtet mich genauer. Ein feuchter Glanz tritt in ihre Augen, ehe sie mich wieder in ihre Arme zieht. „Oh Sophie."

„Mommy!", schreit Sam und kommt auf mich zugestürmt. Schnell löst sich meine Mutter von mir.

„Was denn?"

„Darf ich?" Mit glänzenden Augen hält er mir einen Controller hin.

„Ähm ... spielt dein Vater auch mit?" Fragend sehen wir beide zu Kyle hinüber.

„Klar!", strahlt dieser. Vielleicht hat er sogar darauf gehofft, dass er sich mit Sam vor die Konsole klemmen kann. Leichter wird er es nicht haben, mit ihm ins Gespräch zu kommen.

„Was wollt ihr denn spielen?"

„Fußball! Mom, das ist doch wohl klar." Sam sieht zu mir auf, als hätte ich nicht mehr alle Tassen im Schrank.

„Also wirklich Mom, das du das nicht weißt!" Kyle und Sam lachen mich gemeinsam aus.

„Na los." Ich verdrehe die Augen bei diesem Verhalten. Kann dann aber selber ein Grinsen nicht verbergen. Sie sollen ja Zeit mit einander verbringen und da passt das gerade sehr gut.

„Also, wie geht es dir? Entschuldige, dass wir hier so einfach reinplatzen. Aber Sam wollte unbedingt zu dir, nachdem du nicht zu Hause warst, als er aus der Schule kam." Meine Mutter hat es echt drauf, mir mit wenigen Worten, die gar nicht danach klingen, ein schlechtes Gewissen zu machen.

„Mir geht es gut. Tut mir leid, dass ich nicht da war. Aber wir hatten noch ein bisschen was zu klären. Wenn es euch nichts ausmacht, dann könnt ihr mich ja dann gleich mitnehmen."

„Natürlich Sophie. Was soll die Frage!? Wie es aussieht, werden wir wohl noch etwas Zeit haben." Mit dem Kinn deutet sie hinüber zu Kyle und Sam, die sich gerade ein spannendes Spiel liefern. Wobei der Kurze wie ein Wasserfall auf seinen Vater einredet.

„Ja. Willst du einen Kaffee?" Das wäre dann heute mein dritter Versuch endlich einen zu trinken.

„Gern. Wenn du mir sagst, wo alles steht, dann mach ich welchen."

„Wie kommst du darauf, dass ich das weiß?"

„Ich habe Augen im Kopf, Spätzchen. Außerdem war ich auch einmal jung." Diese Frau ist echt nicht zu toppen.

„Ähm …"

„Du musst nicht gleich rot werden.", gackert sie und geht an mir vorbei in die Küche.

„Na toll und du glaubst, mich darauf hinzuweisen, würde es besser machen?"

„Nein, aber es macht mehr Spaß."

„Danke."

„Ach dafür doch nicht.", winkt sie ab. Ich hol alles für den Kaffee hervor und lasse sie dann machen. Lieber beobachte ich meine beiden Männer dabei, wie sie sich näher kommen.
Als würde Kyle meinen Blick spüren, dreht er sich um und schenkt mir ein umwerfendes Lächeln.

„Es ist schön, das du endlich eingelenkt hast." Mom gesellt sich zu mir.

„Ja. Es hat zwar gedauert, aber schlussendlich musste ich dann doch einsehen, dass es so besser ist."

„Ihr seid euch wieder näher gekommen, stimmt's?"

„Ja, aber ich weiß noch nicht, ob es auch klappt."

„Das weiß man nie, Spätzchen. Ich hätte da mal eine Frage."

„Dann stell sie doch einfach. Du nimmst doch sonst auch kein Blatt vor den Mund."

„Ich weiß aber nicht, wie du gleich reagieren wirst." Sie stoppt kurz und atmet tief durch. Mit zusammengezogenen Augenbrauen sehe ich sie an. „Was ist mit seiner Verlobten? Du hast Kyle nie vergessen können und so wie deine Augen glänzen, sind deine alten Gefühle wieder erwacht. Versteh mich bitte nicht falsch, aber ich möchte einfach nicht, das du dich in etwas verrennst."

„Das ist eine lange Geschichte."

„Dann erzähl sie mir. Komm wir suchen uns ein ruhiges Plätzchen und du erzählst mir alles. So haben Sam und Kyle auch noch etwas Zeit zusammen."

Mit unseren Kaffeetassen setzen wir uns an den Tresen und ich erzähle meiner Mutter alles, was in den letzten zwei Tagen passiert ist. Wobei ich unseren ungeschützten Sex außenvorlasse.
„Meinst du nicht, dass es etwas zu schnell geht? Er hat eben erst seine Verlobung gelöst und dann sagt er dir, das er dich liebt."
„Ich weiß, Mom. Aber ich muss da einfach auf mein Gefühl vertrauen und das sagt mir, das Kyle es ehrlich meint."
„Das hoffe ich für dich und auch für ihn. Sollte es aber schief gehen ..." Sie lässt den Satz unbeendet. Ich kann mir auch so gut genug vorstellen, was dann passieren würde. Dad, Rich und David würde ihn jagen, Sam wäre am Boden zerstört und ich würde wahrscheinlich vollends zusammenbrechen. Zur Antwort nicke ich kurz und nippe an meinem Kaffee.

„Hilfst du mir mit dem T-Shirt?" Ich stehe im Badezimmer. Auf dem Waschtisch liegen meine Sachen, die ich für die Heimfahrt anziehen möchte. Kyle steht direkt hinter mir. Meine Mutter ist bei Sam im Wohnzimmer und wird von ihm gerade in die Geheimnisse des Videospieles eingewiesen.
Langsam kommt er auf mich zu, ohne mich auch nur einen Augenblick aus den Augen zu lassen. Er fährt mit seinem Finger unter den Bund des Shirts und streicht mir quälend langsam über die nackte Haut meines Bauches. Scharf ziehe ich die Luft ein und lehne mich stöhnend mit dem Rücken an seine breite Brust.
Ich greife hinter mich und gleite über seinen Bauch nach unten und lege meine Hand auf die Beule seiner Jogginghose.
„Mach weiter und ich kann für nichts garantieren.", raunt er kehlig an meinem Ohr.

„Du hast angefangen mit diesem Spielchen." Seine Hand wandert unter meinem T-Shirt weiter nach oben und malt kleine Kringel auf meine Haut. Stöhnend schließe ich meine Augen. Seine Finger sind jetzt an meinem Brustansatz angekommen und zeichnen langsam die Konturen nach. Meine Atmung geht immer schneller und ich verstärke den Griff um seine Erektion.

„Sophie!", stößt er stöhnend hervor. Seine Hand umschließt endlich meine Brust und ich biege meinen Rücken durch, um mich seiner Hand entgegen zu strecken.

„Wir sollten aufhören.", murmelt Kyle dicht an meinem Ohr und beißt zärtlich hinein.

„Ja, das sollten wir wirklich tun. Aber wollen wir das auch?" Ich warte seine Antwort nicht ab, sondern winde mich aus seiner Umarmung und gehe zur Badezimmertür. Entschlossen drehe den Schlüssel im Schloss um.

„Aber deine Mom und Sam?"

„Wir dürfen halt keinen Krach machen. Außerdem sind sie beschäftigt." Mit schwingenden Hüften gehen ich auf ihn zu, lege meine Arme um seinen Nacken und reibe meine Scham an ihm, was ihm ein tiefes Stöhnen entlockt. Schnell verschließe ich seinen Mund mit meinem. Wir wollen ja nicht, dass wir gehört werden. Unsere Zungen treffen sich. Hastig fängt er an, uns die Kleider vom Leib zu reißen. Ich kann ihm ja leider gerade nicht helfen. Als wir endlich nackt sind, reibe ich meinen Körper aufreizend an seinem. Unser Stöhnen ersticken wir immer wieder mit einem Kuss.

Langsam gleitet Kyle mit mir auf den Boden. Er dreht uns so, dass ich auf ihm zum Liegen komme. Ich richte mich auf und fahre mit meinem Zeigefinger über seinen Brustkorb. Zeichne jeden einzelnen Muskel nach, der sich unter seiner gebräunten Haut abzeichnet. Kyle langt nach links zu dem Schrank, der unter dem Waschbecken steht und zieht eine Packung Kondome heraus.

„Nur für alle Fälle.", raunt er mir zu und reicht sie mir. Ich fummle eines heraus, reiße die Folie auf und mache mich an die Arbeit. Während ich das Kondom über seinen steifen Penis streife, umfasse ich ihn fest und fahre an seinem Schaft hinab und wieder hinauf. Er schließt die Augen und wölbt mir seine Hüften entgegen. Ich umfasse ihn wieder und will mein sinnliches Spiel fortsetzen, aber er schnappt sich mein Handgelenk und setzt sich auf.

„Genug jetzt!", knurrt er, packt meine Hüften, hebt mich ein Stück an und dringt mit einem einzigen harten Stoß tief in mich ein. Ich hätte vor unbändiger Lust laut aufgeschrien, wenn er nicht jeden Laut mit seinem Mund und seiner fordernden Zunge, im Keim ersticken würde. Es fühlt sich so wahnsinnig gut an, ihn ganz tief in mir drin zu haben. Ihn zu spüren, seine Kraft, seine Leidenschaft.

Ich schlinge meine Arme um seinen Nacken und will mich auf und ab bewegen, aber er hindert mich daran. Nimmt meine Hüften und hält sie fest, so dass ich sie nicht bewegen kann. Dafür beginnt Kyle seine zu bewegen. Langsam gleitet er aus mir heraus und verharrt kurz vor meinem Eingang. Ich kann seine Spitze fühlen und will mich auf ihn hinab senken, aber sein Griff um meine Hüften ist einfach unerbittlich. Auch seine Zunge entzieht er mir jetzt und frustriert stöhne ich auf. Dann stößt er wieder ganz tief in mich und gleichzeitig dringt auch seine Zunge wieder in meinen Mund ein. Ich bin verloren. Haltsuchend klammere ich mich an ihn, während er so weiter macht. Mit seiner Zunge imitiert er die Stöße seines Unterleibes.

Nach und nach steigert er das Tempo und ich kann ganz deutlich spüren, wie sich der Orgasmus ankündigt. Auch bei Kyle scheint es so weit zu sein, denn ich kann die Vibrationen seiner Muskeln spüren. Noch zwei Stöße und ich werde von einem Orgasmus erfasst, den ich so noch nie erlebt habe. Wie von Sinnen stöhne und schluchze ich an seinem Mund. Er kreist noch einmal mit seinen Hüften, als auch ihn die Erlösung erfasst.

Total verschwitzt, um Atem ringend und mit zitternden Muskeln brechen wir zusammen. Kyle lässt sich ohne

Rücksicht auf Verluste nach hinten auf die harten Fliesen knallen und ich lasse mich keuchend und erschöpft auf ihn fallen.

Nach und nach verklingen die Nachwehen unserer Orgasmen und die ersten halbwegs klaren Gedanken schleichen sich in meinen Kopf. Ich muss an die Kondome denken. Wäre es so schlimm mit Kyle noch ein Kind zu bekommen?

„Willst du noch duschen?", unterbricht er meine Gedanken. Ich nicke und kuschle mich an ihn.

„Was ist mit meinem Gips?"

„Wir machen einfach eine Tüte drum." Ich sehe zu ihm auf und kann ihn jungenhaft lächeln sehen.

„Ich hoffe, du hast welche hier im Bad."

„Natürlich. Immerhin habe ich dich vorgestern duschen müssen. Schon vergessen?

„Nein, aber es wäre mir lieber, wenn es anders wäre."

„Na los, ehe deine Mutter und Sam sich fragen, wo wir bleiben und anfangen nach uns zu suchen." Ich rolle mich umständlich von ihm herunter, damit er aufstehen kann. Dann hilft er mir auf. Aus dem hohen Schrank neben dem Waschbecken holt er eine durchsichtige Tüte hervor. Das Teil stülpt er mir über den Gips und befestigt es so, dass kein Wasser durchdringen kann.

Schnell springen wir unter die Dusche und waschen uns. Wobei auch hier wieder Kyle die ganze Arbeit hat. Dann trocknet er mich ab. Ich muss zugeben, dass ich seine Fürsorge in vollen Zügen genieße.

Etwas umständlich schlüpfe ich in meinen Tanga. Aber beim BH muss er mir dann doch wieder helfen.

„Normalerweise mache ich die Dinger ja immer auf, statt zu ...", grinst er, während er mit dem Verschluss kämpft „... und das geht auch entschieden leichter." Schlussendlich hat er es geschafft und wir können mir meine restlichen Sachen anziehen. Kurz darauf sind wir fertig und es heißt erst einmal Auf Wiedersehen zu sagen. Da wir Sam nicht verunsichern wollen, gebe ich ihm einen letzten und intensiven Kuss.

„Melde dich, wenn du zu Hause bist."

„Mach ich."

Wir gehen zurück ins Wohnzimmer, wo Sam alles andere als begeistert ist, dass wir nun nach Hause fahren.

„Komm schon Mom, morgen ist doch keine Schule. Da können wir doch noch bleiben." Hoffnungsvoll sieht er mich an.

„Deine Mutter ist noch sehr geschafft und muss sich ausruhen.", nimmt Kyle mir die Antwort ab.

„Fragt sich nur von was.", murmelt meine Mutter hinter mir. Ich drehe mich lieber nicht um. Ich muss ihr ja nicht noch mehr Bestätigung für ihre Vermutungen geben.

„Na gut. Aber beim nächsten Mal darf ich wieder spielen.", grummelt unser Sohn.

„Das sehen wir dann. Tschüss Sam."

„Tschüss." Er winkt kurz. Nachdem Mom und ich uns auch von Kyle verabschiedet haben, machen wir uns auf den Heimweg.

Kapitel 11 - Offenbarung

Es ist Samstagabend und ich will meinem Vater und meinen Brüder eröffnen, das ich wieder mit Kyle zusammen bin. An sich ist das schon ein schwieriges Unterfangen und meine Mutter musste mir noch weitere Steine in den Weg legen.

„Mom, wie kannst du ihn nur so den Löwen zum Fraß vorwerfen?", zische ich meiner Mutter entrüstet zu, während Kyle im Flur seine Jacke aufhängt.

„Je eher wir klare Verhältnisse schaffen, desto besser."

„Na toll und das hättest du mir nicht eher sagen können?"

„Nein. Immerhin habe ich ihn ja erst heute Nachmittag eingeladen." Ich kann es einfach nicht fassen. Meine Mutter hat, hinter meinem Rücken, Kyle zum Samstagabend-Dinner zu uns eingeladen. Ich wollte ihn heute einfach aus der Schusslinie haben. Aber meine Mutter musste mir ja einen richtig fetten Strich durch die Rechnung machen.
Nervös wische ich mir die Hand an der Hose ab. Kyle bemerkt es und legt mir beruhigend seine Hand auf den Oberarm. Unruhig zerre ich an meinem Shirt und am Blazer herum.
„Ganz ruhig. Ich bin bei dir. Deine Mom, Lisa, Molly und Kerry sind ja auch da. Also sechs gegen drei." Ich weiß dass er mir helfen möchte, aber so richtig kann er nichts gegen meine Nervosität ausrichten.
Ich versuche mich zu entspannen, der Abend wird garantiert stressig und aufreibend und ich werde meine ganze Kraft noch brauchen.
„Noch hast du die Chance einen Rückzieher zu machen.", flüstert er mir zu.
„Ich will es hinter mich bringen. Das wird schließlich auch nicht das letzte Familienessen sein.", seufze ich. In diesem Moment bin ich kurz davor sein Angebot anzunehmen, entscheide mich aber dann doch dagegen. Es würde absolut nichts bringen es aufzuschieben.
„Kann es losgehen?"
„Ja, je eher wir da rein gehen, desto eher haben wir es hinter uns." Mit meinem Kinn deute ich Richtung Esszimmer, wo bereits der Rest meiner Familie versammelt ist.
Ich nehme seine Hand und gemeinsam machen wir uns auf den Weg, um uns der Situation zu stellen.
„Kommt ihr?" Mom wartet auf uns.
„Ja", seufze ich.
„Keine Angst, Spätzchen. Wir bekommen das schon hin. Entweder Lisa, Molly oder Kerry wird nach dem Essen die Kinder übernehmen. Sie brauchen nicht unbedingt mitbekommen, wie ihre Väter sich zerfleischen wollen." Sie kann einem echt Mut machen.

Aus dem Wohnzimmer sind schon die Stimmen der versammelten Meute zu hören. Mom lächelt uns noch einmal zu und geht dann voran.

„Was macht ihr da? Wir haben Hunger und wollen endlich anfangen." Höre ich meinen Vater rufen. Fest umschließe ich Kyles Finger mit meinen. Nach einem letzten Kuss auf den Mund ziehe ich ihn hinter mir her ins Esszimmer.
Als wir den Raum betreten verstummen abrupt die Gespräche. Schnell lasse ich meinen Blick durch den Raum schweifen. Die Kids haben es sich in der kleinen Sitzecke am Fenster bequem gemacht und spielen ein Brettspiel. Sie sind so gefangen, dass sie die plötzliche unnatürliche Stille im Raum nicht bemerken. Kerry, Molly, Lisa und meine Mutter lächeln uns aufmunternd zu. Mom und meine Schwägerinnen schlingen ihren Männern jeweils einen Arm um die Taille. Ich weiß jetzt nur nicht, ob sie es machen um die Borough-Männer daran zu hintern, dass sie sich auf Kyle stürzen, oder um sie zu beruhigen. Kerry sieht mich etwas ängstlich an. Aber dann holt sie Luft und lächelt. Sie kann die Situation genauso wenig einschätzen, wie ich. Aber sie ist auf einen harten Wortaustausch gefasst und wird ihren Bruder und mich mit allen Mitteln verteidigen.
Meinem Vater entgleiten sämtliche Züge. Sein fröhliches Gesicht wird erst ganz blass und langsam kriecht jetzt die Zornesröte über seinen Hals nach oben. Sein Körper ist angespannt, die Hände zu Fäusten geballt und die Lippen zu einem sehr dünnen Strich zusammengepresst. Ich lasse meinen Blick weiter zu David wandern. Auch sein Gesicht sieht in etwa so aus wie das unseres Vaters. Ich kann die Wut deutlich sehen. Seine Augen hat er zusammengekniffen und fixiert Kyle feindselig. Als letztes sehe ich Richard an. Vor seinem Anblick fürchte ich mich am meisten. Denn heute kann ich überhaupt nicht einschätzen, wie er reagieren wird. Rein äußerlich gesehen ist er ganz ruhig, zu ruhig. Einzig das angestrengte Heben und Senken seines Brustkorbes, die verspannte Körperhaltung und seine Augen verraten ihn. Sie sind ganz dunkel vor Wut und am liebsten würde er Kyle tot

sehen. Dann aber richtet er seinen eiskalten Blick auf mich. Sofort bekomme ich eine Gänsehaut. Ganz instinktiv zieht mich Kyle in seine Arme. Ich sehe schnell zu ihm auf. Er sieht die Männer meiner Familie einen nach dem anderen an und gibt ihnen stumm zu verstehen, dass sie es ruhig versuchen sollen, sie würden dann schon sehen was sie davon hätten. Die Raumtemperatur scheint um einige Grad gesunken zu sein, zumindest kommst es mir so vor. Das kann ja dann heute Abend heiter werden. Sam sieht auf und entdeckt seinen Vater. Er lächelt ihn etwas schüchtern an, freut sich aber offensichtlich ihn zu sehen.

„Hallo." Aufgeregt winkt er.

„Hallo Sam." Sofort ändert sich Kyle gesamte Haltung. Max, Jessy und Lena beäugen ihn mit der typischen kindlichen Zurückhaltung. Die Augen von David und Richard huschen aufgeregt zwischen ihrem Todfeind und ihren Kindern hin und her. In gewisser Weise zählen sie Sam auch dazu. Aber sie sollen es wagen, meinen Sohn und seinen Vater am Kennenlernen zu hindern.

„Tut deine Hand noch sehr weh?" Lena hat sich zu mir geschlichen und streichelt mit ihrer Hand über meinen Gips. Sie war ganz aufgeregt, als sie den pinken Verband bemerkte. Lisa konnte sie kaum beruhigen. Nun fragt sie mich alle paar Minuten, ob meine Hand noch wehtun würde. Jessy und Max haben das Ganze eher mit einem Schulterzucken abgetan. Sie sind beide sehr aktive Kinder und haben selber schon Erfahrungen mit gebrochenen Knochen gesammelt. David und Molly tun mir, in dieser Hinsicht, echt leid. Aber da müssen sie durch.

„Nein, Schätzchen. Aber ich muss den Gips noch eine Weile tragen. Du weißt doch noch, was du mir versprochen hast?"

Aufgeregt nickt sie, so dass ihre kleinen Zöpfe nur so fliegen.

„Gut. Geh wieder zu den anderen Kindern und räumt schon einmal das Spielzeug weg. Wir wollen gleich essen."

„Darf ich fragen, was sie dir versprochen hat?" Kyle hat sich zu mir herunter gebeugt, um mir ins Ohr flüstern zu können. Was meine Brüder und mein Vater davon halten ist ihm völlig egal.

„Sie wird mir eine Blumenwiese auf den Gips malen. Anders konnten wir sie vorhin gar nicht beruhigen. Sie macht sich immer so viele Gedanken, wenn jemand sich wehgetan hat."

„Darf ich auch was drauf malen?"

„Klar."

„Gut." Mit einem schelmischen Grinsen auf den Lippen küsst er meinen Mundwinkel. Hat sich dabei aber so gestellt, dass es für Sam aussieht, als würde er mir etwas ins Ohr flüstern. Die Erwachsenen dagegen haben volle Sicht. Eigentlich müsste ich ihn, für diese Aktion, zu Recht weisen. Denn er provoziert gerade ganz bewusst. Aber mir macht dieses Spiel auch Spaß. Außerdem haben Mom und die anderen Frauen so wunderbar verzückt geseufzt.

„Darf ich auch mal bei dir Fußball spielen?" Max und Sam gucken Kyle erwartungsvoll an.

„Maxwell!" David kann sich gerade noch soweit zusammenreißen nicht mehr zu sagen. Anscheinend hat mein kleiner Mann erzählt, dass er gestern zusammen mit Kyle gezockt hat.

„Wie wäre es, wenn wir alle mal in den Park gehen und ihr da richtig spielt?", frage ich meinen Neffen.

„Klar. Auf dem Platz macht es auf jeden Fall mehr Spaß als an der Konsole.", pflichtet mir Kyle bei.

„Cool", freut er sich und wendet sich gleich an David. „He Dad! Sams Vater spielt auch Fußball und Tante Sophie hat gerade gesagt, dass wir zusammen in den Park gehen. Da können wir ja mit ihnen spielen." Vor Erstaunen wandern meinen Augenbrauen in die Höhe. Sam hat anscheinend auch erzählt, wer Kyle ist. Tränen der Freude treten in meinen Augen. Ich schiele zu meinem Sohn hinüber, der verlegen am Saum seines Shirts spielt und ganz schüchtern zu seinem Vater aufsieht. Soweit ich es erkennen kann, strahlt dieser über das ganze Gesicht. David hingegen presst seine Lippen zusammen. Ich glaube er würde sich jetzt eher die Zunge abbeißen, als seinem Sohn zu antworten. Aber er hat nicht mit seiner treusorgenden Ehefrau gerechnet.

„Das ist eine wunderbare Idee. Das würde deinen Dad sehr freuen.", ruft Molly ihrem Erstgeborenen zu. Davids Kopf ruckt zu ihr herum und starrt sie entgeistert an. Er kann es nicht fassen, dass sie ihm gerade voll in den Rücken gefallen ist. Aber Molly lässt sich von seiner Wut nicht beeindrucken. Unschuldig lächelt sie ihn an. Max ist von der Antwort seiner Mutter total begeistert und macht sich eilig auf den Weg zu Sam, um ihm die freudige Nachricht mitzuteilen. Als Kyle es hört sieht er mich nur mit hochgezogenen Augenbrauen an. Wenn Sam es wollen würde, dann würde er auch mit meinem Bruder Fußball spielen.

Ich hebe meine Hand und streiche ihm über die frisch rasierte Wange. Er lächelt mich an und schmiegt sein Gesicht kurz an. Ich kann der Versuchung nicht wieder stehen und beuge mich vor und lege sanft meine Lippen auf seine und genauso sanft erwidert er meinen Kuss. Nur gut, dass die Kinder gerade damit beschäftigt sind die ganzen Spielsachen nach oben in Sams Zimmer zu bringen. Wieder wird der Raum von verzücktem Seufzen und entsetztem Aufkeuchen erfüllt. Sanft wird an meinem Ärmel gezogen und ich löse mich widerstrebend von Kyle, genau im richtigen Moment. Jessy kommt auf mich zu und bedeutet mir, dass sie mir etwas sagen möchte.

„Stimmt es, dass er Sams Dad ist?", fragt sie mich leise. Ihre Stirn ist ein bisschen gefurcht. Auch wenn die Borough-Kinder mit allen Wassern gewaschen sind, so sind sie alle doch auch sehr sensibel und um ihre Familienmitglieder besorgt. Das muss irgendwie in unseren Genen verankert sein.

„Ja, das stimmt", bestätige ich es ihr. Sofort erhellt sich ihr Gesicht und sie strahlt mich und Kyle an. Dann hüpft sie zurück zur Sitzecke und sammelt die letzten Autos ein, um sie nach oben zu bringen.

Kaum sind alle Kinder wieder unten, ruft Mom uns zu Tisch. Bevor wir uns Erwachsenen aber setzen, begrüßen Molly, Lisa und Kerry Kyle. David und Richard versuchen noch ihre Frauen davon abzuhalten, aber vergeblich. Ohne ein Wort drücken sie ihn an sich und geben uns mit ihren Blicken zu verstehen, dass sie auf unserer Seite stehen.
„Hallo großer Bruder. Schlacht Nummer eins beginnt heute." Kann ich sie flüstern hören. Fragend sehe ich sie an.
„Unsere Eltern.", antwortet Kerry auf meinen Blick. Ehrlich gesagt, habe ich daran noch gar nicht gedacht. Ich war so sehr mit meiner Familie beschäftigt, dass mir nicht in den Sinn gekommen ist, dass seine Eltern von Sam noch überhaupt keine Ahnung haben.
Lisa und Molly werfen ihren Männern noch warnende Blicke zu, die ihnen sagen, dass sie sich ja benehmen sollen, ehe sie sich setzen. Ohne uns weiter zu beachten, setzen sich Richard und David zu ihren Frauen und Kindern, sowie Dad und Mom an die Kopfseite des Tisches. Ich straffe meine Schultern und lasse mir nicht anmerken, wie sehr mich diese Zurückweisung meines Vaters und meiner Brüder verletzt hat. Ich darf jetzt keine Schwächen zeigen. Denn sie würden sie aufspüren und diese gnadenlos ausnutzen.
Am Tisch sind jetzt nur noch zwei Plätze am linken Ende des Tisches frei.
„Na dann, wollen wir mal.", raunt Kyle mir zu und gemeinsam gehen wir zum Tisch, um uns zu setzen.
Als wir alle sitzen beginnt Mom, den Wein einzuschenken.
Oh Gott! Ich darf ja keinen trinken, sollte ich schwanger sein. Unauffällig ziehe ich unter dem Tischtuch an Kyles Arm.
„Was ist?", fragt er mich leise und sieht mich eindringlich an. Ich weiß ganz genau, dass er mein Unbehagen fühlt.

„Der Wein!" Sein Blick huscht von mir, zu meinem noch leeren Glas und dann zu meiner Mutter, die mir unaufhörlich näher kommt.

„Dann trink doch Wasser oder Saft.", meint er schulterzuckend.

„So einfach ist das nicht. Meine Brüder."

„Sophie, reichst du mir bitte dein Glas?" Sie ist bei mir angekommen und sieht mich abwartend an.

„Ich nehme lieber ein Wasser."

„Warum willst du keinen Wein, wie wir anderen?" Manchmal könnte ich Richard echt an die Gurgel springen. Schnell krame ich in meinem Hirn nach, was ich jetzt antworten könnte, aber da springt Kerry unwissend für mich in die Bresche.

„Nimmst du noch Schmerztabletten?", fragt sie mich und deutet auf meine Hand.

„Ja, tut sie.", antwortet Kyle an meiner Stelle. Ich könnte die beiden gerade abknutschen. Ich bin ihnen so dankbar und erleichtert atme ich aus. Ich hätte auf die Schnelle nichts gehabt, was ich hätte antworten können und die Wahrheit werde ich heute Abend ganz bestimmt nicht auf die Tagesordnung bringen.

„Was hat das damit zu tun?", will mein Vater wissen.

„Alkohol und Medikamente vertragen sich nicht sonderlich gut zusammen." knurrt Kyle ihn an.

„Woher willst du das wissen?", giftet Dad zurück.

„Das weiß so gut wie jeder und wenn man es nicht weiß, braucht man sich nur die Packungsbeilage durchlesen."

„Na Spätzchen, dann also Wasser für dich. Mitchell holst du bitte welches für deine Tochter und Schwiegertochter?"

Während wir Moms Menü genießen, redet Kyle leise mit Sam über Fußball.
Allgemein werden die Gespräche am Tisch von den Kindern beherrscht. Wir Erwachsenen gehen so gut es geht darauf ein, aber sind sonst weites gehend ruhig.

Nach dem obligatorischen Kaffee, erheben sich alle. Mom gibt Kerry ein Zeichen. Schnell scharrt sie die Kinder um sich und verlässt das Esszimmer. Anscheinend ist das Los auf sie gefallen.

„Wir gehen am Besten rüber ins Wohnzimmer.", verkündet meine Mutter. Murrend setzen sich mein Vater und meine Brüder in Bewegung, aber nicht ohne mir, Kyle und ihren Frauen giftige Blicke zuzuwerfen. Sie haben schon längst erraten, wer auf wessen Seite steht. Lisa drückt aufmunternd meinen Arm und folgt dann Richard. Mom gibt mir einen Kuss und streichelt Kyle am Arm. Molly bleibt als letzte mit uns im Esszimmer zurück.

„Du nimmst keine Schmerztabletten, stimmt's?" Entgeistert sehe ich meine Schwägerin an. „Du würdest eher sterben, als das du das Zeug schluckst."

„Ähm …" Was soll ich darauf jetzt antworten. Sie hat ja Recht. Ich hasse Tabletten und lieber quäle ich mich herum, als das ich diese Monsterdinger schlucke. Außerdem bekomm ich die einfach nicht runter.

„Seit wann wisst ihr es?"

„Noch gar nicht, aber es könnte sein.", antworte ich ihr wahrheitsgemäß. Wenigsten eine andere Person muss ich involvieren. Ich werde sonst wahnsinnig, wenn ich mich mit niemandem austauschen kann.

„Aha. Aber sicher ist sicher." Sie drückt mich noch einmal fest an sich und lächelt Kyle aufmunternd zu. Dann folgt sie den Anderen.

„Sie weiß es?"

„Anscheinend hat sie es vorhin erraten, als ich keinen Wein wollte. Sie hatte mich beobachtet und meine Panik gesehen."

„Da wird es David auch bald wissen."

„Nein, sie ist auf unserer Seite und wird dicht halten. Er wird es erst dann erfahren, wenn wir es ihm sagen."

„Na hoffentlich.", murmelt er.

Ich schmiege mich an ihn und Kyle legt seine Arme um mich.

„Wie geht es dir?", fragt er leise an meinem Ohr. Seine Stirn liegt auf meiner Schulter, genau wie meine an seiner Schulter liegt.

„Ich weiß es nicht so genau."

„Sie haben dir mit ihrer Missachtung ganz schön zugesetzt.", stellt er fest, hebt seinen Kopf und sieht mich an.

„Ja."

„Es hat dich verletzt."

„Was habe ich auch anderes erwartet? Ich wusste ja, dass sie wütend sein werden."

„Aber das gibt ihnen noch lange nicht das Recht dich so zu behandeln.", knurrt er.

„Ich weiß. Aber ich kann es jetzt nicht ändern. Ich hätte wahrscheinlich andersherum genauso reagiert."

„Es macht mich einfach so unheimlich wütend, wie sie dich behandeln. Du bist ein Mitglied ihrer Familie und sie tun so, als wärst du eine Aussätzige."

„Ach Kyle.", seufze ich, ehe ich mich auf die Zehenspitzen stelle und seinen Kopf leicht zu mir herunter ziehe, um ihn zu küssen. Für einen kleinen Augenblick kann ich diese ganzen negativen Gefühle und Ereignisse des heutigen Abends vergessen.

„Ich liebe dich."

„Ich dich auch, Sophie."

„Halte bitte deinen Zorn im Zaum.", ermahne ich ihn. Er würde es zwar nie zugeben, aber Kyle ist genauso impulsiv und stur wie meine Brüder und mein Vater.

„Das wird schwer werden."

„Ich weiß, aber damit würdest du ihnen nur in die Hände spielen. Glaub mir, ich kenne sie. Das ist genau das was sie erwarten würden."

„Ich werde es versuchen."

„Danke."

Es hat keinen Sinn mehr, das Unvermeidliche hinauszuzögern. Hand in Hand machen wir uns auf den Weg in Richtung Wohnzimmer.

Der große Raum hat sich in den vergangenen Jahren nur geringfügig verändert. Es sind ein paar Familienfotos hinzugekommen und die Couch wurde ausgewechselt. Aber sonst ist alles beim Alten geblieben. Selbst der schwarze Flügel glänzt, blank poliert, im Schein der Lampen.
Mom, Lisa und Molly sitzen auf einem der gemütlichen Sofas und halten die Champagnergläser in der Hand. Mein Vater hantiert an der Bar herum und schenkt Whiskey in drei Gläser ein. Je eines gibt er David und Richard, die sich breitbeinig vor den raumhohen Terrassenfenstern positioniert haben. Mein Vater schnappt sich das letzte Glas und lehnt sich mit der Hüfte an die Bar. Alle drei sind äußerst mieser Laune und seit sie vom Tisch aufgestanden sind, scheint sich diese noch mehr verschlechtert zu haben. Ich nehme an, dass ihre Frauen ein paar Takte zu ihnen gesagt haben. Denn Keiner von ihnen setzt sich zu Mom, Lisa und Molly. Sie halten eher Abstand. Wer weiß, mit was für Sanktionen ihnen gedroht wurde. Meine Mutter erhebt sich, stellt ihr Glas auf den Tisch ab und geht zu Bar.

„Kommt ihr Beiden, setzt euch.", ruft sie uns über die Schulter zu.
Kyle führt mich zu dem Sofa, das rechts neben dem von Mom, Lisa und Molly steht. Wir setzen uns und er legt seinen Arm um meine Schulter. Leise seufzend lehne ich mich an ihn. Den sich noch mehr verdüsternden Blick von meines Vater und die meiner Brüder ignoriere ich.

„Für dich wieder Wasser, Sophie?", fragt sie mich. Ich nicke und sie macht mir ein Glas voll.

„Kyle, was möchtest du? Auch einen Whiskey?"

„Gerne."
Meine Mutter macht ein Glas für ihn fertig und wirft meinem Dad einen vernichtenden Blick zu.

„Du wirst nicht mit dem zusammen ziehen!", platzt es aus meinem Vater heraus.

Ich spüre wie sich Kyle anspannt und streiche ihm beruhigend über sein Knie. Es kostet ihn sehr viel, jetzt nicht auszurasten. Hoffentlich hält er den Abend über durch.

„Das hat ja auch niemand behauptet. Selbst wenn es so wäre, würde es euch nichts angehen.", antworte ich betont ruhig und zeige auf jeden Einzelnen.

„Uns nichts angehen?", fragt mich Richard sarkastisch.

„Ganz genau.", entgegne ich ihm. Worauf hin er sein Whiskeyglas auf den geschlossenen Flügel knallt.

„Richard benimm dich!", warnt ihn Lisa leise. Wütend fährt er sich mit seinen beiden Händen durch die Haare und funkelt sie aufgebracht an.

„Sophie hat Recht. Es geht uns nichts an. Wenn sie, Sam und Kyle zusammenziehen, dann sollen sie das auch tun.", sagt meine Mutter und lehnt sich in die Kissen der Couch zurück.

„Sandra, das kann doch nicht dein Ernst sein!", empört sich mein Vater.

„Das ist durchaus mein Ernst, Mitchell. Sophie ist alt genug um zu wissen was sie tut."

Wütend schnaubt er und stürzt seinen Whiskey in einem Zug hinunter. Es ehrt ja meine Mom, dass sie so auf meiner Seite steht. Aber es hat nie jemand gesagt, dass wir zusammenziehen.

„Darf ich noch einmal betonen, dass wir nicht zusammenziehen werden – zumindest noch nicht. Wie kommt ihr nur auf diese Idee?"

„Sophie was soll das?" David kommt langsam auf uns zu. Dabei fixiert er uns mit seinem wütenden Blick.

„Ich lebe mein Leben.", erwidere ich hochnäsig.

„Aber ganz bestimmt nicht mit dem!", sagt er abfällig und deutet mit dem Glas auf Kyle.

„Jetzt reicht´s!", platzt Kyle neben mir der Kragen. „Ich lasse nicht länger zu, dass ihr Sophie so behandelt!"

„Was willst du Wallace? Du sagst uns, wir sollen sie nicht so behandeln? Was hast du mit ihr vor dreizehn Jahren gemacht?", fragt Richard eisig.

„Richard!", rufe ich und springe auf und stelle mich zwischen Kyle und meinen Bruder. Die anderen sehen uns drei verwirrt an.

„Wieso dreizehn Jahre?", fragt Molly leise.

„Musste das sein?", frage ich Rich und beachte die Frage und die verwirrten Gesichter nicht. Ich konzentriere mich allein auf meinen Bruder. Nur am Rande nehme ich war, wie Kyle seine Hände auf meine Oberarme legt und mich an seine Brust zieht.

„Was ist denn Sophie? Hast du Angst, was unsere Eltern von dir und Wallace halten, wenn sie wüssten, das ihr euch schon seit dreizehn Jahren kennt und das das Alles ganz anders anfing, als sie denken?"

„Würde uns bitte jemand aufklären was das soll?", meldet sich mein Vater.

„Willst du es ihnen sagen oder soll ich es tun?" Seine Stimme ist weiter eisig.

„Moment mal. Vor dreizehn Jahren warst du in Paris." David sieht mich verwirrt und Kyle weiterhin eisig an.

„Wir sind uns das erste Mal in Paris begegnet.", sage ich leise.

„Na und? Richard, was soll daran so schlimm sein? Gut, ich dachte immer ich hätte euch damals einander vorgestellt. Aber es ist doch egal wie sie sich kennen gelernt haben.", wendet sich Lisa an meinen Bruder.

„Du hast da aber was vergessen, Sophie." Sein Blick ist nach wie vor auf mich gerichtet.

„Das geht niemand etwas an.", versucht mich Kyle zu retten. Ich nehme seine Hand von meinem Arm und halte sie fest.

„Ist schon okay.", flüstere ich ihm leise zu. Langsam erhole ich mich von dem Schock und die Wut über Richards Verrat kocht in mir hoch.

„Was willst du? Was soll das? Es ist dreizehn Jahre her!", fauche ich zurück.

„Was das soll? Er hat dir wehgetan und das nicht nur vor elf Jahren. Er hat es schon einmal getan und er wird es wieder tun!"

„Richard Borough! Du wirst nicht in diesem Ton mit deiner Schwester reden!", empört sich meine Mutter.

„Ist schon gut Mom, wenn er es so haben will, dann soll er es bekommen." Kyles Brust an meinem Rücken hebt und senkt sich angestrengt. Ich drücke seine Hand, um ihn ein wenig zu beruhigen.

„Du willst das ich es ausspreche?", wende ich mich wieder Richard zu.

„Ja, sag ihnen wie das war und was dann passierte. Sag ihnen, wie ich dich in Paris vorgefunden habe!" Meine Atmung beschleunigt sich und außer mir vor Wut starre ich ihn an. In diesem Moment hasse ich meinen Bruder.

„Was willst du bezwecken? Wir haben uns in Paris kennengelernt, haben eine Nacht verbracht. Ich war so dumm und habe mich in einen völlig Fremden verliebt. Habe mir am nächsten Tag die Kante gegeben und gesoffen als gäbe es kein Halten mehr. Wie oft waren du und David als Teenager besoffen? Wie oft seid ihr durch sämtliche Betten geturnt? Keiner, aber wirklich keiner macht euch daraus heute noch einen Vorwurf!"

„Er hatte dir da schon das Herz gebrochen, weil er am nächsten Tag ohne ein Sterbenswörtchen abgehauen ist!", ätzt er weiter. Die Anderen sehen mich fassungslos an. Sie können nicht glauben, was sie da gerade gehört haben. David schickt sich an, sich auf Kyle zu stürzen, wird aber von Molly aufgehalten, die schnell an die Seite ihres Mannes geeilt ist.

„Noch ein Schritt weiter und du verbringst die Nacht auf der Couch!", warnt sie ihn leise.

„Kyle und ich haben das für uns geklärt und es geht keinen von euch etwas an!"

„Da hast du Recht, Spätzchen. Wenn für euch die Sache erledigt ist, dann ist das in Ordnung." Meine Mom konnte schon immer gut Familienstreitigkeiten schlichten. Mein Vater gießt sich einen neuen Whiskey ein.

„Du wirst nicht mit ihm zusammen sein!", beharrt Dad auf seinem Standpunkt.

„Mit allem Respekt Sir, aber das haben sie nicht zu bestimmen", erwidert Kyle kalt.

„Du! Wie kannst du es wagen, dich wieder in das Leben meiner Tochter zu schleichen!"

„DAD!"

„Schon gut Sophie.", beruhigt mich Kyle.

„Nein, nichts ist gut! Sie haben kein Recht dazu sich wieder und wieder in mein Leben einzumischen! Ich lasse es mir nicht von denen kaputt machen!" Toll jetzt fange ich auch noch einen Streit mit Kyle an.

„Ich auch nicht. Wie ich dir schon gesagt habe, ich will dich und Sam nicht wieder verlieren." Liebevoll sieht er mich an und ich entspanne mich ein wenig. Er und ich, gemeinsam gegen den Rest der Welt!

„Was ist in zwei Wochen oder einem halben Jahr? Dann lässt er dich wieder fallen, weil er unbedingt mit einer Anderen ficken muss!", mischt sich jetzt auch noch David ein. Kyle atmet tief durch und sein Griff um meine Oberarme verstärkt sich ein wenig.

„Ich weiß, dass ich Sophie wehgetan habe und es tut mir leid, aber sie hat mir verziehen."

„DU HAST WAS?!", brüllt Richard mich an.

„Du hast schon richtig gehört." Süffisant lächle ich ihn an.

„Du wirst auf keinen Fall mit diesem miesen Schwein zusammen sein. Das werde ich zu verhindern wissen!" Lisa steht auf. Kühl sieht sie ihren Ehemann an. Ihre Arme hat sie vor der Brust verschränkt.

„Du hast in diesem Haus eine ausgezeichnete Erziehung genossen und ich erwarte von dir, dass du dich in deiner

Wortwahl einem Gast gegenüber höflich benimmst!", weist Mom ihn zu Recht.

Fassungslos starren Richard und mein Vater Lisa und Mom an, als sie sich zu uns stellen. Langsam löst sich Molly von David und tut es ihnen gleich. Die Borough-Männer starren ihre Frauen kurz an, dann stellen sie sich ebenfalls zu einer Gruppe zusammen. Ihre Beine sind leicht gespreizt, die Arme vor der Brust verschränkt, die Lippen zusammengepresst und die Augen zusammengekniffen. Kalt sehen sie zu uns herüber.

„So ist das also!" stellt Richard fest. Er scheint heute der Sprecher zu sein.

„Wir lieben euch, aber wir können nicht gut heißen, wie ihr das Glück von Kyle, Sam und Sophie zerstört, nur weil ihr nicht das Offensichtliche sehen wollt!", erklärt Lisa die Situation.

„Das einzig Offensichtliche ist, dass Wallace sie wieder verlassen wird und wer darf dann die Scherben aufsammeln?", fragt David leise.

„Ich werde sie nicht verlassen!"

„Ja klar!", erwidert mein Vater sarkastisch.

„Ihr könnt so fabelhafte Männer sein, wenn ihr wollt. Aber immer wenn es um Sophie geht, stellt ihr auf stur und verwandelt euch in Neandertaler!", schaltet sich Mom ein.

„Ich kann es nicht fassen, dass ihr uns so in den Rücken fallt! Ihr wart auch da, als es Sophie schlecht ging und das nur wegen diesem da!", poltert mein Vater und zeigt mir seinem Glas auf Kyle.

„Es wurden Fehler begangen, aber es ist an der Zeit die Vergangenheit ruhen zu lassen. Sophie und Sam sind endlich wieder komplett und das dank Kyle und wir ..." Mom zeigt auf Lisa, Molly und sich „... werden nicht zulassen, dass IHR sie wieder kaputt macht!"

Dad, David und Richard schnauben gleichzeitig ungläubig auf.

Ich spüre, wie ich Kopfschmerzen bekomme. Genervt reibe ich über meine Stirn und versuche sie zu vertreiben.

„Komm Sophie, setz dich hin.", murmelt Kyle mir zu und führt mich zurück zur Couch. Mom, Lisa und Molly setzen sich zu mir. Ich hatte eigentlich gehofft Kyle würde sich zu uns setzen, aber er geht wieder zurück in die Mitte des Raumes.

„Wir werden das jetzt hier ein für alle Mal klären!" Auch er steht jetzt breitbeinig und mit verschränkten Armen da.

„Da gibt es nichts zu klären, du wirst dich von Sophie und Sam fern halten!", erklärt David ihm. Ich will schon wieder aufspringen aber meine Mutter hält mich zurück.

„Er schafft das schon. Sie unterschätzen ihn.", flüstert sie mir leise zu. Nervös knete ich den Stoff meiner Hose. Lisa schiebt mir ein Kissen unter die Hand, damit ich dieses bearbeiten kann. Ich habe Angst, dass sie sich gleich prügeln.

„Wie Sophie euch ja schon erklärt hat, ist das nicht eure Sache. Wir haben für uns entschieden, dass wir es noch einmal miteinander versuchen. Der Einzige, den es, neben Sophie und mir, noch etwas angeht, ist unser Sohn.", erklärt er ihnen ruhig. Stolz lächle ich vor mich hin. Nur nicht aus der Ruhe bringen lassen.

„Du hast nichts zu sagen, wenn es um Sam geht!", giftet David wieder los.

„Ich bin Sams Vater und damit habe ich sehr wohl etwas zu sagen."

„Du bist ein Samenspender, mehr nicht!"

„David! Mach weiter so und du wirst die ganze nächste Woche auf der Couch schlafen!", droht Molly ihm quer durch den Raum.

„Als ob du das durch halten würdest.", ruft er zurück.

„Willst du es wirklich darauf ankommen lassen?" Herausfordernd hebt sie eine Augenbraue und funkelt ihn aus zusammengekniffenen Augen an. Er nimmt den Blick von seiner Frau und richtet ihn wieder auf Kyle.

„Findet euch mit der Tatsache ab, dass Sophie und ich wieder zusammen sind oder lasst es sein. Das ist uns egal. Aber euch sollte vielleicht nicht egal sein, ob Sophie noch etwas mit euch zu tun haben will oder nicht. Ich brauche euch nicht, aber sie und Sam."

„Wie wäre es, wenn du einfach verschwinden würdest und wieder in das Loch zurück kriechst, aus dem du gekrochen kamst?", meldet sich mein Vater.

„Mitchell!" Meine Mutter funkelt Dad aufgebracht an. Er wirft ihr kurz einen Blick zu, mehr aber auch nicht.

„Gerne, aber Sophie und Sam nehme ich mit."

„Damit du ihr wieder das Herz brechen kannst?"

„Das werde ich nicht!", knurrt Kyle. Sein Geduldsfaden scheint am Ende angekommen zu sein.

„Sagt der, der es schon zwei Mal getan hat.", kommt es von Richard. Auch wenn Kyles Geduldsfaden noch nicht ganz am Ende sein sollte, meiner ist es auf alle Fälle und ich stürme los.

Wie eine Furie renne ich quer durch den Raum. Ich will ihm einfach nur noch wehtun. Ich bin total außer mir und kann nicht mehr klar denken.

„Sophie! Nein!", kreischen Mom, Molly und Lisa hinter mir.

Aber bevor ich bei Richard ankomme, werde ich von zwei starken Armen um meine Taille gefasst und gestoppt.

„Tu es nicht, das würde dir nur leidtun.", raunt mir Kyle eindringlich ins Ohr.

Mein Vater und meine Brüder sehen mich erschrocken an.

„Wolltest du mich gerade schlagen?", fragt Rich fassungslos. Keuchend vor Wut hänge ich in Kyles Armen und kämpfe gegen ihn an.

„Lass mich los!", schreie ich. Aber anstatt meiner Forderung nach zu kommen verstärkt er seinen Griff nur.

„Sophie, was soll das?", fragt mich Dad. Der Schock über meine Reaktion steht ihm ins Gesicht geschrieben.

„Lass mich verdammt nochmal los!", brülle ich.

„Tu es nicht!", ruft Lisa von hinten.

„Kyle!" ich bin außer mir vor Wut.

„Nein, ich lasse nicht zu, dass du etwas tust, was dir später leidtun wird!"

„Du weißt doch gar nicht was ich machen will!" Langsam werde ich wieder etwas ruhiger und mein Denkvermögen beginnt wieder einzusetzen. Noch bin ich zu sehr in Rage um darüber nachzudenken, was ich gerade vorhatte.

„Was willst du denn machen?"

„ Ich will ihm die verlogenen Augen aus dem Kopf kratzen! Wie konntest du es wagen! Du hast mir versprochen es für dich zu behalten. Du hast mein Vertrauen missbraucht!"

„Sophie! Das reicht jetzt! Du wirst dich auf der Stelle beruhigen!" Meine Mutter steht jetzt wieder neben mir und schimpft mich aus.

Ganz langsam verschwinden die roten Wolken der Wut. Kyle spürt, dass ich mich allmählich beruhige und lockert seinen Griff um meine Taille, nimmt seine Hände aber nicht weg.

„Wolltest du mich gerade schlagen?", fragt Richard mich noch einmal und diesmal mit unverhohlener Wut. Jetzt wo meine weg ist, breche ich zusammen. Die Tränen laufen in Strömen über meine Wange und ich sacke in die mich haltenden Arme. Er verstärkt wieder seinen Griff und hockt sich langsam hin. Ich drehe mich um und schlinge meine Arme haltsuchend um seinen Hals. Niemand sagt etwas. Kyle hält mich schützend in seinen Armen, während ich hemmungslos schluchze. Wahrscheinlich starren sie mich alle an. Aber das ist mir gerade total egal. Ich fühle mich so elend. Ich kann es einfach nicht glaube, dass sie nicht wollen, dass ich glücklich bin.

„Sophie", sagt Richard sanft hinter mir und legt mir vorsichtig eine Hand auf die bebenden Schultern. Unwirsch schüttle ich sie ab. Kurz nimmt er sie auch weg, nur um sie dann wieder darauf zu legen. Ich drehe mich wieder in Kyles Armen und funkle meinen Bruder an.

„Nimm deine Finger von mir!", fahre ich ihn wieder wütend an. Der besorgte Ausdruck verschwindet von seinem Gesicht und weicht einer undurchdringlichen Maske. Langsam steckt er die Hände in die Hosentasche seiner Jeans und sieht von oben auf mich herunter. Aufgebracht wische ich mir die Tränen von den Wangen.

„Wieso?", frage ich meinen Vater, David und Richard leise. Alle Drei sehen mich an, als würde ich einen Exorzisten brauchen. Keiner antwortet mir. Das jetzt auch Lisa und Molly neben mir stehen bekomme ich nur am Rande mit. Ich bin wieder voll und ganz auf die Borough-Männer fixiert.

„WIESO?", brülle ich los und Lisa, Molly, Mom und Dad zucken vor Schreck zusammen.

„Ist dir das nicht klar?", fragt mich David, als hätte ich nicht mehr alle Tassen im Schrank.

„Wieso wollt ihr mich unglücklich sehen? Ihr behauptet immer, ihr würdet mich kennen. Aber Keinen von euch ist es je aufgefallen, dass ich seit meinem Zusammenbruch panische Angst vor Krankenhäusern habe. Kyle war drei Minuten mit mir in einem und hat es sofort bemerkt.", sage ich kraftlos. Ich kann nicht mehr. Dieser ständige Wechsel der Emotionen und die Jahre voller Sehnsucht, fordern ihren Tribut.

„Warum hast du uns das nie gesagt?" Mom sieht mich besorgt an.

„Wenn ich etwas gesagt hätte, dann hätte ich mich mit dem ganzen Mist auseinandersetzen müssen."

„Wir wollen einfach verhindern, dass du wieder unglücklich wirst."

„David, ich war in den letzten elf Jahren nie richtig glücklich und endlich bin ich es, wollt ihr es mit aller Macht kaputt machen."

„Du bildest dir jetzt vielleicht ein, dass du glücklich bist, aber er wird dir wieder wehtun und was ist dann? Glaubst du wir würden es noch einmal aushalten dich so zu sehen, als er dich betrogen hat?" Seine Stimme ist voll Schmerz. Molly geht zu ihm rüber und schlingt tröstend ihre Arme um ihn.

„Ich kann das nicht noch einmal.", flüstert er so leise an ihrem Haar, dass ich es fast nicht verstanden hätte.

„Ich weiß.", murmelt sie zur Antwort und streichelt beruhigend über seinen Bauch.

Richard hat sich umgedreht und steht nun mit dem Rücken zu uns. Er starrt in den dunklen Garten hinaus. Ich kann uns als Spiegelung im Fensterglas sehen. Mit einem besorgten Blick geht Lisa zu ihm, schlingt von hinten die Arme um ihn und legt ihre Wange an seine Schulter.

„Klärt das endlich. Sonst bekommen wir nie Ruhe in die Familie.", flüstert Mom leise zu Kyle und mir und geht dann zu meinem Vater, der ziemlich verloren am Flügel steht. Ich lehne meinen Kopf nach hinten an Kyles Schulter. Seufzend schließe ich die Augen und ich spüre, wie er mir einen Kuss auf die Stirn gibt.

„Bitte zwingt mich nicht zu wählen - das kann ich nicht. Ihr seid meine Familie und die ganzen letzten Jahre waren auch für euch nicht leicht. Aber ich liebe Kyle und schon vom ersten Augenblick an, hat ihm mein Herz gehört.", sage ich leise und ich hoffe dass sie mich alle gehört haben. Kyle legt sein Kinn auf meine Stirn und wartet schweigend mit mir auf eine Reaktion meiner Familie.

„Versteh doch bitte Spätzchen, dass wir es einfach nicht ertragen würden, wenn es wieder passieren würde. Er hat dir schon zwei Mal das Herz gebrochen und was ist, wenn es ein drittes Mal passiert? Was wird dann aus dir? Würdest du es aushalten? Was würde aus Sam werden?" Mein Vater sieht mich gequält an.

„Es wird kein drittes Mal geben.", flüstert Kyle hinter mir. „Ich habe einen schrecklichen Fehler gemacht, weil ich irgendwelchen Menschen mehr vertraut habe, als meinem eigenen Herzen. Fast hätte ich das verloren, was mir auf dieser Erde am Wichtigsten ist. Glaubt mir, ihr könnt euch nicht vorstellen, was für Vorwürfe ich mir mache. Ich liebe Sophie und Sam und ich will mit ihnen zusammen sein - sie sind mein Leben.", sagt er ganz leise und ich kann seinen Schmerz spüren. Es drückt mir das Herz zusammen.

„Aber es gibt keine Garantie, dass du wieder Anderen mehr glaubst." David sieht zu uns herüber. Sein Blick ist resigniert.

„Die gibt es nicht. Ich habe aus meinen Fehlern gelernt, bin erwachsener geworden. Glaubst du, ich würde mir das hier antun, wenn ich es nicht ehrlich meinen würde?"

„Bitte, verzeiht Kyle. Ich habe es getan. Paris, die Trennung - das war alles eine Verkettung von Zufällen und Intrigen. Bitte!" Flehend schaue ich sie an. Mein Vater löst sich als Erstes und kommt auf mich zu. Zaghaft lässt Kyle seine Arme fallen und ich gehe meinem Vater entgegen. Als er seine Arme öffnet, stürze ich ihm schluchzend entgegen.

„Daddy, bitte!"

„Sch... Spätzchen. Wir können das nicht von heute auf morgen vergessen. Aber deine Mutter hat Recht, deine Augen strahlen endlich wieder. Ich habe das in den ganzen Jahren vermisst." Sanft wischt er mit dem Daumen die Tränen weg. David klopft meinem Vater auf die Schultern und er macht Platz, damit mich mein großer Bruder in die Arme nehmen kann.

„Ich kann das nicht noch einmal, Sophie.", flüstert er an meinem Ohr.

„Wer sagt denn, dass es ein nächstes Mal geben muss? Was ist, wenn alles gut wird und Sam, Kyle und ich eine richtige Familie sein können. Ich möchte das was du und Richard habt. Ihr seid mit eurer großen Liebe verheiratet und glücklich. Aber von mir verlangt ihr, dass ich meine aufgeben soll. Er hat Fehler gemacht, aber sie tun ihm leid und er hat aus ihnen gelernt."

„Es wird noch dauern, aber ich werde es versuchen." Dankbar lächle ich ihn an. Er legt seine Hände an meine Wange und gibt mir einen sanften Kuss auf die Stirn. Dann lässt er mich los und geht wieder zu Molly, um sie zu umarmen.

„Rich?", flüstere ich mich zittriger Stimme. Angespannt warte ich auf eine Reaktion von ihm. Aber er sieht weiter hinaus in die Dunkelheit des Gartens. Ab und zu nippt er an seinem Whiskey. Aber das war es dann auch. Ich gehe einen Schritt auf ihn zu, bleibe aber beim Klang seiner Stimme stehen.

„Tut mir leid, Sophie. Aber ich kann das nicht. Ich kann das alles nicht vergessen. Entweder er oder ich." Seine Stimme ist ausdruckslos. Geschockt keuche ich auf. Schwer atmend ringe ich um Luft. Mein Herz verkrampft sich. Der Schmerz ist unendlich.

„Du stellst mich vor die Wahl?", würge ich atemlos hervor.

„Ist das wirklich nötig Richard?", fragt ihn unsere Mutter leise. Ihre Augen sind weit aufgerissen und sie ist sehr blass. Leicht dreht er seinen Kopf und sieht sie an.

„Ja Mom, ist es. Es ist einfach zu viel passiert."

„Richard, bitte. Das willst du doch nicht wirklich. Sie ist deine Schwester.", redet Lisa auf ihn ein.

„Ich kann das nicht! Ich kann mich nicht zwischen euch entscheiden. Du bist mein Bruder, Richard und Kyle ist der Mann den ich vom ganzen Herzen liebe und der Vater meines Sohnes!", rufe ich leidenschaftlich aus. Aber von ihm kommt keine Reaktion. Die Anderen werfen besorgte Blicke zwischen uns hin und her.

Ich höre, wie hinter mir ein Glas auf den Tisch gestellt wird und hastig drehe ich mich um. Er steht mit dem Rücken zu uns. Sämtliche Spannung ist aus seinem Körper gewichen. Nach vorn gebeugt steht er da und lässt den Kopf und die Schultern hängen.

„Kyle?", frage ich ängstlich. Ich spüre dass etwas nicht stimmt und versuche so gut es geht das beklemmende Gefühl zur Seite zu schieben. Ich warte und warte, aber er steht einfach nur da.

„Bitte sprich mit mir!", flehe ich.

Ich kann hören, wie er schwer ein- und ausatmet.

„Es tut mir leid, Sophie", sagt er leise mit gequälter Stimme.

„Was?", frage ich ihn verwirrt. Ich beginne am ganzen Körper zu zittern.

„Sie sind deine Familie. Es ist nicht richtig, dass du wählen sollst."

„Was redest du da!?", kreische ich hysterisch.

„Du wirst deine Familie brauchen. Du brauchst sie mehr als mich." Noch immer steht er mit dem Rücken zu mir. Ich würde so gerne zu ihm gehen, aber ich kann nicht. Ich bin unfähig mich zu bewegen. Blanke Panik erfasst mich. Das Gefühl, dass es wieder passiert, nimmt mich in Besitz.

„Ich brauche auch dich! Wir brauchen dich!", rufe ich hilflos. Der Schmerz ist so übermächtig und droht mich von den Füßen zu reißen. Krampfhaft ringe ich um Atem, während mir erneut die Tränen in Strömen über die Wange laufen. Wir haben doch gerade wieder zusammen gefunden!

„Du und Sam braucht mich nicht, aber ihr braucht deine Familie. Ich will nicht, dass ihr euch entzweit. Das würde dich zerstören.", flüstert er mit schmerzvoller Stimme.

„Wir brauchen dich!"

„Du und Sam ..." beginnt er wieder, aber ich unterbreche ihn.

„Ich meine nicht nur Sam und mich! Was ist, wenn ich tatsächlich wieder schwanger bin? Was wird mit dem Kind? Es wäre auch deines und es würde dich genauso brauchen!" Meine Familie hinter mir keucht auf. Vereinzelt kann ich ein gezischtes oder geflüstertes *Was* verstehen.
Langsam dreht sich Kyle um. Ich kann ihm endlich wieder ins Gesicht sehen. Er ist blass und seine Stirn ist gefurcht. Mit schmerzvollen Augen sieht er mich an.

„Ihr schafft das. Du bist eine starke Frau, Sophie. Aber du brauchst deine Familie mehr als mich.", sagt er ganz leise. Dann dreht er sich um und verlässt den Raum.

„NEIN! VERLASS MICH NICHT!", brülle ich ihm hinterher und sinke schluchzend auf meine Knie. In diesem Moment will ich nur noch sterben.

Kapitel 12 – Unerträglicher Schmerz

Ich knie auf dem Boden im Wohnzimmer meiner Eltern und kann nicht verstehen, was gerade passiert ist. Immer wieder sehe ich vor meinem inneren Auge die gleiche Szene. Kyle, wie er mich voller Schmerz ansieht und sich dann umdreht um zu gehen. Ich presse meine Hand auf meine Brust, da wo mein Herz sein sollte. Aber alles was ich fühle ist ein glühend heißes schwarzes Loch, das mich von innen her auffrisst. Irgendjemand legt mir einen Arm um die Schultern. Aber ich sehe nicht nach, wer es ist. Ich werde an eine Männerbrust gezogen. Aber ich merke sofort, dass es nicht Kyle ist. Es ist nicht das gleiche Gefühl und auch der Geruch passt nicht. Ich klammere mich an den Arm und schreie meinen Schmerz heraus. Woraufhin sich der Griff verstärkt. Es ist zu viel. Der Schmerz zerreißt mich. Ich werde auf die Beine gezogen und hochgehoben. Durch den Schleier meiner Tränen, sehe ich David. Er setzt sich mit mir auf die Couch. Zusammengekauert hocke ich auf seinem Schoß. Wie ein kleines Kind schaukelt er mich hin und her. Ich weiß, dass er mich trösten will. Aber er wird es nie können. Egal was er tun oder sagen würde, es würde nichts bringen. Ich bin vollends in Millionen Splitter des Schmerzes zerborsten.

„Richard! Das ist deine verdammte Schuld!", schreit Kerry, die plötzlich im Türrahmen steht. Sie ist blass und zittert am ganzen Körper. Aber ihr Kinn ist angriffslustig nach oben gereckt und die Hände hat sie fest zu Fäusten geballt.

„Kerry!", sagt Lisa scharf.

„Was? Dein Ehemann ist gerade dabei zwei Menschen zu zerstören! Sophie ist seine Schwester und dank ihm ist ihr Herz vollends zersplittert. Meinem Bruder nimmt er die Frau, die er liebt und den Sohn!", wütet sie.

„Er ist gegangen!", verkündet Richard kalt.

„Wie egoistisch muss ein Mensch sein, so etwas Anderen anzutun? Du bist das Allerletzte, Richard!"

„Kerry, es reicht", versucht Lisa zu schlichten.

„Nein, tut es nicht! Glaubst du er ist freiwillig gegangen? Ich kenne Kyle und dein Mann hat gerade dafür gesorgt, dass er sein Leben aufgibt. Er würde sich eher von einer Brücke stürzen, oder sich vor einen Zug werfen, als dass er zulassen würde, dass sich Sophie gegen ihre Familie entscheiden würde! Seht das doch endlich ein, er liebt sie! Er hat sie die ganzen Jahre über von ganzen Herzen geliebt!", verteidigt Kerry ihren Bruder leidenschaftlich.

„Klar, darum ist er ja auch mit einer Anderen verlobt!", bemerkt Richard sarkastisch. Meine Mutter und mein Vater haben sich zu David und mir gesetzt und streicheln mir über den Rücken. Da ich mein Gesicht an Davids Hals vergraben habe, kann ich ihre Gesichter nicht sehen, aber ich kann mir sehr gut vorstellen, dass sie voll Kummer und Schmerz sind. Immer noch schluchze ich, aber der Schmerz wird nicht weniger, er nimmt eher an Stärke und Intensität zu.

„Du hast ihn seit der Trennung nicht gesehen. Du hast nie den Ausdruck in seinen Augen gesehen, den Schmerz, die Trauer und Zweifel. Außerdem ist er nicht mehr verlobt! Er hat Kendra nie geliebt. Er hat sie respektiert. Aber das war es dann auch. Er hatte sich damit abgefunden, nie wieder die Gefühle für jemanden zu empfinden, die er für Sophie hat. Kyle hat vor elf Jahren einen schweren Fehler gemacht, aber er hat daraus gelernt. Ich dachte du hättest auch aus deinen Fehlern gelernt. Hättest du dich jemals zwischen Sophie und Lisa entscheiden können? Wenn es jetzt bei euch so gewesen wäre, was dann? Sophie hätte nie das von dir verlangt, was du jetzt von ihr verlangst."

„Kerry, bitte setzt dich hin und lass mich mit meinem Mann reden. Molly, könntest du bitte nach oben zu den Kindern gehen?", sagt Lisa leise, aber bestimmt.

„Vergiss es, ich suche meinen Bruder!", sagt sie zu Lisa und zu meinem Bruder. „Wenn ihm irgendetwas passiert, weil du so ein selbstgerechtes Arschloch bist, bringe ich dich eigenhändig um!", droht sie ihm mit eisiger Stimme und verlässt den Raum. Es herrscht Stille, die nur durch mein Keuchen und Schluchzen unterbrochen wird.

„Richard, Kerry hat Recht. Sophie hätte so etwas nie von dir verlangt." Lisa führt meinen Bruder zur zweiten Couch und zwingt ihn, sich zu setzen. Leise stöhnt er auf, sagt aber nichts.

„Sieh sie dir an. Es ist viel schlimmer als vor elf Jahren. Spring über deinen Schatten. Tu das deiner Schwester nicht an. Jetzt stell dir doch mal vor, bei uns wäre es so gelaufen?" Ich höre Schritte, die sich öffnende und wieder schließende Tür des Wohnzimmers.

„Wo geht er hin?", fragt meine Mutter

„Ich hoffe, er sucht Kyle."

„Wieder öffnet sich die Tür und fällt laut ins Schloss. Ich kann spüren, wie sich alle dem Geräusch zuwenden.

„Und?", fragt David. Seine tiefe Stimme hallt laut an meinem Ohr wieder.

„Sein Wagen ist weg.", sagt Kerry besorgt und mir wird wieder ein glühender Stab ins Herz getrieben. Mein Schluchzen war schon abgeflaut, aber jetzt schreie ich wieder. Brülle alles aus mir heraus. Ich weiß, dass ich für Sam stark sein muss. Aber im Moment kann ich es nicht. Es ist mir auch gleich, wer mich hören kann. Sicher hat Molly gerade alle Hände voll damit zutun, die Kinder zu beruhigen. Das Haus meiner Eltern ist zwar groß, aber nicht so riesig, dass man mich nicht hört.

„Ist dir Richard begegnet?", fragt Lisa.

„Ja, er bellte irgendetwas in sein Handy und ist dann in euer Auto gesprungen und die Auffahrt runter gerast."

„Hat er etwas zu dir gesagt?"

„Nein. Ich glaube er hat mich noch nicht einmal gesehen."

„Was machen wir jetzt?", fragt David hilflos. Sie haben jetzt genau das, was sie nicht wollen. Ich wurde verletzt. Aber nicht von Kyle, sondern von ihnen. Sie haben ihn dazu getrieben und stürzen uns damit ins Unglück. Ich hege keinen Groll gegen Kyle, ich will ihn einfach nur zurück haben. Ich will, dass er wieder zu mir und Sam kommt, uns in die Arme nimmt und sagt, dass alles wieder gut werden wird.

„Ich werde versuchen Kyle zu finden.", sagt Kerry.

„Wie willst du das machen?"

„Ich weiß es nicht. Mich ins Auto setzen und ihn suchen.", antwortet sie hilflos.

„Er kann überall sein. Chicago ist groß." Resigniert seufzen alle auf. Es werden Handys und Festnetztelefone geholt. Fieberhaft telefonieren alle und versuchen entweder Kyle oder Richard zu erreichen. Mom geht zwischendurch zu Molly und schaut nach der Lage im Obergeschoss. Mit ihr zusammen bringt sie dann die Kinder ins Bett. Keiner will nach Hause gehen. Sie wollen alle warten. Auch wenn es die ganze Nacht sein sollte. Aus ihrem Arbeitszimmer bringt mir meine Mutter zwei Baldrian-Kapseln und zwingt mich sie zu nehmen. Ich beruhige mich ein wenig, aber dennoch laufen unaufhörlich die Tränen. Den Schmerz betäuben können die kleinen Kapseln nicht. Die ganze Zeit über hält mich David in seinen Armen. Nach zwei Stunden bin ich vom Weinen und Schreien so erschöpft, dass ich an seiner Schulter gelehnt, in einen leichten Dämmerschlaf falle. Es gibt immer wieder leise Gespräche, um zu besprechen, welche Schritte wohl am besten wären. Meine Mutter und mein Vater fahren sogar zu Kyles Wohnung, in der Hoffnung, dass er dort ist. Aber sie kommen unverrichteter Dinge zurück.

Immer wieder greift einer zum Telefon und versucht Kyle oder Richard zu erreichen.

„Er hat sein Telefon ausgeschaltet." Betrübt und besorgt legt Kerry ihr Handy zurück auf den Tisch.

„Bist du dir sicher?", fragt Mom.

„Ja. Bei den anderen Versuchen hat es noch geklingelt aber jetzt kommt diese nette Ansage, die mir sagt, dass er momentan nicht erreichbar ist."

In meinem Dämmerschlaf bekomme ich all die Gespräche mit, aber ich fühle mich zu elend, als dass ich irgendwie darauf reagieren könnte.

Ich weiß nicht, wie lange ich geschlafen habe, aber das Klingeln des Festnetztelefons reißt mich aus dem Schlaf. Wie gebannt starren alle darauf, ehe mein Vater die Hand ausstreckt und danach greift.

„Borough?", meldet er sich. Wir sehen ihn alle aufmerksam an. Seine Stirn legt sich in Falten und er reicht mir den Hörer. Verdattert sehe ich ihn an. Es ist fast so, als wüsste ich nicht, was ich damit machen soll. Schließlich drückt er mir das Telefon in die Hand.

„Richard will mit dir reden.", erklärt er mir.

„Ich aber nicht mit ihm.", krächze ich und halte meinen Vater das Telefon hin. Er aber schüttelt nur den Kopf. Schließlich gehe ich ran. Bis auf Sam habe ich ja nichts mehr zu verlieren.

„Was?", blaffe ich in das Telefon. Ich hätte es gerne gehabt, dass meine Stimme wütender und kälter klingt, aber sie ist so rau und kratzig.

„Sophie! Gott sei Dank gehst du ran. Ich weiß ich bin ein elendes Arschloch und ich habe heute Abend den größten Mist aller Zeit gebaut und ich verlange auch nicht, dass du mir verzeihst." Die Erleichterung ist seiner Stimme anzumerken.

„War´s das?"

„Nein. Ich suche seit Stunden nach Kyle. Leider bisher vergeblich. Über sein Handy kann ich ihn nicht orten lassen, dass hat er aus. Seine Kreditkarte hat er auch nicht benutzt. Gibt es irgendeinen Ort, an dem er sein könnte?" Richard sucht nach Kyle?

„Warum suchst du ihn? Damit du sein Leben noch mehr zerstören kannst?" Erneut kullern die Tränen und meine Stimme ist kaum noch hörbar.

„Nein, ich suche ihn, um ihn dir zurückzubringen. Wenn du mit ihm glücklich bist, werde ich ihn ertragen." Ich schließe meine Augen und überlege zum unendlichsten Mal, wo Kyle sein könnte, aber mir fällt nichts ein. Mein Kopf ist wie leer gepustet. Überall in meinem Körper ist nur noch Trauer und Schmerz und sonst nichts mehr.

„Ich weiß es nicht.", antworte ich mit tränenerstickter Stimme und reiche Dad das Telefon wieder. Er spricht noch mit Richard, legt dann aber auf.

„Wo ist er und was hat er gesagt?" Lisa sieht meinen Vater eindringlich an.

„Er ist unterwegs und sucht Kyle. Er hat gerade einen Anruf rein bekommen, ruft aber gleich zurück.", erklärt Dad. Ich lehne mich wieder an David und schließe meinen Augen, reiße sie aber gleich wieder auf. Denn ich sehe immer nur Kyles Gesicht, wie er mich traurig und voller Schmerz ansieht. Das Telefon klingelt erneut, aber ich ignoriere es. Lisa geht dieses Mal dran, da es eh wahrscheinlich nur Richard ist.

Ich höre sie sprechen, verstehe aber nicht die Worte. Um mich herum bricht Chaos aus. Telefone werden geschnappt und in Taschen gestopft. Kerry rüttelt mich an der Schulter und sagt etwas zu mir, aber ich ignoriere sie, blende einfach alles um mich herum aus. David nimmt mich in seine Arme und erhebt sich mit mir. Zielstrebig geht er mit mir raus. Eigentlich sollte ich fragen, was er vorhat, wohin er mit mir will. Aber es ist mir egal. Kerry lässt er die Kindersitze ausbauen und setzt mich hinein. Sie schwingt sich auf den Beifahrersitz, während Lisa sich zu mir nach hinten setzt und mich anschnallt. Ich lehne meinen Kopf gegen die kalte Scheibe und mache die Augen zu. Auch wenn das bedeutet, dass ich dann Kyles Gesicht sehe. Ich versuche ihn mir in Erinnerung zu rufen, wie er mich verschmitzt anlächelt, oder wie er mit Sam Fußball an der Konsole spielte.

Ganz am Rande nehme ich war, wie der Motor gestartet wird und wir los fahren. Aufgeregt reden Lisa, Kerry und David miteinander. Ab und zu stellen sie eine Frage an mich. Aber ich sehe sie nur aus leeren Augen an. Ihre Worte dringen nicht zu mir durch.

Die Straßenzüge von Chicago fliegen an uns vorbei und irgendwann biegt David auf einen Parkplatz ein und stellt seinen Wagen ab. Daneben hält kurze Zeit später der Wagen von Mom und Dad. Ich blicke aus dem Fenster und sehe noch zwei weitere Autos. Ein schwarzen Audi Q7 und ein schwarzer Audi RS5. Verwirrt runzle ich die Stirn. Eine ganz kleine Hoffnungsflamme beginnt in meinem tiefsten Inneren zu flackern. Ehe ich weiter überlegen kann, reißt David die Autotür auf und nimmt mein Gesicht in seine Hände. Ich sehe, dass sich seine Lippen bewegen und dass auch Töne heraus kommen. Aber ich kann sie nicht verstehen. Ich schüttle meinen Kopf, um halbwegs wieder klar denken zu können.

„… er ist am Strand", höre ich ihn noch sagen. Sanft zieht er mich aus dem Auto. Jetzt sehe ich auch, wo wir uns befinden. Wir sind auf dem Parkplatz des Strandes, an dem Kyle und ich unser erstes richtiges Date hatten.

„Kyle?", stoße ich hervor. Meine kleine Hoffnungsflamme wird ein klein bisschen größer. Als David nickt und in Richtung Lake Michigan deutet, leuchtet sie gleich noch viel heller. Ich reiße mich von ihm los und renne zum Strand. Kurz bevor der Sand beginnt stoppe ich abrupt und ziehe meine High Heels aus .Ich lasse sie einfach stehe. Mit fahrigem Blick suche ich die Gegend ab. Aber es ist so verdammt dunkel und meine Augen haben sich noch nicht daran gewöhnt. Ich renne im Sand weiter in Richtung Wasser und endlich entdecke ich sie. Direkt vor mir, nicht weit entfernt stehen zwei Gestalten.

„Kyle", flüstere ich außer Atem. Aber nichts geschieht. Was ja auch kein Wunder ist, denn die Wellen rollen donnernd an Land und ersticken jedes Geräusch.

„KYLE", brülle ich so laut ich kann und die zwei Gestalten drehen sich um. Ich kann zwar immer noch nicht erkennen, wer oder was das da vor mir ist, aber mein Gefühl sagt mir, das einer davon Kyle ist. Ich setze mich wieder in Bewegung und renne auf sie zu. Als ich näher komme, kann ich endlich sehen, dass es er und Richard sind, die da am Wasser stehen.

Laut schluchzend werfe ich mich in seine Arme. Zum Glück fängt er mich auf.

„Sophie?" Seine Stimme ist voller Schmerz.

„Ich liebe dich, bitte verlass mich nicht! Ich würde es nicht aushalten!", schluchze ich und drücke mich an ihn. Er legt seine Stirn auf meine Schulter und küsst meinen Hals.

„Ich liebe dich.", haucht er mir mit tränenerstickter Stimme ins Ohr und legt seine Arme fester um mich.

Der Wind, welcher vom Meer her weht, peitscht mir die Haare um den Kopf. Immer wieder treffen die Spitzen mein oder Kyles Gesicht. Wie eine Ertrinkende klammere ich mich an ihn und nach kurzer Zeit ist sein Hemd an der Stelle von meinen Tränen durchnässt, an der meine Wange seine Schulter berührt. Hinter uns donnern unaufhörlich die Wellen. Ab und zu spüre ich auch die spritzende Gischt an meinen Armen.

Langsam löse ich mich von ihm. Im schwachen Licht kann ich die Umrisse seines Gesichtes sehen. Vorsichtig hebe ich meine Hände und lege sie an seine Wange. Auch wenn wir durch die Dunkelheit so gut wie nichts sehen können, sind doch unsere Blicke eng miteinander verschlungen. Langsam fahre ich mit den Fingern die Form seines Mundes und seiner Wangenknochen nach. Ich spüre die Feuchtigkeit seiner Tränen unter meinen Fingern. Allein das Wissen darum, dass er wegen mir geweint hat, treibt mir erneut die Tränen in die Augen. Ich schlucke den dicken Kloß in meinem Hals herunter und lächle ihn an, auch wenn ich nicht weiß, ob er es sehen kann.

Kyle geht einen Schritt auf mich zu und legt mir eine Hand zwischen die Schulterblätter und eine auf die kleine Kuhle kurz über dem Steißbein. Sein Gesicht kommt meinem immer näher und ich spüre seinen warmen Atem auf meiner Haut. Endlich treffen sich unsere Lippen. Erleichtert seufze ich auf. Ganz sacht und vorsichtig bewegt er seinen Lippen auf meinen, ganz so als hätte er Angst, dass ich mich wieder in

Luft auflösen könnte. Ich erwidere seinen Kuss und sanft streicht seine Zungenspitze über meine Unterlippe. Ich lasse ihn sofort ein. Ganz sacht berühren sie sich. Schrecken voreinander zurück und nähern sich wieder an.

Kyles Duft, der mir so vertraut ist, steigt mir in die Nase und wohlig seufze ich auf. Während wir uns unendlich sanft und vorsichtig küssen, vergesse ich alles um uns herum. In diesem einen kostbaren Moment gibt es nur noch Kyle und mich.

Er unterbricht unseren Kuss, um mir mit seinen Händen durch die offenen Haare zu fahren, dann spüre ich sie wieder auf meinem Rücken und seine Lippen auf meinen. Ich könnte ewig so weiter machen.

Ein leises Räuspern ertönt hinter uns, aber wir lassen uns davon nicht stören und schwelgen weiter in unserem Kuss. Das Räuspern wird lauter. Leise knurrend löst sich Kyle von mir und gibt mir noch einen Kuss auf die Nasenspitze. Seufzend dreht er sich um. Da ich noch in seinen Armen bin und er keine Anstalten macht mich los zu lassen, muss ich mich unweigerlich mit drehen.

Inzwischen sind Kerry, David, Lisa, Mom und Dad bei uns angekommen. Dad und David halten Taschenlampen in ihren Händen und ganz weit hinten in meinem Oberstübchen frage ich mich, wo sie wohl die Lampen her haben. Aber die Frage ist so unwichtig, dass ich sie gleich wieder vergesse. Kerry hält meine Schuhe in den Händen. Alle sehen erleichtert aus.

Lisa schlingt ihre Arme um Richard, als er bei uns ankommt. Ihr Kinn liegt auf seiner Schulter auf und sie spricht leise mit ihm. Aber durch die laute Brandung kann ich es nicht verstehen. Er hat seine Hände in die Hosentaschen geschoben. Seinen Kopf hält er gesenkt und starrt auf den Sand vor seinen Füßen. Seine ehemals glänzenden schwarzen Schuhe sind voller Staub.

„Alles okay?", fragt Kerry und sieht Kyle fragend und besorgt an.

„Jetzt ja.", antwortet er und seine Stimme klingt belegt.

„Ich werde jetzt nicht fragen, was diese Aktion von dir sollte. Das musst du dann mit Sophie regeln. Aber ich bin froh, dass es dir gut geht und dir nichts passiert ist.", krächzt sie und wischt sich die Tränen von den Wangen. Er lässt mich los und geht auf sie zu. Sie rennt das kleine Stück zwischen ihnen und fällt ihrem großen Bruder um den Hals. Jetzt, da mich Kyle nicht mehr mit seinem Körper wärmt, merke ich wie kalt es ist. Meine dünnen Sachen haben dem eisigen Wind nichts entgegen zu setzen. Fröstelnd schlinge ich die Arme um meinen Körper. Ich trete von einem Fuß auf den Anderen, um mich ein wenig zu wärmen. Da wird mir erst einmal richtig bewusst, dass ich barfuß in wirklich kaltem und feuchtem Sand stehe. Meine Zehen fühlen sich richtig taub an.

Ich gehe langsam zu Kerry und Kyle. Ich will nicht länger ohne seinen warmen Körper sein. Außerdem muss ich spüren, ob er wirklich vor mir steht, oder ob ich in einem mehr als abgefahrenen Traum stecke. Ich strecke meine Hand aus und fahre mit den Fingerspitzen über seine breiten Schultern. Sofort nimmt er einen Arm von seiner Schwester, um mich nah an seine Seite zu ziehen. Er ist es wirklich. Seufzend lege ich meine Wange an seine Schulter und genieße seine Berührung.

„Ich bin so froh, dass dir nichts passiert ist.", schluchzt Kerry. Ich lege ihr meine Hand auf die Schulter und streichle sie tröstend.

„Warum sollte mir was passiert sein?", fragt er ein wenig überrascht. Sie atmet tief durch, wischt sich erneut die Tränen aus dem Gesicht und sieht zu ihm auf.

„Du bist gut! Du sagst Sophie, dass du sie verlässt und dann haust du ohne ein weiteres Wort ab. Gehst ewig nicht an dein Handy und dann schaltest du es ganz aus! Was hätte ich den denken sollen!?" Vorwurfsvoll funkelt sie ihn an.

„Ich wollte meine Ruhe, wollte in Ruhe über alles nachdenken und da konnte ich deine ewigen Anrufe nicht gebrauchen. Außerdem wollte ich einfach allein sein. Das ja vorzüglich geklappt hat." Ich sehe rüber zu Richard. Seine

Haltung hat sich nicht verändert. Lisa redet weiter auf ihn ein. Eine neue Windböe erfasst mich und meine Zähne schlagen vor Kälte aufeinander.

„Sophie! Bist du von allen guten Geistern verlassen, barfuß und ohne Jacke hier rum zustehen?", schnauzt mich Kyle voll. Oh ja, ich habe ihn wieder. Ich kann mir ein Grinsen nicht verkneifen und gebe ihm schnell einen Kuss.

„Tut mir leid, dass ich außer mir vor Kummer und Schmerz war und ich nur noch wollte, dass du zu mir zurückkommst. Da habe ich leider keine Gedanken an so unwichtige Dinge wie passende Kleidung verschwendet. Außerdem solltest du mal ganz ruhig sein! Du stehst garantiert schon viel länger hier als ich und hast auch keine Jacke an.", gebe ich ihm Konter. Belustig grinst er mich an, gibt mir einen Kuss auf die Wange und zieht mich enger an sich heran.

„Gut, sie zanken sich. Da können wir ja jetzt nach Hause fahren.", verkündet David mit einem dicken Grinsen im Gesicht. Ich erwidere es. Er kommt auf uns zu und hält Kyle seine Hand hin. Einen Augenblick starrt er darauf und ergreift sie schließlich. Sie schütteln sich die Hände.

„Ich gebe dir noch eine allerletzte Chance. Wenn du es wieder verbogst, dann werde ich dich persönlich kastrieren. Ich hoffe wir haben uns da verstanden."

„Geht klar", antwortet ihm Kyle. Nach einem kurzen Nicken, dreht sich mein Bruder um.

„Kyle, ich hoffe du nimmst meine Schwester mit. Denn ich werde jetzt deine nach Hause bringen und dann zu meiner Frau und meinen Kindern fahren.", ruft er uns über seine Schulter zu. Kerry verabschiedet sich mit einer stummen Umarmung von uns, drückt mir meine Schuhe in die Hand und folgt dann meinem Bruder.

Kyle nimmt sie mir ab und geht neben mir in die Hocke. Vorsichtig packt er meinen rechten Knöchel und hebt meinen Fuß an. Er reibt mir den Sand von der Haut und zieht mir dann den Schuhe an. Sobald der Absatz den weichen Sand berührt sackt er ein und ich stehe ziemlich unbequem da. Das Gleiche

macht er dann auch mit meinem linken Fuß und schon lagert mein ganzes Gewicht auf meinen Fersen, da die Absätze im Sand stecken.
Kyle richtet sich auf und meine Eltern kommen zu uns rüber. Dad zieht seine dicke Jacke aus und legt sie mir um die Schultern. Er gibt mir einen Kuss auf die Stirn und sieht mir dann flehend in die Augen.

„Ich hoffe du kannst uns irgendwann verzeihen.", bittet er mich leise. Ich lasse Kyle los und schlinge meine Arme um seinen Hals.

„Ach Daddy, ihr seid unverbesserlich. Ich kann euch das nicht gleich vergeben, aber mit der Zeit bestimmt. Aber trotz Allem habe ich dich lieb.", flüstere ich in sein Ohr und drücke ihm einen Kuss auf die Wange. Mein Vater löst sich wieder von mir und sieht Kyle an.

„Ich hoffe du kannst uns auch irgendwann verzeihen. Aber du musst verstehen, für uns war es die letzten Jahre nicht leicht, Sophie so leiden zu sehen. Wir wollten mit aller Macht verhindern, dass sie wieder verletzt wird und im Endeffekt waren wir es, die dafür gesorgt haben, dass sie ..." Sein Gesicht verzieht sich vor Kummer und er lässt das Ende seines Satzes offen.

„Es war nicht gerade die feine englische Art, die sie da angewendet haben. Aber ein Stück weit kann ich es verstehen. Schließlich bin ich auch ein großer Bruder und wenn Kerry das durchgemacht hätte, was ich Sophie angetan habe, hätte ich auch verhindern wollen, dass es wieder passiert."

„Gut. Wir werden jetzt auch nach Hause fahren. Es war ein sehr anstrengender Abend und Molly ist mit den Kindern alleine." Mein Vater reicht Kyle die Hand und wie schon bei David, ergreift er sie. Meine Mutter umarmt mich und Kyle stumm und gibt jedem von uns einen Kuss auf die Wange. Dann legt sie ihren Arm um meinen Vater und langsam gehen sie zurück zu ihren Wagen.
Jetzt sind nur noch Lisa, Richard und wir zwei da. Ich kuschle mich in seine Arme und schließe genießerisch die Augen.

„Wie hat Rich dich gefunden?", frage ich schließlich.

„Er wollte es mir erst nicht sagen, aber ich habe nicht locker gelassen. Er hat es wohl irgendwie geschafft, sich die Bilder der Verkehrskameras zu besorgen und da hat er meinen Audi entdeckt. Er brauchte mich nur auf den Bildern verfolgen."

„Habt ihr miteinander geredet, euch angebrüllt, oder nur stumm auf das tosende Meer gestarrt?"

„Am Anfang haben wir nur aufs Wasser gesehen. Ich wollte ihn nicht hier haben und wollte auch nicht mit ihm reden. Aber er war anderer Meinung."

„Was hat er gesagt?"

„Er hat sich entschuldigt und wie David mir gedroht mir das Leben zur Hölle zu machen, sollte ich es auch nur noch einmal wagen dich unglücklich zu machen. Dann bist du aufgetaucht."

„Er hat sich entschuldigt?", frage ich ihn ungläubig.

„Ja, hat er. Ich glaube er hat eingesehen, dass er einen schwerwiegenden Fehler begangen hat, als er dich vor die Wahl gestellt hat."

„Mmh ... möglich. Aber warum wolltest du mich verlassen?" Als ich an den Schmerz zurück denke, zieht sich alles in meinem Inneren zusammen und ich schlucke schwer.

„Ich wollte nicht, dass du dich entscheiden musst. Du würdest leichter damit fertig werden, über mich hinweg zu kommen, als darüber, dass du keinen Kontakt mehr zu Richard hättest. Ich weiß wie nahe ihr euch steht und es hätte dich zerstört. Das wollte ich verhindern." Auch seiner Stimme sind die Trauer und der Kummer anzumerken.

„Aber bist du dabei auch mal auf die Idee gekommen, dass ich vielleicht nie über dich hinweg kommen könnte?"

„So genau weiß ich nicht, was ich mir dabei gedacht habe. In diesem Moment erschien es mir das einzig Richtige zu sein, auch wenn es mir das Herz aus der Brust reißen würde. Aber ich wollte das du und Sam glücklich seid."

„Das sind wir aber nur mit dir! Mach das nie wieder mit mir! Sonst komme ich David zuvor und dann kastriere ich dich, anschließend hänge ich deinen Schwanz und deine Eier an der Spitze des Willis Towers auf!", drohe ich ihm. Kyle lacht laut auf und küsst mich überschwänglich.

„In Ordnung, damit kann ich leben. Ich liebe dich Sophie Borough und das schon seit ich dich das erste Mal vor dreizehn Jahren in Paris aus dem Taxi steigen sah."

„Ich liebe dich auch, Kyle Wallace und das seit dem Moment, als ich dich vor dreizehn Jahren das erste Mal in einem Club in Paris gesehen habe." Ich stelle mich auf die Zehenspitzen und gebe ihm einen sanften und zarten Kuss.

„Lisa!", rufe ich zu meiner Schwägerin und meiner Bruder hinüber.

„Ja?", brüllt sie zurück. Ich hake mich bei Kyle unter und zusammen gehen wir zu ihnen. Richard starrt immer noch auf den Sand. Wenn ich es nicht besser wüsste, könnte ich glatt denken, da würde nur eine Statue meines Bruders stehen.

„Kannst du mit Kyle schon einmal zum Parkplatz gehen. Ich habe noch ein paar Takte mit meinem großen Bruder zu reden." Zaghaft nickt sie und löst sich von Richard. Kyle küsst meinen Scheitel.

„Na los Lisa, gehen wir. Das Gemetzel sollten wir uns nicht antun." Er weiß, dass ich sehr wütend auf Rich bin und ich kann an seinem Lachen hören, dass er sich diebisch über diesen Umstand freut. Zweifelnd guckt Lisa zwischen ihrem Mann und mir hin und her. Zuckt dann mit den Schultern und geht mit Kyle zurück zum Parkplatz.

„Also Richard Borough! Was haben Sie zu ihrer Verteidigung zu sagen?", frage ich ihn kühl und ich muss ein klein wenig lächeln, als er bei der Nennung seines vollen Namens leicht zusammen zuckt.

„Sophie ich ...", beginnt er, aber ich fahre dazwischen. Jetzt, wo ich Kyle wieder habe, kocht meine beißende Wut wieder hoch.

„Wie konntest du nur!? Macht es dir Spaß mich leiden zu sehen?", schreie ich ihn an. Obwohl die Brandung doch recht laut ist, kann man mich sehr gut verstehen.
Entsetzt sieht er mich an.
„Ich ...", versucht er es von Neuem, aber ich hebe meine Hand, um ihm anzudeuten, dass er den Mund halten soll.
„Ist dir eigentlich klar, wie weh du mir getan hast? Wegen dir hätte ich fast wieder Kyle verloren und nur weil du so ein sturer Dickschädel bist. Schon einmal daran gedacht, dass man ab und zu auch einmal etwas verzeihen kann? Hast ..."
„Hör auf, das reicht! Glaubst du immer noch, ich hätte noch nicht eingesehen, dass ich einen Fehler gemacht habe?", fährt er mich an.
„Keine Ahnung, was ich von dir denken soll. Ich bin so unbeschreiblich wütend auf dich!"
„Was denkst du, warum ich los gezogen bin um ihn zu suchen?" Grimmig sieht er mich an und nicht minder grimmig starre ich zurück.
„Woher soll ich das denn wissen?! Ich war leider damit beschäftigt nicht auseinander zu brechen, anstatt mir darüber Gedanken zu machen, wohin mein bescheuerter großer Bruder verschwunden ist. Ich hatte in dem Moment weiß Gott andere Probleme!"
„Du bist echt sauer auf mich. Das habe ich ja dann mal richtig verbockt.", stellt er nüchtern fest.
„Ja", presse ich zwischen zusammen gepressten Zähnen hervor.
„Es tut mir leid." Flehend sieht er mich an. Er setzt diesen ganz besonderen Blick auf, von dem er ganz genau weiß, dass ich dem schon als Kind nicht widerstehen konnte.
„Oh nein, du setzt jetzt ganz schnell einen anderen Blick auf und mit einem lapidaren – tut mir leid – ist es nicht getan.", fauche ich ihn an.
„Was soll ich dann machen?", fragt er mich belustigt und treibt mich damit noch mehr zur Weißglut.
„Richard! Das ist alles anderes als zum Lachen!"

„Ich weiß, sorry." Er kommt auf mich zu und legt seine Hände auf meine Oberarme „Ich weiß, dass ich mehr als nur Mist gebaut habe und es tut mir wahnsinnig leid. Ich war so gefangen in meiner Wut auf Kyle, dass ich nicht gesehen habe, wie glücklich du mit ihm bist und dann ist genau das passiert, was ich nicht wollte. Du wurdest zu tiefst verletzt und das alles nur, weil ich so stur bin." Eindringlich sieht er mir in die Augen.

„Im Moment kann ich dir das nicht verzeihen.", sage ich matt und unterdrücke ein herzhaftes Gähnen.

„Aber du schließt es nicht generell aus."

„Nein das nicht. Auch wenn ich dir gerade den Hals umdrehen könnte, liebe ich dich trotzdem."

„Sag Bescheid, wenn dir einfällt, was ich tun könnte, damit du wieder besser auf mich zu sprechen bist. Ich habe dich übrigens auch lieb, auch wenn ich dir das heute Abend nicht gezeigt habe. Lisa hat mir deswegen schon die Hölle heiß gemacht und wenn wir dann zu Hause sind, darf ich mir garantiert noch weitere Schimpftriaden anhören."

„Warum lächelst du dann?"

„Ich liebe meine Frau und das auch wenn sie sauer auf mich ist. Es gefällt mir zwar nicht, aber ich liebe sie trotzdem."

„Es würde dir nur Recht geschehen, wenn sie dich heute Nacht auf die Couch verbannen würde. Aber das ist wahrscheinlich nur mein Wunschdenken. Sie würde es nie die ohne dich aushalten." Wieder muss ich ein Gähnen unterdrücken.

„Da hast du Recht. Bevor wir Beide zu Lisa und Kyle gehen, hätte ich noch eine Frage."

„Die wäre?"

„Bist du schwanger? Ja oder nein?"

„Keine Ahnung, gut möglich." Richard presst die Lippen auf einander und sieht mich an.

„Wenn es so sein sollte, dann wird das Kind mit seinem Vater an der Seite aufwachsen und Sam würde ein fantastischer großer Bruder sein." Seine Worte geben mir ein wunderbar warmes Gefühl. Spricht er doch das aus, was ich mir so sehr wünsche.

„Mmh ... aber erst müssen Kyle und Sam ein gutes Verhältnis zueinander aufbauen. Aber sie haben schon einen Draht zueinander. Sie brauchen einfach nur Zeit. Man kann über Kyle denken, was man will, aber ich meine, er ist ein guter Vater."

„Ich weiß, ich habe ihn am Tisch beobachtet. Na los, gehen wir zu ihnen. Du bist müde und gehörst ins Bett." Er hält mir seinen Arm hin und ich hake mich bei ihm unter, da ich dank der High Heels mehr schlecht als recht durch den Sand stapfe. Plötzlich habe ich eine Eingebung und bleibe abrupt stehen.

„Was ist?" Rich sieht mich fragend an.

„Da gäbe es vielleicht etwas, was du tun könntest, um meinen Groll gegen dich eventuell ein klein wenig abzuschwächen."

„Das da wäre?"

„Vor elf Jahren wurde Kyle von seinem ehemals besten Freund Bryan die Lüge aufgetischt, dass ich mit ihm geschlafen und somit Kyle betrogen hätte. Diese Lüge war der Auslöser, warum er mit dieser Schlampe in die Kiste gestiegen ist."

„Bitte was?" Entsetzt und wütend sieht er mich an.

„Bist du jetzt wieder sauer auf Kyle?", frage ich vorsichtig. Zum Glück schüttelt er den Kopf.

„Nein, er ist im Grunde ein guter Mann."

„Gut. Also könntest du mir da helfen?"

„Was kann ich tun? Soll ich ihn aufspüren und sein Leben zur Hölle machen?"

„Erst einmal nicht. Kyle hat es zwar nicht dirckt gesagt, aber er fragt sich, warum Bryan ihm diese Lüge erzählt hatte. Immerhin waren sie seit ihrer Kindheit die besten Freunde. Also wäre es nicht schlecht, wenn du deine weitreichenden Fühler ausstrecken würdest und ihn aufspürst."

„Gut, hast du nur seinen Vornamen oder auch mehr. Ich würde ihn zwar auch so finden, aber mit ein paar mehr Informationen würde es schneller gehen."

„Ich weiß nur seinen Vornamen und das Kyle ihm die Nase gebrochen hat, als er dachte, dass ich ihn betrogen hätte."

„Soll ich die Schlampe auch finden?"

„Da müsstest du dich nicht anstrengen, ich weiß wo sie ist."

„Sag mir jetzt nicht du kennst sie?"

„Doch, aber ich habe sie seit diesem Tag nicht wieder gesprochen. Ab und zu läuft sie mir über den Weg, wirft mir einen gehässigen Blick zu und das war's dann auch." Neben mir verspannt sich Richard zunehmend.

„Sagst du mir, wer sie ist?"

„Wenn du mir versprichst erst einmal nichts zu unternehmen?"

Er überlegt kurz, ehe er mir antwortet.

„Auch wenn es mir schwer fallen würde - ja. Ich würde sie zwar im Auge behalten, aber nichts weiter unternehmen. Es sei denn du willst es."

„Gut, du kennst sie übrigens auch."

„Ich kenne sie auch? Nun sag schon, raus mit der Sprache!", fordert er ungehalten.

„Es war Amanda."

„Amanda? Die Amanda, mit der du befreundet bist?" Ungläubig sieht er mich an.

„Ja, genau die und ich bin nicht mit ihr befreundet - ich war. Das hat sich geändert als ich sie beim Sex mit meinem Freund erwischte."

Richard geht wieder weiter in Richtung Parkplatz und zieht mich mit sich. Ich kann seinem Gesicht ansehen, dass er schon am Pläne schmieden ist. Schweigend gehen wir durch den Sand. Endlich habe ich wieder festen Boden unter den Füßen.

Etwas weiter weg sehe ich Kyle und Lisa im Licht der Laterne bei den Autos stehen. Als sie uns entdecken, richten sie sich auf und sehen uns gespannt entgegen.

Ich löse mich von meinem Bruder und schlinge die Arme um Kyle. Zur stummen Begrüßung gibt er mir einen Kuss auf den Scheitel.

„Ich sehe keine äußeren Verletzungen. Also scheint euer Gespräch halbwegs zivilisiert abgegangen zu sein.", scherz Lisa. Ich schenke ihr ein kleines Lächeln. Rich begrüßt seine Frau mit einem Kuss auf die Wange.

„Also, du meldest dich, wenn du mehr weißt?", frage ich meinen Bruder.

„Mache ich. Jetzt aber los mit euch, du musst ins Bett." Genervt von seinem Befehlston verdrehe ich die Augen.

„Kann mich jemand aufklären?", fragen Lisa und Kyle gleichzeitig. Stumm bittet mich Rich, ob er es seiner Frau sagen darf oder nicht.

„Tu was du nicht lassen kannst. Sie würde es früher oder später eh raus bekommen.", antworte ich ihm.

„Kannst du mir dann vielleicht verraten, um was es sich handelt?", fragt mich Kyle.

„Erzähl ich dir gleich. Ich will jetzt erst einmal aus der Kälte raus." Wir verabschieden uns von Lisa und meinem Bruder und setzen uns in Kyles Audi.

„Also, wie ist das Gespräch mit deinem Bruder gelaufen?", fragt er und startet den Wagen. Geschmeidig setzt sich der schwarze Wagen in Bewegung und rollt langsam vom Parkplatz auf die leere Straße.

„Ganz gut."

„Hast du ihm verziehen?"

„Nein noch nicht, das braucht Zeit."

„Jetzt wissen übrigens alle, dass du eventuell schwanger sein könntest."

„Ich weiß, aber das ist unsere Sache und nicht deren. Sie haben es zu akzeptieren und das Baby, sollte es eines geben, lieb haben."

„Das werden sie, ganz sicher. Deine Familie ist schon etwas ganz Besonderes."

„Das aus deinem Mund, nachdem sie dich heute so behandelt haben?"

„Ja, ich kann sie ja ein Stück weit verstehen, ich hätte es genauso gemacht. Also kann ich ihnen daraus keinen Vorwurf machen. Nur hätte ich Kerry nie vor die Wahl gestellt. Irgendwann hätte ich dann grummelnd ihre Entscheidung akzeptiert."

„Ich werde noch eine Weile brauchen diesen Abend zu verarbeiten."

„Wenn du reden willst, ich bin da."

„Danke. Ich hoffe du bist nicht nur zum Reden da." Ich lächle ihn von der Seite her an.

„Schätzchen, ich lass dich nie mehr gehen. Ich hätte heute Abend fast unser Leben zerstört und das was ich da gefühlt habe, will ich nie wieder fühlen müssen. Das würde ich noch nicht einmal meinem ärgsten Feind an den Hals wünschen."

„Ähm ... wo fahren wir eigentlich hin?"

„Noch kannst du dich entscheiden, ob zu mir oder zu dir."

„Zu mir. Ich glaube für Sam wäre es sehr merkwürdig, wenn ich morgen früh nicht am Frühstückstisch sitzen würde."

„Wie wäre es dann für ihn erst, wenn ich auch da bin? Es sei denn, du willst das ich mich vorher raus schleiche."

„Ich will ihn nicht gleich damit überfallen, dass wir wieder zusammen sind. Auch wenn du sein Vater bist, bist du doch der erste Mann, den er an meiner Seite erlebt."

„Hm ... Wie lösen wir das Problem nun?"

„Ich habe keine Ahnung. Darf ich mir das morgen früh einfallen lassen?" Ich will in mein Bett, aber ganz sicher nicht ohne Kyle.

„Gut, dann zu dir. Was habt ihr noch besprochen? Du hast da vorhin so eine Andeutung gemacht."

Kyle nimmt seine Hand vom Schaltknauf und legt sie mir auf den Oberschenkel. Sanft streicheln seine Finger darüber.

„Ich habe ihn um einen Gefallen gebeten."

„Sagst du mir auch, um welchen es sich handelt?"

„Er soll Bryan aufspüren."

„Er soll was!?" Entsetzt sieht er mich kurz an, ehe er seinen Blick wieder auf die Straße richtet. „Warum das denn?"

„Ich will die Wahrheit wissen. Warum er das damals gemacht hat und ich habe das Gefühl, dass Amanda an der Sache nicht ganz unschuldig war."

„Was bringt dir das? Zählt nicht das hier und jetzt?"

„Ja schon, aber ich würde gerne verstehen warum und dann will ich Bryan das Leben zur Hölle machen."

„Man merkt, dass du die kleine Schwester von Richard und David Borough bist." Amüsiert lächelt er mich an.

„Die bin ich durch und durch.", antworte ich nicht ohne Stolz. Auch wenn ich ihr Verhalten nicht immer billige, so ist es doch wunderbar ihre Schwester zu sein. „Und gib es zu Kyle, du willst auch die Wahrheit wissen. Es nagt an dir, dass dich dein ehemalig bester Freund so hintergangen hat."

„Mmh", grummelt es auf dem Fahrersitz.

„Wir lassen jetzt erst einmal Richard seine Arbeit machen und dann sehen wir weiter.", murmle ich.

„Es ist erstaunlich, was man als Musikproduzent so alles kann."

„Das hat alles mit Beziehungen zu tun. Er und David haben noch jede Menge gute Freunde von der Uni und die helfen nur zu gern. Werde sie so doch auch etwas aus ihrem eigenen Alltagstrott herausgerissen."

Meinen Kopf habe ich gegen die Scheibe gelehnt und die Augen fallen mir immer wieder zu. Schließlich bleiben sie ganz zu.

„Hey Schätzchen, wir sind da." Sacht rüttelt Kyle meine Schulter.

„Mmh?" Verschlafen sehe ich mich um. Er hockt vor der geöffneten Beifahrertür und wir stehen vor dem Haus meiner Eltern. Ich reibe mir die Augen und versuche ein klein wenig klar im Kopf zu werden. Mit seine Hilfe klettere ich ungelenkig aus dem Auto und schlurfe auf die Haustür zu. Da ich meine Augen nicht offen halten kann, habe ich so meine Probleme damit, den Haustürschlüssel ins Schloss zu bekommen. Schmunzelnd nimmt er mir diese Aufgabe ab.

Im Haus ist alles Dunkel und ruhig. Da Davids Auto wieder in der Einfahrt steht, werden er und Molly wohl im Gästezimmer übernachten, denn Max und Jessy werden immer in seinem alten Zimmer untergebracht, wenn sie bei uns sind. Mom und Dad werden sicher auch schon im Bett sein.

Ich streife meine Schuhe von den Füßen und verziehe mein Gesicht, als ich merke, dass ich jede Menge Sand zwischen den Zehen habe. Ich nehme Kyles Hand und leise schleichen wir uns nach oben in mein Reich. Geschickt umrunde ich mit ihm die knarrenden Stufen. Ich will auf keinen Fall jetzt noch jemanden wecken.

Als wir oben in Sams und meinem Bereich ankommen, schleiche ich mich zu seinem Zimmer. Ich öffne die Tür, seufze dann aber ein klein wenig enttäuscht auf. Sein Bett ist verweist und die Bettwäsche fehlt.

„Ist das Sams Zimmer?", fragt Kyle leise hinter mir.

„Ja ist es, aber du brauchst nicht zu flüstern, er ist nicht in seinem Bett."

„Wie?"

„Er, seine Cousinen und sein Cousin werden bestimmt ihr Nachtlager im Schlafzimmer meiner Eltern aufgeschlagen haben. Wenn die ganze Bande da ist, sieht es da drinnen immer wie in einem Ferienlager aus. Obwohl hier wirklich genug Betten vorhanden sind. Immerhin gibt es noch Davids und Richards alte Zimmer, die quasi an ihre Kinder vererbt wurde."

„Kann ich sein Zimmer sehen?"

„Nein, das will er sicherlich selber machen. Es ist seine Aufgabe, sein Reich seinem Daddy zu zeigen."

„Daddy?" Belustigt sieht mich Kyle an. Er ist aber auch unheimlich stolz, dass ich ihn so bezeichnet habe.

„Ja Daddy.", lache ich zurück und küsse ihn lang und ausgiebig. Seine Hände beginnen an meinem Körper entlang zu wandern. Sanft legt er eine Hand auf meine Brust.

„Nimm es mir nicht übel, aber ich will mich nur noch schnell waschen und dann ins Bett.", nuschle ich. So verlockend guter Sex jetzt auch ist, ich bin zu erledigt dafür. Wer weiß was morgen früh ist?

„Na dann komm. Ich helfe dir. Wird bestimmt nicht so gut gehen, sich mit nur einer Hand zu waschen."

„Da hast du sicher Recht. Wobei ich so langsam meine Methode habe." Ich gehe voran und führe ihn durch den kleinen Flur, vorbei am Wohnzimmer, in mein Schlafzimmer.
Total erschöpft beginne ich mich auszuziehen. Nackt stapfe ich in mein angrenzendes Badezimmer und lasse mir Wasser in das Waschbecken laufen. Kurz nach mir erscheint auch Kyle im Bad. Er trägt nur noch eine graue Shorts und beginnt mir beim Waschen zu helfen.

„Kannst du mir mal meine Hose und das Shirt geben?" Ich zeige auf meinen Schlafanzug, der auf der kleinen Bank an der rechten Wand liegt. Breit grinsend hält er mir meine rosa Shorts mit den aufgedruckten roten Herzen hin.

„Was?"

„Süß.", neckt er mich. Lachend zerre ich ihm die Klamotten aus den Händen und ziehe mich an. Einträchtig putzen wir gemeinsam unsere Zähne. Nur gut, dass ich immer eine Ersatzzahnbürste da habe. So sehr ich diesen Mann auch liebe, aber meine Zahnbürste teile ich nicht.
Endlich bettfertig kuscheln wir uns unter die Bettdecke. Engumschlungen liegen wir auf der Seite und ich spüre Kyles Atem an meinem Ohr. Zufrieden seufze ich auf und schlafe ein.

Kapitel 13 - Dad

Ich spüre, wie sich die Matratze leicht bewegt und mir jemand ins Gesicht atmet. Auch ohne die Augen zu öffnen, weiß ich, dass es Sam ist. Als Mutter spürt man es einfach, wenn das eigene Kind in der Nähe ist. Etwas schwerfällig öffne ich meine Augen. Tatsächlich da steht er und sieht mich mit gerunzelter Stirn an.

„Hey, Kleiner", murmle ich verschlafen.

„Mommy?", flüstert er zurück und schielt an meiner Schulter vorbei. Ich liege auf der Seite, spüre Kyles Körper hinter mir und seinen warmen Atem in meinem Nacken. Einen Arm hat er um meine Taille gelegt und hält mich so eng an sich gedrückt. Verdammt! So sollte er es nun nicht erfahren.

„Wie spät ist es?", versuche ich ihn vom Offensichtlichen abzulenken.

„Keine Ahnung. Warum schläft er in deinem Bett?"

„Gibst du mir mal bitte meinen Wecker." Ich gehe auf seine Frage nicht ein. Nicht weil ich nicht will, sondern weil ich keine passende Erklärung habe. Sam streckt seinen Arm aus und greift sich den Wecker.

„Halb fünf.", flüstert er.

„Oh Gott. Sam. Sag mir bitte, das du noch nicht ausgeschlafen hast." Stöhnend schließe ich die Augen. Ich habe gerade einmal drei Stunden geschlafen und so fühle ich mich auch. Es ist als wäre eine Dampfwalze über mich rüber.

„Ich bin noch müde, aber Grandpa schnarcht und Lena pupst immer." Sam schielt weiter an mir vorbei auf seinen Vater, der den Schlaf der Gerechten schläft. Sein junges Gesicht bekommt einen sehnsuchtsvollen Zug. Ich weiß nicht, ob ihm das bewusst ist.

„Willst du zu uns in die Mitte und noch ein bisschen schlafen?" frage ich ihn. Erstaunt sieht mich mein Sohn an.

„Wirklich? Aber ..."

„Dein Dad wird nichts dagegen haben." Ich winde mich aus Kyles Umklammerung, was dieser mit einem Brummen quittiert und schläfrig ein Auge öffnet.

„Komm wieder her.", murmelt er verschlafen.

„Geht nicht, Sam würde gerne noch ein wenig kuscheln. Also mach Platz."

„Sam?", fragt er, jetzt schon etwas wacher.

„Ja?", antwortet dieser hoffnungsvoll.

„Komm her.", murmelt Kyle, rutscht etwas zur Seite und hält einladend die Bettdecke hoch. Sams Stirn ist immer noch gefurcht. Schließlich klettert er über mich und schlüpft unter unsere Bettdecke. Leider kann ich nur auf der linken Seite oder auf dem Rücken liegen. Damit kann ich mich nicht so leicht an Sam kuscheln. Er drückt sich an mich und schließt seine Augen, um schnell wieder einzuschlafen. Ich werfe einen Blick rüber zu Kyle. Er guckt mit einem zufriedenen Lächeln auf seinen Sohn. Ich seufze leicht auf, drehe mich auf die Seite und versuche wieder einzuschlafen. Aber es will mir nicht so richtig gelingen. Vor allem dann nicht, als Sam mir immer wieder in den Rücken tritt, um sich Platz zu verschaffen.

Blinzelnd erwache ich. Die Sonne scheint durch das Fenster des Schlafzimmers. Ich drehe mich auf den Rücken und strecke mich um meine Wirbel wieder in die richtige Position zu bringen. Das Bett neben mir ist verweist. Meine beiden Männer sind anscheinend schon aufgestanden. Ich räkle mich noch eine Weile und schwinge schließlich meine Beine aus dem Bett.

Noch etwas dusselig vom Schlafen schwanke ich ins Wohnzimmer, aber auch hier ist niemand. Also suche ich weiter in Sams Zimmer. Seine Bettwäsche ist wieder an Ort und Stelle. Sie ist nicht nur so dahin geworfen worden, sondern Kopfkissen und Decke liegen ordentlich da. Das ist aber auch das einzige in seinem Zimmer. Wo stecken die Beiden nur? Da ich nicht weiß wann sie aufgestanden sind, könnte es auch gut sein, dass sie beim Frühstück sind. Ich tapse zurück in mein Schlafzimmer und nehme meinen rosa Morgenmantel von der Tür und ziehe ihn mir über. Die kühle Seide fühlt sich sehr angenehm auf meiner Haut an.

Als ich unten im Flur ankomme kann ich sie schon alle aus dem Esszimmer hören. Mit einem zufriedenen Lächeln auf meinen Lippen gehe ich hinein. Bei dem Anblick, der sich mir bietet, bleibt mir kurz vor Verblüffung der Mund offen stehen. Wie am Abend zuvor sind wieder alle um den Tisch versammelt, nur ist die Stimmung jetzt weit aus ausgelassener. Sam, Kyle, Max, Rich und David unterhalten sich quer über den kompletten Tisch über Sport und die nächsten Spiele von Sam und Max. Jessy und Lena sind damit beschäftigt zu erörtern, was sie am besten als nächstes mit ihren Puppen spielen wollen. Lisa und Mom diskutieren über einen neuen Designer, den sie unter Vertrag genommen haben und der sehr vielversprechend zu sein scheint. Dad und Molly besprechen, wann sie das nächste Familienessen veranstalten wollen. Diese Szene ist so schön, dass ich kurz die Augen schließe und sie wieder aufreiße, um zu überprüfen, ob ich ja nicht schlafe. Nach den gestrigen Ereignissen erscheint es mir so unwahrscheinlich. Vor allem wie Sam Kyle immer wieder anstrahlt, ist für mich fast schon das Unglaublichste. Glücklich lasse ich die Geräuschkulisse auf mich wirken. Genau das hätte ich mir für gestern Abend gewünscht. Aber lieber spät als nie.

„Guten Morgen", rufe ich laut in die Runde und gehe grinsend zu meinem Platz neben Kyle.

„Morgen", rufen sie mir zurück.

„Morgen Süße.", haucht mir Kyle ins Ohr.

„Was ist passiert?", frage ich ihn flüsternd. „Du und Sam", antworte ich auf seinen fragenden Blick.

„Als ich heute Morgen wach wurde, hat er mich aus großen Augen angesehen."

„Das ist doch sicherlich nicht alles."

„Nein. Er meinte, er hätte über mich nachgedacht und dass er es gut findet, dass ich sein Vater bin."

„Oh wie süß." Ich muss schwer schlucken, als ich das höre.

„Ja. Aber es geht noch weiter. Er hat gefragt, ob ich dich lieb habe und als ich mit ja geantwortet habe, hat er zufrieden genickt und gefragt, wann es Frühstück gibt."

„Mein kleiner Junge.", seufze ich. Gerührt press ich mir eine Hand auf die Brust.

„*Unser!*", berichtigt er mich.

Das Frühstück verläuft äußerst harmonisch und da Jessy auf die Idee kommt, man könnte doch noch in den Pool hüpfen und die anderen Kinder mehr als freudig ihrer Idee zustimmten, wurde beschlossen den Tag in eine spontane Poolparty um zu funktionieren. Alle waren total begeistert - nur ich nicht. Denn ich bin die Einzige, die nicht mit ins Wasser darf. Dämliche Gipshand!

Ich helfe meiner Mutter beim Abräumen des Tisches so gut ich kann, während die Anderen ihre Badesachen zusammen suchen.

Seufzend stehe ich in der Küche und lehne mich mit der Hüfte an die Küchenzeile. Lächelnd sehe ich meiner Mutter beim Bestücken der Spülmaschine zu.

„Was willst du den ganzen Tag machen?", fragt sie mich.

„Mal sehen, ich kann ja nicht mit in den Pool. Nachher werde ich erst einmal Marie anrufen und ein wenig im Internet stöbern.", seufze ich.

„Suchst du nach etwas bestimmten im Netz?", fragt sie mich betont gleichgültig.

„Ich wollte mal sehen, was so der Wohnungsmarkt hergibt."

„Meinst du nicht, dass das etwas übereilt ist?"

„Warum? Wir kennen uns ja nicht erst seit gestern."

„Weiß er von deinen Plänen."

„Nein, ich will ja auch nur für mich schauen und dann kann ich ihn ja immer noch fragen."

„Wir werden dich und Sam sehr vermissen. Es wird sehr ruhig hier im Haus werden." Liebevoll nimmt mich meine Mutter in den Arm und streichelt mir über die Wange.

„Danke Mom.", ist alles was ich raus bekomme, denn die Tränen schnüren mir die Kehle zu. Es ist schön, dass sie so hinter mir steht.

„Mom!" Entrüstet steht Sam in der Küchentür.

„Was?" Verwirrt sehe ich ihn an.

„Na du hast immer noch deinen Schlafanzug an und wir wollten doch eine coole Poolparty feiern.", klärt er mich auf.

„Falls es dir entgangen sein sollte, mein Sohn, aber ich habe einen Gips und darf nicht ins Wasser." Zur Bestätigung wedle ich mit meiner gebrochenen Hand durch die Luft.

„Oh Mom!" Genervt verdreht er die Augen und haut sich mit der flachen Hand gegen die Stirn. „Das weiß ich doch. Aber du kannst dich doch trotzdem zu uns setzen."

„Aber dafür muss ich mich doch nicht umziehen."

„Doch! Sonst ist es ja keine richtige Poolparty." Er verdreht die Augen und ruft über seine Schultern nach Kyle. „Dad! Mom will keine Badesachen anziehen." Dad!? Himmel, dass ging jetzt aber wirklich schnell. Ich muss meinen kleinen Mann wirklich mal ausquetschen, woher das so plötzlich kommt. Gleich darauf erscheint Kyle in der Tür und mein Mund wird trocken.
Er trägt eine der Badeshorts, die in Massen in diesem Haus herum fliegen. Die Shorts und das Badetuch um seinen Hals sind die einzigen Klamotten an seinem überaus ansehnlichen Körper. Wie gerne würde ich jetzt mit meiner Zunge die einzelnen Muskeln seines Oberkörpers nachfahren. Das Verlangen schießt direkt zwischen meine Beine und pocht dumpf vor sich hin. Ich muss unruhig von einem Bein auf das Andere treten, um den Druck wenigstens ein klein wenig abzubauen.

„Komm schon, sei kein Frosch.", fordert mich Kyle mit einem süffisanten Grinsen heraus und wackelt mit den Augenbrauen. Nur gut, dass ich in einem modernen und aufgeschlossenen Haushalt aufgewachsen bin, sonst wäre mir seine Mimik echt peinlich.
Mit einem, wie ich hoffe aufreizenden Augenaufschlag sehe ich ihn an und gehe mit übertrieben schwingenden Hüften zu ihm rüber, lasse meinen Zeigefinger über seine Brust zu seinem Nabel fahren und registriere mir Genugtuung, dass er scharf die Luft einzieht. Ich lächle ihn von unten her an.

„Ich soll mir Badesachen anziehen?", frage ich ihn mir rauer Stimme und Kyle nickt stumm. Ich kann das Verlangen in seinen Augen sehen. Gerade in dem Moment, in dem er sich runter beugt, um mich zu küsse, vollführe ich eine kleine Drehung und gehe an ihm vorbei.

„Gut, wenn ihr es unbedingt wollt.", trällere ich fröhlich und lasse mir nicht anmerken, dass dieses kleine Spiel meine Lust noch mehr angefacht hat.

Oben, in meinem Wohnzimmer, haue ich mich erst einmal auf die Couch und rufe bei Kevin an. Er weiß über die neusten Ereignisse noch gar nicht Bescheid. Er denkt noch, dass Kyle mich weiterhin mit der Heirat erpresst.

„Kevin O´Tool."

„Hey schöner Mann.", flöte ich in den Hörer.

„Sophie?"

„Ja."

„Hast du was geschluckt? Du hörst dich so fröhlich an.", fragt er mich verwundert.

„Ich nehme keine Drogen!", empöre ich mich gespielt, denn ich weiß ja, dass er es nur spaßig meint.

„Okay, dann glaube ich dir das heute mal. Was verschafft mir die Ehre deines Anrufes? Hat sich dein Ex noch einmal gemeldet? Beharrt er weiter auf der Hochzeit?"

„Er ist nicht mein Ex, zumindest nicht mehr."

„Wie jetzt? Das musst du mir näher erklären!", fordert er mich überrascht auf. Schnell erzähle ich ihm die Kurzfassung der vergangenen Tage. Es kommt mir vor, als wäre eine halbe Ewigkeit vergangen, so viel ist passiert.

„Mensch, da ist ja ganz schön was los bei dir!", stellt er fest.

„Ja und ich bin im Moment so glücklich, wie ein einzelner Mensch nur sein kann."

„Gut, da kann ich ja meinen inoffiziellen Fall zu dem Akten legen?"

„Ja kannst du."

Wir quatschen noch ein bisschen über dies und das und dann beenden wir unser Gespräch. Gleich nach Kevin rufe ich Marie an.

„Hey Sophie!", begrüßt sie mich sofort.

„Hi. Wie geht es Mai? Hat sie die Grippe endlich überwunden?"

„Ja und George hatte gestern endlich mal wieder einen Abend frei. Wir haben zusammen Karten und Brettspiele gespielt. Wie geht es dir?" Eine kleine Sorge schwingt in ihrer Stimme mit.

„Wieder super."

„Deine Mutter hatte mir nur ganz grob erzählt was passiert ist. Ist jetzt wieder alles in Butter?"

„Ja, alles wieder bestens, keine Sorge."

„Was ist mit deiner Familie, speziell deinem Vater und deinen Brüdern. Sie akzeptieren das doch sicherlich nicht ohne Weiteres."

„Das ist eine lange Geschichte und es wird noch dauern bis unser Verhältnis wieder hergestellt ist. Aber wir reden miteinander und vor den Kindern lasse ich meinen Groll eh nicht raus."

„Na das ist doch schon mal etwas."

„Wir sollten uns vielleicht mal über die nächsten Wochen unterhalten. Mit meiner Hand kann ich leider nicht so viel ausrichten."

„Mach dir da mal keine Gedanken. Wir bekommen das schon hin. Ich hatte mir überlegt, dass du die Gespräche und den Bürokram übernimmst und ich mache den Rest."

„Du kannst nicht die Torten und Feiern alleine machen."

„Mach ich ja auch nicht. Ich würde ja nur den praktischen Teil übernehmen und du machst die Planung, telefonierst mit Caterern und Zulieferern."

„Wir können es ja mal versuchen."

„Gut, ich freue mich drauf, endlich mal dem Büro zu entfliehen." Bisher war unsere Aufgabenverteilung eher anders herum, obwohl wir beide die gleiche Ausbildung haben. Als wir anfingen meinte Marie, ich hätte mehr Talent für die Torten, wobei ich da anderer Meinung bin. Sie kann es genauso gut wie ich, wenn nicht gar besser. Sie steht nur nicht so gern im Mittelpunkt und das tut man zwangsläufig wenn man die Torte für eine Hochzeit zaubert.

„Okay. Sehen wir uns morgen?"

„Klar, wenn Kyle dich gehen lässt." Marie kann sich ein kleines Lachen nicht verkneifen.

„Er muss ja morgen auch wieder ins Büro und es wird mir gut tun, ein bisschen zu arbeiten. Das lenkt mich wenigstens etwas ab von der Warterei ab, bis wir mehr wissen.", sage ich ein klein wenig abwesend.

„Sophie, wie meinst du das?", fragt sie ein bisschen alarmiert.

„Wie?" Langsam kehre ich wieder in die Wirklichkeit zurück.

„Du hast gerade etwas von warten und mehr wissen erzählt."

„Ach so. Es könnte sein, dass ich wieder schwanger bin und die Warterei bringt mich sonst um und so kann ich mich wenigstens ablenken." Und dabei sind erst drei Tage vergangen.

„Du bist schwanger?", kreischt Marie und ich muss den Hörer vom Ohr weghalten, um nicht taub zu werden.

„Das wissen wir nicht, aber es könnte sein."

„Wie? Wann? Wo?", feuert sie ihre Fragen ab.

„Wie, kannst du dir denken, wann, am Donnerstag und wo, bei Kyle auf der Couch. Willst du noch mehr Informationen?"

„Ähm ... erst einmal nicht. Du sagst mir aber Bescheid wenn du was Genaueres weißt?"

„Klar, du bist meine beste Freundin."

„Ich hab dich lieb Sophie." Im Hintergrund kann ich Mai kreischen hören.

„Ich dich auch. Na los kümmere dich um deine Tochter. Wir können ja morgen noch einmal quatschen. Leg mir deinen Terminkalender auf dem Tisch."

„Mach ich. Macht euch einen schönen Sonntag."

„Euch auch. Grüße George von mir und gib Mai einen Kuss."

„Werde ich mache. Küss alle von mir."

Okay, bye."

„Bye."

Lächelnd lasse ich mich zurück in die Kissen fallen. Und strample fröhlich mit meinen Beinen in der Luft. Dann springe ich auf und renne in mein Schlafzimmer, um so schnell ich kann in meinen roten Bikini zu schlüpfen. Die anderen sind sicherlich schon unten im Wintergarten.

Die feuchte Luft schlägt mir entgegen und durch die riesigen Glasfenster strömt das Sonnenlicht dieses wunderbaren Sonntagvormittags. Mom hat in aller Eile den Plan für das Mittagessen umgeworfen. Beim Lieferdienst hat sie nun warme und kalte Häppchen bestellt. So kann sie es sich auch gut gehen lassen, anstatt ewig in der Küche stehen zu müssen. Wäre ich nicht indisponiert, würde ich für das Essen sorgen und alle mal so richtig verwöhnen.

Mom, Lisa und Molly haben es sich auf den Liegestühlen bequem gemacht und beobachten, genau wie ich, die Szene im Pool. Dort ist gerade eine wilde Rangelei im Gange. Das Wasser spritzt so wild umher, dass man nicht genau erkennen kann, wer wer ist. Ich setze mich zu den Borough-Frauen und lege die Füße hoch.

„Sind alle im Wasser?", frage ich und deute mit dem Kinn zum Pool.

„Ja sind sie.", erklärt mir Molly lächelnd. Alle Drei haben einen sehr zufriedenen Gesichtsausdruck aufgelegt. Wehmütig beobachte ich die Badenden.

„Du wärst da jetzt auch gerne drin.", stellt Lisa schmunzelnd fest.

„Ja", seufze ich.

„Das wird garantiert nicht die letzte spontane Poolparty sein.", versucht sie mich zu trösten, aber es hilft nicht viel. Ich würde trotzdem gerne in das angewärmte Wasser springen. Ich lehne meinen Kopf zurück und beobachte weiter die Szene.

Um Atem ringend treiben Dad, Richard, David, Kyle, Sam, Jessy, Lena und Max im azurblauen Wasser. Das selbige rinnt ihnen in Strömen von den klatschnassen Haaren. Ich bin erleichtert darüber, das Kyle, mein Vater und meine Brüder, in Gegenwart der Kinder, es so aussehen lassen, als würden sie sich gut verstehen. Wer weiß, vielleicht tun sie das ja auch eines Tages? Die Hoffnung stirbt bekanntlich zu letzt.

„Hey Mom!", ruft Sam und winkt wild. Dabei spritzt er Rich wieder Wasser ins Gesicht. Lachend wischt er es sich aus den Augen.
Grinsend winke ich meinem Sohn zu und ziehe damit Kyles Aufmerksamkeit auf mich. Sein Blick gleitet über meinen Körper, der vom Bikini mehr schlecht als recht bedeckt wird und seine grünen Augen nehmen die Farbe von sturmgepeitschten Blättern an. Ich rekle mich ein bisschen und positioniere mich so, dass das Sonnenlicht vorteilhaft auf meine nackte Haut fällt. Mit zwei kräftigen Zügen schwimmt er von der Mitte des Pools zum Rand und stemmt sich hoch. Gleich daneben ist die Leiter, aber er weiß, wie er dieses köstliche Kribbeln in mir hervorrufen kann. Mit Wohlwollen

beobachte ich das Spiel seiner Muskeln. Da er sein komplettes Gewicht nur mit seinen Armen hoch stemmt, treten die Muskeln an seinen Oberarmen hervor. Ich muss hart schlucken und versuche meinen staubtrockenen Mund zu befeuchten. Zentimeter für Zentimeter schiebt er sich über den Rand des Pools und ich verfolge jeden einzelnen davon mit meinem Blick. Ich lasse ihn über seine Brust und seinem Waschbrettbauch wandern. Kleine Rinnsale laufen über seine gebräunte Haut und verschwinden im Bund seiner tief sitzenden Badeshorts. Gierig lecke ich mir über die Lippen, was Kyle ein kleines Lächeln entlockt. Mit einem verführerischen Augenaufschlag erwidere ich es. Er hat sich jetzt komplett aus dem Wasser gehoben. Seine Shorts kleben ihm am Leib und ich weiß gar nicht wohin ich als erstes blicken soll. Das eine Mal verfolge ich den Lauf des Wassers über seinen definierten Körper, das andere Mal bleibe ich an seinem Schritt hängen.

Langsam und geschmeidig, wie ein Tiger auf der Jagd, kommt er auf mich zu. Sein Blick ist nach wie vor auf mich gerichtet. Im Vorbeigehen schnappt er sich ein Badetuch und reibt sich über die Brust. Unruhig rutsche ich hin und her. Ich würde jetzt gerne den weichen Frotteestoff durch meine Zunge ersetzen. Ich verfolge seine Hand, wie sie den Stoff auf seine warme Haut drückt und ihn langsam hin und her schiebt. Unwillkürlich presse ich meine Schenkel zusammen, um den Druck in meinem Unterleib ein klein wenig zu lindern. Ich stelle mir vor, wie seine Hände über meinen Körper gleiten und wie sie all die Stellen finden, an denen ich vor Verlangen stöhne und seufze.

Kyle legt sich das Badetuch über die Schultern und setzt sich zu mir auf meine Liege. Einen Arm legt er über meinen Körper hinweg und stützt sich auf der anderen Seite ab. Sein Blick gleitet noch einmal lasziv über mich und ein Lächeln umspielt seine Lippen, bei dessen Anblick mir das Verlangen heiß durch die Adern rast.

„Hola, da ist jemand in Spiellaune.", lacht Molly neben mir und erntet ein breitendes Grinsen von Kyle. Mit dem Zeigefinger seiner linken Hand streicht er über die Außenseite meines Oberschenkels und hinterlässt an der Stelle eine Gänsehaut.

„Kalt?", flüstert er mit sexy tiefer Stimme.

„Nein, mir ist warm.", raune ich zurück.

„Nur warm?" Kehlig lacht er auf.

„Vielleicht ein bisschen mehr."

„Lust auf eine Abkühlung?"

„Sie darf nicht ins Wasser, sie hat doch eine Gipshand. Hast du das schon vergessen, Dad?", klärt Sam, der plötzlich neben uns auftaucht, ihn auf. So ganz habe ich mich noch nicht daran gewöhnt, das er ihn plötzlich *Dad* nennt. Immerhin gibt es diesen Zustand erst seit ein paar Stunden. Aber das werde ich sicherlich schnell. Ich lächle meinen Sohn an und dann Kyle, der tief durchatmet.

„Heiß?", frage ich ihn leise.

„Ja", stöhnt er gequält auf.

„Dir ist warm Dad? Dann komm doch wieder mit ins Wasser." Hilfsbereit zerrt Sam an seinem Arm. Er wirft mir noch einen verheißungsvollen Blick zu und erhebt sich. Kyle wirft mir sein Badetuch zu und lachend fange ich es auf. Zusammen springen sie übermütig in den Pool.

„Da hat Sam ihm wohl gerade die Tour vermasselt.", lacht Molly leise neben mir. Meine Eltern mögen tolerant sein, immerhin kennen sie nur zu gut so ein Verhalten von meinen Brüdern und ihren Frauen, aber man muss es ja nicht unbedingt bis zum letzten Punkt ausreizen.

„Nicht nur ihm.", gebe ich missmutig zurück. Schallend lacht sie auf. Sicherlich kennt sie das Gefühl. Immerhin haben sie und David zwei Kinder.

„Da gewöhnt ihr euch besser dran und wenn du doch schwanger sein solltest, dann wird es noch schlimmer und ihr müsst mehr als nur einfallsreich sein, um auf eure Kosten zu kommen." Da zeichnet sie ja ein tolles Bild von der Zukunft.

Irgendwie will ich aber genau das. Ich will all den Stress, den Streit und Zank, aber auch die Liebe, das Lachen und das Glück. Schnaufend versuche ich meine Libido zu besänftigen.

Im Pool haben sie inzwischen begonnen mit Wasserbällen zu spielen und vergnügt quietschen und kreischen die Kinder durcheinander.

Da ich meinen Laptop oben vergessen habe, erhebe ich mich und hole ihn schnell. Nur rumsitzen ist nichts für mich. Ich brauche irgendetwas zu tun. Als ich wieder unten bin stehen alle um den großen Tisch in der Sitzecke versammelt.

Wie die Scheunendrescher machen sich die Männer und Kinder über die Obstspieße und kleinen Köstlichkeiten her, die der Lieferdienst eben gebracht haben muss. Ich quetsche mich durch und angle mir schnell einen der Spieße, ehe sie alle sind. Neben dem Obst gibt es auch Wasser und Saft. Mom und meine Schwägerinnen füllen die Gläser und drücken jedem eines in die Hand.

Alle Kinder plappern fröhlich durcheinander und planen schon, was sie als nächstes machen wollen.

„Ihr bleibt jetzt erst einmal draußen.", verkündet Lisa und erntet dafür entsetzte Blicke.

„Mommy? Warum?" Lena schaut aus großen Kulleraugen zu ihr auf.

„Weil ihr schon ganz schrumpelig seid." Schnell kitzelt sie ihre kleine Tochter durch.

„Ich bin nicht skrumplig!", protestiert Lena weiter und wild nickend stimmen ihr die anderen Kids mit vollen Mündern zu.

„Das heißt *schrumpelig*, nicht *skrumplig*." Richard gibt seinem kleinen Schatz einen dicken Kuss auf die Wange. „Aber Mom hat Recht. Ihr braucht eine Pause." Er nippt an seinem Saft und streichelt, scheinbar beiläufig über den Bauch seiner Frau. Die erste Wölbung ist schon zu erkennen, zumindest wenn man sie kennt. Nicht mehr lange und es wird für jeden sichtbar sein. Zum Glück gehört Lisa nicht zu den Frauen, die ihre Schwangerschaft verstecken. Sie trägt ihren Bauch voll

Stolz und Würde. Immerhin wächst ein kleines Wunder – ein neuer Mensch – in ihr heran.

„Daaaad."

„Nicht Daaaaad, hör auf das, was deine Mom dir sagt." Er vergöttert Lena, kann aber auch streng sein. Die Kleine tut mir jetzt schon leid, wenn sie in die Pubertät kommt und beginnt sich für Jungs zu interessieren. Wahrscheinlich würde Rich sie dann am liebsten weg sperren.

Dir Kinder grummeln leise vor sich hin, aber keiner wagt es gegen die Macht der Erwachsenen aufzubegehren.

„Spielt doch eine Runde Karten und dann könnt ihr wieder ins Wasser.", schlage ich als Kompromiss vor. Nicht gerade begeistert sehen sie mich an, aber kommen dann doch zu der Erkenntnis, dass sie verloren haben. Jessy zieht los, um die Spiele zu holen. Mit langen Gesichtern setzen sie sich an den Tisch und warten darauf, dass sie wieder in den Pool dürfen. Wir anderen machen es uns auf den Liegestühlen bequem. Dad sichert sich die Liege neben der von Mom und liest die Zeitung. Mom befasst sich mit einer ihrer Fachzeitschriften. Rich hat es sich an Lisas Seite bequem gemacht und döst vor sich hin. Genau wie David bei Molly, setzt sich Kyle auf meine Liege. An seiner Brust lehnend, mache ich es mir gemütlich. Als mein Laptop hochgefahren ist, schau ich schnell über meine Schulter. Er hat seine Augen geschlossen, also kann ich es wagen, die Seiten der Maklerbüros durchzusehen.

„Was machst du?", fragt er mich kurze Zeit später verschlafen. Er küsst meine nackte Schulter. Mir ist bewusst, dass er das nur tut, um einen besseren Blick auf den Monitor zu haben. Ich fühle mich ertappt und hätte fast, aus Reflex, das Browserfenster geschlossen. Zum Glück fällt mir schnell genug ein, dass das noch auffälliger wäre. Ich könnte mir jetzt auch irgendeine Notlüge einfallen lassen. Aber das möchte ich nicht. Ich will immer ehrlich zu ihm sein.

„Siehst du das nicht?"

„Doch, aber ich dachte, ich frag mal nach, ob es das ist für das ich es halte. Nicht das ich dann falsch liege und mir Ärger mit dir einhandle.", murmelt er an meinem Hals und haucht immer weiter kleine Küsschen auf die weiche Haut. Lachend haue ich ihm auf den nackten Oberschenkel und drehe meinen Kopf, damit ich ihn küssen kann. Ich hab die gleichen Ablenkungsmanöver drauf wie er.

„Also?", hakt er nach.

„Ich bin der Meinung, dass es langsam Zeit wird, dass wir bei meinen Eltern ausziehen. Es soll nicht sofort sein, eher auf lange Sicht geplant. Ich will nur mal wissen, was so auf dem Markt ist." Seine Augen weiten sich kurz vor Überraschung um dann ins Ungläubige zu wechseln.

„Wirklich?"

„Ja, wirklich.", antworte ich ihm lächelnd. Ich will es ihm jetzt nicht direkt sagen müssen, dass ich gern mit ihm zusammenwohnen würde. Da muss er meine kleinen Andeutungen halt verstehen. Wenn nicht, kann ich ihn später immer noch nach seiner Meinung zu diesem Thema fragen.

„Okay." Kyle zuckt kurz mit den Schultern und schon senkt er seine Lippen auf meine und schiebt seine wunderbar weiche und warme Zungenspitze zu meiner und stupst sie an.

„Ich liebe dich.", murmelt er an meinem Mund.

„Ich dich auch.", wispere ich zurück.

„He, genug geknutscht!", ruft David lachend, auch wenn es nicht ganz seine Augen erreicht. Aber Kyle und ich lassen uns davon nicht abbringen.

„Wir waren nie so. Wir wussten, wie man sich benimmt.", fährt mein lieber Bruder fort. Unsere Eltern brechen prustend in schallendes Gelächter aus. Ich lächle an Kyles Lippen.

„Du und Molly wart viel schlimmer und seid es immer noch.", gebe ich meinem Bruder Konter. Noch einmal berühren sich Kyles und meine Lippen. Ich drehe meinen Kopf so, dass ich zu den anderen rüber sehe. David sieht mich mit erhobenen Augenbrauen an, Rich ist aus seinem Schlummer erwacht und beobachtet uns mit gerunzelter Stirn.

„Das musst du jetzt mal näher erklären, kleine Schwester. Molly und ich waren doch immer die Tugend in Person.", erklärt er im Brustton der Überzeugung.

„Ja klar und ich bin die Kaiserin von China. Bei euch muss man doch immer Angst haben, dass ihr euch vor unseren Augen die Klamotten vom Leib reißt und dann wilden hemmungslosen Sex auf dem Teppichboden habt, während wir alle als Zuschauer darum stehen."

Molly läuft bei meinen Worte rot an und schnappt nach Luft. Auch David sieht mich erst einmal perplex an, um dann laut zu lachen.

„Wo du Recht hast, hast du Recht.", sagt er und küsst seine Frau.

Ich wende mich wieder meinem Laptop zu und scrolle mich durch die Bildergallerie einer bekannten Makleragentur.

„Was hältst du davon?" Wieder ein Wink, den er hoffentlich versteht. Ich zeige auf ein Bild von einem alten Holzhaus aus verwitterten grauen Holz. Das Fundament besteht aus alten großen Feldsteinen, aber mit sehr viel Charme. Es erinnert mich ein bisschen an Schottland.

„Schön, aber ..."

„Aber was?", fragend sehe ich Kyle an.

„Na ja erstens ist das ein Hause und zweitens ..." Er zeigt auf den Preis von achteinhalb Millionen. „... ist das verdammt viel Geld."

„Willst du kein Haus?", kommt es mir über die Lippen, bevor ich es verhindern kann.

„Schon, aber ich dachte du suchst eine Wohnung. Das wäre eher was für eine Großfamilie."

„Was ist wenn ich wieder schwanger bin? Ich habe keine Lust mit zwei Kindern in einer Wohnung fest zu sitzen. Ich wünsche mir für unsere Kinder schon, das sie raus können, wann immer sie wollen und dafür braucht es nun einmal einen Garten."

„Wenn man es so sieht, dann hast du Recht. Trotzdem muss man das Geld erst einmal dafür haben und ob die

Immobilie den Preis überhaupt wert ist, ist eine ganz andere Geschichte. Nicht das es eine Investruine ist. Auf Bildern sieht vieles gut aus, was aber nicht unbedingt so sein muss."

„Deine Argumente sind schon berechtigt. Aber manchmal muss man einfach auf sein Gefühl hören."

„Wie meinst du das?" Argwöhnisch sieht er mich an. Anscheinend hat er meine Hinweise genau verstanden.

„Naja, ich dachte … oder besser gesagt, ich hoffe, dass wir irgendwann zusammen wohnen werden."

„Ja, aber ..."

„Was aber?" Dieses kleine Wörtchen kann ganz schön verletzend sein. So fangen doch die meisten schlechten Dinge an.

„Sophie, nimm es mir nicht übel. Aber wir sind doch erst seit drei Tagen wieder zusammen."

„Das weiß ich und ich bin mir dessen auch sehr bewusst. Trotzdem muss man manchmal auf sein Gefühl hören und das sagt mir, dass ich mit dir alt werden will."

„Das will ich ja auch. Aber acht Millionen sind nun einmal acht Millionen. Auch wenn ich es habe, bin ich kein Mensch, der so eine Summe einfach mal so auf den Tisch blättert."

„Erstens habe ich nicht gesagt, dass es sofort sein soll und zweitens, wenn wir uns ein Haus kaufen, dann gemeinsam. Das bedeutet, dass wir uns den Kaufpreis teilen würden."

„Vergiss es." Seine Miene ist verschlossen.

„Wieso?"

„Wenn ich für meine Familie ein Haus kaufe, dann bezahle ich das alleine.", erklärt er mir kühl. Auch wenn ich seine warme Haut an meinem Rücken spüre, wird mir plötzlich richtig kalt.

„Willst du jetzt damit wieder anfangen?" Solche Diskussionen hatten wir schon immer in unserer ersten Beziehung. Nur ging es da meistens um das Bezahlen von Restaurantrechnungen.

„Nein, aber versteh doch bitte. Das ist so ein Männer-Ding."

„Worüber streitet ihr schon wieder?", will Richard wissen.

„*Ich* suche ein Haus.", erkläre ich ihm und kann mir den Seitenhieb beim besten Willen nicht verkneifen. Mein Vater ruckt in seinem Liegestuhl nach oben und starrt mich an.

„Du willst ausziehen?", fragt er entgeistert.

„Reg dich ab, Mitchell", murmelt Mom hinter ihrer Zeitschrift.

„Bist du taub, Sandra? Unsere Tochter hat gerade verkündet, dass sie ausziehen wird!" Dad greift sich aufgebracht in die Haare.

„Nein bin ich nicht. Aber unsere Sophie ist erwachsen und kann tun und lassen was sie möchte. Ich glaube nicht, dass die Drei mit uns zusammen wohnen wollen."
Unruhig läuft Dad Runde um Runde um den Pool. Schweigend verfolgen wir alle seinen Weg.

„Du hast es gewusst!" Anklagend baut er sich vor Mom auf und wedelt mit seinem Zeigefinger vor ihrem Gesicht herum.

„Natürlich habe ich es gewusst. Was wäre ich für eine Mutter, wenn ich nicht wüsste, was meine Kinder so machen."

„Ich fass es nicht! Wie kannst du so ruhig sein?"

„Himmel, fängt das schon wieder an.", stöhne ich. Wie kann man aus einer hypothetischen Sachen so ein riesen Ding machen und es vor allem völlig falsch verstehen? „Ich habe nicht gesagt, dass ich morgen ausziehen. Selbst wenn es so wäre, wäre ich doch nicht aus der Welt.", rufe ich ihm zu.

„Ja klar, am Anfang kommst du noch alle zwei Tage, dann nur noch am Wochenende und irgendwann dann nur noch einmal im Jahr!"

„Das würde ich mich nie wagen, dafür lieb ich euch viel zu sehr. David und Richard wohnen schon weiß Gott wie viele Jahre nicht mehr hier und kommen trotzdem regelmäßig."

„Ihr kommt mindestens drei Mal die Woche hier her und wir telefonieren jeden Tag zusammen.", fordert er. Frustriert raufe ich mir die Haare. Warum ist mein Vater nur so? Wenn wir ausziehen sollten, dann vielleicht in einem Jahr oder später und er benimmt sich, als wären schon die Umzugskisten gepackt.

„Ich weiß zwar noch nicht, wie wir das bewerkstelligen sollen, zumal ein Umzug jetzt noch nicht zu Debatte steht, aber einverstanden.", lenke ich schließlich ein. Wenn wir damit jetzt das Thema fallen lassen können, wäre ich sehr dankbar.

Zufrieden mit meiner Antwort lehnt er sich zurück und nimmt seine Zeitung wieder auf. Ich atme erleichtert aus und lehne mich wieder an Kyle.

„Wisst ihr schon was ihr sucht?" Danke Lisa! Ich will nicht mehr darüber sprechen. Es war eine schlechte Idee, hier nach Häusern zu gucken. Ich hätte es lieber heute Abend, wenn ich allein bin, machen sollen. Tja, die Erkenntnis kommt eindeutig zu spät. Statt ihr zu antworten, werfe ich ihr nur einen finsteren Blick zu. Hat sie die Gespräche eben nicht verfolgt?

„Wir haben noch nicht darüber gesprochen. Das Ganze ist auch für mich Neuland." Erstaunt drehe ich mich um, als ich höre, was Kyle sagt. Ablehnung hört sich eigentlich ja ganz anders an.

„Kyle will eine Wohnung, ich ein Haus.", kann ich meinen Mund mal wieder nicht halten. Sauer auf mich selber verschränke ich die Arme.

„Moment, so habe ich das nie gesagt. Ein Haus wäre auch okay, Hauptsache ich bin mit euch Beiden zusammen.", sanft küsst er meine Schläfe.

„Gut, da hätten wir das ja schon mal geklärt.", lächle ich ihn an. „Wir suchen ein Haus.", sage ich dann zu Lisa.

„Warum soll das plötzlich alles auf einmal passieren? Wir haben uns noch nicht einmal richtig daran gewöhnt, dass ihr wieder zusammen seid und das seid ihr jetzt seit wann? Zwei Tage?" Richards Einwand ist mehr als berechtigt.

„Das stimmt schon. Doch haben wir uns nicht erst kennengelernt. Wir wissen, worauf wir uns einlassen." Wieder überrascht mich Kyle.

„Trotzdem. Ich halte es für zu übereilt." Ich sehe Rich an, das er von den Entwicklungen nicht begeistert ist, sich aber zusammenreißt.

„Ich will das Risiko einfach eingehen."

„Du bist aber nicht nur für dich alleine verantwortlich."

„Glaubst du, das weiß ich nicht? Darum will ich es doch langsam angehen lassen."

„Langsam und schon eine geeignete Immobilie suchen? Das ist ein Widerspruch an sich." Warum will mich hier niemand verstehen?

„Begreif doch endlich, dass ich auf längere Sicht plane. Sam und Kyle müssen sich erst einmal mehr an einander gewöhnen. Dann muss eine Immobilie gefunden und der Umzug organisiert werden."

„Ist ja gut, Sophie. Beruhig dich wieder. Wir haben es verstanden.", greift David beschwichtigend in das Geschehen ein.

„Was wäre mit deiner Wohnung Kyle? Die hast du doch erst gekauft.", fragt Molly.

„Da ist nicht genug Platz.", antwortet er und Molly schnaubt auf. „Was?"

„Na ich weiß ja nicht, deine Bude ist fast so groß wie unser Erdgeschoss."

„Möglich, aber trotzdem hat sie nicht genug Zimmer. Theoretisch hätte sie das schon, aber im Kinderzimmer ist mein Arbeitszimmer und wenn das alles im Wohnzimmer stehen würde, dann würden wir uns über kurz oder lang in die Haare bekommen."

„Nein, das will ich auch nicht. Du brauchst dein Arbeitszimmer, genauso wie ich eines brauche und Sam ein eigenes Zimmer braucht." Ohne es richtig zu merken, streiche ich über meinen Bauch. Aber Lisa und Molly haben diese kleine unbewusste Geste durchaus bemerkt.

„Zumal ihr ja eventuell bald zu viert seid.", flüstert Lisa leise, damit die Kinder es nicht hören. Denn solange wir nichts

Genaueres wissen, soll das Ganze unter uns bleiben. Zur Antwort nicke ich nur.

„Was ist mit deinen Eltern Kyle?", fragt David plötzlich und spricht etwas an, das ich bisher verdrängt habe.

„Keine Ahnung. Ich werde wohl die kommende Woche mal hin fahren und mit ihnen reden.", antwortet Kyle und ich sehe ihn fragend an.

„Das hast du mir gar nicht erzählt.", raune ich ihm zu.

„Habe ich mir auch gerade erst überlegt."

„Aha."

„Wie willst du es ihnen beibringen?"

„Eigentlich wäre es nur fair, wenn es Kerry ihnen sagen würde. Denn sie hat es ihnen die ganzen Jahre vorenthalten." Man kann ihm anmerken, dass er immer noch sauer auf seine Schwester ist. Betretenes Schweigen breitet sich unter uns aus.

„Können wir jetzt endlich wieder ins Wasser?", ruft Jessy von der anderen Seite des Pools her.

„Klar.", antwortet mein Vater, ohne die Zustimmung der zu den Kindern gehörigen Eltern abzuwarten. Jubelnd springen sie auf und rennen das kurze Stück zum Pool, um mit vollem Karacho hinein zu springen.

„Los kommt schon.", ruft Max, der Lena, die ihre Schwimmflügel trägt, durch den Pool zieht.

Wehmütig lehne ich mich nach vorne und lasse Kyle aufstehen.

„Wir reden heute Abend noch einmal wegen meinen Eltern.", flüstert er in mein Ohr und beißt zärtlich hinein. Wieder beginnt die Lust in mir zu sieden.

„Fährst du heute Abend nach Hause oder bleibst du hier?" Mit einem verführerischen Lächeln sehe ich ihn an. Ich will ihn endlich zwischen meinen Schenkeln haben. Leider habe ich die Befürchtung, dass es noch eine Weile dauern wird. Sein Blick gleitet wieder über meinen Körper und ich höre ihn schwer schlucken.

„Ich muss nur noch mal schnell nach Hause und ein paar Sachen holen."

„Gut." Ich richte mich auf, lege meine Lippen auf seine. Verheißungsvoll streicht meine Zunge über seine Lippen. Prompt kommt seine meiner entgegen und ich beginne einen heißen Tanz. Auch wenn es mir schwer fällt, löse ich mich wieder von ihm. Dieses kleine Aufheizspiel beginnt mir zu gefallen.

„Davon gibt es heute Nacht noch sehr viel mehr", raune ich an seinem Mund.

„Ich kann es nicht erwarten.", sagt er rau und rennt dann schnell zum Pool. Damit niemand eine Chance hat die verräterische Beule in einer Hose zu sehen.

Zufrieden räkle ich mich auf der Liege.

„Unser bester Freund und unsere Schwägerin werden wohl heute Nacht wenig Schlaf bekommen.", kichert Molly neben mir.

„Das glaube ich auch.", stimmt Lisa ihr zu.

„Für den Fall, dass es euch nicht aufgefallen ist, ich bin auch noch da und ich kann euch hören.", schimpfe ich sie lachend.

„Aber Sophie, du wirst uns doch jetzt nicht den Spaß verderben wollen. Sonst machst du dich doch immer über unser Eheleben lustig und jetzt ist es an der Zeit uns dafür ein klein wenig zu revanchieren."

„Und nicht zu vergessen, deinen Spruch von vorhin. Dafür hast du noch sehr viel mehr verdient." Molly zieht eine Schnute, hält aber nicht lange durch und bricht in schallendes Lachen aus. Da kommt ja noch einiges auf mich zu. Aber ich lasse ihnen ihren Spaß.

„Aber mal etwas anderes. Wie ist es denn passiert? Verhütungspanne?" Aufmerksam sehen mich meine Schwägerinnen, die auch sehr gute Freundinnen sind, an.

„Ja. Wir haben im Eifer des Gefechts das Kondom vergessen und da ich die Pille ja nicht mehr nehme, könnte es gut sein, das ich wieder schwanger bin."

„Und habt euch bewusst gegen die Pille danach entschieden?" Lisas Worte lassen mich auffahren. Aus weit aufgerissenen Augen sehe ich sie an.

„Sophie?"

„Ähm ..." Himmel, wie kann man nur so dumm sein?

„Jetzt sag uns nicht, das ist euch nicht einmal in den Sinn gekommen?" Das ist jetzt gerade sehr peinlich. Wir sind sexuell aufgeklärte Menschen, die sich mit Verhütung eigentlich auskennen. Erst vergessen wir dieses verdammte Kondom und dann kommt uns noch nicht einmal die Pille danach in den Sinn.

„N... nein ...", stottere ich und laufe knallrot an. Bloß gut, das wir drei gerade unter uns sind.

„Ihr fordert euer Glück ganz schön heraus. Es sei denn, ihr wünscht euch einen *Unfall.*" Schwer schluckend sehe ich sie an. Natürlich wünsche ich mir noch Kindern. Aber jetzt? Zu diesem Zeitpunkt? *Warum nicht? Für Kinder gibt's keinen perfekten Zeitpunkt*, sagt eine kleine leise Stimme in meinem Inneren, die immer lauter wird.

Um mir Zeit zum Überlegen zu geben, gehen Lisa und Molly zum Rest der Familie in den Pool.

Den ganzen restlichen Tag über geht es so weiter wie der Vormittag. Alle, die ins Wasser dürfen planschen vergnügt und ich sitze am Rand und darf mir alles ansehen. Wobei ich immer wieder tief in Gedanken versunken bin und darüber nachdenke, was Lisa und Molly gesagt haben. Jetzt stehe ich hier in der Haustür und umarme Richard.

„Denk an dein Versprechen.", flüstere ich ihm zu.

„Ist schon in Arbeit." Er ist schnell und effektiv. Für viele mag es befremdlich sein, wenn ein Musikproduzent irgendwelche Leute überprüfen lässt. Für seine Arbeit hat es sich schon oft bezahlt gemacht.

„Gut."

„Macht euch einen schönen Abend, Schwesterchen." Erstaunt sehe ich ihn an, denn das hätte ich aus seinem Mund nie erwartet.

„Was denn? Hast du gedacht ich kann nicht damit umgehen, dass meine kleine Schwester Sex hat?", belustigt sieht er mich an. Aber das Lachen erreicht seine Augen nicht. Elender Lügner! Es freut mich, dass er mir dennoch ein gutes Gefühl geben möchte.

„Na ja, du bist ja nicht so begeistert von Kyle, da hat mich der Spruch gerade echt überrascht."

„Ich liebe dich Sophie und ich will dass du glücklich bist. Wenn es mit ihm ist, dann muss ich das wohl oder übel akzeptieren. Ich mache jetzt einfach mal das Beste aus der Situation."

„Danke. Aber bilde dir jetzt nur nicht ein, das ich dir verziehen hätte."

„Schon klar. Aber trotzdem will ich das du glücklich bist."

„Das bin ich."

Rich küsst mich auf die Stirn und wartet dann auf Lisa, während ich mich von ihr verabschiede. Lena sitzt schon in ihrem Kindersitz und ist eingeschlafen.

„Macht euch einen schönen Abend", sagt sie und ich lache auf.

„Genau das Gleiche hat gerade dein Mann zu mir gesagt." Überrascht heben sich ihre Augenbrauen.

„Das hat er gemacht? Da ist ja doch noch nicht Hopfen und Malz verloren.", scherzt sie.

„Du hast heute deinen Ausgelassenen."

„Natürlich. Du bist endlich glücklich. Jetzt sind wir es alle. Da kann ich doch auch froh darüber sein und mal ein bisschen albern."

„Fein. Macht euch auch einen schönen Abend."

„Werden wir haben.", grinst sie mich an und drückt mich noch einmal schnell.

Da David und Molly schon ihre schlafenden Kinder in den Armen halten, drücke ich ihnen nur kurz einen Abschiedskuss auf die Wangen.

In der Haustür stehen jetzt noch Mom und Dad. Gemeinsam gehen wir rein. Als ich gerade die Tür ins Schloss drücke, kommt Kyle die Treppe herunter. Er trägt wieder die Sache von gestern Abend. Auch wenn man ihnen ansieht, dass sie schon eine harte Nacht hinter sich haben, sieht er einfach unwiderstehlich aus.

„Schläft Sam?", fragt meine Mutter und schlingt ihren Arm um Dad. Mein Junge hat mich überrascht, als er darum gebeten hat, dass Kyle ihn zu Bett bringen soll.

„Wie ein Murmeltier. Kaum hatte sein Kopf das Kissen berührt, ist er auch schon eingeschlafen."

„Du fährst jetzt?", frage ich ihn ein wenig traurig.

„Komm Mitchell, wir lassen den Abend gemütlich ausklingen. Wir sehen uns morgen beim Frühstück, Kyle?"

„Ja."

„Schlaft dann gut.", wünscht uns Mom und zieht meinen Vater hinter sich her.

Kyle zieht mich in seine Arme und verschränkt sie über meinem Hintern. Seine Unterarme liegen locker auf meinen Hüftknochen. Ich schmiege mich an ihn und streichle über die kurz geschorenen Haare in seinem Nacken.

„Ich bin in zwei Stunden wieder da. Der Verkehr dürfte jetzt nicht so schlimm sein."

„Ich vermisse dich jetzt schon."

„Ich bin doch noch nicht einmal weg." Lachend küsst er mich.

„Ich weiß, ich benehme mich wie ein alberner Teenager."

„Ja, aber wenigsten benimmst du dich für mich so."

„Na los, mach dich auf den Weg. Je eher du weg bist, desto eher bist du wieder da."

„Eben wolltest du noch, dass ich nicht fahre und jetzt kannst du es nicht erwarten, dass ich weg bin." Es sollte wohl anklagend klingen, aber er grinst dabei so süß.

„Fahr vorsichtig." Ich küsse ihn stürmisch.

„Werde ich und wenn ich wieder da bin, da machen wir dann da weiter, wo wir heute Vormittag aufhören mussten."

„Da habe ich nichts dagegen. Ich liebe dich."

„Ich dich auch." Wir küssen uns noch ein letztes Mal. Ich bleibe noch so lange stehen, bis sein Wagen durch die Einfahrt verschwunden ist.

Kapitel 14 – Was du kannst, kann ich schon lange

Da die Abendluft schon empfindlich abgekühlt ist, ziehe ich fröstelnd meine dunkellila Strickjacke enger um mich. Ich schließe die Tür und lehne mich kurz dagegen und schließe die Augen, um dieses Wochenende noch einmal Revue passieren zu lassen. Ich halte meine eingegipste Hand hoch und betrachte sie im Licht der Flurlampe. Ich kann kaum glauben, dass es erst ein paar Tage her ist, dass ich Kyle gegen die Brust geboxt habe und mir zwei Knochen ruiniert habe.

Bevor ich hoch gehe, schaue ich schnell noch einmal bei meinen Eltern vorbei. Sie sitzen zusammengekuschelt auf der Couch und sehen fern. Aber beim genaueren Hinsehen sehe ich, dass es nur Mom tut und Dad schläft. Um ihn nicht zu wecken winke ich ihr nur zu und gehe nach oben. Die Tür zu Sams Zimmer ist nur angelehnt. Ich nutze gleich die Chance und werfe einen Blick hinein. Er liegt auf dem Bauch, eine Hand unter der Wange, die Andere baumelt aus dem Bett. Seine blonden Haare sind total zerzaust. Vorsichtig ziehe ich seine Decke etwas höher und stecke seine Hand mit darunter.

Unruhig geworden murmelt er leise vor sich hin. Ich streiche ihm über die weichen Haare und hauche einen Kuss auf seine Stirn. Sofort beruhigt er sich wieder. Leise verlasse ich sein Zimmer.

Unschlüssig stehe ich im Wohnzimmer und schwinge gelangweilt meine Arme vor und zurück. Was mache ich jetzt nur? Bis Kyle her kommt dauert es noch ein bisschen und bis dahin muss ich mich irgendwie beschäftigen. Normalerweise würde ich in solchen Situationen meinen Laptop holen und arbeiten. Aber ich war am Mittwoch das letzte Mal im Laden und ich bin nicht mehr auf dem neusten Stand. Das muss also warten, bis ich morgen früh wieder dort bin und Marie mich auf den aktuellen Stand gebracht hat.
Seufzend lasse ich mich in die Kissen auf der Couch fallen und angle nach der Fernbedienung, die hier irgendwo liegen müsste. Als ich sie endlich gefunden habe zappe ich gelangweilt durch die Kanäle. Immer und immer wieder wandern meine Augen zur Uhr. Der Minutenzeige scheint sich über mich lustig zu machen und klebt an Ort und Stelle fest. Er weigert sich standhaft sich zu bewegen.
Aus dem Schlafzimmer dringt der Klingelton meines Handys an mein Ohr. Hastig springe ich auf und flitze rüber. Auf dem Display sehe ich, dass es Kyle ist. Schnell hebe ich ab.

„Hey schöner Mann." Ich muss lächeln, als ich den alten Kosenamen benutze.

„Hallo schöne Frau." Ich kann hören, dass er lächelt. „Ich bin jetzt in meiner Wohnung angekommen. Packe schnell ein paar Klamotten zusammen und was ich sonst noch so für heute Nacht brauche und mache mich dann wieder auf den Weg zu dir." Das *heute Nacht* betont er auf eine ganze besondere Art und Weise. Wenn er noch länger braucht, muss ich mir selber Erleichterung verschaffen. Im Hintergrund höre ich das Pling des Aufzuges und das Klappern der Schlüssel, als er seine Wohnungstür aufschließt.

„Was hältst du davon, wenn du ein wenig mehr einpackst und dann ein paar Sachen hier lässt? Ich fände es sehr schade und auch nervig, wenn du immer erst einmal in deine Wohnung müsstest, wenn du spontan bei uns übernachtest. Zumindest so lange wie wir …" Schmerzhaft beiße ich mir auf die Zunge. Die Vorstellung mit ihm zusammen zu wohnen ist mir schon so ins Blut übergegangen.

„Du meinst, bis wir zusammenziehen, stimmt's?" Verdammt! Er hat mich durchschaut.

„Ja", gebe ich kleinlaut und schüchtern zu. Ich wünsche es mir so sehr.

„Auf dem Weg hierher hatte ich ein wenig Zeit, um nachzudenken. Ich finde deine Idee gar nicht so schlecht. Du hast Recht – wir kennen uns schon lange und warum sollten wir das Risiko dann nicht eingehen?" Vor Aufregung bleibt mir fast das Herz stehen. Hat er das gerade wirklich gesagt, oder habe ich mir das nur eingebildet?

„Wirklich?"

„Ja, lass uns zusammenziehen. Wenn Sam damit einverstanden ist, können wir uns ja mal umsehen, was uns gefallen würde."

„Oh mein Gott!", hauche ich atemlos. Nur gut, das ich mich auf das Bett gesetzt habe. Sonst wäre ich sicherlich jetzt umgekippt.

„So schöne Frau, ich werde jetzt auflegen und dann komme ich zu dir. Ich hoffe du trägst höchstens noch Unterwäsche wenn ich bei dir bin." Seine Stimme klingt tiefer als sonst. Er ist erregt. Ein wohliger Schauer läuft mir über den Rücken.

„Beeil dich Kyle oder ich muss es mir selber machen.", hauche ich in mein Handy. Es fühlt sich irgendwie verboten an, so mit ihm am Telefon zu reden, aber auch sehr sexy. Er zieht scharf die Luft ein.

„Das würdest du mir antun?", fragt er atemlos.

„Wenn du trödelst, dann muss ich mir selber Erleichterung verschaffen. Ich bin seit heute Vormittag so scharf auf dich, das kannst du dir nicht vorstellen."

„Dann solltest du doch besser nackt sein, wenn ich da bin. Denn so kann ich dir gleich die Erfüllung verschaffen, nach der du dich seit Stunden verzehrst."

„Oh Kyle", stöhne ich. Es macht mir tierischen Spaß und gleichzeitig macht es mich wahnsinnig an, ihn am Telefon scharf zu machen.

„Sophie!", warnt er leise.

„Beeil dich schöner Mann. Ich werde nicht ewig warten.", raune ich im zu und lege auf, bevor er mir antworten kann. Gerne wäre ich jetzt duschen gegangen, aber ich habe nicht so eine Tüte für meine Hand. Da werde ich mich wohl mit einer Katzenwäsche begnügen müssen.

Ich ziehe meine Klamotten aus und gehe, nur in Unterwäsche, ins Bad. Als ich das Licht einschalte sehe ich auf meinem halbhohen Badschrank neben dem Waschbecken etwas Folienartiges liegen. Es sind drei Tüten, die ich mir über die Hand ziehen kann. Ein kleiner Zettel liegt auch dabei. Er ist von Mom und bei ihren Worten steigt mir die Schamesröte ins Gesicht. Gleichzeitig muss ich auch lächeln.

Hallo Spätzchen,
ich dachte mir, dass du die gebrauchen könntest. Denn wenn jedes Mal Kyle mit dir unter die Dusche kommen würde, um dir zu helfen, dann würdet ihr irgendwann schrumpelig wie alte Rosinen sein und der arme Sam würde seine Eltern gar nicht mehr zu Gesicht bekommen.
Ich habe dich lieb Spätzchen und es ist schön, dass du endlich wieder glücklich bist.
Mom.

Schnell entledige ich mich meiner Unterwäsche und schaffe es sogar mir dieses Folienteil über den Gips zuschnallen.

Seufzend vor Erleichterung stehe ich unter dem warmen Strahl meiner Dusche. Wenn ich die Augen schließe habe ich immer das Gefühl, ich würde in einem wunderbar warmen Tropenregen stehen. Leider wird das Wasser sehr schnell unangenehm auf meiner Haut. Durch diese Warterei auf den Sex ist alles an mir hochsensibel und es fehlt wirklich nicht viel und ich mach es mir selber. Aber bevor ich den Duschkopf aus der Halterung reiße und den warmen Strahl auf meine pochende Mitte richte, mache ich das Wasser lieber aus und trockne mich ab. Was nicht so einfach ist. Aber mit mehreren Flüchen und Verrenkungen schaffe ich es schließlich.
Ich komme seiner Bitte insoweit nach, dass ich mir nur meinen Bademantel überstreife und mich abwartend auf der Couch platziere. Durch das Duschen ist einiges an Zeit vergangen und es dauert nicht lange und ich höre unten ein Auto vorfahren. Ich laufe zum Fenster und sehe runter auf die Einfahrt. Genau in diesem Moment steigt er aus und mein Herz macht einen Sprung. Aus dem Kofferraum holt er eine große Sporttasche. Mir fällt ein, dass er ja keinen Schlüssel hat und ich bin schon auf halben Weg nach unten, als ich höre, dass Mom ihm die Tür öffnet.

„Da bist du ja wieder.", begrüßt sie ihn.

„Ja. Ist Sophie oben?"

„Ist sie. Hier. Das ist der Schlüssel für die Tür. Den Code für das Tor kennst du ja schon." Stumm danke ich meiner Mutter für ihr Mitdenken. Am liebsten würde ich sie umarmen. Sie ist einfach die Beste.

„Danke. Das ist sehr nett." Er ist echt verblüfft. Damit hätte er nach diesem Wochenende garantiert nicht gerechnet.

„Ach kein Problem. So muss nicht immer einer aufstehen, wenn du vorbei kommst. Ich weiß, du bist erst seit Kurzem wieder mit Sophie zusammen, aber du gehörst zur Familie und damit hast du auch den Schlüssel verdient. Mein Mann und meine Söhne werden sich auch schon an diesen Umstand gewöhnen. Sie sind halt sehr stur und brauchen meistens ein bisschen Zeit, um etwas einzusehen." Glücklich hüpfe ich auf

und ab. Nur gut das der Teppich es dämpft. Es wäre unangenehm, wenn sie hören würden, dass ich lausche. Sie reden noch kurz weiter miteinander, aber ich bin so mit hüpfen beschäftigt, dass ich ihnen nicht weiter zuhöre.
Plötzlich erklingen Schritte auf der Treppe. Schnell und möglichst lautlos flitze ich nach oben und werfe mich auf der Couch in Pose.
Ich atme noch einmal schnell durch. Es wäre nicht besonders sexy, wenn ich keuchend und nach Luft schnappend, wie ein Fisch auf dem Trockenen, hier liegen würde. Gerade rechtzeitig habe ich es auf die Couch geschafft, schon biegt Kyle um die Ecke und sieht mich entgeistert an.

„Du konntest nicht warten!", wirft er mir vor und stellt seine Tasche ab. Ich weiß sofort was er meint und es amüsiert mich, dass er so falsch liegt.
Ich ziehe nur eine Augenbraue in die Höhe und richte mich aus meiner liegenden Position auf.

„Wie kommst du denn darauf?", frage ich leise und lächle ihn unter halb geschlossenen Lidern hervor an.

„Du bist nicht nackt!" Ohne ihn aus den Augen zu lassen stehe ich betont langsam auf und gehe auf ihn zu. Ich nehme sein Gesicht zwischen meine Hände und lege meine Lippen auf seine. Sanft fahre ich mit meiner Zunge über sie. Sofort kommt er meiner stillen Aufforderung nach. Aber bevor sich unsere Zungen berühren wandere ich weiter und hauche kleine Küsschen auf seine Kieferknochen, bis hin zu seinem Ohr. Sanft beiße ich in sein Ohrläppchen.
Kyles Hände wandern zu meinen Hüften und krallen sich in den Stoff des Bademantels. Ich fühle, wie sich seine Atmung beschleunigt. Das ist genau die Reaktion, die ich wollte. Während sein Ohrläppchen weiter zwischen meinen Zähnen gefangen ist, schiebe ich meine Hüfte nach vorne und reibe mich an der Beule in seiner Hose.

„Oh Gott.", raunt er und der Griff um meine Hüften verstärkt sich. Ich lasse sein Ohrläppchen los und hauche einen Kuss auf die Abdrücke, die meine Zähne hinterlassen haben. Meine Hände streichen über seine Schultern und die Arme herab zu seinen Händen. Ich sehe ihn an. Er beobachtet genau jede Bewegung von mir. Meine Fingerspitzen, soweit ich sie benutzen kann, streichen über seine Finger und an meinem Körper nach oben zum Ausschnitt meines Bademantels, um dann wieder nach unten zu wandern.

„Du willst mich umbringen, oder?", raunt er mit vor Erregung tiefer Stimme. Mit einer fließenden Bewegung öffne ich den Gürtel des Bademantels und bewege leicht die Schultern, damit er von meinem Körper rutscht.

„Heilige Scheiße!", entfährt es ihm und er sieht mich voller Bewunderung und Liebe an. Ich ziehe meine Arme aus den Ärmeln, drehe mich um und gehe splitterfasernackt in Richtung Schlafzimmer. Ich lasse ihn einfach mit meinem Bademantel in den Händen stehen. Kurz vor der Schlafzimmertür verharre ich und werfe einen Blick über meine Schulter. Er starrt mir hinter her und sein Brustkorb hebt und senkt sich heftig, was wiederum meine Atmung schneller werden lässt. Ich hebe meine linke Hand und bedeute ihm mit dem Zeigefinger mir zu folgen.

Ich werfe mich auf mein Bett und warte. Den Wink mit dem Zaunpfahl hat Kyle ja verstanden, oder anders ausgedrückt, seine niederen Instinkte haben es gecheckt und dementsprechend hat sein Körper darauf reagiert, immerhin rieb ich mich vorhin am kleinen Kyle, der äußerst wach war und Lust zum Spielen hatte. Ein kleines Lächeln breitet sich auf meinen Lippen aus und ich blicke voller Vorfreude auf meine Schlafzimmertür.
Ich muss auch nicht lange warten und sie öffnet sich. Kyle, immer noch mit meinem Bademantel in den Händen, betritt den Raum. Er hat sich in seiner Wohnung umgezogen. Er sieht wieder zum Anbeißen aus und meine Unterleibsmuskulatur zieht sich vor heißem Verlangen zusammen.
Leise schließt er die Tür und hängt sorgfältig meinen Bademantel an den kleinen Haken. Als er sich wieder

umdreht, treffen sich unsere Blicke. Seine Augen sind dunkel vor Erregung, aber ich kann auch etwas anderes entdecken. Etwas Teuflisches und das kleine Lächeln auf seinen Lippen sagt mir, dass er sich für das, was ich gerade mit ihm im Wohnzimmer getrieben habe, revanchieren wird. Dunkel ahne ich, dass er es mir mit gleicher Münze heimzahlen wird.

Er geht zu der kleinen Anlage, die auf einem Tischchen neben meinem Schreibtisch steht und zieht sein Handy und ein kleines Kabel aus der Hosentasche. Geübt schließt er es an die Anlage an. Nur kurze Zeit später ertönt die Stimme von Usher und schmettert *Nice and Slow* aus den Boxen. Mit einem dämonischen Grinsen auf den Lippen geht er in die Mitte des Zimmers und baut sich vor meinem Bett auf. Wieder begegnen sich unsere Blicke und er hält meinen mit seinem fest. Er steht einfach da und sieht mich an. Meine Atmung beschleunigt sich bei seinem bloßen Anblick. Langsam beginnt er seine Hüften hin und her zu bewegen. Fragend hebe ich meine Augenbraue. Aber er schüttelt nur sacht den Kopf. Gut, sagt er mir halt nicht, was er vor hat. Er streift sich mit den Füßen die Sneakers ab und kickt sich von sich. Er schafft es sogar seine Socken auszuziehen, ohne die Hände zur Hilfe zu nehmen.

Seine Hüften bewegen sich weiter im Takt von links nach rechts und ich folge mit den Augen seinen Bewegungen. Nässe sammelt sich in meinem Schoß. Wenn ich nur daran denke, was er alles mit seinen Hüften machen konnte. Das Wasser läuft mir im Mund zusammen und meine Finger krallen sich in das Bettlagen. Kyle hat die kleine Bewegung bemerkt und das Glitzern in seinen Augen nimmt zu, was mich wiederum noch erregter werden lässt. Zitternd atme ich ein und aus.

Langsam, wie in Zeitlupe, hebt er seine Hände und nestelt am obersten Knopf seines Hemdes herum. Unablässig pendeln seine Hüften hin und her. Endlich hat er den ersten Knopf offen. Fehlen nur noch gefühlt Tausend. Erst jetzt wird mir klar, was er vor hat und meine Augen weiten sich vor Überraschung. Der Kerl legt hier vor mir einen heißen Strip hin. Gequält stöhne ich auf. Ich will ihn endlich in mir spüren und er hält mich hin, in dem er sich langsam vor mir entblättert.

Einen Knopf nach dem anderen öffnet er in Zeitlupe und lässt mich dabei nicht aus den Augen. Wobei mein Blick an seinen Händen wie fest getackert ist. Mein Atem kommt inzwischen nur noch stoßweise und ich rutsche mit meiner Hüfte unruhig auf dem Laken herum, während sich meine Finger fester darin verkrallen.

Sein Hemd ist endlich offen. Durch den schmalen Spalt sehe ich definierte Muskeln, über denen sich, von der Sonne geküsste Haut spannt. Ich schlucke und meine Zunge klebt hoffnungslos an meinem trockenen Gaumen fest. Wie kann einem gleichzeitig das Wasser im Mund zusammen laufen und doch ist er staubtrocken?

Seine Finger streichen über seine Brust hinunter zu seinem Bauch und wieder hinauf. Das immer nur in diesem schmalen Streifen und er macht keinerlei Anstalten sich dieses verfluchte Hemd auszuziehen. Am liebsten würde ich aufspringen und ihm den schwarzen Stoff vom Körper fetzen, aber etwas in seinem Blick hindert mich daran. Vielleicht finde ich es auch ein klein wenig erregend, mich selber so zu quälen. Also sehe ich ihm weiter bei seinem Strip zu.

Endlich gleiten seine Hände an den Kragen des Hemdes und ganz langsam zieht er es sich Stück für Stück von den Schultern. Jeder Zentimeter Haut, dass er frei legt, liebkose ich mit meinem lüsternen Blick. Kyle wirft es mir zu und lachend fange ich es auf. Genießerisch halte ich es vor meine Nase, um seinen Geruch einzuatmen. Ich schließe die Augen, während ich an dem weichen Stoff schnüffle. Es riecht so wunderbar nach ihm. Seine ganze persönliche Mischung, die bewirkt, dass ich mich noch mehr nach ihm verzehre. Ich öffne meine Augen und folge wieder seinen Bewegungen. Er streicht sich über die Brust und durch die Bewegungen seiner Hüften im Takt der Musik und seiner Hand, beginnen seine Muskeln ein

verführerisches Spiel. Mein Unterleib zuckt inzwischen unkontrolliert und ich bin kurz davor die Beherrschung zu verlieren. Wieder lächelt er mich an - eine Mischung aus Verlangen, Verführung und purem Sex.
Seine Hand findet endlich den Weg nach unten. Immerhin hat er ja noch seine Hose und die Boxershorts an, dessen Bund frech über den der Jeans hervor lugt. Scharf ziehe ich die Luft ein, als seine Hand bedächtig über den Streifen aus blonden Haaren streicht, der von seinem Bauchnabel gen Süden verläuft. Sie wandern über die Schnalle seines Gürtels. Aber er öffnet ihn nicht. Er schaukelt weiter von links nach rechts und streicht über die Gürtelschnalle.
Okay, das Spiel, was du kannst, kann ich schon lange! Ich hebe meine Hand an und lege meine Finger auf die Kuhle an meiner Kehle. Ich beobachte genau Kyles Gesicht und sehe, dass er jetzt meine Bewegungen verfolgt. Ich kreise mit den Hüften und lasse meine Finger auf Wanderschaft gehen. Meine Fingerspitzen malen kleine Muster und Kreise auf meine erhitzte Haut. Sanft umspielen sie meine Brustwarze.
Seine Augen weiten sich und scheinen nur noch aus riesigen Pupillen zu bestehen. Seine Atmung beschleunigt sich und seine Hand hat inne gehalten. Seufzend streiche ich zwischen meinen Brüsten entlang nach unten. Er verfolgt genau meinen Weg und zieht scharf die Luft ein, als meine Finger in meinem Schoß angelangt sind. Sanft beginne ich mit meiner Klitoris zu spielen. Ein Stöhnen entschlüpft meiner Kehle und Kyle schließt, um Durchhaltevermögen ringend, kurz die Augen. Er besinnt sich auf sein Vorhaben und öffnet seinen Gürtel. Dabei sieht er mir zu, wie ich mich selber befriedige. Ungehemmt stöhne ich vor Lust auf und er beeilt sich damit, seine Hose zu öffnen. Ratschend zieht er den Reißverschluss nach unten und streift sich gleichzeitig Hose und Boxershorts vom Körper.

Ich kann spüren, wie sich in mir ein Orgasmus aufbaut und er kennt mich gut genug, um die Anzeichen zu erkennen.

„Du wartest gefällig auf mich!", knurrt er und sieht mich tadelnd an. Ich grinse ihn an und lasse meine Finger wieder über meinen Bauch nach oben wandern, wobei sie eine feuchte Spur auf meinem Körper hinterlassen.
Mit einer geschmeidigen Bewegung, die der einer Raubkatze gleich kommt, klettert er aufs Bett. Seine Hände und Knie befinden sich links und rechts von meinem Körper und seine Lippen auf ihm. Er beginnt ganz unten, an meinen Spann und arbeitet sich dann küssen, leckend und zärtlich beißend weiter nach oben vor. Als er an meinem Venushügel angekommen ist, verweilt er ein klein wenig länger und ich werfe hilflos meinen Kopf hin und her. Seine Lippen gleiten über meinen Bauch. Kurz versenkt er seine Zunge in meinem Bauchnabel. Ein Stromstoß der Lust durchzuckt mich und ich spüre Kyle an meinem Bauch grinsen.
Auch meinen Brüsten widmet er sich ausgiebig. Immer und immer wieder umkreist seine Zunge die harten Knospen. Er bläst seinen Atem auf die nasse Haut. Sanft saugt er an ihnen und bringt seinen Zähne zum Einsatz. Ich schreie auf vor Lust. Ich halte es nicht mehr aus. Leider kann ich nicht meine Beine um seine Hüften schlingen, denn seine halten meine gefangen. Ich biege mich ihm entgegen. Ich will, dass er aufhört und dass er weiter macht. Die Masse der Empfindungen macht mich hilflos und ich bin ihrem Strudel gefangen.

Ich spüre seine Zunge an meinem Hals und seine Zähne fahren die Sehnen entlang. Er beißt sanft zu und wieder schreie ich auf. Nur gut das Sams Zimmer am anderen Ende ist. Sonst würde er uns garantiert hören. Kyle atmet schwer an meinem Ohr.

„Hast du eigentlich eine Ahnung, wie verrückt du mich machst?", raunt er und beißt in mein Ohrläppchen. Da ich nicht mehr in der Lage bin zu antworten, werfe ich nur meinen Kopf hin und her.

„Du bist meine ganz persönliche Droge. Du berauschst mich jeden Tag aufs Neue." Seine Stimme ist so unvorstellbar sexy rau und ich drücke meine Hüften nach oben, bis mein Venushügel seinen harten Penis berührt. Wir stöhnen beide gleichzeitig auf und endlich küsst er mich. Aber nicht schnell und hart, sondern ganz zart. Unglaublich sanft liegen seine Lippen auf meinen und träge spielt seine Zunge mit meiner. Seine Sanftheit lässt mich dahin schmelzen. Ich lege meine Hand in seinen Nacken und drücke seinen Kopf weiter nach unten. Ich will auf alle Fälle vermeiden, dass er den Kuss unterbricht. Mein Herz stolpert über seine eignen Schnelligkeit und ein Gefühl der unendlichen Liebe macht sich in mir breit.

Kyle verlagert ein wenig sein Gewicht und schiebt mit seinem Knie meine Beine auseinander. Bereitwillig öffne ich sie ihm und seufze wohlig, als er sich zwischen ihnen nieder lässt. Ohne unseren Kuss zu unterbrechen dringt er ganz langsam in mich ein und wir stöhnen Beide in unseren Kuss hinein. Millionen Schmetterlinge tanzen in meinem Bauch, als er sich Stück für Stück weiter vorschiebt, bis er mich endlich ganz ausfüllt. In vollen Zügen genieße ich dieses wunderbare Gefühl.

Kyle löst seine Lippen von meinen und sieht mir ganz tief in die Augen. In diesem Moment wird mir klar, dass ich meinen Seelenverwandten gefunden habe und seinem Blick nach zu urteilen, hat er in diesem Moment die gleiche Erkenntnis erlangt wie ich.

„Ich liebe dich Sophie Borough. Du bist mein und ich bin dein.", flüstert er und Tränen der Liebe treten in meine Augen.

„Ich liebe dich auch Kyle Wallace. Du bist mein und ich bin dein.", flüstere ich und ohne das wir unsere Blicke voneinander lösen, beginnt er sich zu bewegen. Langsam und gemächlich, jede einzelne Berührung auskostend, zieht er sich fast aus mir zurück, um dann wieder in mich hinein zu gleiten. Wir lieben uns, ohne Hast und ohne viele Worte. Wir genießen den Moment, in dem wir Eins sind. Genauso langsam, wie er mich liebt, baut sich auch der Orgasmus in mir auf. Meine

Muskeln schließen sich um Kyle und massieren seine Härte. Wieder treffen sich unsere Lippen, aber ohne den Blick von einander zu wenden und legen unsere ganze Leidenschaft und Liebe in diesen Kuss und erlangen gleichzeitig unseren Höhepunkt, der anders ist, als alle anderen davor.

Während wir die Nachwehen unseres Orgasmus genießen, liegt Kyle auf mir und immer wieder küssen wir uns und sehen uns tief in die Augen. Mit der Zeit wird er leider zu schwer für mich und so rollt er sich von mir herunter, zieht mich aber gleichzeitig in seine Arme.
Überaus glücklich kuschle ich mich an ihn und er breitet die Decke über unsere nackten Körper. Ich küsse zärtlich seine Brust und schließe die Augen um einzuschlafen.

Kapitel 15 - Rauswurf

Gedankenverloren und breit grinsend starre ich vor mich hin. Ich sitze in meinem Büro und sehe auf meinen Bildschirm, auf dem die aktuelle Kostenkalkulation einer bald anstehenden Hochzeit angezeigt wird. Aber immer wieder taucht Kyles Gesicht von letzter Nacht vor mir auf. Wie er mich angesehen hat, so voller Liebe und Hingabe. Wohlig seufze ich auf. So bescheiden wie die letzte Woche begonnen hatte, so grandios hatte sie geendet.
Sam war heute Morgen ganz aus dem Häuschen gewesen, als er seinen Vater am Frühstückstisch entdeckte. Es war fantastisch mit meinen Jungs zu frühstücken. Mom und Dad waren schon weg und so saßen nur wir drei am Tisch und haben zusammen gefrühstückt und die Planung des Tages besprochen und was wir in dieser Woche so alles zusammen erledigen wollen. Es war wie bei einer richtigen Familie und hoffentlich werden wir das bald sein. Wenn Sam und ich mit

Kyle zusammen ziehen, sind wir dem schon einen riesen Schritt näher und ich kann es gar nicht erwarten, bis es soweit ist. Ich will jeden Abend neben ihm einschlafen und jeden Morgen neben ihm aufwachen. Ich will mit ihm und Sam am Frühstückstisch sitzen.

Ein leises Klopfen an meiner Bürotür schreckt mich kurzfristig aus meinen Träumereien auf.

„Ja", antworte ich schnell. Die Tür öffnet sich einen Spalt breit und Marie steckt ihren Kopf durch die Tür.

„Ich mach mich jetzt los zu den Grabowskis. Drück mir die Daumen, dass sie sich dieses Mal auf ein Motto einigen können. Wie bescheuert muss man eigentlich sein und setzt sich in den Kopf eine Motto-Party zu seiner eigenen Hochzeit zu veranstalten und dann kann man sich nicht einigen?" Schon von vornherein leicht genervt schüttelt sie den Kopf. Mitfühlend sehe ich sie an.

„Ich habe keine Ahnung und ich beneide dich auch nicht um den Termin. Aber ich kann ja nicht fahren." Zur Unterstreichung hebe ich kurz meine eingegipste Hand.

„Ich werde es schon überleben und wenn nicht, wirst du mich nachher mit einem großen Kaffee und einem noch viel größeren Stück Schoko-Sahne-Torte wiederbeleben müssen."

„Da kannst du dich aber drauf verlassen! Ohne meine beste Freundin wäre ich aufgeschmissen."

„Du bist glücklich. Das ist schön, auch wenn ich echt verwundert war, als du mir erzählt hast, dass dein Kyle der Gleiche ist, wie der Typ den du an dem Abend in Paris aufgegabelt hattest."

„Manchmal geht das Leben ziemlich verworrene Wege, nur um am Ende dann doch am richtigen Ziel anzukommen. Mach dich los, du weißt, die Grabowskis warten nicht gern."

„Bis dann. In zwei Stunden müsste ich wieder da sein." Kurz winkt sie mir zu und lehnt dann die Tür wieder an. Sofort versinke ich wieder in meinen Schwärmereien.

Kyle hatte nach dem Frühstück darauf bestanden erst Sam zur Schule zu fahren und dann mich ins Büro. Unser Sohn hat in den letzten beiden Tagen verstanden, dass Kyle sein Vater ist. Er ist immer noch schüchtern und in manchen Situationen hat er Zweifel ob er sich gerade richtig verhält. Aber das wird sicherlich alles werden. Er braucht Zeit um aufzutauen.

Nur mit Mühe kann ich mich auf meine Kalkulation konzentrieren und ich schaffe es tatsächlich mal eine halbe Stunde am Stück zu arbeiten. Aber es kostet mich sehr viel Mühe nicht an Kyle und die letzte Nacht zu denken. Ich bin gerade mit der Betrachtung der Essenbestellung für eine sehr große indische Hochzeit beschäftigt, als ich Schritte auf der Treppe höre. Ohne zu sehen, wer da kommt, weiß ich sofort, dass es Kyle ist. Seinen Schritt würde ich überall wieder erkennen. Kurz wundere ich mich, warum er noch vor dem Lunch hier auftaucht, aber vielleicht hat er ja Sehnsucht nach mir und will mich überraschen. Schnell sehe ich wieder auf die Bestellung vor mir auf den Schreibtisch und tu so, als hätte ich nichts gehört. Ich muss mir ein Lächeln verkneifen, als meine Bürotür geöffnet wird. Aber ich kann nicht anders und hebe meinen Kopf.

„Hallo Schöner Mann.", lache ihn an, aber als ich sein Gesicht sehe, gefriert das Lachen auf meinem Gesicht.

Kyle steht in der Tür, die Schultern gebeugt und kreidebleich im Gesicht. Geschockt springe ich auf und eile auf ihn zu.

„Kyle?" Besorgt sehe ich ihn an. Ich muss nicht großartig nachfragen, um zu wissen, dass etwas ganz und gar nicht in Ordnung ist. Langsam hebt er seinen Kopf und sieht mich an. Seine grünen Augen haben ihren Glanz verloren und das erschreckt mich noch mehr als sein bleiches Gesicht. Ich packe ihn an den Schultern und sehe ihn eindringlich an.

„Was ist passiert?" Panik macht sich in mir breit. Es kann alles Mögliche passiert sein und das er jetzt nicht mit mir redet, lässt mich ahnen, dass es echt heftig sein muss. Ich nehme seinen Arm und ziehe ihn zu meiner Couch. Ohne Widerstand zu leisten folgt er mir und lässt sich in die Polster drücken. Ich setze mich neben ihn und nehme seine Hand in meine.

Er sitzt gebeugt da, die Ellenbogen auf den Knie aufgestützt, den Kopf gesenkt und sein Blick ist auf den niedrigen Holztisch gerichtet, auf dem ein frischer Strauß gelber Tulpen steht.

Ich nehme meine Hand von seiner und streichle ihm über die Wange. Es macht mir Angst, dass er nichts sagt. Was ist nur passiert?

„Kyle, bitte rede mit mir. Du machst mir Angst." Ich drücke leicht gegen seine Wange und er wendet mir sein Gesicht zu, aus dem jeglicher Ausdruck verschwunden ist.

„Was ist passiert?", flehe ich ihn an.

„Ich wurde gefeuert.", sagt er tonlos und richtet dann seinen Blick wieder auf die Tulpen. Geschockt starre ich ihn an und es dauert eine Weile, bis die Information zu mir durchgedrungen ist.

„Du bist was? Wie kann das sein?" Es ist für mich ein Ding der Unmöglichkeit. Er ist doch der CEO!

„Keine Ahnung, wie das sein kann. Ich bin ganz normal ins Büro und da eröffnet mir mein Assistent, dass der Vorstand mich sehen will. Es waren alle versammelt und der Vorsitzende teilte mir mit, dass ich mein Schreibtisch zu räumen habe. Sie hätten in einer außerordentlichen Sitzung beschlossen mich abzusägen." Er spricht ganz leise und tonlos. Es ist so, als hätte auch er es noch nicht verstanden und es richtig registriert. Seufzende fährt er sich mit beiden Händen durch die Haare und lehnt sich zurück. Jetzt starrt er die Decke an.

„Aber er muss dir doch gesagt haben warum. Sie können dich doch nicht so einfach feuern." Ganz dunkel kann ich mich an eine Vorlesung aus meiner Studienzeit erinnern, wo es um die Strukturen von Aktiengesellschaften ging. Kyles Vater, Mathew Wallace, hat vor vielen Jahren CCS in eine solche umgewandelt. Kyle mag zwar der CEO sein, oder gewesen sein, aber der Vorstand steht noch eine Stufe über ihm.

„Er hat es mir gesagt.", meint er tonlos, sieht mich aber weiterhin nicht an.

„Ja und? Nun lass dir bitte nicht alles aus der Nase ziehen!" Langsam werde ich etwas ungehalten. Es ist ungerecht, meine Wut auf diesen Vorstand an Kyle auszulassen. Ich atme tief durch und versuche mich erst einmal zu beruhigen. „Tut mir leid. Ich wollte dich nicht so anfahren, aber ich bin so wütend auf diese Idioten und ..." Verzweifelt werfe ich die Arme in die Luft.

„Schon gut. Schließlich ist es meine eigene Schuld." Er zuckt mit den Schultern.

„Sagst du mir bitte, was deine Schuld gewesen sein soll?", bitte ich ihn leise und zwinge ihn wieder mich anzusehen.

„Sie finden mein Verhalten nicht korrekt. Mein Privatleben würde ein schlechtes Licht auf die Firma werfen." Entsetzt schlage ich mir die Hand vor den Mund und sehe ihn mit weit aufgerissenen Augen an.

„So ähnlich habe ich auch reagiert.", sagt er trocken.

„Aber ... das können die doch nicht einfach machen", stammle ich.

„Natürlich können die das machen! Sie sind der verdammte Vorstand! Als es mit der Wirtschaft vor einigen Jahren bergab ging, musste mein Vater seine Anteilsmehrheit verkaufen. Wenn ihnen mein Gesicht oder mein Privatleben nicht passt, dann reicht eine kleine Abstimmung mit Handzeichen und schon bin ich weg vom Fenster.", fährt er mich an. Ich zucke bei seinem Wutausbruch leicht zusammen. Kyle hat es auch gemerkt und zieht mich in seine Arme.

„Sorry. Ich weiß, du kannst nicht dafür und es ist meine Schuld, aber irgendwie fühle ich mich ungerecht behandelt. Ich konnte ja noch nicht einmal erklären, warum es so kam.", flüstert er leise und ich kann an seiner Stimme hören, dass es ihm sehr zusetzt.

„Es ist nicht deine Schuld, es ist meine.", murmle ich an seinem Hals.

„Was? Sophie, nein! Was redest du da!" Er lehnt sich so, dass er mir ins Gesicht sehen kann. Genau diesen Moment wählt eine Träne, um über meine Wange zu kullern. Besorgt wischt er sie ab und schüttelt den Kopf. „Nicht weinen, bitte."

„Es ist trotzdem meine Schuld. Wäre ich nicht gewesen und du hättest dich nicht um mich gekümmert, dann hättest du jetzt immer noch deinen Job."

„Das mag schon sein. Aber du vergisst, dass ich dich dann nicht hätte und Sam auch nicht. Ihr seid mir tausend Mal wichtiger als irgendein Job." Seine liebevollen Worte bauen mich wieder auf, was meinen Kampfgeist erweckt. Zumal ich genau weiß, wie sehr ihm CCS am Herzen liegt.

„Ich rufe Richard und David an." Geschäftig stehe ich auf, um mein Handy vom Schreibtisch zu holen.

„Lass es.", hält mich Kyle auf. Ungläubig wirble ich zu ihm herum.

„Bitte?"

„Lass es Sophie. Ich bin meinen Job los und muss jetzt nach vorne sehen. Ich will nicht, dass deine Brüder ihre Finger im Spiel haben. Ich muss das alleine schaffen. Außerdem seien wir mal ehrlich – die Firma hat meiner Familie ab dem Zeitpunkt nicht mehr gehört, als Dad seine Mehrheitsanteile verkaufen musste." Etwas in seiner Stimme lässt mich aufhorchen.

„Was genau willst du mir damit sagen? Das mit meinen Brüdern hast du gerade nur vors Loch geschoben, da steckt mehr dahinter." Aus schmalen Augen sehe ich ihn an und lehne mich mit der Hüfte an meinen Schreibtisch. Abwartend verschränke ich meine Arme vor der Brust.

„Ich will nur nicht, dass sie sich da rein hängen."

„Ich habe gesagt, dass du sie nicht als Ausrede benutzen sollst. Ich will die Wahrheit, warum genau willst du nicht, dass ich sie anrufe?"

„Ich bin ein Versager.", murmelt er und sieht dabei so unglücklich aus. Mein Herz zieht sich zusammen und schnell löse ich mich von meinem Schreibtisch. Kurzerhand klettere ich auf seinen Schoß. Ich nehme sein Gesicht zwischen meine Hände und küsse ihn.

„Sag das nie wieder!", weise ich ihn zurecht.

„Was denn? Es ist die Wahrheit. Im Vergleich zu deinen Brüdern bin ich der totale Versager!"

„Wie kommst du auf so etwas?" Ich kann das nicht fassen, was er da für Mist von sich gibt.

„Sie sind Beide äußerst erfolgreich und reicher als Krösus und was bin ich? Ein erbärmliche Geschäftsführer, ohne Job, der der Frau noch nicht einmal das Haus kaufen kann, was sie sich wünscht." Verzweifelt sieht er mich an.

„Hast du Angst, dass du in meinen Augen weniger wert sein könntest als David und Richard?"

„Das wäre ja auch nur die logische Konsequenz."

„Kyle Wallace, du hörst mir jetzt ganz genau zu. Ich liebe dich über alles und ich würde für dich alles, bis auf Sam, aufgeben. Wenn es nicht das Haus ist, dann ist es ein anderes und wenn ich mit dir in eine halb verfallene Baracke ziehen muss, dann würde ich das tun, wenn es bedeutet, dass ich mit dir zusammen bin. Du liebst das was du tust und schon allein dafür verdienst du meine Hochachtung.", rede ich auf ihn ein und ich hoffe, dass er es mir glaubt.

„Okay, aber da ist dann immer noch das Problem, dass ich momentan arbeitslos bin."

„Darum will ich ja mit den beiden reden. Du hast angedeutet, dass jemand den Vorstand bearbeitet haben muss und ich will wissen, wer es ist. Dann will ich wissen, warum, um dann dieser Person den Hals umzudrehen. Meine Brüder sind nun einmal die perfekten Personen, um an solche Informationen heran zu kommen."

„Selbst sie sind nicht allmächtig.", wirft er ein.

„Wenn es um die Beschaffung von Informationen geht, sind sie es. Wer auch immer dich angeschwärzt hat, wird es bereuen, denn er hat sich mit der Familie Borough angelegt!"

„Ich bin aber kein Borough."

„Vielleicht nicht dem Namen nach, aber auf solche Kleinigkeiten geben wir nichts. Weißt du noch, was meine Mutter gestern zu dir gesagt hat? Du gehörst zur Familie und bei uns ist es üblich, dass man sich gegenseitig hilft."

„Du hast uns belauscht?" Erstaunt sieht er mich an.

„Am Anfang eher unfreiwillig, weil ich runter wollte, um dir die Tür zu öffnen, aber Mom war schneller und ab da habe ich dann absichtlich gelauscht." Verschmitzt lächle ich ihn an.

„Du bist unglaublich, weißt du das?"

„Ja und du liebst das an mir."

„Unter anderem."

„Also, darf ich sie anrufen? Du gehörst zu uns und wer sich mit einem von uns anlegt, der muss mit der kompletten Familie rechnen. Zur Not können wir es so weit treiben, dass dieser Jemand nie wieder einen Fuß in diesen Staat setzt."

„Nur gut, dass wir uns versöhnt haben, denn sonst hätte ich jetzt echt Angst vor dir." Ein kleines Lächeln huscht über sein Gesicht. Sanft küsst er mich. Wenn er schon mal lächelt, bin ich schon einen großen Schritt weiter.

„Also?"

„Tu was du nicht lassen kannst.", antwortet er schließlich seufzend.

„Danke. Ich liebe dich."

„Ich dich auch." Kyle küsst mich noch einmal und ich klettere von seinem Schoß. Da mache ich mich mal an die Arbeit. Schnell habe ich Richards Nummer im Büro gewählt. Nach zwei Mal klingelt geht Luca ran.

„Büro von Richard Borough. Sie sprechen mit seiner Assistentin Luca, was kann ich für Sie tun?"

„Luca, hi. Hier ist Sophie. Ich müsste mit meinem Bruder sprechen."

„Miss Borough, es tut mir leid. Aber Mister Borough befindet sich in einer Besprechung.", versucht sie mich abzuwimmeln.

„Das ist egal. Ich muss ganz dringend mit ihm sprechen. Es handelt sich um einen Notfall." Die Erwähnung eines Notfalles scheint bei ihr ein Umdenken zu bewirken.

„Aber natürlich Miss Borough. Einen Moment bitte." Sie legt mich in die Warteschleife, aber schon einen Augenblick später ist Rich am Apparat.

„Sophie? Was ist los? Luca sagte mir, es gibt einen Notfall." Ich kann die Panik in seiner Stimme hören.

„Mit dem Notfall habe ich vielleicht etwas übertrieben, aber es ist trotzdem äußerst wichtig."

„Sophie! Ich bin in einem Meeting.", tadelt er mich.

„Ich weiß. Aber was sagen wir immer? Wenn sich Jemand mit einem von uns anlegt, dann muss er damit rechnen, dass der geballte Zorn der Familie Borough auf ihm nieder prasselt."

„Ja schon, aber kann das nicht bis heute Abend warten?"

„Nein kann es nicht.", beharre ich. Er seufzt gut hörbar und das ist das Zeichen, dass ich gewonnen habe.

„Also schön, was gibt es denn so Dringendes?" Ich höre Rich aufstehen „ Meine Herren, bitte entschuldigen sie mich einen Moment.", sagt er zu den anderen anwesenden Personen. Eine Tür wird geöffnet und geschlossen. „Gut, schieß los."

„Kyle wurde gefeuert."

„Was hat er angestellt?"

„Er ist mit mir zusammen."

„Aber dafür kann man ihn nicht feuern."

„Wurde er aber. Der Vorstand hat ihn einfach abgesägt."

„Aha. Aber selbst die können ihn wegen so etwas nicht feuern. Da muss ihm erst gravierendes Fehlverhalten nachgewiesen werden."

„Rich, ich will wissen, wer dafür verantwortlich ist! Hier geht es nicht nur um Kyle, es geht um die ganze Familie."

„Er ist kein Borough."

„Na und? Seit wann haben wir uns über Namen Gedanken gemacht? Lisa gehörte schon vom ersten Moment an dazu und Kyle jetzt auch."

„Touché. Du willst den Zorn der Boroughs aktivieren?"

„Ganz richtig und ich will, dass du mir dabei behilflich bist, diesem Feigling, wer auch immer das war, den Arsch aufzureißen. Nebenbei müssen wir für Kyle einen Job an Land ziehen."

„Meinst du nicht, dass mit dem Job kann er alleine? Er ist ein großer Junge."

„Mag sein, aber dein Name und dein Wort haben mehr Macht, als wenn Kyle, der durch so einen Scheiß gebrandmarkt wurde, sich irgendwo bewerben würde. Er liebt seine Arbeit. Also wäre es nicht schlecht wenn er seinen alten Posten wieder hätte. Die Firma seines Vaters liegt ihm am Herzen."

„Meinst du nicht, dass es ihm vielleicht gegen den Strich gehen würde, wenn ich bei seiner Jobsuche eingreife?"

„Lass das mal meine Sorge sein. Jetzt müssen wir ihn erst einmal rehabilitieren."

„Okay, ich sehe mal, was ich machen kann und was ich raus bekomme."

„Danke großer Bruder, du bist der Beste! Heute Abend bei Mom und Dad Krisensitzung und Schlachtplan-Ausarbeitung. Rufst du bitte David an? Ich bin sicher ein paar seine Freunde könnte hilfreich sein."

„Du liebst den Kerl wirklich von ganzem Herzen.", stellt er mit einem weichen Ton in seiner Stimme fest. „Ich hätte ihn sowieso gleich angerufen, damit er seine Nachrichtenkanäle aktiviert."

„Ja das tue ich. Er ist mein Seelenverwandter. Genauso wie Lisa deiner ist und Molly der von David."

„Hauptsache er verletzt dich nicht wieder." Genervt verdrehe ich die Augen, als er wieder mit der alten Laier anfängt.

„Keine Sorge, tut er nicht. Wir sehen uns dann heute Abend."

„Ja bis dann. Bye."

„Bye."

„Sophie, ist das nicht ein bisschen übertrieben?" Kyle klingt müde.

„Was? Wo ist dein Kampfgeist hin?"

„Keine Ahnung. Den muss ich irgendwo zwischen Schreibtisch aufräumen und Büro verlassen verloren haben."

Ich klettere zurück auf seinen Schoß und schon reflexartig legen sich seine Arme um meine Taille.

„Kyle. Ich liebe dich und ob du willst oder nicht, meine Familie hat dich in ihrer Mitte aufgenommen und wir halten immer zusammen. Jemand hat gewagt einem Familienmitglied zu schaden und dafür wird er büßen. Ob es dir nun passt oder nicht."

„Sicher, dass dein Vater und deine Brüder der gleichen Meinung sind wie du?"

„Ja bin ich. Ich habe eben mit Rich telefoniert und von den Drei war er am meisten gegen dich und wenn er sagt, dass er hilft, dann heißt das auch, dass er dich akzeptiert und dich als Familienmitglied ansieht."

„Vielleicht solltest du dir einen anderen Mann suchen." Mit dieser Aussage macht er mich richtig wütend und das lasse ich ihn auch sofort wissen.

„Kyle Wallace! Noch so einen dämlichen Spruch aus deinem Mund und ich schwöre, ich prügle dich windelweich! Ich habe nicht elf Jahre lang gelitten, nur das du mir jetzt erzählst, ich soll mir einen Anderen suchen?"

„Dämliche Idee, ich weiß. Tut mir leid. Es ist gerade ein bisschen viel und ich stehe vor einem riesen Haufen Problemen.", seufzt er und schließt seine wunderschönen grünen Augen.

„Du vergisst schon wieder, dass du nicht allein bist. Was ist mit deinen Eltern?"

„Keine Ahnung. Mir wäre es lieber, wenn sie es erst einmal nicht wüssten. Es wird für sie schon ein großer Schock, wenn sie von Sam erfahren."

„Wissen sie schon von der gelösten Verlobung?"
Stumm schüttelt er den Kopf und auch wenn ich es insgeheim geahnt hatte, versetzt es meinem Herzen einen Stich.

„Darf ich fragen warum nicht?"

„Darfst du. Ich war die letzten Tage immer mit dir zusammen und so lange liegt das ja jetzt auch nicht zurück. Meine Eltern waren wirklich das Letzte, an das ich gedacht habe." Seine Lippen legen sich auf meine und vertreiben dieses beklemmende Gefühl.

„Heute Abend haben wir eine Krisensitzung und da werden wir sehen, was Rich und David herausgefunden hat. Wir werden Kevin noch mit ins Boot holen. Er ist der wohl beste Anwalt von Chicago, zusammen mit Kerry.. Wir schaffen das."

„Wer ist Kevin?", fragt er mit einem Anflug von Eifersucht und ich kann mir ein kleines Grinsen nicht verkneifen. Also beschließe ich ihn ein ganz kleines bisschen zu ärgern.

„Kevin ist ein gutaussehender Anwalt. Er hat wunderbare Aussichten auf eine Juniorpartnerschaft in seiner Kanzlei."

„Dann solltest du vielleicht ihn nehmen!", grummelt Kyle. Mist, daran habe ich jetzt nicht gedacht. Der Job ist ja momentan sein wunder Punkt wie habe ich das den nur vergessen können? Zumal wir doch gerade erst darüber gesprochen haben.

„Geht nicht. Er ist in glücklichen *männlichen* Händen."

„Hä?" Verständnislos sieht er mich an.

„Er ist schwul. Marie und ich haben ihre symbolische Hochzeit ausgerichtet."
Kyle atmet geräuschvoll aus.

„Sorry, ich habe nicht daran gedacht.", murmle ich leise und gucke schuldbewusst drein.

„Keine Sorge. Wie lange machst du heute noch?"

„Wenn du willst, können wir gleich los. Ich kann meine Arbeit mit nach Hause nehmen und leite das Telefon einfach auf mein Handy um."

„Das wäre toll. Ich will im Moment nicht alleine sein."

„Gib mir fünf Minuten, dann habe ich alles zusammen."

Ich gebe ihm einen Kuss auf die Stirn und klettere wieder von seinem Schoß. Nur widerwillig nimmt er seine Hände von mir. Kaum bin ich an meinem Schreibtisch, da klingelt auch schon mein Telefon. Ich sehe Maries Nummer.

„Hey Süße, schon fertig?", melde ich mich.

„Nein, noch nicht. Die zanken sich schon wieder und ich bin besser aus der Schusslinie gegangen.", sagt sie angespannt.

„Wenn du wieder im Büro bist, nicht wundern. Ich fahre jetzt nach Hause und nehme die Arbeit mit."

„Ist etwas passiert?", fragt sie alarmiert. Sie kennt mich. Ich würde nie ohne Grund aus dem Büro flüchten.

„Der Vorstand von CCS hat Kyle gefeuert."

„Was!? Aber das können die doch nicht so einfach! Wow! Schock!"

„Ich weiß, das ist es für uns auch. Wir haben heute Abend einen Familienrat."

„Du hast deine Brüder schon darauf angesetzt?"

„Genau und ich werde demjenigen dann den Arsch aufreißen.", presse ich hervor.

„Wenn George und ich irgendetwas tun können, dann sag Bescheid."

„Ich hoffe, es ist jetzt nicht allzu schlimm, wenn ich mit Kyle nach Hause fahre. Ich will ihn nicht alleine lassen."

„Süße, na klar. Mach ruhig. Wenn ich den Mist hier hinter mich gebracht habe, werde ich auch nach Hause fahren. Ich will mit Mai einen Mädelsnachmittag machen. Wenn irgendwas ist, dann melde dich, okay?"

„Gut. Gibt deiner kleinen Maus einen Kuss von mir."

„Werde ich machen. Gibt du Kyle einen von uns und sag ihm, wir stehen auf seiner Seite."

„Mach ich. Bis dann."

„Bye."

Ich lege auf und sehe zu Kyle rüber. Mit gerunzelter Stirn sieht er mich an. Ich gehe zu ihm rüber und gebe ihm Maries Kuss auf die Wange.

„Von Marie. Ich soll dir ausrichten, dass sie und George auf deiner Seite sind.", erkläre ich, da er mich doch ein bisschen fragend angesehen hat.

„Ich kenn die beiden doch gar nicht."

„Na und? Sie dich doch auch nicht. Aber du bist mit mir zusammen und das allein reicht ihnen als Grund."

„Ich bin seit der Uni mit einem George befreundet. Er ist Chirurg."

„Er hießt aber nicht George Smith, oder?" Das wäre nun wirklich ein sehr großer Zufall.

„Ähm, doch. Er ist verheiratet. Er und seine Frau haben vor einiger Zeit ein kleines Mädchen adoptiert."

„Marie und Mai", flüstere ich.

„Genau!"

„Marie ist meine beste Freundin, sie ist Französin."

„Sag jetzt nicht, dass wir gerade von den gleichen Personen sprechen."

„Doch, sieht ganz so aus."

„Dann muss ich mich bei George echt bedanken!"

„Warum?"

„Er ist dafür verantwortlich, dass wir uns wiedergesehen haben. Wir sind auch nach dem Studium befreundet geblieben. Leider konnten wir uns, dank der vollen Terminpläne, nie viel sehen. So habe ich seine Hochzeit verpasst, weil ich geschäftlich nach New York musste. Seine Frau habe ich auch nur ein oder zwei Mal gesehen. Er hatte mir euer Geschäft empfohlen."

„Das ist echt ... Ich muss ihm einen dicken Kuss geben."

„Gib ihm zwei, von mir auch einen." Sanft legt er seine Lippen auf meine.

„Hast du alles?", fragt Kyle während er seine Krawatte löst, die eh schon sehr traurig und schief um seinen Hals hing.

„Noch nicht, aber gleich." Schnell gehe ich zurück zu meinem Schreibtisch und suche alles zusammen.

Unsere Fahrt verläuft sehr schweigsam. Ohne nachzufragen fährt Kyle zu meinen Eltern. Wir parken vorm Haus. Mom und Dad stehen gerade vor den Beeten und scheinen zu beraten, was sie alles in diesem Jahr verändern wollen. Verwundert drehen sie sich zu uns um.

Schleppend steigt Kyle aus und ehe er um den Wagen herum ist, bin ich schon ausgestiegen.

„Ist alles in Ordnung?", fragt mein Vater und sowohl er, als auch meine Mutter sehen uns besorgt an. Ein schneller Blick auf Kyle, zeigt mir, das ihre Sorge berechtigt ist. Er sieht noch schlechter aus, als bei seiner Ankunft in meinem Büro. Er sagt nichts, sondern starrt nur leer vor sich hin, meine Unterlagen im Arm.

„Ich bringe ihn schnell nach oben, dann komme ich zu euch. Wartet ihr bitte im Wohnzimmer auf mich. Ich erkläre euch dann alles.", antworte ich und zögerlich nicken sie. Ich kann ihnen ansehen, dass sie am liebsten sofort wissen wollen, was los ist.

Ich nehme Kyles Arm und führe ihn nach drinnen. Ohne Widerstand zu leisten folgt er mir wie ein kleines Hündchen. Das macht mir am meisten Angst.

In meinem Schlafzimmer, nehme ich ihm die Unterlagen ab und lege sie auf den Schreibtisch. Aus seiner Tasche, die neben meinem Schrank steht, ziehe ich eine Jogginghose und ein T-Shirt. Mechanisch wechselt er seine Sachen.

Während er sich anzieht, schlage ich die Tagedecke auf meinem Bett zurück und lasse die Jalousie vor den Fenstern runter, so dass das Zimmer im Dämmerlicht liegt.

Ich schnappe mir wieder seinen Arm und ziehe ihn zum Bett. Er legt sich hin und ich decke ihn zu. All das passiert ohne ein Wort. Ich hocke mich neben mein Bett auf Kyles Seite und streiche ihm durch die Haare, wie ich es schon oft bei Sam gemacht habe, wenn es ihm nicht gut ging. Bei Kyle hat diese kleine Geste die gleiche Wirkung wie bei unserem Sohn. Langsam fallen ihm die Augen zu und er schläft ein. Ich küsse seine Stirn und gehe dann nach unten zu meinen Eltern.

Ungeduldig sitzen sie im Wohnzimmer auf der Couch und als ich den Raum betrete springt mein Vater auf und zieht mich in eine väterliche Umarmung. Als er mich loslässt, werde ich von meiner Mutter umarmt.

„Komm, setzt dich Spätzchen. Du sieht nicht viel besser als Kyle aus." Sie legt mir ihren Arm um die Schultern und führt mich mit sanftem Druck zur Couch. Schwerfällig lasse ich mich darauf fallen.

„Wenn ich könnte, würde ich jetzt echt gerne einen Whiskey trinken.", seufze ich.

„Was ist denn passiert?", fragt Dad. Es ist ein schönes Gefühl, das Kyle endlich von allen Familienmitgliedern akzeptiert wird.

Ich hole tief Luft, ehe ich ihm antworte.

„Kyle wurde heute Morgen gefeuert."

„WAS?" Empört springt mein Vater auf und beginnt im Raum herum zu stapfen. Kurz lächle ich vor mich hin, denn so reagiert er nur bei Personen, die ihm am Herzen liegen.

„Wie kann das sein?", fragt meine Mutter etwas ruhiger, aber nicht weniger geschockt.

„Irgendwie scheint es dem Vorstand nicht zu passen, welche Wendung sein Privatleben genommen hat. Angeblich würde es CCS in Verruf bringen."

„Mist, das ist schon ein Kündigungsgrund."

„Mag sein, Dad, aber das Schlimme ist ja, das er es nicht erklären durfte. Er sollte sofort seinen Schreibtisch räumen und das Gebäude verlassen."

„Sie hätten ihn anhören müssen. Wurde noch mehr gesagt?"

„Nein. Ihm liegt die Firma am Herzen. Irgendjemand steckt dahinter. Kyle hat immer hervorragende Arbeit geleistet und dem Unternehmen wieder zu altem Glanz verholfen, nachdem es in der Wirtschaftskrise so gelitten hat."

„Wo ist er jetzt?", fragt Mom, die bisher stumm zugehört hatte.

„Er ist oben und schläft. Das hat ihn ziemlich mitgenommen."

„Wisst ihr, wer den Vorstand beeinflusst?", fragt mein Dad. Als erfolgreicher Bankier kennt er sich mit Wirtschaftsstrukturen bestens aus.

„Nein. Aber ich habe Richard schon angerufen. Er kümmert sich mit David darum."

„Gut. Ich werde mich auch ein wenig umhören und dann stampfen wir die in Grund und Boden!" gibt sich mein Vater kämpferisch.

„Danke Dad, dass du Kyle akzeptierst."

„Ach Spätzchen. Du liebst ihn, er liebt dich und er hat uns ja auch Sam mit geschenkt. Er gehört zur Familie und du kennst mich."

„Ich weiß. Wenn es gegen die Familie geht, dann bist du nicht zu bremsen. Rich und David kommt heute Abend."

„Was ist mit seinen Eltern?", fragt Mom.

„Er will es ihnen erst einmal nicht sagen. Sie wissen noch nichts von Sam und mir und von der gelösten Verlobung. Ich glaube, er hat es selber noch nicht richtig realisiert."

„Das kann ich mir vorstellen. Sein Vater hat doch sicherlich noch Kontakte zum Vorstand, oder?"

„Anzunehmen. Ich hoffe, dass wir alles geklärt bekommen, bevor er es erfährt."

„Wie geht es dir Spätzchen?"

„Ich bin geschockt, Mom und unendlich wütend. Kyle denkt jetzt, er wäre meiner nicht mehr würdig."

„Wie kommt er denn da drauf?" Erstaunt sieht sie mich an.

„Er hat sich mit David und Richard verglichen und ist die Meinung, dass er ein Versager sei."

„Was für ein Quatsch. Er ist genauso viel Wert wie sie. Er liebt seinen Beruf. Für ihn ist es nicht nur ein Job, den er machen muss, sondern seine Berufung, seine Passion und ich werde alles daran setzen, dass er rehabilitiert wird und einen neuen Job bekommt."

Ich springe auf und falle meinem Vater um den Hals.

„Danke Daddy, vielen, vielen Dank. Ich kann dir gar nicht sagen, wie viel mir das bedeutet." Die zurückgehaltenen Tränen brechen sich ihre Bahn frei und laufen über meine Wange.

„Spätzchen, was hältst du davon, wenn du auch nach oben gehst und dich ein wenig hin legst. Dein Vater und ich kümmern uns um die Abholung von Sam."

„Danke Mommy." Ich drücke auch sie innig an mich und gebe jedem einen Kuss. Als ich nach oben gehe, merke ich erst richtig, wie erschöpft ich bin.

Kyle liegt noch immer so, wie vorhin, als ich runter gegangen bin. Ich lege meinen Kopf auf seine Brust und als er im Schlaf seinen Arm um mich legt, schließe ich meine Augen und hoffe auf ein wenig Erholung.

Wir sitzen alle auf der großen Couch im Wohnzimmer. Ein jeder an seinen Partner geschmiegt.

Kyle hat seinen Arm um meine Schultern gelegt und mein Kopf ruht an seiner Brust. Sein Herzschlag dringt beruhigend an mein Ohr. In seiner linken Hand ein Glas mit Dads bestem Whiskey, welchen er auch gut gebrauchen kann.

„Eigentlich hätte ich es mir denken können. Schließlich wussten ja nun nicht gerade sehr viele Menschen, das Sophie bei mir war." Seufzend nimmt er einen Schluck aus seinem Glas. Vor fünf Minuten haben wir erfahren, dass Kendra, oder besser gesagt ihr Vater, diejenige war, der den Vorstand bearbeitet hat. Anscheinend spielt er mit einigen dieser

Herrschaften Golf. Laut Rich war Kyle ihnen schon länger ein Dorn im Auge.

„Was machen wird jetzt?", fragt Molly und sieht in die Runde.

„Ich werde mir diese Schlampe schnappen und verarbeite sie zu Kleinholz!", stoße ich wütend hervor. Wie kann sie es wagen meine Familie anzugreifen. Ich zittere vor unterdrückter Wut und nur Kyle und seinen starken Armen ist es zu verdanken, dass ich nicht sofort losgezogen bin, um sie zu suchen.

„Wir finden bessere Möglichkeiten.", versucht mein Vater mich wieder zu beruhigen. „Der nächste Schritt sollte erst einmal der sein, dass Kyle wieder auf seinem alten Posten eingesetzt wird."

„Wie soll das funktionieren?"

„Davids und meine Freunde haben so manche pikante Information über den Vorstand gesammelt. Wir werden ihnen nahelegen, ihre Firmenanteile an dich zu verkaufen, wenn sie ihr Gesicht wahren wollen.", wirft Richard ein.

„Das klingt eher nach Erpressung."

„Der Ton macht die Musik, Schwesterchen."

„Ich finde es ganz toll, dass ihr euch für mich einsetzt. Aber, egal was nun gemacht wird, das Hope-Projekt darf nicht gefährdet werden."

„Hope-Projekt?" Fragend sehe ich Kyle an. Davon habe ich gerade das erste Mal gehört.

„Das ist eine Arbeitsgruppe aus verschiedenen Psychologen, Physiotherapeuten, Sozialarbeitern und Ärzten. Ich haben sie vor etwa einem Jahr gegründet und sie bieten eine Anlaufstelle für Soldaten, die schwer traumatisiert aus Kriegsgebieten zurück gekehrt sind und nicht die finanziellen Mittel oder die nötige Versicherung haben, um sich helfen zu lassen. Wir bieten ihnen Hilfe bei der Heilung und Therapie an."

„Du arbeitest da mit?"

„Mitarbeiten ist zu viel gesagt. Ich bin eher der kaufmännische Leiter."

„Du hast heute wieder deinen Bescheidenen." Leicht tadeln sieht Lisa ihn an.

„Ich habe von diesem Projekt erst letzte Woche etwas in der Zeitung gelesen." Meine Mutter ist richtig ehrfürchtig.

„Und in diesem Moment sitzt der Hauptinitiator des Projektes auf deiner Couch und hält deine Tochter im Arm." Mit einem Kopfnicken deutet Molly auf uns.

„Danke.", grummelt er.

„Du hast das Projekt ins Leben gerufen?" Erstaunt sehen wir ihn an, alle bis auf Lisa, Molly, David und Richard.

„Ja. Es gibt zu viele Soldaten, die unter Belastungsstörungen leiden und sie gerne behandelt haben würden, es aber nicht können, weil entweder ihre finanziellen Mittel nicht ausreichen oder weil es nicht im Leistungspaket ihrer Versicherung enthalten ist. Am Anfang war es nur als rein psychologische Anlaufstelle gedacht. Aber immer mehr Männer und Frauen kamen zu uns, die neben der psychologischen Betreuung auch eine medizinische und, oder eine physiotherapeutische Behandlung benötigten. Also haben wir das Projekt erweitert. Letzten Monat haben wir die Beratung in sozialen Fragen dazu genommen."

„Wow, super Idee. Aber ich dachte immer der Staat würde sich um die zurückgekehrten Soldaten kümmern." Ich habe gar nicht gewusst, dass er sich so engagiert.

„Solange wie sie noch im Militärdienst stehen, ist das auch so. Aber wenn sie Ausscheiden, sind sie auf sich alleine gestellt und da liegt das Problem. Belastungsstörungen können selbst nach Jahrzehnten auftreten."

„Wie kann jetzt ein Racheplan dem Projekt schaden?", frage ich.

„Kendras Vater ist einer unser Hauptgeldgeber. Wenn wir also etwas gegen sie unternehmen sollten, wird sie zu ihrem Vater rennen und er dreht den Geldhahn zu und somit wäre das Projekt gestorben. Allein kann ich es nicht finanzieren."

„Mist", stoße ich hervor.

„Nicht unbedingt.", meldet sich Richard und wirft einen Blick zwischen Dad und David hin und her.

„In wie fern?" Leise Hoffnung schwingt in Kyles Stimme mit.

„Erst einmal hast du hiermit drei neue Geldgeber für das Projekt." Mein Bruder deutet auf Dad, David und sich.

„Was?" Ungläubig sieht er Richard an.

„Falls es dir noch nicht aufgefallen ist, mein Mann hat Geld wie Heu, soviel könnte man noch nicht einmal in zehn Leben ausgeben.", kichert Lisa.

„Außerdem wäre es super Werbung für das Projekt. Wenn die Menschen lesen würden, dass ein erfolgreicher Musikproduzent, der Manager des größten Telekommunikationsunternehmens des Landes und ein reicher Bankier deine Sponsoren und Unterstützer sind, kannst du dich bald vor Anfragen nicht mehr retten. Denn alle möglichen Zeitungen würden über das Projekt berichten wollen, was wiederum neue Geldgeber an Land zieht. Denn da wo die Borough-Männer investiert, zieht immer Andere nach, die auch etwas vom Ruhm des Namens abhaben wollen." Da ich während meines Studiums auch Marketing hatte, formiert sich schon eine Strategie in meinem Kopf.

„Okay, da wäre das Projekt finanziell nicht mehr von Kendras Vater abhängig. Aber was ist mit der schlechten Publicity?"

„Rich, du hast doch schon längst einen Plan. Warum sagst du uns nicht erst einmal, an was du gedacht hast und dann überlegen wir uns, wie wir das Projekt schützen.", wende ich mich an meinen großen Bruder.

„Die Geschäfte von Arthur Miller scheinen nicht ganz nach dem Gesetz zu sein. Bis vor ein paar Jahre hat er sein Unternehmen ganz legal geführt. Aber dann stiegen die Rohstoffpreise immer mehr an und er geriet in Zahlungsschwierigkeiten. Er hat mit aller Macht versucht neue Geldquellen zu erschließen. Er hat Hypotheken auf sein Haus aufgenommen und andere verkauft. Eigentlich stand er kurz davor alles zu verlieren. Aber plötzlich begann er zu expandieren. Laut meinen Recherchen ..." er zeigt auf eine dicke Akte, die auf dem Wohnzimmertisch liegt „... hat er unter einem Decknamen eine Finanzberater-Firma gegründet. Oberflächlich gesehen, läuft alles legal ab. Aber wenn man tiefer blickt hat er kontinuierlich Geld von seinen Anlegern abgezweigt. Immer kleinere Beträge, die nicht großartig auffallen, wenn man die Unterlagen fälscht. So hat er seine eigentliche Firma saniert. Doch er ist gierig geworden. Im letzten Jahr sind die abgezweigten Beträge immer größer geworden. Einen Teil davon steckt er in seine Firma. Nach außen soll sie rentabel erscheinen, jedoch fährt sie schon seit Jahren jeden Monat Verluste ein. Der andere Teil des Geldes wandert in seine eigene Tasche."

„Aber wie können wir das zu unserem Vorteil nutzen?" So richtig sehe ich noch nicht, worauf er hinaus will.

„Diese Gelder dienen auch der Finanzierung des Lebensstils seiner Tochter. Sie macht den ganzen Tag nichts anderes als zu shoppen. Ihre Kreditkartenabrechnungen sind astronomisch hoch. Wir sorgen dafür, dass ihre Geldquelle versiegt. Ich werde diese Unterlagen der Abteilung für Kapitalverbrechen des FBI zukommen lassen. Kurz vorher mache ich Miller das Angebot seine Firma kaufen zu wollen. Aber es wird so niedrig ausfallen, dass er es ablehnen wird. Dann wird das FBI seine Ermittlungen aufnehmen und beginnen im Dreck zu wühlen. Miller wird Muffensausen bekommen und mich fragen, ob mein Angebot noch stehen würde. Ich werden seine Firma aufkaufen."

„Aber dann bekommt er ja dein Geld.", gebe ich zu bedenken.

„Wird er nicht. Ich werde das Geld auf ein Treuhandkonto einzahlen, das den alleinigen Zweck hat, den ärmsten seiner Anleger ihre geraubten Ersparnisse zu erstatten."

„Aber was ist mit dem FBI? Sie sind eine schlecht zu kalkulierende Größe.", gibt David zu bedenken, aber Rich lächelt nur wissend.

„Nicht ganz. Sie bekommen meine Informationen nur unter der Bedingung, dass sie mir die Zeit geben, die ich zum Aufkauf benötige. Die Akte alleine reicht schon für eine Verhaftung aus. Also stochern sie erst einmal nur rum und wenn ich Millers Firma gekauft habe, wird er verhaftet."

„Was ist mit Kendra?" Es widert mich an ihren Namen auszusprechen.

„Ihre einzige Einnahmequelle wird versiegen und du wirst die Gelegenheit bekommen ein ernstes Wörtchen mit ihr zu reden."

Vergnügt klatsche ich in die Hände. Ich freue mich jetzt schon auf die Konfrontation mit dieser Schnepfe.

„Hoffen wir nur, dass der Vorstand auch mitspielt."

„Kyle wird deren Anteile aufkaufen, wird dadurch wieder Haupteigner und kann mit dem Vorstand verfahren, wie er will."

„Ich werde jeden Einzelnen, der für meine Entlassung gestimmt hat, vor die Tür setzen und einen neuen Vorstand bilden.", knurrt Kyle. Sein Kampfgeist ist wieder zurück!

„Damit kannst du morgen früh loslegen. Dein Assistent hat die betreffenden Vorstandsmitglieder unter einem Vorwand zu einer Unterredung einberufen."

„Wow." In einem Zug leer Kyle sein Glas. „Ich weiß gerade nicht, was ich sagen soll. Warum macht ihr das?"

„Du gehörst zur Familie.", antwortet David schlicht und alle nicken zustimmend.

„Was müssen wir zu deiner Unterstützung bezüglich Karl Miller tun?", frage ich Richard. Er hat zwar gesagt, was er alles machen wird, aber nicht wie wir ihm dabei helfen können.

„Ihr könnt euch dann Kendra vorknöpfen, wenn es an der Zeit dafür ist. Ich kümmere mich schon um Miller."

„Ganz uneigennützig ist dein Plan aber auch nicht", stelle ich schmunzelnd fest.

„Nein, ist er nicht. Aber ich habe etwas dagegen, wenn jemand die Menschen bescheißt, die so schon zu wenig zum Sterben haben und ihnen ihre Hoffnung nimmt. Außerdem bietet sein Firmengelände eine gute Möglichkeit. So kann ich das Produzieren von Musikvideos bei mir integrieren."

Zur Antwort grinse ich ihn nur breit an und ich kann spüren wie sich Kyle neben mir entspannt. Ihm war es nicht sonderlich angenehm, dass Richard ein paar Millionen für ihn ausgeben will. Aber so kann er es ganz gut akzeptieren. Immerhin hat mein Bruder auch etwas davon.

„So, da wir jetzt alles geklärt hätten, können wir nun zum gemütlichen Teil des Abends über gehen. Meine Kinder, wie geht es euch?" Unsere Mutter strahlt jeden Einzelnen an.

Kapitel 16 – Miese Laune

Meine Laune ist heute Morgen nicht unbedingt die Beste und das bekommt auch jeder zu spüren.
„SAM! Beweg deinen Hintern runter zum Frühstück. Wir müssen in einer halben Stunde los.", brülle ich die Treppe nach oben, damit mein ehrenwerter Herr Sohn uns mit seiner Anwesenheit erfreut. Aus der Küche höre ich Kyle lachen. Als ich zu ihm zurückkehre, werfe ich ihm einen strafenden Blick zu. Er tut gut daran, sein breites Grinsen in seiner Kaffeetasse zu versenken.

„Das muss er von dir haben.", grummele ich und stochere lustlos in meinem Rührei herum.

„Von mir? Ich sitze doch am Tisch oder nicht?", erwidert er grinsend. Er ist schon seit Tagen bester Laune. Er ist wieder Haupteigner von CCS und hat einen neuen Vorstand gebildet. Die alten Mitglieder hatten gar keine andere Wahl, als ihren

Hut zu nehmen, als Kyle ihnen die Informationen über sie präsentiert hat.

„Ich bin ja auch nicht so. Aber von einem muss er es haben. Also dann doch lieber von dir als von mir.", gebe ich missmutig von mir. Meine Laune ist heute wieder glänzend.

„Interessante Theorie. Aber wissenschaftlich nicht fundiert. Du solltest beachten, dass unser Sam zehn Jahre alt ist."

„Du sagst das so, als wäre es eine Entschuldigung für alles!" Angeekelt starre ich das Ei auf meiner Gabel an.

„Morgen ihr Beiden." Fröhlich kommt Mom in die Küche geweht.

„Morgen Sandra.", erwidert Kyle ihren Gruß ekelhaft gut gelaunt.

„Morgen", grummele ich dagegen.

„Was ist denn mit dir los Spätzchen? Schlecht geschlafen?" Vielleicht sollte meine Mutter besorgt klingen, aber sie tut es nicht.

„Ich habe hervorragend geschlafen.", gebe ich übertrieben gut gelaunt zurück.

„Erzähl keinen Mist. Das hast du seit einer Woche nicht mehr getan.", fällt Kyle mir in den Rücken. Jetzt sieht mich meine Mutter wirklich besorgt an.

„Woher willst du denn das wissen? Du schläfst doch tief und fest wie Baby!", motze ich ihn voll.

„Ist es immer noch wegen der Sache mit Kendra?" Liebevoll streicht mir meine Mutter durch die wirren Haare. Ich schüttle den Kopf und die leicht verknoteten Strähnen klatschen gegen meine Wangen.

„Nein, Rich hat das im Griff.", antworte ich dann doch.

„Morgen", nuschelt Sam, kommt in die Küche geschlurft und pflanzt sich auf den Stuhl neben seinem Vater und beginnt, nach einem herzhaften Gähnen, seinen Kakao zu trinken. Nebenbei knabbert er an einem Toast rum.

„Seht ihr. Ich bin nicht die Einzige mit schlechter Laune.", rufe ich aus und deute auf Sam, der mich aus müden Augen ansieht.

„Das zählt nicht, er ist im Wachstum und guckt seit zwei Wochen jeden Morgen so aus der Wäsche." Kyle scheint heute auf Krawall gebürstet sein und am liebsten würde ich ihm eine donnern. Aber da Gewalt im Haus meiner Eltern nicht erwünscht ist, werfe ich ihm nur einen vernichtenden Blick zu und nehme einen Schluck Kaffee, den ich aber angewidert zurück in den Becher spucke.

„Also die Kendra-Sache ist es nicht, hast du gesagt. Vielleicht solltest du doch noch einmal einen Abstecher zur Apotheke machen." Ich weiß was meine Mutter meint. Aber der letzte Test war negativ und bis ich meine Regel bekommen müsste, sind es noch zwei Tage.

„Mom, bitte. Das liegt daran, das ich sie bald bekomme. Ich hatte schon immer miese Laune davor." Da Sam mit am Tisch sitzt, will ich lieber nicht allzu sehr ins Detail gehen. Auch wenn ich viel mit meinem Sohn teile, aber es gibt Dinge, die muss er nicht wissen. Mein Zyklus gehört eindeutig dazu.

„Vielleicht war es für den Test zu früh. Denk darüber nach. Wie sieht eure Tagesplanung aus?"

„Besichtigungen.", selbst Kyle klingt jetzt nicht sonderlich erpicht.

„Muss das sein?", mault Sam.

„Ja muss es! Ich muss da auch hin und es geht um unser ..." ich wedle mit meinem Finger im Kreis und deute auf Sam, Kyle und mich „... zukünftiges Heim. Du wirst gefälligst mitkommen.", schnauze ich ihn voll. Tief in meinem Inneren weiß ich, dass er das nicht verdient hat. Aber ich kann gerade nicht anders.

„Dad? Es ist Samstag!" Typisch. Kaum hat er seinen Vater in seinem Leben, fängt er an uns gegeneinander auszuspielen.

„Frag deine Grandma. Die Meinung deiner Mutter kennst du. Ich bin zwar auch nicht so begeistert, aber wenn es nach mir geht, kannst du auch hier bleiben." Ich kneife meine

Augen zu schmalen Schlitzen zusammen und starre Kyle nieder, was er aber nur mit einem Schulterzucken abtut.

„Grandma? Ich war die letzten Wochenenden mit und außerdem ist heute Nachmittag das Spiel."

Spiel? Scheiße! Ich habe das total vergessen.

„Du hast es vergessen!" Siegessicher sieht mich Sam an. Er hat gerade eine Waffe gefunden, die er gegen mich einsetzen kann. Beklommen nicke ich.

„Dad? Hast du es auch vergessen?", fragt Sam mit erhobenen Augenbrauen und auch Kyle nickt zerknirscht.

„Granny?" Fragt er jetzt alle durch?

„Ich habe daran gedacht. Ich habe mir extra den Nachmittag frei gehalten, mein Schatz."

„Also, fassen wir zusammen. Mom und Dad, ihr habt es vergessen, wollt aber, das ich mir irgendwelche blöden Häuser ansehe und Granny ist die einzige hier im Raum, die an mein Spiel gedacht hat?" Wann bitte schön, ist mein zehn Jahre alter Sohn zum Anwalt mutiert?

„Pass auf deine Wortwahl auf, Samuel!", warnt ihn Kyle leise.

„Sorry. Also, habe ich Recht, oder habe ich Recht?"

„Zu unserer großen Schande liegst du richtig.", antworte ich ihm zähneknirschend.

„Ihr könnt es wieder gut machen."

„Wie?" Ich kann mir denken, was er will.

„Ihr fahrt alleine und ich bleibe hier und Granny bringt mich zum Spiel."

„Sind deine Eltern jetzt out, oder was?", fragt Kyle.

„Dad, ich bin zehn! Da kann ich ja wohl mal einen Tag ohne euch verbringen. Außerdem hat Mom miese Laune und ich mag das nicht. Sie meckert dann immer an allem rum."

Kyle und ich wechseln schnell einen Blick.

„Na gut, wenn es sein muss.", seufzt er geschlagen.

„Cool." Erfreut springt Sam auf, gibt uns allen einen Kuss und verschwindet wieder nach oben. Vermutlich in sein Bett. Ich wäre jetzt auch gerne in meinem. Es ist Samstag und gerade einmal acht Uhr. Aber Kyle hat Recht, seit über einer Woche habe ich nicht mehr richtig geschlafen. Aber an der Kendra-Sache, wie wir es inzwischen nennen, liegt es nicht. Da bin ich mir sicher, da ich keinen einzigen Gedanken an sie verschwende. Das ist sie nicht wert und außerdem liegt das jetzt auch schon fast zwei Wochen zurück. Richard steckt momentan voll in der Umsetzung seines Plans und unsere letzte Information, von gestern Abend, war, dass er Miller das Angebot gemacht hat und jetzt auf dessen Ablehnung wartet.

„Holt euch noch einen Schwangerschaftstest.", fängt meine Mutter wieder von Neuem an.

„Mom, der letzte war n e g a t i v." Das letzte Wort betone ich besonders.

„Aber Grace hat Recht. Den Test hatten wir schon ziemlich zeitig gemacht und du musst mal ehrlich sein. Du zeigst schon deutliche Schwangerschaftszeichen."

„Ich zeige überhaupt keine Zeichen!"

„Du schläfst schlecht und wage jetzt nicht zu behaupten, dass ich es nicht wissen könne. Ich merke sehr wohl Nacht für Nacht, wie du dich herum schmeißt und unruhig bist. Du stocherst in deinem Ei herum und das Toast hast du noch nicht einmal angesehen. Den Kaffee hast du eben angewidert zurück in die Tasse gespuckt und deine Laune ist unter aller Sau."

„Kyle, ich bekomme in zwei Tagen meine beschissenen Tage und da spielen die Hormone verrückt. Nicht mehr und nicht weniger!", schnauze ich ihn an.

„Die Hormone? Ja? Du weißt aber schon, dass auch eine Schwangerschaft die Hormone durcheinander wirbelt?" Belustigt sieht er mich an und meine Laune sinkt noch tiefer.

„Woher willst du das denn wissen? Wie oft warst du schon schwanger?"

„Aber es kann doch sein. Zumal wir ja mit dem Verhüten aufgehört haben." Ungerührt beißt er herzhaft in sein Toast und beginnt zu kauen, als würden wir uns über das Wetter unterhalten.

„Kyle! Sag mal geht es noch? Meine Mutter sitzt am Tisch." Ich zeige auf Mom, die sich hinter der Morgenzeitung versteckt.

„Ach, du darfst dich mit deiner Mutter über unser Sexleben unterhalten, ich aber nicht?" Vorwurfsvoll sieht er mich an.

„Das ist was anderes."

„Weibliche Logik, ich verstehe. Sie ist alt genug, sie weiß wie das mit den Kindern funktioniert. Los, kämm das Nest auf deinem Kopf und zieh dir was Anständiges an."

„Wir haben noch zwanzig Minuten.", murre ich.

„Los mach." Grummelnd erhebe ich mich. Ich habe keine Lust mehr zu streiten, das ist mir im Moment einfach zu anstrengend. Müde schleppe ich mich die Stufen nach oben und stolpere in mein Bad. Mein Blick fällt auf die offene Zahnpastatube und den weißen Klecks im Waschbecken. *Kyle!*, denke ich knurrend und presse die Lippen hart auf einander. Wütend schnappe ich mir die wehrlose Tube und schmeiße sie quer durch das Bad. Sie klatscht gegen die Duschwand. Mürrisch sehe ich darauf und drehe mich dann schnaubend meinem Spiegelbild zu.

Meine Haare sehen Scheiße aus und auch meine Augen werden von tiefen Augenringen geziert. Was auch kein Wunder ist, wenn man nicht schlafen kann.

Ich wasche mir das Gesicht und quäle mich durch meine Haare. Für ein wenig getönte Tagescreme und Puder reicht meine Kraft und Lust gerade noch aus, aber das war es dann auch schon. Ich ziehe meine hellblaue Jeans und ein rotes T-Shirt an. Kurz fällt mein Blick auf meine heißgeliebten High Heels. Aber meine Füße tun jetzt schon weh, also entscheide ich mich für bequeme Sneakers.

Lustlos schnappe ich mir meine Tasche und schaue noch schnell bei Sam rein. Wie erwartet, hat er sich wieder in sein Bett verzogen und schläft. Aber auch da hat Kyle Recht. In letzter Zeit ist er ziemlich oft müde und schläft viel. Wir werden sicherlich bald neue Sachen für ihn kaufen müssen.

Davor graut es mir jetzt schon. Denn er hasst shoppen wie die Pest.

Ich gehe wieder runter in die Küche und warte ungeduldig darauf, das Kyle fertig wird. Erst drängeln und jetzt nicht aus den Puschen kommen. In aller Seelenruhe sitzt er am Tisch und trinkt seinen Kaffee schlückchenweise. Meine Mutter hat sich aus dem Staub gemacht.

„Du willst mich heute echt verarschen?! Erst drängelst du und jetzt sitzt du hier und hast noch nicht einmal Schuhe an." Ich deute auf seine Füße, die nur in Socken stecken.

Er guckt kurz unter den Tisch, wackelt ein wenig mit den Zehen und zuckt mit den Schultern. Genervt stöhne ich auf.

„Komm her." Er streckt seine Hand nach mir aus. Wiederstrebend gehe ich zu ihm und ergreife sie. Mit einer schnellen Bewegung zieht er mich auf seinen Schoß und streicht mir meine Haare zur Seite, um mir einen Kuss auf den Nacken zu geben. Sofort läuft mir der bekannte Schauer den Rücken herunter.

„Ich will dich nicht verarschen. Das heute ist nicht dein Tag."

„Mmh", gebe ich von mir und schließe genüsslich die Augen, während Kyle mit seiner Zunge kleine Muster auf meine Haut malt.

Von draußen dringt das Geräusch einer zuschlagenden Autotür zu uns.

„Deine Mom ist zurück.", murmelt er an meinem Hals.

„Was meinst du damit?" Dank Kyle, kann ich gerade nicht wirklich denken.

„Sie hat etwas geholt."

„Was denn?"

„Siehst du gleich." Ich belasse es dabei und genieße weiter.

Als ich eine Tüte rascheln höre, öffne ich wieder meine Augen. Kyle hört auf, auf meiner Haut zu malen. Ich ziehe eine Schnute, da ich gern hätte, dass er weiter macht.

„So, da bin ich wieder.", verkündet Mom und kommt rein gerauscht. Ich lehne mich an Kyle und beobachte sie. Sie hält etwas hinter ihrem Rücken versteckt und irgendwie macht es mich misstrauisch.

Aus zusammen gekniffenen Augen beobachte ich sie. Sie bleibt vor dem Esstisch stehen und zieht ihre Hand hinter dem Rücken hervor, dreht sie um und lässt eine blaue Schachtel auf den Tisch fallen. Im selben Moment, wie die Schachtel auf dem Tisch landet, verstärkt Kyle den Griff um meine Taille. Diese miese Ratte!

„Was soll das?" Wütend zeige ich auf die Verpackung und versuche mich aus seiner Umklammerung zu befreien.

„Ein Schwangerschaftstest.", verkündet er in aller Seelenruhe.

„Das sehe ich! Aber was soll das?", fauche ich ihn an und schlage die Krallen meiner linken Hand in seinen Arm. Hoffentlich sind die nächsten drei Wochen bald um, denn da kommt dann endlich der Gips ab.

„Du wirst jetzt aufstehen und in das Bad neben meinem Arbeitszimmer gehen. Da wirst du auf das Stäbchen pinkeln und kein Wort sagen. Habe ich mich klar ausgedrückt?" Sie benutzt den Mom-Blick, mit dem sie meine Brüder und mich selbst jetzt noch in die Knie zwingt. Es ist immer fast so, als hätten wir keinen eigenen Willen mehr und machen das, was sie uns sagt.

Ergeben nicke ich, greife nach der Schachtel und gehe in das Bad.

Wütend fetze ich sie auf und mache das, was meine Mutter verlangt. Als ich das Bad verlasse, sehe ich sie und den Verräter im Arbeitszimmer. Schnaubend gehe ich zu ihnen und pfeffere den Test auf ihren Schreibtisch.

„Da hast du das Mistding.", murre ich und lasse mich in einen der Lesesessel fallen.

„Sophie!", warnen mich meine Mutter und Kyle gleichzeitig.

„Was?"

„Du benimmst dich wie ein bockiges Kind." Vielleicht sollte ich mir das mit der Familie noch einmal überlegen.

„Wollen wir? Die Zeit ist um.", verkündet meine Mutter und nimmt sich den Test.

Auch wenn ich es nicht wahr haben will, so bin ich doch ein bisschen nervös. Was das Sichtfeld wohl zeigen wird?

Epilog

Erschöpft steige ich in Moms Auto. Ich bin dankbar, dass sie auf mich gewartet haben.

„Wie ist es gelaufen?", fragt Lisa und legt mir von hinten ihre Hand auf die Schulter. Tröstend drückt sie zu.

„Ich habe ihm gesagt, dass ich nicht mehr an diesen Tag denken werde, dass ich ihn nicht vergessen werde und dass ich ihm unsere Männer auf den Leib hetze, sollte mir nur jemals zu Ohren kommen, dass er wieder so einen groben Fehler begeht."

„Wow, damit hast du ihm wahrscheinlich mehr Angst gemacht als wenn du ihn angeschrien hättest. Der zitterte ja richtig als du die Tür geöffnet hattest." Trocken lacht Molly auf.

„Ja", murmele ich.

„Wie geht es dir Spätzchen?" Kurz sieht mich Mom an, ehe sie sich wieder auf den Verkehr konzentriert.

„Ich bin müde und erschöpft."

„Dann leg dich zu Hause am beste hin."

„Mache ich, aber erst wenn ich Kyle die Leviten gelesen habe. Könnt ihr Dad, Rich und David übernehmen? Die schaffe ich heute nicht mehr. Aber keine Angst, um sie werde ich mich auch noch kümmern, nur nicht mehr heute."

„Na klar, mach dir da keine Gedanken."

„Danke", sage ich leise. Ich habe keine Ahnung ob sie mich verstanden haben, es ist mir aber auch egal. Ich lehne meinen Kopf gegen die kühle Seitenscheibe und schließe meine Augen. Nur ganz kurz, um ein wenig Kraft für das anstehende Gespräch und den eventuellen Streit mit Kyle zu sammeln.

Aus dem ganz kurz ist dann doch etwas länger geworden. Ich werde erst wieder wach, als ich spüre wie sich zwei starke Arme um meinen Körper legen und ich Kyles Aftershave, welches sich schon mit seinem natürlichen Geruch vermischt hat, rieche. Im ersten Moment will ich mich an seine Brust kuscheln, aber dann erinnere ich mich wieder an die Ereignisse des Tages. Sofort versteife ich mich. Schnell schlage ich meine Augen auf und sehe direkt in sein Gesicht.
Ich sitze noch in Moms Wagen und er will mich gerade auf den Arm nehmen.

„Nimm deine Pfoten von mir!", fauche ich ihn an und schlage auf seine Oberarme ein. Es tut ihm nicht weh, dafür habe ich viel zu wenig Kraft, aber dennoch nimmt er seine Arme von mir.
Verletzt und skeptisch sieht er mir dabei zu wie ich etwas umständlich aus dem Auto klettere. Kurz verliere ich das Gleichgewicht, meine wackeligen Beine tragen mich gerade nicht sehr zuverlässig. Ich halte mich an der Tür fest. Kyle ist schnell bei mir und legt seinen Arm um meine Taille. Aber ich greife danach und ziehe ihn weg.

„Ich komm schon klar.", knurre ich ihn an.

„Sophie, bitte lass uns darüber reden.", sagt er leise und sieht mich eindringlich an.

„Du willst reden?"

„Ja, will ich."

„Gut, dann werden wir das tun. Was fällt dir eigentlich ein?! Wir hatten eine Abmachung und nur weil es euch Hornochsen mal wieder nicht schnell genug geht hintergeht ihr mich?"

„Wir hatten dir aber gesagt, dass wir das selber in die Hand nehmen, wenn du zu lange wartest." Ohne dass ich es gemerkt habe hat sich Richard zu uns gesellt.

„So weit ich mich erinnern kann, hatten wir nie einen zeitlichen Rahmen festgelegt. Außerdem ist das ganze gerade einmal knappe vier Wochen her! In einem Vierteljahr hättet ihr vielleicht und auch nur vielleicht ansatzweise darüber nachdenken dürfen. Aber nein, es musste ja mal wieder nach euch gehen!"

„Beruhig dich, das ist nicht gut."

„Tu nicht so scheinheilig Kyle! Was hast du denn geglaubt wie ich reagiere?"

„Ähm ... also ...", druckst er rum und mir wird klar, das ich es nicht erfahren sollte.

„Ich sollte es nicht wissen?!", keife ich wieder los.

„Eigentlich nicht." Auch David hat sich angeschlichen. Ich sehe auch Lisa und Molly auf uns zu kommen. Mom hat Dad am Arm gepackt und hindert ihn daran ebenfalls bei uns aufzukreuzen.

„Ihr wolltet mich anlügen.", flüstere ich. Plötzlich ist alle Wut verschwunden und ich spüre nur noch Leere. Es tut verdammt weh.

„Sophie, bitte du musst mir glauben, wir haben das nur zu deinem Besten getan." Flehend sieht Kyle mich an. Ich kann darauf nichts mehr erwidern. Sprachlos starre ich ihn an. Ich habe ihn immer für einen sehr ehrlichen Menschen gehalten und diese Ansicht kommt gerade gefährlich ins Wanken. Hat er mich schon früher belogen? War das jetzt vielleicht nicht das erste Mal?

Heiße Tränen benetzen meine Wangen. Ich kann spüren, dass sämtliche Farbe aus meinem Gesicht gewichen ist. Durch das Rauschen meines Blutes und meinem schnellen Atem, dringt nur undeutliches Stimmenwirrwarr zu mir durch. Ich muss hier weg!

Schnell quetsche ich mich zwischen Richard und Kyle durch. Als sie versuchen meine Arme zu packen schüttle ich sie ab. Meine Schritte beschleunigen sich und ich renne auf das Haus zu. Als ich die Haustür hinter mir ins Schloss schmeiße, ruft Kyle meinen Namen. Aber ich reagiere nicht darauf. Ich muss jetzt unbedingt alleine sein.

So schnell ich kann renne ich nach oben in mein Schlafzimmer. Zum Glück steckt an der Tür ein Schlüssel. Entschlossen drehe ich ihn um, ehe ich mich auf das Bett werfe, auf welchem nur noch meine Bettdecke und mein Kopfkissen liegen. Bitterlich beginne zu schluchzen.

Danksagung

Ich möchte mich an dieser Stelle bei ein paar besonderen Menschen bedanken.

Vielen Dank an Bärbel und Stefan, die sich durch die einzelnen Kapitel gearbeitet haben, meine Fehler ausgemerzt haben und mir mit manch einem Kommentar hilfreich waren.

Vielen Dank an meine Familie, die mir immer den Rücken stärkt und Verständnis hat, wenn ich zur Schreiben meine Ruhe brauche.

Vielen Danke an René, der all meine Laune abbekommen hat und sie mit Verständnis über sich ergehen lies. Ich liebe dich, mein Schatz.

Werde auch du Fan von Stefanie Schwellnus auf www.facebook.com.